西出玉门

上

尾鱼 著

XI CHU YU MEN

敦煌文艺出版社

西出玉门

XI CHU YU MEN

有人说，

你在深夜沙暴里隐约看到的黄土方城，

其实是玉门关的鬼魂。

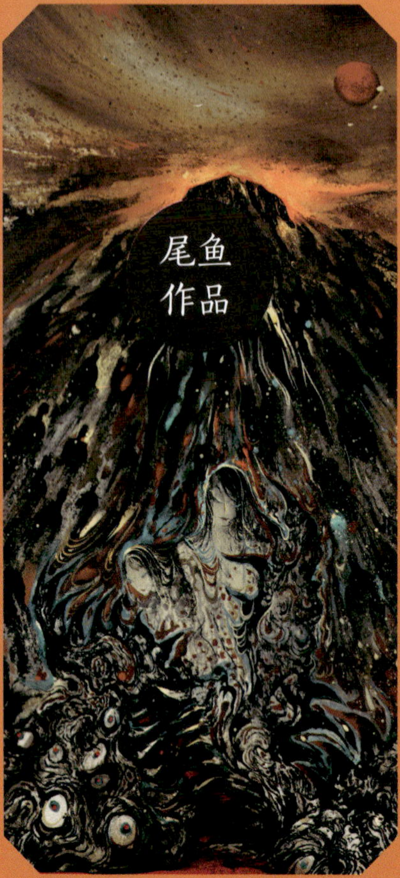
尾鱼
作品

目录

contents

目录

contents

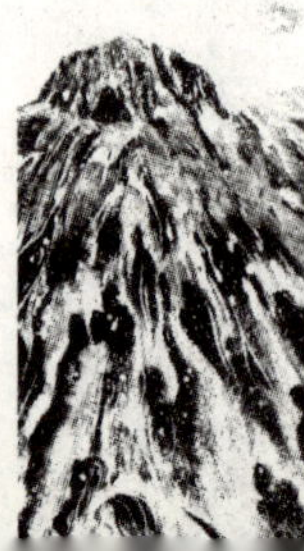

西出
玉门

【引子】

YIN ZI

第1章

西安。

一道古城墙围出西安城的中心区域，中心的中心是钟鼓楼，鼓楼后头拖出一条街，不分淡旺季，不论晴雨天，永远美食荟萃，游客云集。

这条街叫回民街，又叫“著名美食文化街区”“西安风情的代表”“西安必游景点”。

人气一旺，寸土寸金，各类店面铆足了劲要往锥尖一样的地方挤——街面不够，就往窄窄的岔道里延，街面上挑出个牌子就行，上写诸如“往内15米，住宿”的字样。

距街尾约莫三分之一的位置，就有这么一条巷子，巷口是卖酸梅汤的，高处挑的牌子上写“皮影戏，定时开演”。

牌子下头缀了个皮影女人，眉眼妖媚，腰肢纤细，脑后拖乌油油的长辫，俏生生的美招牌。

感兴趣或者逛累了的游客，会在巷口顺手端杯酸梅汤，买张十块钱的戏票，看场十分钟的皮影戏表演。

皮影剧场不大，戏台之外只有十来平方米的地方，摆了三排桌椅，墙上挂五彩缤纷的各色皮影，游客喜欢的话，掏五十块钱可以带走三个。

耍皮影的挑线手是个老头，叫丁州，六十来岁，头发花白，腿脚不好，所以不大对外应酬，只长时间坐在鱼油打磨得挺括透亮的白幕布后头，两手操弄两三个皮影小人，就着鼓点，舞一出旧年代的热闹故事。

有时是《卖货郎戏大姑娘》，有时是《哪吒三探海》。

这一晚，皮影戏七点正开演，六点五十分，台下就已经坐满了人。

丁州把幕布掀开些往下看。

观众以家长带小孩居多，小孩大多坐不住，屁股在板凳上扭来扭去，七嘴八舌地问："动画片什么时候演啊？"

丁州能预见到接下来会发生什么：开演之后，小孩们就会觉得没劲，知道皮影戏跟动画片相去甚远，嫌咿咿呀呀的唱腔晦涩难懂，闹着要出去玩，大人会开口呵斥，小孩会又哭又叫。

而他将在这鸡飞狗跳之中，就着秦韵老唱腔，坚持着把一出戏演完。

想想挺没劲的，不过人活着的大部分时候，本来就没劲。

差两分钟七点的时候，进来一个年轻女人。

丁州心里一跳。

她又来了，已经连续三天，每次都是七点。

她第一次来时，丁州就注意到了：她长得很漂亮，半长的蓬松头发，单肩挎半旧的黑色帆布大包，穿格子衬衫，破洞牛仔裤，绑带的牛筋底大头皮鞋，袖口卷到手肘，胳膊和裤子上都有机油的痕迹。

像个修机车的，但一定不是。

皮影戏这玩意儿，观众第一次来，无非看个新鲜；第二次来，也许是有兴趣；第三次来，就有点意在沛公了——七点整的戏场，来来回回都是那出《卖货郎戏大姑娘》，直来直去的调情戏，并不值得一看再看。

更何况，有几次耍戏的间隙，他从幕布的边沿往下瞥：那个女人，并不是在认真看戏。

她似笑非笑的，目光像是要穿透那层幕布。

幕布后头有什么呢？除了耍戏的灯源，放唱腔的唱机，不就是……他吗？

丁州心里有点慌。

一场戏散，灯亮。

大多数观众嘟囔着"不好看"往门口走，也有三两留下的，挑拣墙上的皮影人，准备带几个回去作旅游纪念。

那个女人坐着没动，帆布包挂在椅背凸出的一角，一只手捻搓着戏票，手腕上文了圈蛇一样的东西，乍一看，还以为戴着手串。

丁州咳嗽着，拖着腿从戏台边沿下来，装着是拖齐桌凳，经过那女人身边时，对她客气地笑了笑，问她："来旅游啊？"

"算是吧。"

"看你来几趟了，听得懂吗？都是老唱腔，很多年轻人不喜欢。"

那女人看着暗下去的幕布："那么多皮影人，就一个人挑线，真厉害。"

丁州说得谦虚："我差多了，你去后台看，那些唱腔、锣鼓调都是事先录好的。真正的老皮影人，叫'双手对舞百万兵'，手上挑十来号人混战不乱，还得唱、敲、念、打，那才叫真厉害……姑娘怎么称呼啊？"

"姓叶，叶流西。"

丁州没介绍自己，他的大名在戏牌戏票上印着，她不可能不知道。

他指了指墙上挂的皮影："不带两个？都是牛皮制的，皮子透亮，推皮刀法，纯手工，复杂的要下三千多刀，出一个要两三天，好东西呢。"

自己都知道是胡说八道，现在有专事雕刻的皮影机器，一台机流水作业，一天能出几百个皮影人，很少有人愿意手工一刀刀去雕了——但是忽悠游客嘛，都这么说。

叶流西笑笑："你可能已经看出来了，我也不绕弯子，我的目的不在看皮影……想找个人，听说你有个外甥，叫昌东。"

丁州的手颤了一下。

观众都走得差不多了，灯光洒在墙上挂的皮影人上，桃红柳绿杏子黄，一刀刀刻出来的细长眉眼，挤挤挨挨，妖邪撩人。

丁州走到门边，把"休息"的牌子挂出去，然后闩上门。

门板挡不住回民街上的喧闹人声，还有各色烧烤的烟火气。

他看向叶流西，声音比刚才更加苍老："你找昌东有事？"

叶流西说："我听说，他是戈壁沙漠里的好手，曾经单人单车穿越罗布泊，又有人叫他'沙獠'，普通人到了那里，只有听天由命的份，但他是能刺透沙漠的一根獠牙。"

丁州听明白了："准备进沙漠？想找昌东当向导？"

"是啊。"

"那你知不知道，昌东前两年出了事，新闻都报了，被网友骂得跟条狗似的。"

叶流西打开帆布包，抽了本杂志放到桌面上："如果你要说的是'黑色山茶'这件事，那我知道。"

丁州的目光落在杂志封面上。

这是份户外杂志，封面是个网络热帖的截图，丁州看过那个帖子，这两年在国内最大的户外网站长期加精置顶。

帖主是个资深户外玩家，以警示后来者的良苦用心，总结了过去几年间的重大户外灾难，包括“墨脱徒步失踪”“夏特死亡河道”“喀纳斯雪地失联”，还有就是“沙漠黑色山茶”。

两年前，有个叫“山茶”的户外团体，计划穿越国内四大无人区，首站是罗布泊，搞得声势浩大，做了新闻采访，一路网络发帖播报，请的向导就是昌东。

出事的那天晚上，其实刚进沙漠，连罗布泊的边都还没擦着——“山茶”的官博发了条即时消息，大意是关于晚上的宿营地，领队和昌东起了争执，领队想就地住宿，但昌东坚持多赶两个小时的路到鹅头沙坡子附近扎营。

很多玩户外的网友回复，一边倒地支持昌东。

爱上不回家的熊：昌东是“沙獠”，人家经验丰富，当然应该听他的，那些没经验的人就别瞎嘚嘚了。

我是沙特王子：有些驴友，其实长的是驴脑子，只去过沙滩，就以为自己能走沙漠了，当然应该听昌东的。人家穿越过罗布泊哎，要知道，余纯顺都没能走出来。

香菜去死：听昌东的没错，人家的确是专家，在我心里，他是跟赵子允一样的沙漠王！

……

当晚，谁也没想到，突发一场罕见的沙暴，沙丘平地推进，营地遭遇灭顶之灾。

除了昌东，一行十八人，全部遇难，而且由于沙丘的流动性太强，一夜之间，可能将遗体和营地推出数里之遥，遗体的搜寻工作毫无斩获。

山茶的官博头像从此变成了黑色，再无更新。

而一旦出了人命，户外新闻就会向社会热点的方向发酵，关注的人以几何级数增长。

事情还没完，两天之后，一个自称了解内情的人发帖爆料，抛出重磅炸弹：

山茶罗布泊之行，除了向导，组队十七人，遇难的是十八个，昌东既然还活着，那么多出的那一个是谁?

昌东为什么要坚持多赶两小时的路？真的是出于行进的合理安排和扎营的安全考虑吗?

网友很快发现，多出的那一个是昌东的女朋友孔央，而昌东坚持要赶到鹅头沙坡子，是因为那一片沙山有许多裸出沙面的沙漠玫瑰石，昌东想在那里向孔央求婚。

骂声铺天盖地，比沙暴更肆虐，瞬间吞噬了昌东。

……

丁州问叶流西："知道'黑色山茶'，你还想请昌东？"

叶流西觉得不冲突："请他是看中他的能耐，犯了过错，不至于也同时丢了能耐吧。"

丁州说："那你跟我来。"

他佝偻着身子，一路呛咳，带叶流西进了后台。

后台拥挤而局促，除了耍戏，还用隔板隔成了好几个小房间，丁州在尽头最小的一间门口处停下，拿钥匙开了门。

门一开，尘霉味扑面而来，里头太黑，什么都看不到，只有一面小玻璃，反着白色的光。

叶流西正想说什么，丁州拽下灯绳。

晕黄色的光亮下，她看清楚了，那面小玻璃，其实是个玻璃相框，黑色边沿里框了张黑白照片，上头是个二十七八岁的年轻男人，眉目英挺，眼神绝望。

照片前有香炉，盏内积浅浅香灰，又有两个小瓷碗，一个装米，另一个堆满小包装的糖果饼干。

昌东死了？

丁州说："害死了十八个人，全世界都在骂他，不只骂他，也骂孔央是个贱女人。昌东变卖了所有家产，托人赔给死者家属之后，过来找我。"

他跟丁州同住，沉默寡言，长时间呆坐在戏台下，周而复始地看丁州耍皮影，盯着那些并无生命的皮影人，听着古味悠长的唱腔泪流满面。

三个月后的一天半夜，昌东在自己的房间里割了腕，血流了满屋，流出门缝，流进戏台后的走道。

早起的丁州看到晨曦笼住走道里的一片暗红色时，还纳闷了一下，心想：这是什么东西？

西出玉门

【山茶】

SHAN CHA

第2章

叶流西低声说："真想不到……"

她上前一步，手指在香炉的边沿一抹，举起了看。

指腹上一层灰。

供桌的角落处，结网的蜘蛛被人声惊扰，细瘦的步足快速移动，泛银光的蛛网晃了又晃。

叶流西弹了弹手指，又送到嘴边吹了吹："你不大祭奠这个外甥啊。"

丁州神色冷漠："人家信任他做向导，他却仗着有经验一意孤行，后果这么严重，我也觉得他该死。我看过新闻，死的人里，有的人刚做爸爸，他多死几次都赎不了罪。"

叶流西叹气："话也不能这么说，沙漠这种地方，谁都想不到的……"

她退出来。

丁州带上门，引着她往外走："叶小姐，你只能找别人了。不过我提醒你一句，能不去就别去了。沙漠那么危险，只有它咬人，没有人咬它的道理，什么'沙獠'，起这种外号，听着都可笑。"

叶流西笑起来，她步子快，先一步下台沿，打开帆布包，从里头取出一个封好的快递信封递给丁州。

丁州意外："这是什么？"

他边说边掉转了信封看：没盖章，没贴单，只是拿来装东西的。

叶流西说："里头有些东西，你慢慢看，小心拆，别撕坏了。我这就走了，出了巷口，我会往北走，你要是想追上我，得跑得快点。"

丁州莫名其妙："我为什么要追上你？"

叶流西把包往肩上一挎，看了一下那个信封："那得看你，想追就追，不想追就算了。"

她打开门。

新买了票的观众正等得不耐烦，见门打开，吵嚷着一拥而入，叶流西逆着人流出去，很快就不见了。

丁州撕开快递封皮的口。

到底是什么东西？掂起来没重量，摸上去平平展展，应该是张纸吧。

抽出一看，是个牛皮纸大信封。

拆了口，伸手进去掏，又掏出一个中号的白色信封。

丁州有点不耐烦：这一层层的，是要着他玩呢？

好在白色信封里有东西了。

手感像是张照片，他抽出来。

有那么一两秒，耳朵忽然听不见这屋里的声音，却能听到无穷远处的沙暴卷袭，冰川裂塌，落石隆隆。

丁州冲了出去。

太久没出过屋子了，忘了这条街上有多拥挤，一出巷口，几乎冲撞到游客身上，踉跄着差点绊倒，满目摊头、店面，连街中央都被占据，吆喝声此起彼伏，相机闪光彼伏此起。

好不容易站定，四下都是人，到处是被灯光切割得光怪陆离的人脸和背影。

人声像蛇，扭曲着往耳膜里钻，有人抱怨说"这老头有毛病吧"，有人催促说"离他远点，别摔了赖上我们"。

丁州站在熙来攘往的人群之中，大吼："叶流西！"

没有回应。

喧闹声像海浪，夜色越重，浪头越高。

售票的小何正忙着安抚等得不耐烦的观众，见丁州回来，急急迎上去，催促的话还没说出口，丁州先说了句："退票。"

他推门进屋，迎着满屋的诧异目光，僵硬地走过戏场，走入后台，走进自己那间拥挤的卧房，一屁股坐倒在床上。

门外的吵嚷声大起来，夹杂着小何赔不是的声音，丁州呆呆坐着，忽然伸手去拽自己的头发，拽下了发套，拽破了脸上吹皱的硫化乳胶。

退钱，退票，挨骂，小何终于点头哈腰地送走了最后一个客人。

然后赶紧蹿进后台，叫：“东哥……”

下一句话咽回了嗓子里：昌东坐在那儿，花白的头套抛在边上，脸上的胶皮有撕下的，有仍挂着的，作假的胡子搓扯得凌乱，整个人怪异狰狞，像面皮耷拉的丧尸。

这是怎么了啊？

小何早先和丁州搭伙，丁州耍皮影，小何宣传、接待、物料一把抓，仗着是旅游景区，客流量大，不敢说很有利润，过日子是没问题的。

但也有隐忧，丁州上了年纪，身体又不好，像秋天挂在枝头发黄脆干的叶子，指不定哪天就化作黄泥更护花去了。

两年前，丁州的外甥昌东忽然投奔了过来。

小何忙着赚钱娶媳妇，懒得趴网，也不关心新闻，没听说过什么“黑色山茶”，就觉得昌东挺怪的：大好的年纪，大好的人才，不事生产，整天死气沉沉，几天都不说一句话，也不出屋子，跟个现实版怕见太阳的吸血鬼似的。

丁州劝昌东：“你找点事情分散注意力也好，不要每天都想着那些不好的事。”

然后昌东就玩上皮影了，跟着丁州学挑线，让皮影人跑、立、坐、卧、滚、鹞子翻身、杀回马枪，有时也自己刻皮子，用凿刀雕出星眼、梅花、万字纹，酒精灯烘烤着融胶色，趁热点染敷彩。

小何心里别样欣慰，觉得丁州后继有人了：耍皮影戏本来也用不着什么正规训练，现在观众专业的少，看热闹的多，看门道的更是几乎没有——昌东能学个样子，糊弄着开戏就可以了。

一年多以前，丁州因病去世，戏场“休息”的牌子挂了几天，怕影响生意，没太对外声张，事了之后，小何正琢磨着怎么跟昌东开这个口，哪知昌东主动提说，暂时可以帮忙救场。

小何喜出望外，不过紧接着，就被昌东上场的行头给闹蒙了。

昌东翻了石膏脸模，买了影视特妆的硫化定型乳胶、发套、用来粘贴的假胡子，化装成了老人，穿起丁州留下的旧衣服，连走路时拖腿的样子都跟丁州别无二致。

开始时，手法拙劣，细看其实有破绽，但他并不应酬，只缩在幕布后头耍戏挑线，一场戏散，根本没人注意幕后的老头什么模样，还有观众评论说："这大爷真厉害，一人挑三个皮影人呢。"

小何天生没什么探究心，慢慢也接受了：是人都有怪癖，而昌东本来就怪，随他去吧，再说了，老手艺人总比年轻面孔看起来稳重，方便宣传，对生意也好。

日子久了，昌东化装的手法跟皮影耍线一样，越来越惟妙惟肖，声音也刻意苍老低沉，但要说扮老是为了生意吧，他扮上了之后，却能不卸就不卸，带妆吃饭、睡觉，妆残了再重扮。

小何还劝过他："东哥，这胶在脸上，时间长了，皱纹就成真的了，现在男人也要保护皮肤，你这样，对皮肤不好啊，还容易长痘……"

后来就不说了，反正说了也没用，还有个原因是，昌东扮老反而正常，会聊天、会笑，一旦卸了妆，脸色木然得叫人发怵。

如眼下这样，妆残如鬼，更叫人心头发毛。

小何问得小心翼翼："东哥，出什么事了啊？"

昌东闷了很久才开口："你前一阵子，是去了敦煌旅游吧？"

"是啊。"

小何前阵子带了准女友和未来丈人去了莫高窟一带旅游，看完石窟看雅丹，看完雅丹看汉长城，朋友圈一条条地刷屏。

"给你看张照片。"

小何接过来，粗扫一眼，说："哟，这是PS还是恐怖片剧照啊，跟真的一样。"

照片上是个雅丹风蚀黏土包，中近景，形状像个船艏，上头嵌了个年轻女人，像是从黏土里长出来的，样貌清秀，面色惨白，两手交叠着摁在胸口，如同镶在船身的壁画雕刻，圆睁着失焦的眼，长发在风里飘起。

看久了有点瘆人。

昌东问："你觉得这是哪儿？"

小何看所有的雅丹包都是一样的："魔鬼城吧，这土包跟船似的，是不是西海舰队啊？"

西海舰队是雅丹魔鬼城的著名景点，风蚀堆队队排列，如整装待发的军旅。

昌东喃喃："国内的雅丹群，不止魔鬼城一个。这个更像龙城。"

龙城又是哪儿？小何正想问，手机响了，接起来一看，是不认识的号码。

为了宣传皮影生意，小何的号码常年在无数旅游网站上挂着，戏票上也印得醒目，接到游客咨询电话是家常便饭。

他“喂”了两声之后，纳闷地把手机递给昌东：“东哥，说是……让你接。”

从来没人打电话通过他找昌东，破题儿第一遭。

昌东接过来，那头，传来一个女人的轻笑声。

“叶流西？”

叶流西的声音里带嘲讽意味：“没追上啊，是不是扮老头扮上瘾了，腿脚都不灵便了？”

“你到底是谁？照片怎么回事？”

“你觉得我会在电话里回答你吗？”

昌东沉默了一下：“你提过要找向导，现在我答应了。”

叶流西咯咯笑起来。

“昌东，你已经废了两年，谁知道你这根獠牙还好不好使啊？这么着吧，给你一个星期，要是能找着我，证明你有点脑子，咱们可以搭伙做点事，找不到的话，你继续抱着你的皮影过日子吧。”

叶流西挂了电话。

她其实没走远，就窝在街尾停的一辆白色小面包车上，副驾上随意堆着她从回民街上打包来的吃食：绿豆糕、石榴汁、酸奶，还有用塑料袋裹着的十来串羊肉串。

先不忙着吃，掰低车里的后视镜，拆了管新买的杂牌液体眼线笔，对着镜面开始描眼线。

手很稳，不抖，到眼梢时，本该一挑了事，但手却习惯性地外滑。

叶流西心里一动，尽量只依手感去画。

钩、挑、抹、转、收，俄顷眼梢处画出一只小小的蝎子，蝎尾斜上挂，像丹凤高挑的余势，两只螯肢呈攫取状一上一下，像是下一秒就要把她的眼珠子给夹出来。

叶流西喉咙里发出“嗬”的一声，甩下眼线笔，从帆布包里摸出小笔记本和笔，翻到最新一页，咬下签字笔的笔盖，在本子上写了句：“蝎子画得不错。”

写完了，本子一扔，抽出打包袋里的羊肉串，不紧不慢地嚼起来。

羊肉一凉，总有膻味，多少调料都压不住，不像嘉峪关的羊，喝祁连雪水，吃戈壁草药，皮酥肉嫩，就着啤酒，一点腥膻气都没有。

陆续有游客出街口，三三两两从车前经过，叶流西漫不经心地看各色男女，最后一挑眉，又盯住了后视镜里自己眼角边的那只蝎子。

喃喃说了句：“真是谜一样的女人。”

第3章

找人这种事，其实不难，现在身份信息都是全国联网：只要名是真名，姓是真姓，再有个警务系统的朋友，分分钟搞定。

昌东请小何帮忙，小何有个发小在市局，举手之劳的事儿。

那边很快就给了回复：全国各地，有五六个叶流西，但要么是年纪不对，要么是性别不对，没有一个与昌东描述契合的，连打个擦边球的都没有。

倒也在昌东的意料之中：找叶流西这件事，不会很容易，太容易了没挑战性，但也不会很难，毕竟是她自己找上门来的，话都没说清楚就给人设五关，正常的人都不会这么做。

既然身份信息查不到，最有用的法子，应该是调监控，这不是普通警察的职权范围，昌东也就没再提。

昌东进戏场这两年，像一潭死水，社会关系清零，连门都很少出。

然而这两天，先是撂场，然后托他打听人，死水冒了泡，也让小何生出危机意识：从一开始，昌东就是“暂时”救场，临时工，两人的合作，说散就散。

是时候要做两手准备了，整个白天，小何都在托人找关系，电话甚至打去了有“皮影之乡”之称的渭南华县，四处打听有没有能顶班的人。

一天下来，焦头烂额，有几个备选，还不如昌东，要价居然都挺狠，小何抱着侥幸心理，决定去找昌东探探口风：万一是自己多想了，人家昌东其实没这心思呢?

陪女朋友吃了晚饭之后，小何赶去回民街，戏场不开戏，整条巷子都没灯，看到别人家生意热闹，小何一肚子酸水。

开门，穿过黑魆魆的戏场，看到后台尽头处的洗手间亮着灯，门虚掩，里头有哗啦水声。

小何推门打招呼，说：“东哥……啊呀！”

脚下一绊，忘了洗手间门口有高低台阶，跌坐下去的时候手忙脚乱，想抓住点什么，带翻了门口的垃圾桶，一地狼藉。

昌东皱着眉头看他："怎么了？"

小何狼狈地从地上爬起来，扶着腰笑得尴尬："没事，我自己抽风……"

他见惯昌东佝偻着腰、花白头发的老态，冷不丁看到洗手台前站着个身材挺拔、穿黑色运动套装的年轻男人，棒球帽遮得眼睛周围都是阴影——一时没反应过来，还以为是屋里进了贼。

昌东拧上水龙头，抽了纸巾擦脸，眼皮垂着，并不看镜子。

小何打着哈哈，自己找话说："东哥，你这一身，挺精神的……这么晚了，想去哪儿啊？要不要我送你？我是有东西落这儿了，所以过来拿……"

昌东把纸巾搓了，扔进翻倒的垃圾桶："我有事出去。"

小何下意识给他让路，目送他走远，才想起该问的话没问，不知为什么，反而松了口气，蹲下身子去收拾倒翻的垃圾。

正忙活着，身后忽然响起昌东的声音："小何？"

小何回头："啊？"

昌东又回来了，走廊里没灯，他帽檐压得低，两手揣在兜里，像个站起来的影子。

"你找人救场吧。"

习惯顶着别人的脸过活，忽然恢复原貌，像被扒了皮，从回民街到街口，短短几分钟的路，昌东出了满手心的汗，总觉得满街的人都在看他。

终于坐上出租车，吩咐司机去朱雀路古玩市场。

司机显然对地方很熟，嚼着口香糖把车掉头，还跟他搭话："去淘东西？古玩市场已经搬走了，你不知道啊？"

昌东没说话，司机知趣地不再开口，一路把车开到目的地。

朱雀路古玩市场有些年头了，曾经风光一时，但这两年，一来生意不好做，二来管理集中规范化，也就自然没落下去，不过听说逢周六有早市，铺张报纸或者拿粉笔在地上画个圈就算占上摊位了。

今天不逢周六，也不逢早市。

昌东付了车钱，往近旁的风华巷走，最后在一家小超市边停下。

超市的灯箱上亮着四个字："汉唐风韵。"

里头货架相隔，一分为二，左边卖瓷器、青铜器、字画、古书、古币，右边卖本地土鸡蛋、陕西红富士苹果、各类炒货，还兼贴手机膜。

结账柜台就一个，里头坐了个精瘦的男人，一双小眼，才二十多岁的年纪，发际线已然飙高，心眼儿太多的缘故。

那是肥唐。

据说他一生下来就精瘦如猴，他妈巴望着他能长胖，给他起个小名叫“胖头”，后来《机器猫》热播，又改叫“大雄”，他也很体谅母亲的心思，把网名起叫“国宝级相扑手”，倒腾上古玩这行之后，又起了个业内诨号叫肥唐。

但肉这玩意儿，从来就青睐那些不要它的人。

昌东跟肥唐打过几次交道，不大喜欢这人，关系也是泛泛，而且出事后，已经很久不见。

他犹豫着怎么进去打这个招呼。

肥唐正忙。

他瞪着眼、鼓着腮，额头上青筋暴起，拼命晃着手里的一个纯铜龟壳卦具，咣啷声不绝于耳——末了一声“着”，龟壳一倒，跌出六枚乾隆通宝的卦钱来。

肥唐趴近柜台，眯着眼一枚枚卦钱看过，心里掂算着爻数，喜得眉开眼笑，大叫：“没错，出门往西，大富贵！”

横竖店里没客人，他乐颠颠推开门探出头，看向门西。

昌东下意识想低头，又觉得太欲盖弥彰，僵立了两秒之后，肥唐认出他来了：“东……东哥？”

昌东尴尬地“嗯”了一声。

肥唐反应过来，赶紧把他往店里让：“东哥，这得小两年没见了吧？你说你站门口干吗，我还以为是变……”

他把后半截话咽下去：大晚上的，一身黑，压低着帽子，鬼祟地站人家门口，真像罪案片里那种变态。

昌东说：“想请你帮个忙。”

“东哥客气了，什么事啊？”

早两年，肥唐生意好，交了不少富贵朋友，这些人有钱，嫌只征服钱没劲，于是又想征服高原沙漠戈壁滩，常委托肥唐帮忙联系线路——他就是因为这个跟昌东认识的，关系谈不上热络。

而今表现得这么热情，完全是好奇心起：你带队死了人啊，一死十几个，都上电视新闻了，你这两年怎么过的？居然还有脸露头？

昌东说："以前听你提过，你有个朋友，电脑玩得很溜？"

肥唐跟朋友通了电话，对方表示是小活，正好有时间，直接过来就行。

反正也到关门的时候了，肥唐关了店，招呼昌东："我朋友住得近，走两条街就到了，咱走走吧。"

路上，本来还想敲打昌东，问问他这两年的情况，但昌东话少，答得都让人没法往下接，再加上微信群"古玩同道"里正聊得热火朝天，肥唐很快转移了注意力。

聊了一会儿，神气活现，对着手机大放厥词："今天我收了块硬货，知道是什么吗？和氏璧！"

昌东看了他一眼。

肥唐察觉到了，嘿嘿干笑："东哥我是扯呢，这小子说前两天有人去他那儿卖兽首玛瑙杯，我不得压他一头啊？"

他放语音对话给昌东听。

果然，群里七嘴八舌，有人说今天收到了《清明上河图》，有人说两万块买下了王羲之的《兰亭序》。

那个被众人群怼的"这小子"也说话了，气急败坏，吼："骗你们我是个鸟！我看得清清楚楚的！店里的老师傅也看了，人家几十年没走过眼！"

昌东说："说得挺像回事的。"

肥唐嗤了一声："兽首玛瑙是我大陕博镇馆之宝，免费票都看不着——东哥，兽首玛瑙要丢了，新闻还不翻天啊……到了。"

肥唐的朋友跟他一般瘦，叫齐刘海，人如其名：发型蓬乱，却留着齐整的刘海，打理得服服帖帖。

他忙活了一会儿，调出那天的街口视频给昌东看："你慢慢看，找到那女的比较清晰的脸就行，其他的交给我。"

昌东看得仔细，这得一个个认人，又不能快进，齐刘海估摸着一时半会儿出不了结果，去找肥唐聊天打发时间。

扯东扯西，顺便也吐槽昌东：“你这朋友真没礼貌，我算是帮他，笑都没对我笑一下。”

肥唐瞥了一眼角落里的昌东，压低声音：“十几条人命压身上，搁你你也笑不出来。”

齐刘海顿时来了兴致。

肥唐绘声绘色：“两年前他带队，选错扎营地，人都让沙暴活埋了，自己女人也赔进去了……哎，你搜视频，死者家属堵上门，打得他孙子似的，现在网上还有。”

齐刘海赶紧掏出手机，搜了关键字，翻了几页之后，还真有，肥唐配合地递过耳机线，两人心有灵犀，一人耳朵里塞一只耳机，点击播放。

路人拍的视频，渣像素，画面抖，但还是可以认出跪在地上的是昌东，有几个中年男女拉扯着他，号啕大哭着拿拳头砸他，揪他的头发，上脚踹。

齐刘海双眼放光：“打这么带劲啊！”

肥唐看得专注，顺手拈过一袋开了口的薯片，嚼得咯吱咯吱：“往后看，还有拿砖头砸的，你想啊，这是人命，听说从那之后，他连门都不敢出……”

面前忽然响起昌东的声音：“我找到了。”

肥唐一惊，闪电般拽下耳机，顺势推了齐刘海一记——忙中出错，耳机线被带松，女人撕心裂肺的声音响彻房间。

“人活着跟你走的，死了我都没看上一眼，连口棺材都没有啊……”

齐刘海慌了神，抖抖索索地就是点不中视屏上那个“×”，终于关掉的时候，脸红得跟猴屁股似的。

昌东说：“我已经找到了，点了暂停，还有辆车，能跟到车牌号就方便了。”

齐刘海如蒙大赦：“那交给我，下面我来。”

他走得飞快，撇下肥唐应付昌东。

肥唐觉得空气都尴尬了，做什么都不妥，只好装着认真吃薯片，还客气地让昌东也吃，过了会儿偷发微信给齐刘海：“随便找出点什么，先打发他走，老子实在撑不住了……”

齐刘海没让他失望，很快拈了张便笺过来给昌东。

“运气挺好，附近的街道摄像头拍到车牌号，我查到车主，还有电话。但车主不姓叶，你可以先打过去问，我今晚再跟一下，有什么发现会发给肥唐。”

昌东接过来。

车主叫黄德福，四十六岁，住蒙、甘省界处的那旗镇。

在回去的路上，明知希望不大，昌东还是拨通了黄德福的电话。

黄德福的回答出乎他意料。

“车子啊……我不开，租给别人开了。”

“好像是姓叶，叫什么记不清了，是女的没错。”

“你找她啊？她这一阵子在街上卖瓜。”

第4章

昌东的行李很少，收拾全了只一个手拎包，比来时的那个包还瘪。

看着怪凄凉的，小何送他出门的时候，忍不住再次确认：“东哥你再四处看看，别落了东西啊。”

这话提醒了昌东，他折回后台，拎出一个皮影戏箱。

1949年以前，那些走街串巷规模不大的皮影戏班，全部道具装起来也只两口戏箱，扁担颤巍巍挑起来，就是满副家当。

昌东说：“我这人闷，也没什么爱好，这戏箱送我吧，没事的时候，我还能刻皮子练挑线打发时间。”

戏箱不值什么钱，小何乐得做人情，他把昌东送到巷子口，客气地说了句：“东哥，你要想回来，随时啊，打个电话就行。”

昌东说：“谢了。”

他沉默地走向街口，一手拎包，一手拎戏箱，箱子比包沉，坠得他一边肩下压。

小何叹了口气，觉得昌东回来这事八成是没指望了。

昌东打车到北郊坊下，这里是片待拆迁的城中村，因为开发商资金不到位，拆拆停停，一半残砖剩瓦，一半楼屋尚存，风一起就呛灰，基本没人住了。

他凭着记忆认找，在一间大门面外停下脚步，掏出钥匙开了自动卷帘门，用力往上一掀。

积灰簌簌落下，瞬间让他灰了头发，阳光过处，尘灰乱舞。

屋里停了辆越野车。

昌东走到车边，车外后视镜旁插了一朵已经风干的玫瑰花，残成了黑褐色，伸手一捻，脆碎的屑飞在空气里。

车是几年前孔央送他的，到手之后，昌东几乎花了车价一半的钱来改装，戈壁沙漠不是乡村公路，沙漠易陷车，罗布泊又有成片的大盐壳，会把轮胎戳磨得像狗啃一样惨不忍睹。

装了防滚杆，做了车体升高，换了全地形大轮胎，配了电动绞盘，一系列改装之后，原本强悍帅气的越野多了几分不伦不类的敦实，孔央嫌不够好看，昌东回答说，实用就行。

路上多的是外形煊赫的路虎、悍马，能引美女垂青，但于他，车是拿来用的，遇险要能救命。

后来孔央死了，他变卖家产，留下了这辆车，封在这儿的时候，觉得也许有一天会用到。

车身积了灰，昌东拿手掸了掸，在后车厢前站了会儿，缓缓打开。

闷了很久的塑料味道扑面而来，里头一捆裹好的加厚黑色PVC尸袋，不用数，十八个，还有一袋零碎物件，有他的，也有孔央的。

昌东把尸袋往边上挪了挪，给皮影戏箱挪位置。

不知道肥唐他们有没有把那个视频给看下去，4分12秒的时候，也就是他被砖头砸得血流满面的时候，他嘶哑着嗓子说了句："我会想办法帮他们收尸。"

没有死者家属相信这句话，相关搜救单位跟他们解释过很多次了："尸体找不到是正常的，知道彭加木吧？1980年代初在那儿失踪的，六次大规模搜救，直升机都上了，到现在三十多年了，尸体还没找着呢。"

放好行李，昌东坐进驾驶室，清理手套箱的时候找到一块过期的巧克力糖，两年寒暑，融过又凝，已经没了形状，他剥了包装纸，把糖送进嘴里慢慢嚼。

甜味里有变了质的酸败味。

他从衣服内口袋里掏出那张照片。

从黄色黏土里长出的孔央，圆睁着眼，死不瞑目，长发乱在风里，像招引的手，唤他过去。

一觉醒来，肥唐还是觉得怪堵的：背后讲人坏话，没毛病，做点亏心事，没问题，但是被人当面撞破，真就太没脸了。

所以起床气比往日大，先开店门，经过杂货区的时候没留心，碰掉两枚土鸡蛋，蛋壳一碎，蛋液流了满地，分不出蛋清蛋黄——太久卖不出去，都坏浊了。

肥唐想骂娘：这两年古玩生意不好做，他辟了半爿门面卖杂货，就是为了找点贴补，没想到一样的不景气，开一天店赔一天钱，这样下去，哪年哪月才能发财啊？

还是老话说得好，“人无横财不富，马无夜草不肥”，得有横财才行。

洗漱完毕，日上三竿，没客上门，肥唐从货架上拿了面包和牛奶当早餐，边吃边开电脑，准备上QQ玩两圈麻将排遣眼前的郁闷。

刚一登录，收到齐刘海的留言：

“昨晚比对了一下，又找到几个跟叶流西有关的视频，都发你邮箱了，你看看要不要转给你朋友。”

肥唐漫不经心点进邮箱，打开视频。

他没昌东耐心，进度条拖前拖后，走马观花地扫，直到冷不丁看见一个熟悉的大门面——陕博。

这年头，倒腾古玩的人不能只倚仗天花乱坠的一张嘴了，得有点“文化素养”，肥唐书翻得勤，经常跑去陕博自我熏陶，忽悠客人时没事就抱博物馆大腿：“你看这彩绘胡妆女立俑，跟陕博保存的那个，几乎一模一样……”

他对那儿的展馆布局像自家货架一样熟。

肥唐眯着眼睛看剪辑拼接的视频：叶流西走得不紧不慢，并不停留，顺着指引，一路进珍宝馆。

入口处的两瓮一罐，她视若无睹；流光璀璨的玉器金器，她直接略过……

终于等到她停下，肥唐的头皮一麻。

兽首玛瑙杯。

珍宝馆里人来人往，兽首玛瑙杯的展柜前，解说员来了又走，人都过了几拨了，叶流西还是没挪地方。

肥唐连呼吸都屏住了。

叶流西终于离开的时候，肥唐心跳如擂鼓：三十块钱的珍宝馆门票，那么多价值连城的玩意儿，她不看舞马衔杯壶，不看熏球银香囊，为什么单看兽首玛瑙？

有什么念头在他脑子里往外冒，像水滚之前要炸开的泡，就差那么一点点……

他拨通自己那个同行的电话，问得有点语无伦次：“我问你啊，那个去你那儿鉴玛瑙杯的人，男的女的？货真不真？”

那头答：“女的。我同你说，我和老师傅，四只眼珠子看，货是真的，一整块缠丝玛瑙，俏色玉雕，口鼻戴金帽……”

“那怎么没拿下呢？”

那头也懊恼得要死：“兽首玛瑙杯多有名啊，陕博收着呢，你第一眼看到，肯定也觉得是赝品，不会往真了去想，而且人家也不卖。

“那女的前脚走，我后脚就回过味儿来了，一直说兽首玛瑙杯是海内孤品，但它是酒器啊，就算是给皇帝的——有龙袍还有凤袍呢，理论上该成个双……”

说到这儿，语气忽然警惕兼热切：“你问这干吗？你也见着了？”

肥唐支吾了过去，只说正好在陕博逛，见着了，所以顺口一问。

放下电话，口干舌燥，自己跟自己说：“不可能的，哪来这么巧的事，兽首玛瑙杯，要真还有一个流落在外头，业内早掀起腥风血雨了，轮得到他起心思？”

肥唐晃晃脑袋，几口把牛奶喝完，奶盒扔进垃圾桶里的时候，想着：这玩意儿，得值好多钱吧。

又上网打了圈麻将，打到中途恍神：万一是真的，自己哪怕只分上那么一点点……

不由得就笑了，做白日梦真他妈甜。

他往椅子里窝，腰后有点硌，摸出来一看，是那个纯铜的龟壳卦具。

昨儿晚上，他排卦，卦辞说，出门往西，大富贵。他一探头，看到门西站的是昌东，而昌东要找叶流西，也许这个“西”字指的是叶流西呢？大富贵，兽首玛瑙杯，可不就是大富贵吗？

冥冥之中，这么多迹象，难不成是老天指路？

肥唐的脸一阵阵发烫，他拿起那个龟壳，用力咽了口唾沫。

再掷一次，如果还是同样的结果，哪怕……哪怕老天是耍他玩呢，他也作陪了！

昌东花了三天时间到那旗镇。

镇子在蒙、甘省界，蒙古族和汉族杂居，差不多已经汉化，从小镇驱车往外，到腾格里或者巴丹吉林沙漠都不远，再加上前些年周边发现不少西夏古城遗迹，那旗一跃而成西北线上的一个新热门去处——不过小镇设施跟不上，游客一多，生活交通都不便，显得又杂又乱。

昌东在路上添置了件羽绒服，十月中下旬，这种早穿棉袄午穿纱的地方，夜里盖两床被子都哆嗦，不能掉以轻心。

车进那旗镇，发现旅游开发还是给当地带来了不少发展：汽车站外头的道路已经修得很有中小城市规模，什么便利店、汽配店、炸鸡快餐连锁店应有尽有。

但缺少规划，难免新旧错陈：有时只拐一个弯，水泥路立马变土路，流浪狗在水沟边找食，风一起，灰尘都扑在路边将死的老树上，临街的小饭馆只三五张桌面，门口挂着被油烟熏黑的彩色塑料帘子。

昌东找了酒店住下，买了张新的那旗城区图，原计划是把镇子都走一遍，但运气不赖，只走了半个多小时，就看到了叶流西。

她在公路岔口的一条土路边，车后厢门打开，布成摊位，里面放了一堆麻皮哈密瓜，现在是晚熟瓜青麻皮上市的时候，算是当地特产，路边的瓜摊一个接着一个。

昌东怎么也不相信叶流西真的是个卖瓜的。

他进了路口的一家快餐店，选了个靠窗的位置，方便观察。

从上午到下午，他小食饮料点了好几轮，而叶流西，居然真的一直在卖瓜。

她车上放着一寸厚刀板，板上搁一把一尺来长的直柄西瓜刀，青麻皮都是橄榄形，皮厚，男人切起来都费劲，但她料理得轻而易举，手起刀落，片瓜像切豆腐一样容易。

人长得漂亮是有好处的，她生意比近旁的摊位好得多。

中午的时候，她去就近的饭馆买了份盒饭，坐在马扎凳上拿勺子舀着吃，有流浪狗摇着尾巴凑过来，她从饭盒里拣了块排骨扔过去。

下午人不多，温度渐低，她裹上军绿色的棉衣看杂志，那种地摊艳情杂志，封面都是穿着暴露的女郎。

快傍晚时，昌东肯定自己是观察不到什么了，招呼服务员埋单。

店里的女服务员一脸的刻薄气，几次给他送餐都黑着脸，昌东原本以为是小地方的人没什么服务意识，真结账了才知道不是。

那女服务员接了他的钱，斜一眼玻璃外的叶流西，走开的时候不屑地说了句：“看一天了，这么好看啊？不就是个做鸡的吗？”

第5章

昌东先回酒店。

这两天，他的脑子已经冷下来，并不急着到叶流西跟前报到：是她千里迢迢去的西安，连看他三场皮影戏，带着一本有他“丑闻”的杂志，藏着一张关于孔央的诡异照片。

她一定也有求于他，只不过故弄玄虚。他不想被人牵着鼻子走，收尸的事，两年都过来了，犯不着争分夺秒。

开门进房的时候，看到门缝下塞进来的色情服务小卡，弯腰捡起，随手扔进垃圾桶。

离睡觉还早，昌东打开戏箱，取了块打磨好的牛皮出来刻皮影人。

凿具摆了一桌子，光花样凿刀就要用到圆、半圆、梅花、人字、星眼，推刀运皮，脸谱的口诀好像响在耳边：

“柳叶眉，杏杏眼，樱桃小嘴一点点……”

传说皮影戏源自汉代，汉武帝思念死去的宠妃李夫人，于是术士设坛招魂，在晚上点了灯烛，设了帷帐，汉武帝只能在帷帐里观望，看到仿如李夫人的影子伴着摇曳烛光投在帐布之上。

传到民间，就是皮影。

李夫人死了，汉武帝死了，术士死了，皮影还活着，一直活到现在。

这世上大多数物件，有形没形的，都比人活得久，所以人真没劲。

刻着刻着，昌东的手指冻得僵直，这里晚上的温度持续降低，空调制暖不行，开到最大也无济于事，他双手拢到嘴边哈了哈气，又搓了搓，目光忽然落到垃圾桶里那张色情小卡上。

“这么好看啊，不就是个做鸡的吗？”

昌东俯身捡起那张卡片，顿了一会儿之后，拿出手机，照着上头留下的号码拨号。

接电话的人像是专业的客服，问：“先生想要什么款的？偏瘦的还是丰满型的？清纯的还是性感的？我们可以先过滤一下，省得过去了你不满意。”

昌东想了想：“偏瘦，清纯……还是偏性感吧……”

他搞不清叶流西属于什么型，她像根悬在清纯和性感之间的摆针，时而偏左，时而偏右，但都是伪装，遮不住身上的妖气。

上来的小姐叫Sunny。

接到指派电话时，她正在酒店隔壁的棋牌室看姐妹摸牌，手包拎起了就跑。

进了电梯，掏出小镜子抹口红、抿唇、补粉，出电梯到昌东门口这段时间，衬衫的扣解了两粒，露出粉红色带蕾丝的bra边沿，又把小皮裙拽正。

最后揿了门铃，摆出一个职业化的微笑。

门开的时候，她愣了一下。

昌东说："进来吧。"

Sunny往里走，目光溜到客厅茶几，一排十几样凿刀闪着冷光，心里咯噔一下，更慌了。

她见惯了大肚、秃顶、口臭的各色客人，遇到昌东这样的，并不觉得是中了大彩，前辈们谆谆教诲："那种年轻长得帅的，会缺女人吗？你得多个心眼儿，越是这样的越变态：帅的、看起来干净的、阴郁的、叫了服务又不急色的、有点特殊兴趣的……"

昌东条条都中了，而且，大晚上的，屋里，他戴个黑色棒球帽，上半边脸都埋在帽檐的阴影里。

Sunny咽了口唾沫，前些天老板组织她们看碟，韩国的一部电影，讲专门有变态诱杀妓女，提醒她们要提高警惕——她看完了晚上做噩梦，这两天难免有点疑神疑鬼。

她有点讷讷的："要么……我先去洗个澡？"

昌东在沙发上坐下，伸手拂去牛皮上凿刻之后的皮屑："过夜三百，陪聊呢？"

Sunny脑子转得很快："一样价，不便宜，因为今晚来你这儿，接不到别的活了。"

昌东从钱包里抽出三张一百，拿茶杯压住："我刚到这儿，想开个店，对地头不熟，所以找个行内的聊聊，打听一下。"

这样啊，Sunny松了口气，她在对面的沙发上坐下来："老板，不是我说，想开我们这种店，你没戏的，插不进脚了。"

昌东不动声色："你说说看。"

反正又不是商业机密，Sunny说起来滔滔不绝，兼毫无章法，想到哪儿说到哪儿。

这镇上的这类业务，没有散做的，基本上被两家收拢，本地人拉不下脸做这个，小姐都从外地来，按地域，南北派，各自抱团，上头有大老板。

南北派原本有矛盾，后来又有一家想往里插一杠子，促成了南北齐心，斗走了外人之后，两家开始分饼、划势力范围。Sunny是南方人，就拿昌东住的酒店来说，这周是南派发广告，到了下周，也就是明天，小卡广告就得换一版了。

说着说着又诉苦。

“做这个多辛苦，你不知道，我们这行日夜颠倒，皮肤都不好，因为总要熬夜，带妆，你看我这脸，我才二十二，一卸妆，脸色蜡黄，都说我三十好几……”

昌东“嗯”了一声，他只听不说，Sunny得一直讲话，这陪聊也挺累的。

她绞尽脑汁，什么沾边的都拿出来讲：“我们上下班，大多是半夜，走夜路回去挺危险的。去年的时候，有好几个姐们儿都被变态跟过，说那人长一张皮脸……”

昌东有点感兴趣的样子了：“皮脸？”

Sunny比画给他看：“就是那种一张软皮子蒙脸上，露眼睛、鼻子，大晚上的，多吓人啊，幸亏没真出事……后来我们就多了车马费，雇车接送，单程10块钱……”

昌东问：“有一个叫叶流西的，你认不认识？”

Sunny茫然，她的姐妹们都有英文化名，什么玛丽、阿曼达、凯莉，没听说过叶流西——这名字听起来像真名字，谁会拿真名字来做小姐呢？万一消息传回老家，多没脸啊。

昌东提示她：“白天的时候，她会在街口卖瓜。”

Sunny一下子反应过来：“哦，她！我没跟她说过话，她常跟北边那些小姐在一起，应该是吃那边饭的。”

是吗？

Sunny很聪明：“说了这么多，原来你是想打听她，明天在这里派发广告的就是那边的人了，你可以问问啊。”

她把事说破了，昌东反而不想探究叶流西的底了。

只要她能带他找到孔央的尸骨，她是卖瓜的，还是做小姐的，甚至是男是女……其实都无所谓。

昌东睡了个好觉，梦里起了大风沙，沙流像金色的雾，从塔克拉玛干公路的柏油路面上翻滚而过，一丛丛的红柳把黄沙固成了几米高的坟。

梦里没有人，没有变故，没有声音。

这样的梦，于他就是好梦。

醒来时已是正午，昌东直接去找叶流西。

她刚忙完一轮，自己切瓜自己吃，低着头才啃下一口，就看到有人影倾过来。

叶流西把手里的瓜放下，顺势一抹嘴角，眼眉微掀：“买瓜？”

她第一眼没认出他。

昌东站着不动，阳光晒着他一侧的脸，挺暖和。

叶流西眯着眼睛看他，她眼梢生就略略上扬，眼波流转的时候，总像是转着无数坏心思，但笑得又很有迷惑性，十个人里有九个会觉得她无害。

她认出他来了，笑容里多了点意味，开口居然先夸他："不扮老头了？这样不是挺帅的吗？"

说着从车上拖出个帆布马扎，拍了拍布面上的灰，扔过去。

昌东单手接住了，没坐，另一只手从兜里掏出那张照片。

叶流西嗤笑了一声："这么快进主题啊？都不说寒暄一下，本来还想切块瓜给你吃的。"

说着拈过那张照片，夹在两指之间，手腕转了个角度，相片的正面对着昌东："你就不怀疑这照片是我造假吗？"

昌东回答："女人的直觉很准，我想向孔央求婚，没告诉她，但她猜到了，特意为这场合买了件新衣服。

"那天晚上，在营地的帐篷里，她第一次换上这衣服，问我好不好看，我还没来得及给意见，就听见外头的风瓶撞得乱响。"

风瓶就是玻璃酒瓶子，扎营的时候拽根直绳，酒瓶子依一定的间距悬挂上去——挂着好玩，同时也测风，玻璃酒瓶子有自重，响得那么厉害，绝不是小风。

他刚掀开帐门，就看到鹅头沙坡子那标志性的"鹅头"被沙暴扼断，扬成了夜色里的沙雾。

孔央的新衣服，绯红色的长裙，第一次穿，也是最后的丧服，没来得及拍过任何一张照片，却和乱发一样，飘在眼前这张照片上、雅丹带沙尘的风里。

叶流西对这回答很满意："第二个问题，照片里，是哪儿的雅丹？"

"雅丹"这个词其实是维吾尔语，意思是"险峻的土丘"，这种地形在西北遍布，有些自成规模，名声在外，比如敦煌以西的三垄沙，叫魔鬼城；克拉玛依附近的乌尔禾，叫风城；疏勒河附近的，叫人头疙瘩城。

也有没那么有名的，大大小小，有时候越野自驾，路边忽然冒出不大的一片，那也是雅丹。

所以，是哪儿的雅丹？

昌东说："龙城。"

“怎么看出来的？”

昌东指向照片：“这里的土台盐碱成分重，有石膏泥，对比其他雅丹，颜色偏灰白。白天阳光好的时候，会泛银光，像鳞甲，所以古人把这里称作白龙堆，现在常跟龙城纳入一个范围，都叫龙城雅丹。”

叶流西咄咄逼人：“为什么这灰白色，不能是下的霜雪？”

“下雪是一大片，不是照片上这种情形；霜是水汽凝华，日出前后会有，照片上是正午，阳光这么大，霜早化了。”

叶流西说：“哦——”

声音拖得长长的，显然对他挺满意，转身拿起西瓜刀，手起刀落，从半拉瓜上切下一片。

金黄色的蜜瓤，汁水足，瓜香清新得很。

叶流西把瓜递给他：“你带我去龙城，我带你找到孔央的尸体。”

并不是商量的口气，昌东看了一眼，没接。

叶流西笑得温柔，语气软中带硬：“进罗布泊的向导不难找，但你找不到第二个知道孔央尸体在哪儿的人。”

昌东还是没接：“照片怎么回事？鹅头沙坡子距离白龙堆很远，尸体怎么过去的？又怎么可能嵌到黏土包里？”

叶流西不耐烦了：“我怎么会知道？我只帮你找到她，你只做我向导，爱做不做，不做拉倒。”

话音未落，手一翻，那块蜜瓜直跌下去。

第6章

昌东下意识伸手去接，接了个空。

瓜还在叶流西手里——她做了假动作，才刚撒手，反手又接，抢在他前头拿到，然后笑眯眯搁到他空张的掌中：“刚才接了不就结了，就这么说定了，手机。”

昌东拿手机给她，她拨了自己的号码，响一声挂断，然后递还给他：“你准备好出发的时候，通知我就行，我白天都在这儿，找不到的话打我电话。”

什么都让她说了做了，看来没讨价还价的余地，昌东不想多话，转身走时，叶流西又叫住他：

“哎，昌东。”

昌东回头。

“你是住酒店的吧？”

昌东“嗯”了一声，随手指了个方向：他住的酒店算是那旗镇上最好的，也最显眼。

“晚上能去你那儿洗澡吗？”

她解释：“反正你付了过夜的房钱，洗澡水不用白不用，省得我去公共浴室洗了。”

昌东皱眉：“你家里没洗澡间？”

叶流西拿起西瓜刀，刀背在车厢上敲了两下，响声咣当咣当的。

“我就住车里。”

昌东送车子到镇上最大的汽配店做行前维护，接手的师傅见车子模样不起眼，起初很是漫不经心，真到紧固排损时才看出端倪，不时一惊一乍：“兄弟你真懂行啊，这改装绝了！”

昌东没吭声，盘腿坐在一边的地上，朝工人借了纸、笔，慢慢地勾画路线图。

两年了，大多时候都困在回民街那个几平方米不到的后台，逼仄的空间里除了幕布就是皮影，忽然间，像平地起了风暴，把周遭的炫目色彩、零碎声响刮成齑粉，极目四望，还是身处万里戈壁。

他早知道终有一日要回去的：死了十八个人，凭什么只活他一个呢？

墨笔在纸上迤逦出一道弯弯绕绕的路线图，一个个站点，像是刻在脑子里的。

罗布泊是东西向穿越，可正可反，正的这一条，起始点是玉门关，业内叫西出玉门。

他看自己标出的路线。

玉门关——三垄沙魔鬼城——彭加木失踪地——红柳墩——罗布泊镇——湖心——余纯顺墓——龙城。

“龙城”两个字上，他画了一道又一道的圈痕。

孔央的尸体，怎么会到了那儿呢？

沙漠腹地有个诡异的传说：

死在沙漠里的人，尸体从来都找不到，因为起伏的沙堆下藏着看不见的鬼魂，它们会带着人的尸体，乘着戈壁的大风，在大漠里来回行走，直至带出千百里之遥。

除了孔央，还有其他人呢，是否也嵌在灰白色的黄土垄堆里？

车子检修完已经是晚上，有几样损件没货，要等明天调配，昌东在车行旁边的饭馆吃了碗面，步行回酒店。

到酒店门口，透过玻璃门，看到大厅里跟前两天不同：几个穿着撩人的年轻女人正坐在沙发上聊天，不知道是讲到什么好笑的，正前仰后合，乐不可支。

而一侧的楼梯口，有对男女正搂抱着上楼，那个女人很是眼熟。

叶流西？

昌东想起Sunny的话。

“明天在这里派广告的就是那边的人了……”

南北果然有差异，南面含蓄点，而北面的广告发得活色生香。

叶流西今晚既然已经找到下家，看来是不需要去他房间洗澡了。

昌东推开门进去，垂着眼经过沙发时，有几句压低声音的对答传进他耳朵里：

“他偷偷给流西下药，你看见没？”

“看见了，大概想玩花样，怕她不乐意……今晚那男人会爽到吧。”

“我没提醒她，反正她也乐意，自己跟人走的……”

几个人咯咯笑成一团，风月场里人情味少：自己生活得不如意，于是乐见别人倒霉。

昌东皱了皱眉头，走到电梯边揿钮：走楼梯的大多是住二楼的客人，三楼以上就要用到电梯了。

电梯到了，昌东进去按了楼层，没人同乘，电梯门缓缓关闭，小地方的电梯，广告包满四面，连地毯上都印着餐饮店标语，讲明全年八五折。

这是叶流西自己的“工作”，客人有什么情趣想必她也司空见惯，自己用不着多管闲事。

到了楼层，昌东出电梯，快走到房间时，忽然犹豫：

有人对她下药，于情于理，是不是应该提醒她一下？

他走过房门口，从疏散楼梯下到二楼。

走廊里静悄悄的。

这酒店大堂挑得高，二楼的空间受挤压，房间少，都是单排，门对着走廊，有几间没亮入住灯，空关。入住了的有十来间，只有一间门把上挂了“请勿打扰”的牌子。

昌东上去敲门，没人应答，他手上力度大了点：“叶流西？”

试了几次，里头还是没动静，昌东低头去看锁，就在这个时候，身后忽然有人说话：“你叫我啊？”

昌东迅速回头。

居然是叶流西，左手提浴筐和衣服袋子，右手拎一双拖鞋，脸上的表情比他还奇怪：“你明知道我住不起酒店，怎么会敲一间客房的门喊我的名字呢？”

昌东收回手：“你怎么在这儿？”

“不是说晚上去你那儿洗澡吗？我车停在后头停车场，正从后楼梯上来，听到你在叫我……你不是住三楼吗？”

昌东说：“我认错人了。”

叶流西洗澡的时候，昌东又下了一趟二楼：刚刚的事情，他总觉得不对劲。

那间房的门口明明亮灯，却怎么敲都没人应，他试着用楼道的电话拨房号，同样没人接。

昌东从楼梯绕进酒店后的停车场。

停车场其实是片半开放的用地，里头停了不少车，有私家车，也有电动三轮，并不只对酒店住客开放，他在停车场站了会儿，抬头看酒店的大楼。

黑漆漆的墙身几乎和夜色融为一体，亮灯的窗户像嵌进黑幕的一只只巨大的眼睛，有些房间拉着窗帘，帘上偶尔映上人影。

冷风吹过，昌东打了个寒噤，转身想上楼，走了两步，心里忽然一动。

他转头看向二楼的一扇窗户。

里头没亮灯，这不稀奇，这酒店入住率不高，很多空关的。

稀奇的是，那间房开窗——那旗镇多风沙，窗户很少打开，即便想开窗透气也是选中午没风的时候，更何况现在是晚上，温度正持续往低走。

整幢大楼，只有那一间开窗的。

昌东将衣服的上拉链口松了松，活动了一下头颈，退后几步，快跑提速，一个踏冲踩上墙面，身体拔起，胳膊伸长扒住空调外挂，借力提气翻进窗子。

这屋里有动静。

昌东在窗口站了会儿，借着外头微弱的光，渐渐看清楚。

床上躺了个肥胖的男人，赤身裸体，手脚都被捆住，嘴里塞着枕巾，喉咙里唔唔的，正试图挣脱，但无济于事。

昌东走到床边。

那男人挣扎得更厉害了，似乎是想求救，又似乎是害怕来者会对自己不利。

半晌，昌东弯下腰，抓住抛在地上的被子顺手一提，把被子抛盖在男人身上。

酒店的热水水流大且稳，相较之下，公共浴室的出水真像老牛拉破车，催不得也踹不得。

叶流西洗得心满意足，换好了衣服出来，扯了条毛巾擦头发。

昌东在看电视，看不出这么大个儿的男人，居然爱看狗血的婆媳剧：儿媳妇正拽着男人不依不饶，另一边，婆婆骑驴样跨坐在窗台上，声嘶力竭叫嚣：“你今天不赶她走，我就跳下去！”

叶流西擦着头发，目光往电视上溜：她想看那婆婆到底跳不跳。

就在这当口，昌东举起遥控器一摁，电视机黑屏。

叶流西觉得他是故意的，皱着眉看他。

昌东迎上她的目光：“我去过那间客房了。”

“什么？”

“你干的？”

看来没法装傻蒙混了，叶流西将毛巾往边上一搁，伸手抓理头发：“你把人放了？”

“给他盖了被子。”

叶流西语带讽刺：“真看不出来，你还长了颗菩萨的心。”

“你知不知道以现在的温度，开窗，人脱光了过一夜，轻的冻残，严重点会失温冻死？”

叶流西漫不经心：“所以呢？”

昌东盯着她看：“那人冻死了，就是命案。那么多双眼睛看见你和他搂在一起，警察第一个找上你。”

叶流西笑：“这么为我考虑，怕我坐牢啊？”

昌东回答：“你去坐牢或者赔命没关系，但会耽误我的事。

“龙城这事没了结之前，我希望你循规蹈矩，有点法律意识，别给大家找麻烦。完事之后，杀人放火都随你，跟我没关系。”

叶流西不说话了，脸上还是带着笑，过了会儿说：“好啊。”

语气柔和，好像一点都不介意，但走的时候摔门，整个楼道里都有回声。

这声响……昌东知道自己得罪她了。

叶流西下楼，在心里骂昌东：教训我，什么玩意儿。

进了停车场，回头看那扇半开的、黑黝黝的窗户：她要是再翻窗进去生事，显得忒不大度了。

算你运气！

叶流西走向自己的面包车，离着三五步远时，蓦地停下脚步。

车门是开的，隐约能看到车里有个人影。

叶流西笑起来：今天是什么日子啊，一个两个的，都来撞她的枪口。

她放轻脚步，悄无声息地走过去，身子倚住半开的车门，手伸进离得最近的座位底下，慢慢抽出一把刀来。

尺长的直柄西瓜刀，刀身锃亮，在夜色里闪着寒光。

那个人还在车里翻找着什么，动作很小，窸窸窣窣的声音像老鼠刨食。

叶流西拿刀背磕了磕车门框，那人猝不及防，打了个哆嗦，僵住了再不敢动。

叶流西说：“你找什么呢？我对这车熟，不如说出来，我帮你一起找啊。”

第7章

接到电话之后，昌东匆匆下楼。

隔着几米远，就看到肥唐双手抱头，脚边放着行李包，劳改犯一样蹲在半开的车门边，叶流西倚着车身，已经等得很不耐烦。

肥唐看见昌东，如见亲人，嘶哑着嗓子大叫：“东哥，你快告诉她，我是跟你一起的，是你让我翻她车的！你跟她说啊。”

边号边使劲向他挤眼睛。

前些日子托肥唐的关系查监控视频，想不到欠下的人情，这么快就要还了。

昌东在叶流西身前约莫丈远的地方停下，然后点头：“是，他跟我一起的。”

叶流西下巴微抬，笑里带几分故意做出来的诧异："还以为你是个老实人，原来也会干见不得光的事儿……都翻到什么了啊？"

最后一句话是向着肥唐说的，顺带着一脚踹过去，肥唐扑跌在地上，也不敢叫疼，手脚并用着爬远了些，继续蹲着。

昌东给叶流西道歉："对不起啊，没别的意思，就是想查查你到底是什么人，做得过了，保证以后不会了。"

他认得这么干脆，叶流西反而不好借题发挥，顿了顿，唇角一弯，居然笑起来。

"没事，大家还不熟，一起做事，起初总会有摩擦的，我也不是这么计较的人，不过昌东……"

她意在言外，一字一顿："别再有第二次啊，我这个人，没什么法律意识的。"

肥唐跟在昌东后头走，开始不敢出声，后来估摸着叶流西听不见了，嘴里开始骂骂咧咧，什么"贼尼玛""湿你北""万货"，不干不净的话都出来了。

进了房间之后，眼珠子溜溜四下打量："东哥，我刚到，你这屋大，匀我个沙发睡觉呗，省得我去找地方了。"

昌东说："刚到，旅馆还没找就去翻人的车，主次抓得很清楚啊。"

语气不善，肥唐心里打了个突，昌东的做派，他或多或少听过，"沙獠"这词，绝不是形容他和蔼可亲。

他脑子转得飞快，琢磨着怎么样才能把话说得周全。

"其实是这样的，东哥，我也不瞒你，这叶流西，之前不是在西安待过一阵子吗？她路数不正，顺了我朋友的货，硬货。"

肥唐的朋友，都是做古董古玩的，他说是硬货，必然价值不菲……

"我那朋友呢，货也不是明路子来的，不好报警。撂了话，谁帮他找回来，车马费不会低于十万。说起来还得谢你，要不是你去齐刘海那儿找监控，我也不会发现这事跟她有关。

"东哥，你也知道，我这两年生意不好，开店还背了债……别耽误兄弟发财行吗？"

叶流西顺货，失主悬赏，肥唐求财，这事确实跟自己没关系，昌东点头："行。"

肥唐心里一喜，但也知道有后话。

"但是这些天，我需要她帮忙，不希望节外生枝，你找货也好，找她算账也好，时间延后，不要耽误我的事。”

肥唐赶紧点头，顿了顿，小心翼翼的：“东哥，我知道你车开出来了，你是不是要跑戈壁？叶流西……也去？”

昌东“嗯”了一声。

肥唐心跳得突突的：“能不能带上我？不盯着她，我心里不踏实……”

昌东说：“不只这个原因吧？”

他边说边打开戏箱，取了根凿刀出来，在刀石上细细磨口，两年了，已经养成习惯，每到晚上，不磨刻点什么就不自在。

肥唐被他问得一愣，不过既然已经被看穿，也就无所谓藏着掖着了：“出来一趟，谁也不想跑空啊，东哥你懂的。”

叶流西的车里能不能翻出宝，说到底还是未知数，一颗向着钱的红心，得做两手准备。

昌东跑的线，跟古丝绸之路有大部分的重合，这条线要么已经是无人区，要么就是沙漠——且不说那些被掩埋的古城遗迹，上千年来，多少商旅驼队因为沙暴被埋进了沙漠啊，同时埋掉的还有那些值钱货，随便一件放到今天，都不是小数目，要是他能捡上一件两件……

这可不是做白日梦，组队去沙漠碰运气的人年年都有，虽说楼兰古城已经建了文保站，小河墓地也被保护起来了，但就不兴他走狗屎运，撞上个楼兰古城2号或者小河墓地奢华版？

梦想还是要有的，万一实现了呢？

昌东终于开口：

“我跑线，不带闲人，不带吃白饭的嘴，你想我带上你……你能给我什么啊？”

肥唐想也不想：“东哥你尽管开口，规矩我懂，要么出钱，要么出力，不会白蹭的。”

昌东点头，指腹在磨好的刀口上刮擦了一下试锋：“在她车上，翻出什么了？”

有求于人，肥唐答得积极：“乱七八糟的，什么都有。炉子、锅、盆，还有瓜。这女人睡车里的，床是块挂板，可以放下来，床底有副拳击手套，哦对了，还有块皮脸……”

昌东手上的动作一顿：“皮脸？”

“就是块软皮子，叠在手套箱里，我以为是什么呢，抖开一看，上头挖了两眼窟窿一张嘴，吓我一跳……”

……

凌晨两三点的时候，昌东起夜，洗了手，本来要回房，谁知道鬼使神差，走到窗帘边，把帘子稍微掀开了些。

停车场里，叶流西的车位已经空了。

昌东沉吟着放下帘子。

沙漠里有一种植物叫红柳，是用来固沙的，阻了沙之后，乍看像坟头，长得不甚高大，只一米见方，但很少有人知道，它的根株粗壮密集，可以往地下抽伸三十多米。

叶流西给他的感觉就像红柳，只要事不关己，他就不想探究她的底，因为不知道带起的会是什么样庞大的秘密。

也许应该提醒肥唐，有些人，擦身而过也要目不斜视，尽量别去惹。

第二天傍晚，昌东取回车，特意从土路口绕了一下，想跟叶流西说一声，已经准备好可以出发了。

他的所谓“准备好”，就是列了张单子，写明要带的东西、要联系的后援——那旗镇太小，连卫星电话都没处买，他预备路上购齐，至于最占重量的吃喝消耗品，到距离戈壁最近的补给点再装车。

叶流西居然不在，摊位被一对老夫妻给占了，昌东打听时，老头答说：“她今天去别块（处）做工咯。”

又做什么工？

昌东给叶流西打了个电话，她很快接了，那头嘈杂得很，她在忙，回了句“在德胜街，有事过来，没事回头再聊”，就挂了。

昌东翻出新买的那张城区图看，在“推荐去处”的版面里找到德胜街，居然是个标四星的去处，写着“那旗人气最高的美食文化街”“不可错过”，遣词造句跟回民街的版本如出一辙。

昌东决定过去吃个饭。

到了才发现，也就是比较热闹的小吃街，正是饭点，露天搭了不少桌子，生意最好的是烧烤和小火锅，有小贩推着大桶的杏皮水穿梭其中。

至于叶流西，非常显眼——她正在烤串。

烧烤炉里火正旺，那些串钎，新放的、要翻面的、要刷油的、要撒料的，她居然真的一点都不乱。

昌东在一张空着的小桌子边坐下来，点了些烧烤，又加了瓶啤酒，他的单子送过去时，叶流西抬头朝这边看了一眼，昌东朝她点点头，算是打招呼。

他有点佩服她，每次见她，她都能换份工，每份工之间还风马牛不相及——说她是三百六十行成的精他都相信。

这一餐快吃完的时候，叶流西终于得了个空闲，嚼着烤饼过来找他："找我？"

昌东一条条说："昨天你见到的那个，叫肥唐。他会跟我们一起走线——我让他去租一辆四驱越野，这样多一辆车装补给，更稳妥。"

叶流西说："好啊。"

边说边顺手拿起装辣椒面的调料罐，给烤饼添点料。

"我们从敦煌进，行程顺利的话，预计四天出，我会在进戈壁之前谈好后援队，每天定点跟他们联系，报GPS位置，失去联络四十八个小时就开始救援。"

叶流西说："挺好的。"

"还有就是，龙城的面积比半个上海都大，东西南北都长得差不多，人在里头很容易失去方向感，你凭什么说你能准确找到孔央的位置？"

叶流西斜乜了他一眼："怀疑我啊？"

昌东掏出列好的物类单，在背面画图："不是怀疑你，你至少给我大致的方位，这样我可以事先规划路线，少走弯路。"

他把画好的方位图给叶流西看。

"龙城大致的形状是斜三角，很多人去过，但都是循前人的路线，快进快出，基本是这条东南斜插到西北的线……"

他在方位图中央位置穿插了一条曲线。

"而这条线，每年都有不少车队在走，如果孔央尸体在这附近，早就被发现了，所以你去的那次，一定是深入龙城腹地了。

"这条线上，有三个方位点，这里，是汉代的烽燧台，只剩下一个土台了；这里，有两个灌满沙的大汽油桶，桶身用红漆刷了个指向标，是1970年代的考古队设的路标；这里，是百米沟槽，里头都是骆驼的骨架——你是在哪个点附近偏离安全路线的？"

叶流西看了会儿，示意了一下烽燧台和汽油桶路标之间的方位："这里。"

昌东皱眉："这一带盐壳多，路不好走。"

叶流西耸耸肩："所以那些进龙城的人，都没发现你的孔央啊，要是路好走，早就找到了。"

昌东收起清单，把餐钱压到调味罐下："明天凌晨，四点半，那旗镇外，大家在前进桥头会合。"

前进桥在镇西十多里，河道早干了，空留一座桥。

叶流西感到意外："为什么在桥头会合？不能在镇子上会合了一起走吗？"

"不能。"

"四点半是不是太早了？需要这么赶吗？"

"需要。"

叶流西觉得好笑："就不能解释一下为什么？"

"明天见了面，会告诉你。"

第8章

叶流西凌晨四点从镇上出发，她习惯早到，不喜欢让人等。

车过土路时，看到路灯下或站或蹲着一堆堆的人，裹着棉袄，缩着脖子避风，这些都是乡下出来等着去工地打零工的，据说五点多工头就会开车来挑人，随拉随走，最近这段时间活少，要靠抢，所以排队的时间越来越早。

路边有家早点铺子开着，卖豆浆、包子和油条，叶流西下去打包了一份，给钱的时候，钞票被玻璃罩旁的挂灯映得通透。

血汗钱呢。

四点一刻，车停在了前进桥头，四下黑洞洞的，吃饭还嫌太早，叶流西开了车载DVD听歌。

这车子有些年头了，碟片也都是黄德福买的，姓黄的什么口味，她就凑合着听什么歌，从来不挑，也懒得费那个事。

机子里锣鼓、磬儿、铙钹、月琴齐响，老生唱腔的《铡美案》，一个字能拖得人喘不上气：

"包龙图打坐在开封府，尊一声驸马爷细听端的……"

叶流西往车玻璃上呵气，呵糊了外头天边的星，又伸手抹擦出来。

四点半，昌东没到，叶流西下了车，朝来路看了看，没任何动静，唱曲换成了《苏三起解》里最有名的那段西皮流水，也不知谁唱的，捏着嗓子，声音尖细，风把唱腔送出去，像野地里闹鬼。

一个男人要女人等，什么玩意儿。

叶流西上了车，车门砰的一声撞上，翻出手机设了五点的闹铃：做人要大度，她等人的容量一般在半个小时。

车里改装过，为了有足够大的地方放货和挂床，后排座位全拆，只留了驾驶座和副驾，叶流西闲着无聊，腿挂上椅背，做悬空倒挂的仰卧起坐。

二十个做过，腰腹和大腿发酸，她挂着不动，像蝙蝠入了定。

唱曲改《夜奔》了，武生驻马停牌，唱："良夜迢迢……我急急走荒郊……身轻不惮路途遥……"

这是最后一首，唱完了自动停机，咔一声响，车子里安静得像被铡完头的陈世美。

……

五点钟闹铃响，叶流西拨昌东的电话，提示关机。她做了一个深呼吸，觉得自己应该耐心点：没准儿是出事了呢？

六点钟，叶流西裹着棉袄看东边的天：日出前，天空会先罩一层纱红，然后红得越来越浓烈，像车祸现场——昌东要么是伤得不能动了，要么是死了，不然真是很难让人原谅。

日出的一刹那，叶流西喝光凉透了的豆浆，仰头眯着眼睛看太阳，口出一句国骂。

车子重新进镇，土路两边蹲守的人都已经不见了——大概是已经找到了工，求仁得仁。

但她得什么了？折腾两三个小时，就看了个日出。

叶流西把车子开到昌东住的酒店门口。

想查昌东有没有退房、什么时候退的，前台不让，一脸"我们很保护客人隐私"的凛然，叶流西不再跟他们废话，直接进了电梯。

电梯门快关上的时候，外头有人叫："哎，劳驾，等一下。"

叶流西揿了开门键，那人兴冲冲迈步进来，转头想说声谢，笑容忽然僵在了脸上。

肥唐。

叶流西盯着他看："昌东还住这儿呢？"

肥唐说："是……是啊。"

他有点怕她，那天晚上，她揪着他后颈把他从车上拖下来，让他想起小时候看杀猪的场面。

叶流西的目光落到他手中拎着的袋子上。

肥唐主动交代："豆……豆腐脑，给东哥带的早饭。"

叶流西说："哦。"

肥唐被她"哦"出了一身鸡皮疙瘩，电梯里空间小，有她在边上呼吸，他觉得特不自在，又觉得时间过得太慢。

终于到了三楼，还得让她先走。

叶流西朝他伸手："豆腐脑给我。"

谁带给昌东都是一样的，肥唐赶紧把袋子递给她，叶流西拿手指头钩着，经过垃圾桶时，手指一松，豆腐脑准确无误地砸开翻盖，进去了。

肥唐及时刹住脚步，决定不跟过去了：早上空气好，再四处转转吧。

门没关，虚掩，叶流西推门进去，在洗手间找到昌东，他正刷牙，一嘴牙膏白沫，眼角余光瞥到她进来，咕噜漱了口，又拿毛巾擦了擦嘴角。

想出来的时候，叶流西身子倚住一边的门框，腿一抬，踩住另一边门框正中央。

昌东抬眼看她，她皮笑肉不笑的："昌东，做人是不是该守时？"

昌东点头："那做人是不是该诚实？"

"什么意思？"

"那张照片，真是你拍的吗？你真的去过龙城吗？"

说完了，屈指在她膝上磕了磕："放下。"

鬼使神差，叶流西居然下意识照做了。

昌东从她身侧绕过，进客厅倒水，叶流西跟出来，眉头微蹙："是不是有什么误会啊？"

有一种人，不见棺材不掉泪，昌东坐到沙发上，把一张纸推过来。

是昨天他画的龙城路线图，叶流西觉得不妙：是自己说的方位有问题吗？

果然，昌东指了指烽燧台的位置：“在这张图里，我故意画错了一个地方，龙城没有烽燧台。”

叶流西脑子转得飞快，眼神真诚：“雅丹的形状本来就千奇百怪，说像烽燧台也不稀奇啊，再说了，我指的是大致方位……”

“那好，你再指一次。”

叶流西沉吟了一下，觉得昌东是在诈她。

她要是改了位置，那就着了他的道儿了：昨天指那儿，今天指这儿，不正说明了她根本不知道方位吗？

只是没有烽燧台而已。

于是还是指同样的位置：“就是这儿。”

昌东沉默了会儿，说：“挺聪明啊。”

叶流西嫣然一笑，可惜没笑完。

“……头一次见到这么心大的，至少做点功课，去网上查点地图资料都没空吗？”

他拿起笔，划掉那处路标：“龙城没有汽油桶路标。”

然后一处处划下去：“没有堆满骆驼骨架的百米沟渠、没有这条东南进西北出的穿越线，龙城的形状也不是斜三角……我说得够明白了吧？”

够明白了，你大爷的。

叶流西在沙发上坐下来，抱歉地笑：“这事是我不对，真特别不好意思，我也不是故意的……这样，你就说你想怎么解决吧。”

认得这么干脆，还笑得这么好看，伸手不打笑脸人这话是有道理的——明知道她满嘴鬼话，都不好发脾气了。

他要是再不依不饶，她一定会很恳切地说：“昌东，我都已经道歉了，你还想怎么样呢？你一个男人，怎么这么较真儿呢！”

昌东把那张照片摊出来：“我已经知道孔央在龙城，但你，确实不知道具体的方位，也就是说，我不需要你了。

“我可以自己去，大不了在库尔勒住下来，每隔一段时间就进龙城，划区划块去找，龙城面积三千五百平方公里，花上个一两年，足够了。

“所以，你说说看，我为什么还要带上你？”

叶流西说：“这事吧，其实……”

昌东打断她：“我提醒你一句，一个人撒一次谎，还可以给第二次机会；撒两次谎，永远也不值得信任。”

叶流西叹气：“我不讲实话，是因为你不会相信的……”

昌东说：“你觉得，一个人被嵌进无人区的黄土垄堆这种事，有几个人会相信？我这都信了，还有什么不能信的？”

叶流西又改口了：“这还不是最主要的，最主要的是……”

她压低声音，苦口婆心：“我怕你吓到。”

这真是他有生以来最烦的女人。

昌东没耐性了，他伸手指门：“再让我听到你说一个字的废话，只一个字，你就从那儿……”

“下午四点半，前进桥头，不见不散。我保证，你想知道的，都会知道，走了，下午见。”

……

为了表明态度诚恳，她关门的时候动作很轻，锁舌咔嗒一声轻响，尽显体贴。

不过没立刻走，在门口站了一两秒，五指内扣，指甲在门面上刺啦划过。

下午五点多的时候，昌东泡了桶泡面，肥唐殷勤地凑过来，硬要给他加根火腿肠。

这两天，为了找最便宜的四驱越野，他可谓挖空心思：最后以月租金两千的价格搞到一辆老吉普，车主买来也不贵，三万多的二手，但很会搞表面文章，车身漆成迷彩色，备胎上横绑军工铲，车前头还立个挂海盗旗的标杆灯。

肥唐自己都觉得是猪鼻子里插葱，没想到昌东扫了一眼，居然让他过关了。

真是感激不尽，唯有以代买早饭、塞火腿肠等聊表心意，以及口头上关心昌东的一切：

“东哥，你不是说今晚约了那女人吗？几点啊？”

昌东拿塑料叉子卷面：“四点半。”

“四点……半……”肥唐揿开手机看时间，“哟，东哥，过点了已经。”

“她不会准时的。”

毕竟他让她枉等了近三个钟头，还是在一天中最难熬的时段。

吃完面，肥唐积极主动，热情地帮他把汤碗拿出去扔掉，理由是屋里虽然有垃圾桶，但扔屋里多闷味儿啊。

回屋的时候，正看到昌东开戏箱，拣了根锃亮的凿刀出来，拢进袖口。

那凿刀像管笔，刀口是斜锋，刻皮子最怕钝刀拖磨，所以刀子一定要利——昌东经常磨刀，肥唐这两天看多了，夜有所梦，有一次梦见刀口在自己咽喉上一撩，血线喷出的弧度特别优美。

昌东抬头，看见肥唐盯着看，于是解释了句：

“防身用的，怕她把我给杀了。”

肥唐讪笑着打哈哈：“东哥你开什么玩笑……咱们这是法治社会……”

笑着笑着就不笑了。

他想起自己被抓个正着的那个晚上，叶流西手里倒拖着刀，探身进来的时候，刀光都折进了她眼睛里。

叶流西果然迟到。

日落的时候她才出现，车子打西边来，一路疾驰，像半抹夕阳红里射出的子弹。

近前，她匆匆下车，小跑着过来，隔着车窗跟他道歉：“不好意思啊，有点事耽误了。”

昌东说：“没关系，我送你看日出，你让我看日落，很公平。”

叶流西笑盈盈的：“那我开前头，你跟着，车程大概一个半小时。”

“去哪儿？”

一个半小时车程，以那旗镇的方位，东南西北不是荒漠就是戈壁，更何况……已经日落了。

叶流西略弯下腰，胳膊叠支到车窗沿：“怕啊？我一个女人，单身，貌美，这么大黑天，跟你去荒郊野外，要怕也该是我啊。”

昌东说：“那是你没看过《聊斋》吧。”

第9章

一个半小时的车程，前一个小时是公路，后半个小时上了戈壁滩，黑灯瞎火的，叶流西倒是认路——虽然弯弯绕绕，但确实没走过回头路。

叶流西停车了。

昌东随后下车，夜里的荒漠很冷，他下意识把半敞的外衣拉起，脚下有沙层，不厚，踩了踩，能感觉到底下戈壁的硬土层。

这里是沙漠外围，沙子都是被大风从沙漠刮带过来的，日复一日，遇阻沉积，也会形成沙丘。

叶流西招呼他跟上，还得徒步走一段，两人都没亮手电：黑夜里，眼睛适应了自然光之后会看得更远。

天上有月亮，半弯，偶尔路过几蓬枯干但没死的骆驼刺，带刺的影子被月光投射在地上，被风吹得晃晃悠悠。

叶流西在一片沙坡上停下脚步，伸手指着前方不远处："看。"

看轮廓，黑魆魆的，半人来高，不长的一段墙。

"夯土的，文保单位来看过，说可能是古代某个驿站的围墙，但是只剩这一面，残缺不全，就近又没挖到任何东西，加上交通不便，所以就这么撂着了。"

"就是让我来看墙？"

叶流西指着墙后不远处："当然不是，看到那棵树了吗？"

看到了，孤零零只一棵，剪影贴着钴蓝色天幕。

昌东认出那是胡杨树，而且是死胡杨，因为姿态凄惨，难以名状——内蒙古有个著名的黑水城遗址，那附近也有大片的死胡杨，当地的传说里，那是惨死的将士冤魂化成的，每一棵都是人间地狱里的生灵姿态。

所以不管胡杨的精神被如何传唱，什么"生而不死一千年，死而不倒一千年，倒而不朽一千年"，昌东始终对胡杨喜欢不起来，枯死的胡杨扭曲挣扎的形象，总让他想起类似"死不瞑目"这样的话来。

"看树？"

"也不是，你站的位置不对，还要再挪一点。"

她拈拽起昌东肩膀处衣服的衣料，牵着他往边上走了一两步，又帮他挪了角度："现在再看。"

目光及处，昌东头皮微麻。

那是吊在树上的一个绳套，看高度、圈口大小，上吊用的。

深夜，荒郊，废弃的古代驿站、枯树、上吊的绳套……目前，也就差一个吊死鬼了。

昌东不动声色地把袖里拢的凿刀刀柄垂进手心。

叶流西问他："你做过噩梦吗？"

“做过。”

叶流西说：“有一次，我做了个噩梦——听好了啊，我就从这个梦开始讲。

“梦里，我年纪不大，十一二岁，躲在墙角的一个水缸里，缸上罩着盖，缸口有豁齿，缸外堆着柴火，我就透过豁齿和柴火的缝隙往外看。

“看到是晚上，木头门正被风掀得撞来撞去。屋里很简陋，屋子中间生火，很旺，火星子被热气拱上来，在空中乱飞。

“火堆旁边，坐着一个人，在吃人，发出嘎吱嘎吱的咬嚼声。

“我一直盯着看，忽然发现，那个人的嘴里叼着一根带滤嘴的烟，用来吃东西的，其实不是他的嘴。”

她示意了一下自己的鼻子以上：“确切地说，在这个位置，还有一张嘴，张得很大。人都被吃得差不多了，剩只脚露在外头，随着咀嚼的动作上下晃，脚上还穿了只胶鞋，鞋带有点松。

“眼看鞋子就要落下来，那人一个吞咽，连鞋子带脚，全吞下去了。

“吃完之后，他打了个饱嗝，脸扭曲变形，那张嘴越变越小，我这才发现，原来他用来吃人的，是他的一只眼睛。

“那只眼睛通红，像是血肉在里头混搅，再然后，他拿过身边的一个水壶，大踏步向水缸走过来，大概吃得太干，想喝水……”

说到这儿，她长舒一口气，拿手拍了拍心口：“吓得我一下子就醒了。”

这就醒了？这梦，和他关心的事情，有关系吗？

叶流西像是猜到了他在想什么，她抬起手，缓缓指向树上挂着的那个绳套。

从这个角度来看，那半弯月亮恰巧爬到绳套里，爬成一张吃饱喝足半抿的嘴。

“醒的时候，我就吊在那个绳套里。”

昌东冷冷问了句：“没死？”

叶流西咯咯笑：“你这个人，怎么一点都不盼着人好呢，我要是吊死了，现在跟你说话的不就是个鬼了吗？多吓人啊……绳套是死结，我挣扎了两下，就摔到地上去了。

“然后，我试着去回忆前因后果……”

昌东觉得不妙：一般这种情况，结合上下文，她大概是要失忆了。

“我发现我的记忆，出现了大片……锯齿状的空白。”

昌东差点笑了，真不容易，两年来，他第一次想笑：“你失个忆，还带形状的？”

叶流西说："我那不叫失忆，很多事情我都记得——我记得我不止一次向一些地方的货商进货，敦煌、嘉峪关、酒泉，最远到过张掖，买的东西五花八门，有鞋子、衣服、碟片、书、明星海报……每一次，开着货车进戈壁之后，就没下文了。

"但最关键的事情不记得，比如生哪儿长哪儿、家人、朋友、我到底是谁、谁把我吊上绳子的……都不记得，怎么说呢，记忆如果是一张纸，我的记忆好像是被撕开了，有些事，我要么记得前半截，要么记得后半截，要么记多点，要么记少点，像是被狗啃过。"

昌东总结得一语中的："也就是说，我想知道的，你恰好都忘了，是这意思吗？"

叶流西叹气："你这么一说，好像我故意拣你感兴趣的事情失忆似的……不过差不多，就是这样。"

头一次听说还能掐点掐长度失忆的，昌东放任脸色难看，没有任何要遮掩情绪的意思。

这在叶流西意料之中："还没完呢，听完再下结论——我掉下来之后，四下看了一遍，树底下有个包，黑色单肩，还记得吗？我去看你皮影的时候背过。

"包挺沉的，里面有一些东西，我拿出手电照了照周围，发现沙地上没有脚印。

"又照包里，看到一个胶卷照相机……"

昌东心跳突然加速，终于听到跟照片有关联的东西了。

"海鸥牌，是国内八九十年代比较常用的照相机牌子，里头有一卷胶卷……孔央的照片，就是从胶卷里洗出来的。

"还有个东西，就更奇怪了，是个兽首玛瑙杯，整块雕的，戴金帽，单从材质上来说，已经很值钱。更别说后来我发现，陕博也有一个，还是镇馆之宝。这趟去西安，我特意找了个古玩店帮忙鉴定，这玩意儿的年代至少是唐或者以前的……"

昌东打断她："这是什么时候的事？"

"一年多以前吧？"

"一年多以前，你到现在才来追查？"

叶流西嗤笑："昌东，你吃不饱穿不暖，会想着去探索宇宙的奥秘？

"我是个脚踏实地的人，秘密不会飞，但人是会饿死的。再说了，知道真相是吃喝拉撒过一天，不知道也是吃喝拉撒过一天，着什么急啊？"

她伸手指向来路："我挎上包，顺着那个方向走，快天亮的时候，到了个镇子，就是那旗……接下来，你也差不多都知道了，无非就是想办法先养活自己。"

"卖瓜？"

"是啊，做生意上手最快啊。"

"也卖烧烤？"

"瓜又不是一年四季都长，闲下来的时间，当然卖别的。"

"那皮脸呢？"

叶流西有点意外："这你都知道？"

她往那半截夯土的墙上一靠，还真是什么都认："赚钱呗，那些小姐，没什么安全意识，半夜三更在暗巷里乱走，我不跟，也早晚有人跟的——这样不是很好？她们安全，我也赚到钱，那旗镇治安不错，难道没我功劳？

"稍微攒了点钱之后，我就挨个儿去找打过交道的那些货商。"

他们倒记得她，热情跟她打招呼说："叶小姐，你有一阵子没来啦。"

叶流西跟他们吃了几次饭，推杯换盏，话里话外，套到些事。

"叶小姐做生意爽气，出手大方，不像有些人，总要讲个一块两块的价，抠了吧唧的！"

"叶小姐每次都一个人来，我还替你担心呢，长这么漂亮，开这么大的车，可别被人惦记上了，尤其是那一阵子有个团伙拦路抢劫，没被公安端掉之前，多少车遭了殃，还是你运气好，次次出入平安……"

……

那些老板的说辞里，她有时是南方人，有时是北方人，有时已婚，有时待嫁，有时是给人打工，有时是自家生意。

叶流西找了个小本子，一条条推理着去记，像用砖头块块叠出迷城。

她居然能觍着脸问昌东："怎么样，是不是觉得我像个谜一样，特别有意思？"

昌东只觉得她阴，还滴水不漏：玩个失忆，轻飘飘把前因后果带过去，反抛过来一堆谜团。

他说："你觉得我会相信？"

她侧身给他让路："不信就走呗，我拦着你了吗？"

昌东沉默了会儿，从她身边擦过，往沙坡下走。

叶流西轻笑了一声，果然也没拦着。

沙地柔软，一脚下去半脚陷，很多细沙顺着鞋子的缝隙漏进来，不硬，不硌，但不舒服。

他倒不是不信那些诡异的事。

常跑罗布泊的人，对未知的敬畏超过常人，那里各种诡异的失踪和死亡层出不穷，网络盛行“双鱼玉佩”的故事，就是滥觞于此，甚至有人觉得，罗布泊的腹地深藏着一个平行世界。

这也是昌东看到孔央的那张照片时，并没有太多排斥和怀疑的原因。

但叶流西的这些话能不能信，还需要斟酌。

……

快走到沙坡下时，手机响了，来电显示是叶流西。

昌东接了电话，同时转身。

隔着有些距离，只能看到剪影，她入定般坐在那段坍塌的夯土围墙上，身后的胡杨像狰狞多刺的骨爪。

“昌东，我这人做事不勉强，早前我就说过，想追就追，爱做不做。

“不过我提醒你一句，凡事有机缘。孔央的照片出现在我这儿，一定不是巧合。你要是觉得撇开我也能给你朋友收尸，是不是太乐观了？

“难道我还图你什么？觉得我图你，也要先看自己有没有那价值啊——钱你已经赔得差不多了，人又没劲，做事神神道道，听说至今你都不愿意看自己的脸，顶着别人的皮才敢直起腰板。

“你这辈子也就这样了，回去刻皮影吧，祝你拿个金刀奖。”

昌东没说话，她坐姿嚣张，连听筒里传来的呼吸都带着挑衅。

过了会儿，他说：“你也算是半个生意人，买卖不成仁义在，不合作了就翻脸，不大好吧？万一我现在改主意了呢？”

第10章

肥唐生怕昌东真的被叶流西给杀了。

那样的话，一来说明叶流西很不好惹，借他个胆子他都不敢再对兽首玛瑙起心思了；二来昌东一死，进戈壁捡漏的梦就破了，这一趟，可就彻底跑空了。

所以泡了袋速溶咖啡，硬撑着不睡觉，等昌东回来。

半夜十二点过，门响，昌东进来，顺手把拎着的塑料袋扔在茶几上。

塑料袋有点分量，肥唐眼睛发直，脱口而出：“钱啊。”

半塑料袋的钱，卷的、叠的、揉成团的，一百的、五十的，还有五块的——难怪有分量，居多的是大大小小的钢镚儿。

昌东说："叶流西给的，进戈壁用钱的地方多，这是她那份，定了明早十点出发。"

肥唐拿手拨拉了一下塑料袋里的钱，发觉自己看走眼了："这么穷酸啊？"

纸币团起来占空间，乍一看给人满袋是钱的假象，拨拉了之后才发现，里头票额最多的是十块、二十块。

这可不像是手里握着兽首玛瑙的人啊。

昌东"嗯"了一声："你要现在闲着，就理一下。"

叶流西把钱袋拎给他的时候，说："我这个人，不占人便宜，我知道进戈壁要用钱，既然搭伙去，我会给钱的。"

那架势，昌东还以为给的是金砖，就着车灯看到钢镚儿和毛票，真心感动了一下：大概都是卖瓜、卖烧烤，还有夜半接送小姐们积攒下的零碎钱，实打实血汗钱。

有那么一刹那，都不想要了：他即便变卖家产成了穷光蛋，这一年来小何给他打的分成酬劳，拉拉杂杂还有十来万呢，这一路够用了，不缺这仨瓜俩枣。

不过还是接了，她给得那么骄傲，一脸"我也占一份"的嚣张，不忍心不接。

数钱这事，肥唐喜欢，现代人流行养萌宠，今天猫，明天狗，后天电子小精灵——都没他专一持久，他的萌宠是钱，不管是他卡里的，还是别人包里的，他都往死里萌，往死里宠。

他把钢镚儿垒成堆，纸币按票额归类，手指利落地翻张："东哥，你说大家一起搭伙，我是不是该选一天专门摆桌酒，给叶流西赔个罪什么的？毕竟上次有点不愉快……打好关系，才能处得和谐啊。"

昌东从行李包里翻出洗澡用的干净衣服："你离她远一点吧，这种人，一会儿人话，一会儿鬼话，翻脸比翻书快，处不熟的。"

肥唐头都没抬："那不跟我一样吗？我们忽悠人买赝品，也是往死里吹。"

昌东都进洗手间了，又退出来："肥唐？"

"啊？"

"做个性格测试。有一天半夜，你做噩梦醒来，发现自己脖子上勒着绳，被吊在荒郊野地的一棵树上，而且还失忆了，周围一个人都没有……你会是什么反应？"

肥唐脑补了一下，后背飕飕冒凉气，舌头都捋不利索了："你这不吓人吗，是我得吓尿了吧……我得喊救命……不是，打110……对，打110，我是受害者，必须给我赔偿，哎东哥，这说明我啥性格啊？”

昌东回答：“说明你这点胆子，就别惦记人家的兽首玛瑙了。”

肥唐觉得有什么不对劲的，直到昌东关了门，洗手间里水声响起，他这才反应过来：

他有跟昌东提过“兽首玛瑙”吗？什么时候说漏嘴的？这嘴没把门的，早晚坏事。

他继续把钱数完。

总计三千七百四十二块三毛。

昌东打开花洒莲蓬头，水量调到最大，脑袋伸进去，后脑承水流的重，直到流下来的水把口鼻都给蒙封住，才仰头抹了把脸上的水。

现在回想，叶流西的话如果是真的，那么最让人心惊的，不是这件事，也不是那个诡异的梦，而是她的反应：

她翻出手电，照了照四周，又照了照包里，然后背起包，找工谋生去了。

失忆的人，仅仅是失忆，不会失去性情、智商和行事习惯。

什么人被抢劫时会习以为常？被抢过十次的。

叶流西如果对整件事并不慌张，那只能说明，在她失去的记忆里，她经历过更离奇的事。

肥唐的网租车约了在柳园提车，在那之前，他只能搭昌东的车。

行程并不赶，昌东甚至绕了路，走了些凶险的地形，有意识地利用进戈壁前的时间试车：毕竟两年没开了，车和人都会钝，提早发现漏洞还有机会修补。

叶流西开着车，大多数时间殿后，有时超车。

她一超车，肥唐就特不服：“东哥，就她这破面包车，能进戈壁？”

他自己租的车，其实也不过三万块，就因为多了个四驱标，气焰陡涨。

昌东没把话说死：“理论上走不了，遇到‘拆钉路’会全瘫，但凡事没绝对，都说跑川藏要越野，有人开拖拉机也一路走下来了。”

一路上，叶流西不跟他们同吃。

昌东和肥唐中午会下馆子，即便不铺张，也会有荤有素、有菜有汤，叶流西不，她买俩馒头，一袋榨菜，向店里打杯热水就能凑合一顿，有时坐车里吃，有时边吃边轧马路看风景。

昌东有点过意不去，想顺带叫上她，无非多双筷子的事——犹豫再三，还是算了。

出发之前，他就给这趟龙城之行定了性：搭伙要松散，跟叶流西保持距离，他就是个带路的，肥唐如何求财，叶流西如何装神弄鬼，他做到心里有数就行，尽量别被卷带。

古话说，酒肉朋友，叫上她一起上桌吃饭，难免吃出交情。

有一次，叶流西进店里打热水，离开的时候经过他们的餐桌，桌上有宫保鸡丁、干煸牛肉丝、炒凤尾、三鲜豆腐汤。

红红黄黄绿绿，鲜鲜香香。

看到叶流西拎的那角实心大饼，昌东忽然觉得点得有些奢侈。

肥唐热情招呼叶流西："西姐，要不一起吃吧，我们这儿有肉。"

昌东觉得肥唐不会说话，尤其加了那句"我们这儿有肉"，明显的高人一等心理，叶流西大概不会给他好脸色看。

果然。

叶流西说："吃这么多，还有肉，也没见长得比我美啊。"

出了门，她坐到街对面的小花台边，掰下块角饼，裹着榨菜丝细嚼慢咽。

肥唐气得牙痒痒的："东哥，我跟你说，我这人，一向惜老怜贫，但她都穷成那样了，我怎么还那么烦她呢？"

昌东说："因为她穷且嚣张吧。"

她也不跟他们同住，这倒不奇怪，反正她车里有床，但奇怪的是，有天晚上肥唐出去买夜宵，回来跟他说，叶流西不在车里。

昌东留了心，到柳园那晚，他陪肥唐去验车，回旅馆的时候，恰好看到叶流西从小门出来。

昌东找了个借口下车，让肥唐先回，自己远远跟着。

看得出来，她对路也不熟，几次停下来看路牌，最后找到了，拐进一条亮灯的后巷。

巷子里污水遍地，高处的通风管冒油烟，垃圾桶一个挨一个，昌东过去的时候，看到一个中年女人正帮叶流西套上一次性的塑料大围裙，嘴里叨叨个不停：

“这盆肉，还有菜，混在一起剁馅儿，酱油、盐、葱、姜都要搁，工钱给你八十元，要剁精细点啊，不能粗。”

叶流西说：“我知道了。”

那女人走了之后，她袖子一挽，俯身从盆里拎了块大肉扔到半人高的树桩砧板上，两把剁刀拿起来，蹭蹭刀口互磨，然后开工。

一时间，笃笃剁肉声不绝于耳。

这种剁刀为了斩肉方便，大多是铁刀，刀片重，男人使起来都吃力，更别提左右开弓了，她倒是驾轻就熟，剁了一会儿之后，手臂内抡，刀片一翻，扒拉过来一堆白菜根叶，又继续。

昌东走过去，倚着门看了会儿，说：“你晚上出来做工啊？”

叶流西吓了一跳，刀声顿停，回头看到是他，眉头皱起来：“你怎么来了？”

“在这条街上吃饭，路过，正好看见。”

叶流西往剁的馅儿里加油盐：“是啊，给了钱之后，手头不大宽裕——人不能没钱，没钱会心慌，所以得挣点。”

不就给了三千多元吗？

“临时找的？”

“随便一问，有能做的活就接呗。”

昌东想起她剁馅儿时的动作：“你是不是身上带功夫？”

叶流西点头，空出手来指自己：“到处都是优点，我自己看我都喜欢。”

昌东真是没话去接，顿了会儿才问：“你晚上做工，不影响白天开车吗？”

叶流西瞥了他一眼：“影响吗？我哪次开慢了？”

“那不耽误你，我回去了。”

叶流西慢悠悠说了句：“又去刻皮子啊？”

昌东人都在门外了，听她语气不对，又转回来：“刻皮子怎么了？”

她把刀锋上粘的肉馅抹下：“不怎么，我就是觉得，你这个年纪，正是吃喝嫖赌的好时光，整天在那儿刻牛皮，有意思吗？”

“有意思，我就想拿个金刀奖。”

“哦，那回去吧，不耽误你冲奖。”

昌东走了两步，又想起什么，转身问她：“晚上去我那儿洗澡吗？”

叶流西没有立刻反应过来：“什么？”

昌东示意了一下她以及砧板周围："你浑身……都是这种味儿……"

叶流西低下头，闻了闻身上，这种味儿是什么味儿？生肉、白菜、葱、姜、油杂糅的味儿。

她回了句："我没觉得。"

昌东说："你没觉得，那你随意吧。"

……

事情做完，已经过十一点，叶流西在回去的路上，走过一家门面，想了想，又退回来。

公共浴室。

她花了八块钱洗淋浴，三块钱买小袋的沐浴露和洗发水，坐到小淋浴间的凳子上，沐浴露的泡沫打了全身，动作大了点，有些泡泡飞起来，映着顶上小灯泡的黄光，泛出各种色泽。

这种味儿……就你香！

第11章

从柳园到敦煌这一百三十公里，两个小时车程，三人算是组了个车队。

肥唐打头，意气风发，他的车最花哨，一路吸睛无数，其间在加油站停车上厕所，出来的时候，看到两个正青春的小姑娘站在他车前自拍，见车主出来，两人不好意思，咯咯笑着跑远了。

肥唐冲着两人的背影吼："没事，美女，要不要我帮你们拍啊？"

昌东居中控速，他开得很慢，越是接近敦煌，越是心事重重。

叶流西照旧殿后，偶尔兴起冲到前头，每当她的车跟肥唐并驾，肥唐都如同嗑了兴奋剂，加足马力，嗷哟一声冲出去老远。

然后，叶流西的车就必然慢吞吞的，老牛破车一样，疲软地落到最后。

几次下来，昌东觉得，叶流西就是在逗肥唐玩儿，而肥唐，还真不够她玩的。

车近敦煌收费站，昌东靠边停车。

叶流西紧随着停下，肥唐的车都奔下去好远了，又倒回来。

昌东下了车，把列的物品清单交给肥唐："我不进敦煌了，我绕城，你进去，照着我列的，把东西买了，事情办了。"

敦煌是西线探险的前哨站，当初昌东在这里，人也好车也好，都是热点，后来“黑色山茶”组队，至少四分之一的人是本地的圈内翘楚……

他不想有麻烦，而进敦煌，势必会有麻烦。

肥唐接过单子，磕磕巴巴地念：“GPS卫星定位仪，海事卫星电话两个，重磅钓鱼线，沙漠还能钓鱼？生命吸管……吸管就吸管，关生命鸟事……防沙板……租航拍飞行器……救援登记，直升机价格超预算就不选，不是吧东哥，我们能请得动直升机？”

昌东头疼，肥唐大概搞不定。

他忍不住抬头看了眼叶流西。

叶流西面无表情：“你别看我，我虽然能干，但术业有专攻，什么生命吸管、防沙板，我也不懂是什么东西。”

昌东犹豫了一下，收回单子，示意继续上路。

进城之后，昌东尽量避免引人注意：选了家位置很偏的旅馆，自己和肥唐的车都搁下，用叶流西的车跑店购置装备。

找昌东是对的，他对一些二手装备店熟门熟路，能用对半的价钱拿到不错的硬货，叶流西偶尔跟进去旁观，他这头成交，她这里就拿手机搜一下新品价，每次搜完，都觉得昌东看起来好像更顺眼了点。

二手店里人不少，现在是秋季，算是进罗布泊的旺季，早则太热，晚则太冷，最危险的季节是六月——彭加木和余纯顺遇难，都是在那时候。

在一家卖汽车零配件的店里，叶流西无意中看到角落里有人举起手机，对着昌东的侧影拍了一张。

她不动声色地挨过去。

听到那人跟边上的同伴说话：

“是昌东吧？”

“是，就是他。”

“真不要脸，出了那么大的事，还以为他退圈，现在看风头过去了，又出来带线圈钱。”

“这种人应该封杀，让他再带队就是犯罪，哪个傻×找他带队啊？找死吧？”

骂昌东就骂昌东，怎么还骂她头上去了呢？

叶流西说："就是我啊。"

那两人猝不及防，一个激灵手机脱手，叶流西抄手捞住了，送到面前一看，已经迟了。

那张照片被发到微信大群里了，群号"西北探险之家"，四百多号人，群里已经炸了，评论以刷屏的速度一条条往上翻。

"活久见啊，这是昌东吧？"

"化成灰我都认得他！是在狼行天下的店里吗？我看见墙上的标了。"

"'黑色山茶'那个昌东？慢着，进汽配店，他是要带线吗？这是在杀人啊……"

真是过街老鼠——人人喊打，叶流西都要同情昌东了，她看向机主："不是我说你，怎么这么喜欢挑事呢……"

话没说完，手一松，手机屏向下，直挺挺拍地上去了。

那人说："你……"

"你什么你，你手机本来就要掉的，我该捞吗？还有，刚骂我什么了，记得吗？"

那人理亏在先，转念一想话是说得不地道，再加上同伴在边上劝和："算了，不要跟女的计较……"

忍着气捡起来一看，手机屏上都是蜘蛛网。

叶流西冷笑一声往回走，昌东这里定得差不多了，在等结账，皱着眉头看她，问："什么事啊？"

叶流西泰然自若答："交友，人家朝我要号码。"

说完了，她走到店门口，勾勾手指，把肥唐勾过来，说："你去跟昌东说一声，待会儿吃饭，他别进饭店了，自己回屋泡面去吧，我觉得他要挨打。"

肥唐屁颠屁颠去跟昌东报备了。

叶流西斜乜着去看：昌东听完，脸上没什么表情，接过店主的找零，一张张齐整地塞回钱包里。

中午，昌东进饭店吃饭。

还是家不小的快餐店，客人端着餐盘，自取盛好的一碟碟小份荤素，米饭和紫菜汤免费。

周围没别的餐馆，叶流西也进来，取餐盘的时候拽住肥唐，朝昌东的方向努了努嘴："怎么回事？"

肥唐也纳闷："说了啊西姐，我真说了，我还特别强调了。"又安慰她，"没事，西姐你别担心，我东哥扛揍，反正也不是第一次了。"

他按捺不住想把昌东挨打的小视频推荐给她的冲动。

没办法，他从小就乐见别人倒霉，自己的幸福生活要靠别人衬托。

叶流西冷笑："我担心？他是向导，要是被人打残了，在这儿养伤，我又得多吃几天的饭，费不费钱？"

肥唐张了张嘴，理不清其中的逻辑关系：昌东养不养伤，你不都得吃饭吗？

叶流西撇下他，自己取餐，然后在挤挤挨挨的食客人流里跟昌东相遇了一回。

他的餐盘里有酱排骨、煮干丝、笋烧肉、鸡蛋羹、米饭、鱼丸汤。

她的餐盘里是豆芽、豆腐、米饭、紫菜汤。

昌东的目光从她的餐盘上扫过："你昨天不是挣了钱吗，都不吃点好的？"

叶流西说："我挣得不够，被打的人才要多吃肉增加营养，我用不着。"

她和昌东擦肩而过，吃饭时照例不跟他们坐，隔了两张桌子。

吃到一半，外头进来几个人，个个五大三粗、气势汹汹，为首的一个脸涨得通红，说："哪儿呢？是这儿吧？"

叶流西心里咯噔一声，勺子咬在嘴里，目送着那行人在昌东和肥唐的那张桌子前停下。

店里渐渐安静，坐得离昌东近的，都下意识把屁股下头的凳子挪远，过了两秒，肥唐端着餐盘，点头哈腰地穿过那几个人，投奔叶流西。

为首的那人动了真气，声音都有点抖："真是你啊，昌东，做人要不要脸？我小外甥生下来就没见过爸爸，你以为躲起来，赔了钱就完了是不是？"

越说越气，一巴掌扇过去，昌东侧了下脸，没被打中，但帽檐被带歪了。

他伸手把帽子扶正。

肥唐紧张得口干舌燥："完了，我东哥要挨打了，西姐，你……帮不帮他？"

东哥会理解他临阵脱逃的：他这小身板不经打，再说了，事情跟他没关系，掺和了也白搭。

不过叶流西不同啊，那晚在车里，她一伸手，他就知道遇上硬点子了，她要是能插手，形势势必扭转。

叶流西说："我没帮过他吗？我让他躲起来的，他不听，五行欠揍，打打也好，能老实点。"

当初他让她有点法律意识，别给大家惹麻烦，别耽误行程，很好，她现在也以彼之道还施彼身。

你也别耽误我的行程，不躲是吧，一切都是自找的，今天就算你被打断了腿，明天也得进戈壁，不进的话，她再打断他另一条腿，配双拐，左右还平衡。

那头走向不妙，挑头的那个又是一巴掌重重拍在桌子上，桌面都抖三抖，店老板变了脸，想劝架又不敢，叶流西夹起块豆腐，正要送进嘴里——

昌东忽然叫她："叶流西！"

叶流西惊得豆腐都掉了："啊？"

昌东转头，隔着人群的缝隙看她："今天我不想挨打，也不想惹事，给你多少钱能帮我摆平？"

叶流西毫不迟疑："八百！"

昌东点头，他端起餐盘，往身后隔几排的餐座走，为首的那人反应过来，跨步去抓。

说时迟，那时快，叶流西一脚踹了张长凳过来，直冲那人膝盖，那人忙不迭收腿，正狼狈间，叶流西已经过来了。

那人倒是讲道理："姑娘，我们只找昌东，这事你别管，伤了你就不好了。"

叶流西说："没事，尽管朝我身上招呼，实话跟你说，昌东早料到你们会来，我是他专门请来的……"

她压低声音，凑近了些，但确保对方的人都能听到："全国三届武术冠军，这里地方小，我们出去找个宽敞的地方，也别一个一个上了，浪费时间，你们一起上。"

说完，伸手揪住那人肩胛处，连拖带拉出去了。

肥唐眼睁睁看着一行人离开，独守一张餐桌，觉得孤独非常，过了会儿，觍着脸，又去和昌东拼桌了。

快傍晚的时候，肥唐拉回最后一趟物资：一车的瓶装矿泉水，按昌东的算法，考虑到生活用水，一人一天8瓶计，储了10天的量，也要10箱。

推门进来，昌东在推刀刻皮，桌面上无数碎屑，大概已经这么坐了一下午了。

肥唐说："哎，东哥，西姐回来了，你看见没？"

昌东说："是吗？"

“炖排骨呢，记得吗，她车里锅、盆、炉子都有，我刚经过，水才开，估计要炖一阵子……终于改善生活了，其实自己炖也挺好，干净，那些外头卖的，指不定用的什么地沟油黑心料……”

肥唐嘟嘟囔囔，上厕所去了。

昌东放下刻刀，走到窗边，把窗子起开缝隙。

天已经快黑了，叶流西车子的后车厢门打开，灯打亮，像是摆摊，灯光正中罩着个炭火炉子，炉子上小锅的锅盖时不时被推起，白色的蒸汽突突往被灯光染黄的暮色里冒。

叶流西裹着军绿色的棉衣坐在小马扎上，很专注地看锅，偶尔掀开盖子，拿勺舀点汤出来，尝尝咸淡。

很多人前热闹的人，人后都特别安静。

昌东关上窗。

明天是西行第一天，往常他带线，第一晚会住……鹅头沙坡子。

西出玉门

【玉门】

YU MEN

第12章

昌东的计划是直接西出，横切雅丹三垄沙魔鬼城，擦着库姆塔格沙漠的边缘，进罗布泊湖心。

他一大早就起来看天，其实心里清楚好天气和好行程并无直接关联，习惯而已。

吃完早饭，做装车和行前检查。

物资装备分在他和肥唐两辆车上，肥唐的车吃重一吨多，他的还要更重些，至于叶流西的车，他根本也没指望：面包车底盘低，估计最多撑一天就会托底瘫痪，到时候就直接扔在那儿，回程的时候再想办法拖吧。

装完车，昌东给每辆车做最后检视，这时候是能者多劳，不能者闲聊，肥唐凑在叶流西身边，一口一个"西姐"，聊得分外热络。

昌东过去的时候，他正唾沫星子横飞。

"说到这个兽首玛瑙，那是绝世孤品。它的造型其实不中国，是中西亚波斯风，专家推测是从丝绸之路过来的，西域国进贡给我大唐的国礼。但是也不好说，如果是国礼，史书怎么不记载呢，对吧，所以说来历成谜……

"那价钱海了去了，国家都舍不得它出境展览，据说价值半个香港……"

昌东说："聊什么呢？"

肥唐这才看见他："东哥，西姐知道我是做古玩的，跟我打听了一下，我就给她讲一讲……"

昌东打断他："帮我打个手电，我检查车底。"

肥唐应一声，拿了强光手电，兴冲冲跟上来：他今天真是智商爆表，故意在叶流西面前透露自己是做古玩的，她果然就问起兽首玛瑙了，这足以说明问题——她一定有这东西，不然干吗问呢。

昌东把地垫推进车底，手把住边杠，后背贴地，麻利地滑了进去。

肥唐艰难地撅着屁股探头进来，手电光在车底晃来晃去：“哪儿呢？照哪儿啊？”

昌东眼睛盯着底盘护板，扳手在上头哐哐敲了两下：“肥唐，看在大家认识的分儿上，我提醒你，叶流西已经怀疑你了，别惦记她的东西了。”

肥唐说：“怎么可能！东哥，你不了解情况，是她主动问，我才讲的……”

昌东说：“巧合这种事，最多一次，再多就刻意，你这都几次了？

“她去了西安，鉴了玛瑙杯，没隔两天，你从西安来，你是做古玩的，你知道这玩意儿值钱，你搜过她的车，你还要跟她进戈壁，她不怀疑你，难不成当你是上天安排的缘分？”

肥唐：“啊？”

昌东摁住他的脑袋，把他推出去了。

都说聪明的脑袋不长毛，肥唐真是白白发际线退那么高了。

万事俱备，临出发的时候，叶流西过来跟昌东做确认。

“上路之后，吃饭、喝水应该是包的了吧？”

“包。”

“汽油呢？还要再给钱吗？”

“暂时不要，后备油箱都已经装了，沿路可以小补。但到罗布泊镇上需要再加一次。”

叶流西觉得自己的钱保不住了，她的车排量小，加满还要小五百呢，越野车更吃油，上千上千地计。

“你买的那些装备，”她强调，“我都不要，我就是使用，我给的钱，够使用费了吧？”

“够。”

叶流西觉得他语气有点不耐烦，有必要为自己说句话：“我也就是最近手头紧，宽裕的时候，我也挥金如土的。”

她是对“挥金如土”这个词有什么误解吗？昌东实在忍不住：“你知道想挥金如土，得多少钱吗？”

叶流西说："我不需要知道，我有随时挥金如土的准备，给我金我就挥。"

这次出发，不比从柳园到敦煌，这是要动真格儿——肥唐不敢托大打头阵，老老实实让昌东领车。

车向西北，一路平稳，肥唐或多或少看了点攻略，现在的所谓探险，早就不是九死一生了，感谢国家，感谢科技，连塔克拉玛干这样的流动性沙漠都有了贯穿公路，要知道，塔克拉玛干的维吾尔语意思，是"进去了就出不来"啊。

只要不是往死里作，他觉得自己是可以随时出来的。

约莫走了快两个小时，前头减速停车。

肥唐探头往外看，发现这一路停下的大车小车还不少，他纳闷地看着下车往这边走的昌东："堵车？"

也不对啊，都是靠边停。

"到景点了，玉门关，买票。"

肥唐纳闷："东哥，你带队不是还搞提成吧？我又不逛景点。"

他是来探险的！探险！居然把他拉景点来了，下一站是不是要拉去购物了？

昌东回答："不看也买票，捆绑的，想走雅丹魔鬼城那条道，必须过玉门关。钱我已经给了，包在费用里了，你看不看？你没来过，想看就溜一眼，不看就继续上路。"

钱都给了？那不是不看白不看吗，肥唐赶紧下车。

昌东以往带线，来过玉门关好几次，就一个大土台子，他没兴趣一看再看："你们去吧，我在车里等。"

叶流西看票价，四十块。

一换算，中等个头儿的青麻皮要卖两个，剁肉馅要剁半盆，公共浴室洗澡能洗三四次。

她捏着两张票，觉得怪可惜的，自己在那儿琢磨："这有点浪费了……要么我进两次检票口，进去一次，出来一次，然后再进……"

昌东感觉简直匪夷所思："你这样图什么？"

叶流西说："图个心里舒服。"

到关城遗址，要走一段石子铺就的长路，路两边用麻绳拉起，权当是栏杆。

虽然已经过了旅游黄金周，景点的旅游热度还是不减，很多大大小小的旅游团，衬得石子路人声鼎沸。

有个工作人员站路边，请通过的游客出示门票。

叶流西亮了票，往里走了十来步，正想出去再感受一回“凭票入内”的乐趣，身后传来昌东的声音：

“我的票在前面那个女的手里。”

叶流西感慨：这社会上有些人，心胸狭窄，就怕别人心里舒服了。

身边的肥唐忽然嚷嚷起来：“不是吧，就一个土台子，抢钱啊？”

走近了一看，确实有点一言难尽，说好听点，是保留原貌，不过多人工干涉。

就是一个不大的小方盘城，黄胶土夯的，出来进去眨眼间，绕城转一圈，也不过五分钟。

那些带团的导游，喇叭凑在嘴边，叽里呱啦。

有敷衍而又实在的：

“游客朋友们，这里没什么意思，给大家十五分钟时间照相，抓紧时间，毕竟我们今天的重点还是雅丹魔鬼城……”

有照本宣科背导游词的：

“大家请看，这就是举世闻名的玉门关，古关雄姿，让人百感交集，脑海中不禁浮现出那些脍炙人口的著名诗句，比如‘孤城遥望玉门关’‘春风不度玉门关’……”

叶流西往一对老夫妻身边凑，两人头发花白，戴眼镜，都是学者模样，单独请了个导游，一问一答间，或许能蹭听到一些干货。

导游：“刚刚我也介绍了，敦煌有两个名关，玉门关和阳关，是因为啊，古丝绸之路在敦煌南北分道，北边是西出玉门，会经过今天的罗布泊、楼兰，南面是西出阳关，会穿越塔克拉玛干大沙漠，都是很艰苦的路线……”

老先生说：“我有一个问题啊……敦煌在今天都不算是个大城市，古代就更小了，就算南北分道，有必要在这么小的地方建两座关城吗？”

导游咳嗽了一下，说：“这个，可能是因为汉朝国力强盛……”

有钱，挥金如土，所以想建几个建几个。

老太太说：“我也想问，史书上记载玉门关，是使者商队往来不绝，但这个小方盘城的规模，是不是有点小啊？我们昨天参观了阳关，感觉那个要大多了，还修了纪念馆……”

导游说：“……历史确实留下了很多谜团，下面我们到这个关城背面来看一下……”

叶流西还想听下文，盼着老太太能坚持一下，没想到老夫妻俩性子都随和，居然笑笑也就算了。

她正有些悻悻的，忽然听到昌东说话：

“其实，不少人提过，说这玉门关有些太小了。”

叶流西回头，看到他就在身后不远，看来刚刚也在旁听。

“所以呢？”

昌东说：“按史书记载，玉门关应该是在这附近，但一直没人找到过。1907年，有个冒险家兼考古贼斯坦因，在这附近挖到很多汉简，于是判定这个小方盘城就是玉门关。

“但这里确实太小了，所以有些人坚持认为，真正的玉门关还没有被找到。”

叶流西说：“这不大可能吧？”

毕竟玉门关不是位于无人区，关城规模也不会小，以今时今日的科技发展水平和考古开发力度，深埋沙漠的楼兰古城、精绝古城可都已经见了天日了，你玉门关的位置，还是在敦煌附近呢。

昌东说：“没什么不可能的，要么还在深埋……更浪漫点的说法，是风化了。”

“风化？”

“是啊，这里物资贫瘠，不像内地修城筑墙可以烧青砖、采石，当初筑城都是就地取材，用芦苇、黄土、红柳枝、沙砾夯筑，西北风沙大，风吹石头满地滚，蚀平了也不稀奇。”

叶流西仰头看眼前的关城遗址：“一整座关城都风蚀掉了，那是真的找不到了。”

昌东接口说：“那也不一定，关城会消失，但沙子还在，距离敦煌最近的，是库姆塔格沙漠，也许玉门关已经被风蚀成了沙漠里一座平缓的沙丘，又也许，某一次突如其来的巨大沙暴，被风卷上天的，就是整个关城。”

他不再说话。

不远处，肥唐不耐烦地冲他们嚷嚷：“东哥，西姐，可以走了吧，你们看再久也看不回本的……”

叶流西转身往回走，经过昌东身边时，她回望玉门关，说了句：“如果整个关城的沙都被卷上了天，你说，会不会在沙暴中，重新集结成城呢？那样的话，也是挺……”

她找不出合适的词来形容，是恐怖、浪漫，还是壮观呢？

昌东垂在身侧的手指，不易察觉地颤了一下。

第13章

在玉门关这么一耽误，到雅丹魔鬼城，已经是午后。

这里游人更多，但自驾车不能进，游客必须买票乘坐景区专线大巴。很多明显也是玩穿越的越野车，都被拦在了停车场。

昌东到售票口办手续，肥唐在停车场溜达，顺便自拍，想发朋友圈吧，磨皮太假，不磨皮又太糙，正举棋不定，有几个自驾司机从身边经过，嘴里骂骂咧咧：

“就算自驾车能进景点，也禁止偏离景区公路，从魔鬼城进罗布泊更不可能了，说是规定，想进的话，去森林资源管理局办证。”

“沙漠的事，森林局掺和什么啊！就真没别的办法了？那我这趟不是白来了？”

“听说有进去的车，趁天不亮、工作人员没上班的时候，摸黑开进雅丹，躲过去了。但这种我跟你说，抓到就完蛋了……”

肥唐拔腿就往回跑，找着叶流西，添油加醋重复了一遍，兴奋得满脸通红：“西姐，这下麻烦了，我们进不去了。”

叶流西倒不着急，以昌东带线的经验，要是这些都考虑不到，也真别出来混了。

她纳闷的是肥唐：“我怎么觉得，你看到自己人倒霉，就特开心呢？”

昌东要挨打他也兴奋，车队有麻烦了他也兴奋，就跟事情对他没影响似的。

正说着，昌东回来了，招呼两人：“走吧，妥了。”

肥唐不敢相信：“开车进？然后从魔鬼城去罗布泊？”

“是啊。”

“牛×！”肥唐又兴奋了，伸手指着不远处那帮聚众讨论的越野车司机，“他们都进不了，东哥，我们是不是有关系啊？”

昌东说：“……我们有证，不过严格说，除了经过批准的科考，任何单位和个人都不能进罗布泊……”

肥唐屏住呼吸。

“实在想进，去乌市的保护区管理局报批，手续我也都走过了，开车吧。”

昌东办事还真是挺让人省心的，叶流西觉得自己眼光不错。

景区公路修得挺好，车上高处，能俯瞰到黑色的柏油路面在磅礴的土黄色雅丹群间蜿蜒。

专线大巴都定点停，每停一处，就放下一大群叽叽喳喳的拍照游客，肥唐没来过，看到英雄门想停，看到狮身人面像想合影，但昌东似乎没那意思，每次都是车速不减，呼啸而过。

肥唐死心了，昌东反而停车，在孔雀开屏附近，没下公路，只是倚着车身远远看了会儿，又重新上路。

肥唐有点不乐意，鼓捣了一下车里的手台，去找叶流西抱怨。

刺刺的无线音过后，那头传来叶流西懒洋洋的声音：“讲。”

肥唐说：“西姐，我东哥这不是专制吗？不让我们玩，自己想停就停，要知道车队都是跟头车的，他走我也得走，他停我就得停……也不说听一下大家的意见！”

忽然想起“黑色山茶”那次，昌东也是一意孤行要在鹅头沙坡子扎营。“他这是惯犯了！”

叶流西说：“你做人体谅点吧，连我都看得出来，他走的线跟上回是一样的——他不得睹物思人啊？不得喝点酒醉个两三次啊？不得干号两声流点眼泪啊？现在没准儿在车里哭呢，你还在这儿计较有的没的。”

肥唐想说什么，手台里传来昌东平静的声音：“叶流西，我听见了。”

昌东调的手台，居然是三车联通的！肥唐刹那间噤若寒蝉。

叶流西的声音传来：“事无不可对人言，我敢说也不怕你听到。”

然后，手台就沉默了。

再一次有动静时，已经远离公路，深入三垄沙荒漠腹地，昌东说：“两位，我下车睹物思人一下。”

天色有点晚了，风大，对比前头碾过的戈壁路，这里浮沙变多，已经有了点沙漠的感觉——肥唐一开车门，肉眼都能看到沙砾在脚边急飘，赶紧又缩回去了。

叶流西下车透气，脚下松软，停车的地方是风口，沙子被刮离地面，雾流一样低空飘旋，像急绕的游蛇，她慢走了两步，沙子猛打她的膝盖小腿，痒得发疼。

昌东在不远处看到，大声说了句：“急走流沙慢走水，没听过吗？”

这是要……加快速度？

叶流西急走两步，果然不那么疼了，而且还挺新奇，腿正面受阻力，像涉水过浪，就是不能停，一停下两条腿就成了靶子——她预计走个小绕圈就回车，谁知经过昌东附近时，他扔了件自己的外套过来：“把腿裹上吧。”

看情形，是有话要跟她说，叶流西接过了裹上腿，这一罩，腿上暖和厚实了不少，沙子打过来也不疼，密密砸在衣服上的声音像下雨，她还挺爱听的。

她瞥了一眼昌东的腿，他没裹，就那么站着，大概男人皮厚吧。

叶流西问他：“在这儿想什么呢？”

停在“孔雀开屏”她理解，孔央姓孔，但这种沙打的风口，有什么乐趣吗？

昌东问她：“看过《西游记》吗？”说着抬手指前方，“这就是流沙河。”

叶流西说：“遗址啊？水干了？”

昌东摇头：“这里已经近罗布泊的东缘了，马上要过百里长的流沙带，风大的时候，黄沙飘滚，像急流水。吴承恩写《西游记》，说流沙河是滔滔大河——他是没来过这里，来过了就知道，流沙河，其实真是流沙成河。”

晋代高僧法显从这里经过时，记述说“从敦煌沙河，行十七日……上无飞鸟，下无走兽……唯以死人枯骨为标识……”昌东觉得，那些死人枯骨，都是渡不了河的遇难者。

他提醒叶流西：“待会儿前轮减压，后轮放气，起步就换挡，如果觉得车身变沉，那就是有陷车危险，马上降挡，油门假松，紧接着再踩，听明白了吗？我怕你那车过不了河。”

叶流西消化了一会儿：“……咱们这一段能换车开吗？”

为了把叶流西的车开出流沙带，昌东真是出了满手心的汗，这跟他设想的不太一致：设想里，她的车是累赘，越早瘫痪越好，剩两辆越野车上路，还方便调度。

但现在，她的车要是陷进沙河，损的就是他的面子了。

出了流沙带，车换回来，没捞到一声谢，叶流西发自肺腑地说：“你的车真好开。”

是，我的车真好开，然后被你给开了。

接下来一个多小时的行程相对顺利，戈壁滩上杂乱的车辙印都朝着一个方向——其克山口金矿区。

这里有一些大矿，几十吨重的卡车轰隆轰隆地来回运矿，也零星散落着几个私人矿场，条件简陋，支起敞风的大帐篷就算是标明位置，帐篷下头架大锅，用来做饭，烟火熏人，连过几个，里头烧的都是同样的胡萝卜羊油汤。

昌东带他们绕到一家门口，帐篷口支了块纸箱皮，上头用红漆写“旅you接待”。

他下车敲开叶流西的车窗：“你们晚上就住这里。”

“‘你们’？你呢？”

“我去鹅头沙坡子。”

哦，理解。

“怎么找你？”

“我带一部卫星电话，有事就通话。”

“万一电话不通，哪个方向能找到你？”

昌东指了个方向：“不刮风的话，可以认我车辙印，我的车是全地形大轮胎，胎纹好认。”

叶流西做了个“你请自便”的手势。

这家“旅you接待”的接待能力，就像招牌一样坦荡。

饭食是馒头和羊肉汤，羊肉汤太膻，脏沫都浮在汤面上，叶流西吃不下，自己拆了袋榨菜，又吃回老一套。

住宿是干涸的河床空地，自己扎营，扎个帐篷五块钱，车停过去也五块钱。

简直无本收利。

但居然真有生意，叶流西车开过去的时候，河床边已经扎了四五个小帐篷，还拉了一面旗，写着什么开拓者俱乐部，进进出出的人都穿冲锋衣，个个兴奋莫名。

叶流西判断应该大部分是新手，新手才看什么都新奇。

果然，一群人精力无穷，入夜之后在营地中央生了篝火，小音响助阵，嘶哑着嗓子吼出内心的声音：

“我要飞得更高……狂风一样舞蹈……挣脱怀抱……”

叶流西本来打算早点睡觉，被吵得睡不着，皱着眉头准备出去撒泼，隔着窗子一看，肥唐也在其中，笑得含情脉脉，左右都是适龄女子。

爱情的种子真是顽强，条件再艰苦都想发芽，叶流西想了想，还是算了。

好不容易挨到歌会散了，领队又作妖，说：“来，大家往中间坐，我们捋一下接下来的路线，明天呢，我们会过野骆驼保护区、自流井、拜祭彭公……”

有人打断他：“路线上不是还标了鹅头沙坡子吗？不去吗？”

叶流西竖起耳朵。

“你说的路线是老的，那个地方，现在我们已经不去了……”

又有人插嘴：“嗐，你不知道‘黑色山茶’啊？死了十八个人呢，多晦气！”

说话的居然是肥唐，真是孜孜不倦，以败坏昌东的名声为己任。

领队解释：“鹅头沙坡子呢，出了‘黑色山茶’那件事之后，已经废掉了。”

听到“黑色山茶”几个字，有几个人后知后觉反应过来：

“是不是刮大沙暴那个地方？”

“好恐怖啊，听说是近几年沙漠探险死亡人数最多的，那里是不是特别险啊？”

“那个领队好过分啊，这不是害人吗？他是不是想自杀，所以拉别人一起死啊？”

领队说：“险倒是不险，你们知道那儿为什么叫鹅头沙坡子吗？这由来很少有人知道——因为那里有个很醒目的沙丘，形状像鹅头，甚至鹅瘤都有，知道这说明了什么吗？”

那些人胡猜一气，甚至有人答说“说明了大自然的鬼斧神工”。

叶流西嗤之以鼻：沙漠里的沙丘如果能长期保持一个形状，那只能说明……

她脑子里忽然有一线火光闪过。

领队给队友做普及：“说明了那里是沙漠中很少有的安全避风区，其实那个领队把人带去扎营，是没什么过失的，他就是运气不好，遇到那种级别的沙暴……这件事之所以最后闹那么大，是因为山茶的微博……

“全队的人都不同意去鹅头沙坡子，说明这场天灾是完全可以躲过去的，但领队坚持己见……”

说到这儿，耳畔忽然汽车引擎声大作，尾气混着土尘，喷了这边一头一脸，再然后，一辆车绝尘而去。

肥唐第一个跳起来大叫：“谁啊这是！这还有没有素质……哎，西姐，西姐你去哪儿啊？”

第14章

出了矿区，周围安静得让人想怀疑人生。

车灯一直打住地上的车辙印，胎距比一般车要大，胎纹也独特，像凶悍的齿牙，延伸进灯光照不进的黑暗里。

开得急了，能听到沙砾溅飞在底盘护板上的声音。

叶流西一只手把住方向盘，另一只手虚靠着，指头敲着节点哼曲儿。

被CD机熏陶惯了，听的都是戏，哼出来也都是唱曲：

“良夜迢迢……我急急走荒郊……身轻不惮路途遥……”

这曲子唱调难，昆曲界素有“男怕夜奔，女怕思凡”的说法，有功底的人都未必能唱好，更别提叶流西这种的，调子一起，就不知道放飞到哪个山头了。

又只记得两三句词，翻来覆去哼，有时轻快，有时故意尾音拉长，像将死的人咽不了气。

车子还在开，轮胎一寸寸碾昌东走过的路，她听见自己哼：“身轻不惮路途遥……玉门关，鬼门关，披枷进关我……泪潸潸……”

突然反应过来，一个急刹车，车胎皮磨着沙砾地，硬推出去几米远。

静了几秒之后，她从副驾上扔着的帆布包里摸出小笔记本，照例翻到最新一页，把刚哼的词记了上去。

记完，又默念了一遍。

这词苦大仇深，“披枷”这种事，古代才有吧，尾字都押韵，听起来……像口口传唱的歌谣。

又开了约莫一个多小时，进入库姆塔格沙漠，巨大沙山的丘脊线流畅而又温柔，车子开上去，心里都有点不忍，觉得是糟践了老天的手笔。

车身忽然沉了一下。

糟了，昌东怎么说来着，先降挡，然后油门假松，再接着猛踩……

还没回忆完，发动机熄火，突突了两声，淹死在沙里。

叶流西在车里坐了一会儿，忽然发脾气，狠踹了几脚油门刹车，抱住方向盘想往外拔——力气不够，最后砸了两拳了事。

下了车，还猛踢了两脚沙。

卫星电话没带，留给肥唐了，那是个不顶事的，想解决问题，还是得找昌东。

叶流西对着车旁的后视镜理了理头发。

运气挺好，沿着车辙印，翻了几个沙丘，站在最后一个沙丘顶，看到凹谷里微弱的亮光。

沙漠里，水都往地势最低洼的地方汇集，这亮光也像是从四面的沙坡上滑落的，聚成不大的一汪。

昌东就坐在那一汪光里，一动不动。

车停在一边，发出光亮的是营地灯，光线调得很弱，映在沙子上，只照亮一隅，却空旷到无边无涯。

走近一些，看到车身上拉出挂绳，绳的另一头系在一根深插进沙地的木杆上，绳身挂着几个玻璃瓶。

那几个瓶子纹丝不动，比昌东还沉默。

鹅头沙坡子，本来就是很少刮风的地方，风是会给沙丘塑形的，要是总刮大风，还怎么保持鹅头的形状呢？

叶流西走近车边，动作很轻，还没想好怎么开口。

昌东却像是有所察觉，蓦地回头，看到一片黯淡的黑里清瘦苗条的影子。

他说："孔央？"

叶流西觉得没趣，索性倚住车身，不走了。

"你要觉得是孔央呢，那我就不过去了。我这个人，习惯在别人的期待里出场，走到跟前看到你一脸失望的，影响我心情。"

她抬头往天上看，目光挂住细细的一牙月亮。

过了会儿，昌东走过来，问她："你怎么来了？"

叶流西抬头打量他。

原来他比她高了近半个头，以前真没觉得，她身高有一米七呢，看来初次见面时，他那个溜肩塌背的糟糕形象，给她的印象太深了。

看不清他的脸，只能看到夜色里的轮廓，挺好，有时候，沉默而结实的身形比花哨面貌更有力度。

叶流西说："有事找你。"

“电话里不能说？”

“怕你挂电话。”

昌东倚住车身，和她隔了半身的距离：“看来自己也知道问的事会让人反感，说吧，要问什么？”

“我想知道，你当初准备用什么方式向孔央求婚……没别的意思，就是想到一些事，需要求证一下。”

她竖起耳朵。

昌东没吭声，风瓶不动，连沙砾都静止。

叶流西安慰自己：不说就算了，平时可以逼供，今天要做个体谅的人……

昌东居然开口了：

“现在你看不到了，当初，没有刮大沙暴的时候，这里有一片沙山的坡面上，全都是裸出的沙漠玫瑰石，是一种风砺石，结晶体，形状酷似玫瑰，很少有的，像花矿石。

“在特殊的地质条件下，经过上万年变迁和风化形成，不枯不萎。”

叶流西很理解：是比真正的玫瑰花要有内涵，那玩意儿多刺，死贵，放一晚还蔫。

“孔央身体不好，从来不进沙漠，这里气候她适应不了，但我和她相反，生来就对戈壁沙漠感兴趣。

“她猜到我想求婚，估计是迁就我，觉得一个男人一生中的重要时刻，应该发生在重要的地方，我提议她同行，她马上就答应了。”

他的声音低下去：“你知道吗，其实我安排好了车，求婚一结束，就会送她回去，也就差那么一晚……”

叶流西不说话，也就那么一晚，杀人只要一刀，心死只要一秒，躲不过去的，都是命了。

昌东长舒一口气：“我想在深夜的沙漠里，关掉所有无关的光源，用特殊的灯光，把那一片沙山的沙漠玫瑰都打成玫红色……就是这样，你想求证什么？”

叶流西顿了一会儿才说话：

“以你这样的求婚方式，一个人是办不到的。

“你求婚时，要有人负责打光的效果；你想让孔央觉得浪漫，会安排摄影把一切都记录下来；想让她觉得惊喜，布置的时候，要有人绊住她，不让她发现……”

昌东静静听着，眼前快速闪过那一晚的一切。

没错，都没错，当时，有人拽着孔央在帐篷里聊天，有人拖着射灯在高处调方位，有人指挥车子倒车，尽量空出大的地方，以免影响摄影效果……

“这些都需要提前准备，反复沟通，大家一起配合，根本就不存在‘你要在鹅头沙坡子扎营，而其他人强烈反对’这种事。”

昌东笑起来，很久没试过这个表情了，面皮紧绷，肌肉都不懂该往哪个方向走，是苦笑吧。

他承认：“是，没人反对。”

世上多数人都善良，看到别人的喜事，哪怕素不相识，也会道声恭喜。

“那微博是怎么回事？”

昌东说：“其实我也不大清楚，我只是当向导，山茶的活动想如何策划、做到什么效果，我并不关心。”

山茶的负责人跟他商量说，很多人关注这次四大无人区贯穿，但如果只是成天往前碾路，就没什么话题和吸引力了——如同“文似看山不喜平”，他们会像真人秀一样，在每个阶段制造冲突、抛出谜题、给出惊喜。

求婚是大事，他们想做点出人意料的铺垫。

昌东说：“可以啊，你们看着办吧。”

于是就有了那条微博，负责人还乐颠颠拿给他看，说“看，平时发一条也就几十个评论，这一条翻了几倍呢”，然后拽住负责摄影的人，叮嘱他照片拍漂亮点，发下一条微博的时候，要配精彩的图。

叶流西说：“然后……”

“对，然后沙暴就来了。”

往常，从起风到沙暴真正到来，会有一段时间，因为风眼分核心区和外围，行进需要过程，但那天晚上，没有过程，只有结局。

他像是已经看开了：“说到底，运气不好吧。”

谁说人生如戏啊，他要皮影戏，要有开头、高潮、结尾，结不好观众会骂烂，人生不是戏，它想断谁就断谁，想断哪儿就断哪儿，然后在哭天抢地里收挽联。

叶流西问他：“为什么不把真相说出来？”

“说了，跟调查的人说了，他们觉得有这个可能。但是，舆论不管这个。”

那是，其他人都死了，话还不是随便你说，你当然什么对自己有利说什么咯，幸亏有微博做证据，一字一句，全世界都看到了！

在家属眼里，自己的亲人们曾经“强烈反对”去鹅头沙坡子扎营，他们本来都有生的希望，但被他的一己私利给断送了。

更糟的是，不少遇难的队员，因为觉得保费贵，虽然被提醒，但还是没有购买特种旅游险——家属非但得不到赔付，还要分摊因为搜救而产生的费用。

或因利益，或为泄愤，他们亟须抓住一个人，去撕、去咬、去索赔。

谁让你活下来了？

谁让你要求婚的？

昌东没料到事情会酿成那么大的风暴，后来才知道，有一种以“帮闹”牟利的机构在里头浑水摸鱼：你不知道怎么闹吗？不知道哪个渠道闹最有效果？我来操作，付费就行，不满意不收钱。

一夜之间，许多“知情人”爆料，煽情的图片、视频到处推送，孔央也被推到风口浪尖，她的照片被翻出来，P得不堪入目，很多人骂她下贱：要是不求婚，不就没这回事了吗？

因为孔央，昌东选择息事宁人：一个女人，跟了他，没得到什么好处，他不想让她死后还被人骂，他想让声浪偃息，还她一个清净。

不就是要钱吗？

……

昌东看向不远处的平缓沙丘，如果没记错，两年前的时候，那个方位，应该是满山盛放着沙漠玫瑰。

也真是讽刺，他觉得那些地里生出的玫瑰不长久，不如这上万年才形成的玫瑰石，然而一场沙暴，连整个沙山都不在了。

叶流西说：“我还有一个问题。”

“你问题太多了。”

叶流西笑起来，她转了个身，正对昌东，下巴略抬，看向他帽檐阴影遮蔽下的眼睛。

“昌东，我过来找你，你没抽烟、没喝酒，没有痛苦到精神恍惚，逻辑清楚，言语冷静，为什么这样一个人，在察觉身后有动静时，会下意识说出‘孔央’这两个字呢？”

人不会无缘无故有期待的。

第15章

这个女人，像一条蛇，蛇芯子咝咝的，不放过人脑子里每一个角落，连积的垢都要舔舐干净。

昌东回答："一时恍惚。"

"掐点恍惚？"

"那还有人掐点失忆呢。"

叶流西恼火："昌东，你别以为我对你和孔央的事感兴趣，你搞清楚了，我们两个人，不是萍水相逢，我挎包相机里的女人照片，是你死了的女朋友，我为这个才找上你的！你隐瞒任何事，都在挡我的路。"

道理昌东都明白，但钓鱼慢下饵，你都只说三分话，还要别人掏心掏肺？

他加重语气："一时恍惚。"

说完了，转身想走，叶流西出手好快，单手揪住他衣领，另一手推住他肩，膝盖抵住他腿，把他狠狠撞到车身上："你什么玩意儿啊？"

昌东没提防，后腰硌得生疼，也真新鲜，这一招，只有他对别人用，印象中没用过几次，而且都是气急了才上手——现在换自己了，还是被一个女人。

低头看，衣领都被拽没形了。

他挪了下身子，让自己在她的钳制下倚得更舒服，也没反抗的意思："还是那句话，买卖不成仁义在，每次说僵了就翻脸，真就不给大家留点余地？你这么笃定以后不会有事求到我？"

有吗？叶流西想了一下。

再然后，她忽然松手了，还很好心地帮他把变了形的领口抚了抚，仰头莞尔："昌东，你帮我拖个车呗。"

什么……走向……这是……

昌东用了好几秒才反应过来，他仰头看沙坡高处。

月亮微光下，两行深浅的洼窝，那是下行的脚印。

难怪她过来，他都没听到车声，原来是陷车了。

难得老天这么配合他，昌东冷笑："你'对不起'都没说一声，我凭什么帮……"

"对不起啊。"

昌东差点气笑了，顿了顿凑近她，说："叶流西，你要点脸，别跟我说话了。"

他扯了扯领口，转身上车，撞上车门时用了力，扇起边上的沙，像有风起。

叶流西叹了口气。

昌东骨头比想象的硬，不吃她恫吓，她虚心改过，态度变好，又说她不要脸。

她还是喜欢肥唐那样的，后颈被揪住，脸都白了，一直叫她姐："姐，姐，有话好说，别动手行吗……"

那个被她脱光的男人也不错，绑他的时候，在床上挣扎如待宰的鸡，干号说："美女，钱都给你，别要我的命，我保证不报警……"

人家这才叫听话、上道、好相处，昌东这什么男人，难伺候。

她觉得没劲，一时间又无处可去，索性一屁股坐下，一头躺下来。

沙子细软，味道还挺好闻，白天的余温已经散了，渐渐转凉，要她拿体温去焐。

昌东准备休息，调完座椅靠背，一抬头不见了叶流西。

心里沉了一下，觉得这女人神出鬼没。

再一欠身，发现人在车前头背对着他趴着，那扭曲的姿势，也幸亏是在此时此地，别处见到，他会当成是专业碰瓷的。

昌东耐住性子。

五分钟过去了，她没声息，不挪不动。

昌东忍不住揿下车窗，探头出去吼她："叶流西，你干什么？"

叶流西冷冷回答："睡觉。"

"你不知道这个温度不能露天睡吗？"

叶流西答得断断续续，语气风凉："我有什么办法……车陷了……床在车里……走回去那么远……"

昌东忍住气："你不会朝我要帐篷吗？"

"我……要脸，你不是让我……别跟你……说话……吗……"

说完又不吭气了，趴成一截枯干的胡杨木，让他想抡起来，有多远扔多远。

又过了五分钟。

越野车引擎声蓦地大噪，轮胎磨转，胎底积沙迸溅，车灯轰然打开，雪亮的强光照亮车前的空地，像黑暗的舞台上投光灯乍明。

叶流西凌乱的发丝在气流中扬起，她睁开眼睛。

听到昌东冷淡的声音："车陷在哪儿了？我去拖。"

叶流西麻利地爬了起来。

一大早，肥唐收到昌东电话，让他随便吊哪个车队的尾，中途到野骆驼自然保护区核心区那块大牌子下会合。

又吩咐他在矿区买点蔬菜，品相不好也要，尤其是要买萝卜，没白萝卜的话，胡萝卜也可充数。

肥唐嘴上应了，挂了电话才纳闷：为什么啊？

边上“旅you接待”的人给他解惑：“进罗布泊，两件事必须得做不知道啊？一是到彭公余公的墓前头送矿泉水；二是吃萝卜，都保进出罗布泊平安的。”

肥唐买了两斤萝卜，心说：我东哥还挺迷信的。

他跟着昨晚那群开拓者俱乐部的车队出发，一路飙到说好的那块牌子前头：其实就是立起的大铁架子，锻好的字块被焊在横杆上，字和铁架都已经掉漆，锈迹斑斑，透过架子格，能看到远处的荒漠秃山，像挤挨的坟头隆起。

昌东和叶流西的车都在。

肥唐热情地建议大家一起走，反正路线差不多，搭伙的话能互相照应，安全系数还高。

一呼寡应。

叶流西连眼皮都没抬，她晚上要睡觉，不想听人聒噪。

昌东的表情看起来也没兴趣。

至于那个俱乐部领队，原本兴致挺高，仔细认了认昌东和他的车之后，似乎察觉到了什么，不声不响地带着车队走人了。

他们一走，整个场子就静了，大风吹过，铁架牌被撼得吱呀吱呀，和昨晚闹腾腾的矿场判若两个天地。

这就是无人区啊。

肥唐缩了缩脖子，忍不住偷瞄了眼叶流西：真到了实地，才觉得什么古城遗迹是那么的虚无缥缈，还是目标专一点吧，她会把兽首玛瑙藏在哪儿呢？

接下来的行程枯燥，加上昌东不想再跟前头那队人有相遇的机会，刻意放慢了车速。

慢把枯燥加倍拉长，无聊里简直能飞出小鸟。

肥唐直到彭加木遇难处的墓碑前才稍稍振奋：那里围着密密匝匝的矿泉水瓶，还都是没开封的，也有易拉罐的啤酒、风干的苹果和橘子，都是过往的探险客拜祭时留下的。

彭加木失踪前，给同行的科考队员留了张字条，上写“我向东去找水”，就此一去不返；余纯顺遇难，据说死因是脱水，他死前曾试图用藏刀掘水，挖了两个深坑，都失败了。

所以后来者送水成了习惯。

昌东过去供了两瓶水，鞠了个躬。

这里算是分界点，再折向开了一个多小时，地貌渐变，沙漠被抛在了身后，进入大湖盆区，眼前出现了罗布泊特有的盐壳地。

罗布泊古时叫盐泽，是个面积不输青海湖的大湖，历史上三度丰水，又三度彻底干涸，最近一次干涸，其实距今时间不算长，是在1972年左右。

约莫同一时间，美国人发布了一张罗布泊的卫星照片，照片上，干涸之后的罗布泊形状酷似一只人耳，连耳轮、耳廓、耳垂都清晰可见，从此，这里被称为地球之耳，又叫死亡之海。

干涸之后，湖底盐碱沉积，结成坚硬的盐壳，几度热胀冷缩，盐壳断裂之处向天裂张，硬度非常，有时候抡锤都砸不碎，锋利的工兵铲劈下去，也只能把最薄的盐壳劈成两半。

有人形容说，盐壳地像是泥浆掀起的浪被瞬间晒干定格，一地凶险狰狞，车子经过，如同被满地的獠牙啃咬，再好的轮胎也得脱层皮。

昌东停下车，手台通知：“盐壳会刺破轮胎，也就是啃车皮，大家下车给轮胎加压，还有，叶流西，你自己决定，要不要把车扔在这儿，扔在这儿了还有开出去的可能，进了盐壳地再废，就当是你送给罗布泊的礼了。”

叶流西说：“那扔这儿吧。”

过流沙带，还有昨晚拖车的经历，已经让她很清楚地认识到车与车之间的差异，有时候不能拿技术说事儿：再好的赛车手，开拖拉机上赛道，也拿不到排名。

昌东回头看了眼车内，他的车大，加一个人很轻松：“你理一下自己要带的东西，肥唐的车，或者我的车，你想上哪个都行……”

肥唐忽然大叫：“西姐，我的车吧，我热烈欢迎你！”

叶流西说："……好啊。"

昌东没吭声，过了会儿撂下手台。

下车给轮胎加压的时候，肥唐请他帮忙："东哥，能不能帮我也加一下啊，我要给西姐搬东西。"

肥唐非常热情，一趟趟帮叶流西转移行李，有一趟左手搂炉子，右手拎锅盆，一路叮叮当当。

这热闹跟他没关系，昌东加好了胎压直接上车。

肥唐搬到最后一趟，很周到地叮嘱叶流西："西姐，你四处都看看啊，别落了东西，到时候可没人回来帮你拿。"

叶流西半扶着车座，将包挎上肩膀："知道了。"

肥唐兴冲冲往自己的车边走，刚走几步，脚下一绊，哎哟一声栽在地上，拎的东西撒了一地，他赶紧爬起来捡，大声嚷嚷着："没事没事，绊了一下，不打紧。"

掉的都是些盐罐、汤勺小物件，他半趴着去收捡，低下头，借着身体遮掩，目光从腋下往回溜。

叶流西正半跪着，一只手拉起车座椅的护罩，另一只手伸进去摸索着什么。

怪不得那天晚上他翻来找去，就是没找到东西……

椅罩是障眼法，东西塞到里头去了！

第16章

盐壳地，简直要开得人灵魂出窍，肥唐甚至都没法分心去偷瞄叶流西的包。

这时候才体会到修路工人的伟大，天大地大，修路工最大，这能叫路吗？

一步一颠簸，像车底下有无数高举的手，鼓噪着把车推得东倒西歪，到后来，身体都麻木了，车没颠的时候，身子都要痉挛似的往左往右抖，跟遭了电击似的。

更恐怖的是，不只前后左右，360度的方向都长得一模一样，彻底没了方向感，车轮只要稍微偏移那么一点点，驶十里下去，绝对失散，之前听说过，两辆在这儿并驾的车就因为起了沙尘暴看不清，一刻钟的工夫，就谁也找不着谁了——那时还以为是吹牛，心说再原路倒回去不就行了吗，现在才知道，根本没有原路。

无招胜有招，这里没有曲里拐弯的岔道，却困死了那么多人，真就是世界上最大的迷宫。

肥唐手心都出汗了，视线死死咬住远处昌东的车不放松，开到后来都绝望了，时速连七公里都不到。

叶流西也被颠得七荤八素，肚子里翻江倒海，觉得分分钟都能吐出来，她拍车厢，说："停停停，你这开得还没我走得快，让我缓一会儿，我下去跟车走。"

肥唐很羡慕她，他也有下车跟着走的想法，但不行，人手不够，他一走，车就没人开了。

昌东有点举棋不定。

他的车，算是有一半是为这种地形改装的，所以走起来不算艰难，这条道其实少有人走，还有另一条路是盐碱滩，虽然绕远，但不那么难走……

走这条路是图近，想斜插进罗布泊镇，但没想到肥唐的车子那么废，大概因为是租的，怕坏了赔钱，不敢往死里造，但这样一来，他的速度就大大被肥唐牵制了，所以现在到底是继续，还是去走那条远点的路更合适呢……

他往车外的后视镜里看了一眼。

不对，怎么有个人，在盐壳地上走？

昌东马上停车，车门半开，探身往后头吼："叶流西！别走盐壳地！"

四野空旷，声音吼出去发散，叶流西也听不大清，抬头看到他挥手，脚下踩着的盐壳忽然咔嚓一声脆裂，她没提防失了重心，脚往后一滑，边上一块薄的锋利盐壳，正从她脚踝处划过。

还没察觉到痛，血已经涌出来了，叶流西倒嘘着气坐下去。

进罗布泊第一道彩，居然是她挂的！她还以为就算要死人，也是肥唐第一，昌东第二，她负责哀悼。

昌东看见她身子一歪，就知道要坏事，下车的时候抓了一厚沓的医用纱布，快步赶过来。

盐壳地很难走，有专业徒步者认为，行走难度甚至超过最危险的狼塔C线：一是上下起伏，稍不留神就会扭伤；二是盐壳晶体虽然坚硬，但数年侵蚀，说不准什么时候就会突然脆裂让人踩空；三是盐壳相当锋利，而且由于含各种元素，被割伤的话，伤口好得很慢，换句话说，还不如被刀割。

昌东走"游鱼道"过来，那是凸起盐壳间的窄窄间隙，懂行的人嫌弃说，窄得只能让鱼游，所以又叫游鱼道。

到了跟前，就听到她疼得嘘气，正摁着纸巾捂伤口，纸巾浸透了，指缝里都渗出血来，至于地上，斑斑点点，一片狼藉。

昌东迅速蹲下，拿开她的手，把纱布压到伤口上，问她："你能走吗？"

心里也知道她应该走不了，只是顺口一问，这种地，单脚跳都不能。

叶流西摁住伤口，一肚子火不知道往哪儿撒，气极反笑："我还能飞，你要看吗？"

"那你飞一个。"

不远处，肥唐停车，叶流西没能起飞。

昌东蹲下身子，脖子略低，伸手揽住她的腰，也不说话，等她自己领会，叶流西犹豫了一下，搂住他的脖子，身子一轻，被他抱了起来。

他走得小心，尽量加快速度，但还是有血滴下，砸在盐壳边缘。

走得远了，最初留下那一摊血的地方，忽然沸腾似的嗞嗞翻沸了两声。

昌东把叶流西放到车上，拽下她的袜子，拿棉球蘸了酒精，帮她清理伤口。

盐壳划拉出的伤口不平直，边缘模糊，又带泥沙，不清理好的话很麻烦，当然，后面的愈合更棘手。

昌东眉头皱起，一声不吭，神色专注。

叶流西打量了一会儿昌东，觉得他虽然做人混账，做事倒是认真的，让他带队，该他做到的事情，每次都周到妥帖，从不拖泥带水。

她喜欢做事认真的男人。

肥唐终于过来了，看到她脚踝处血迹斑斑，说话声音直打战："西姐，你没事吧？"

其实这颤抖不是因为晕血。

是眩晕，是兴奋，是情不能自已。

磨蹭了这么久才过来，就是为了偷看叶流西的包，里头塞了很多东西，本子、笔、早已淘汰的破相机，还有个绒制的小包，包身鼓起的形状几乎让他屏住呼吸。

打开一看，那金嘴帽，还有柔润的带缠丝玛瑙玉，肥唐眼睛都差点湿了，湿里折射出纸醉金迷的半个香港。

她还真有啊。

感谢老祖宗传下来的《周易》，感谢龟壳卦具，感谢乾隆卦钱，更感谢自己嗅觉敏锐——毕竟机遇总是青睐那些有准备且勇敢尝试的人。

叶流西说：“我怎么会没事……去，往那儿插个杆，下次我再来，要把那块盐壳给铲了。”

昌东车上有插杆和旗布，是应对迷路作旗标用的，肥唐迷迷瞪瞪地正想去拿，昌东训他：“回车上去，你再伤的话，自己爬回来。”

肥唐一溜烟回车上去了。

车上多了个伤员，不好再走盐壳地，毕竟受伤需要静养，而走盐壳等同于上蹿下跳。

昌东用GPS查看方位，找到曾经走过的拐点，渐渐离开盐壳，绕远上了盐碱滩，这里盐壳起伏要小得多，开了一段时间之后，远处出现散落的小型雅丹，或孤独矗立，或三两围攒，这种雅丹因为离得远，又不成群，看起来反而恐怖，再加上暮色渐至，远远看去，有的像人头从地底冒起，有的又像怪虫搏食，别说是肥唐时不时在手台里一惊一乍了，连叶流西都觉得心头发毛。

只有昌东一直沉默，习以为常。

这一晚还是露营。

为了背风，昌东选了处大的雅丹堆，两辆车和雅丹合围成个三角形，三顶单人帐各靠一面扎起。

中间的空地生火，晚饭还是干粮，另煮了锅萝卜汤，里头加了干香菇片和粉丝。

虽然粗糙，但在这种地方，已经算是不错，叶流西昨晚没睡好，吃完了就躺进帐篷，吩咐肥唐：“把我的包拿过来。”

肥唐脸上带笑，心里再不情愿，也只得把包乖乖给她送过去。

他设想过N个方案，都行不通。这里要是城市该多好，他东西一拿，钻进人流就不见了，风华巷那铺子不要了，反正不值几个钱，货脱手之后，他就整容，隐姓埋名去过富贵日子……

偏偏这里是罗布泊，没昌东带路，他连路都找不着，万一走不出去，就会为这戈壁多加一具干尸——所以只能老老实实等候时机，兽首玛瑙就在跟前，看到，摸到，却得不到，心里别提多憋屈了。

叶流西拿了包，把里头装兽首玛瑙的小包拿出来，当着肥唐的面塞进睡袋，然后舒舒服服躺下。

肥唐心里酸溜溜的：她还知道塞睡袋里呢，警惕性倒挺高。

篝火噼啪，叶流西睡得不实，有一次迷迷糊糊睁开眼睛，看到肥唐缩在帐篷里，百无聊赖玩手机单机游戏，而昌东低着头，正用线缀结皮影人的头楂和躯干四肢，那些花花绿绿的牛皮单片，一经连线，就成了关节过分活跃的小人儿，在篝火的光里晃晃悠悠……

昌东将来老了，一定是个民间老艺术家。

再一次被拉链的响动惊醒，已经是深夜，感觉空气里都是沙尘味道，抬眼看，昌东正帮她拉起帐篷的门——睡觉前，为了透气，她的帐篷门是敞开的。

肥唐已经在打呼噜了，看不出来，那么精瘦如猴的人，打起呼噜来气吞山河。

见她醒了，昌东低头解释："好像要起沙暴了，拉上吧。"

叶流西看向他，话中有话："起沙暴，会死人吗？"

昌东的脸上看不出表情："不会，这里不是沙漠，也就是灰土大，沙尘暴。"

"那天晚上，你为什么觉得我是孔央啊？"

她还真是执着，昌东刻意忽略，一路把拉链上拉："明天就到镇子了，可以在那儿休整一下，如果抓紧，明晚能到龙城……"

眼看拉链就要合口，叶流西突然伸手，一把抓住掌宽的链缝。

她手指纤长，指尖是圆润的椭圆形，真不像干活的手……不过突然从链缝里伸出，还是挺吓人的。

过了会儿，链缝的口被压低，露出她两只眼睛。

"昌东，我们两个人之间，一定存在着某种联系，只不过我暂时不记得，而你暂时不知道——想向前走的话，你是左腿，我是右腿，大家不应该互相坦诚吗？"

话是没错，昌东不动声色："那右腿先来。"

叶流西半天才明白过来，她低头窸窸窣窣，过了会儿扔了本小笔记本出来："都在这儿了。"

篝火已经熄了，昌东把营地灯转了个向，顺势在她帐篷边坐下。

翻开第一页，第一行写：

"纯天然，没整容。"

这……是什么意思？

没等他有微词，叶流西已经解释开了："很多电视里有啊，主人公失忆之后，被幕后操纵者整了容，用来接触一些人，故意策划阴谋……我肯定不是。"

翻过一页：

“身手还行，没有套路。”

她又解释：“就是，打野架的路子，我自己在网上看过，不是任何武术流派。”

再翻：

“亲人无情，或死了；朋友无义，或死了；男朋友不是东西，或死了。”

昌东看了她一眼。

叶流西说：“要不然我丢了这么久，怎么就从来没人找我呢？连寻人启事都没有一条。”

她忽然兴味索然。

第17章

昌东一页页翻看。

很明显不是一天写就，确实日积月累，用的笔不同，笔迹也时而潦草时而周正，有些条目甚至被划掉叉掉，看来是觉得起初推理失误。

真的就是真的，昌东差不多相信她了。

但也更匪夷所思了。

她肩膀有洞穿伤，自己记述：前后都有疤，大小差不多，不是子弹打的，像是钢筋穿的。

右腿小腿肚有烙疤，特定形状的烙铁烙的，她用笔把形状画下来，那图丑且拙劣，像个凶悍的人脸。

她在旁边批注：“哪个龟孙子烫我的，你等着，你的死期到了。”

昌东忍不住看了她一眼，她语气凉凉的：“多大仇，打一顿就算了，还给我烙个疤，他要是以为我从此不敢穿短裤，那就错了。”

还难得看到她承认了自己有缺点，“早期审美太差”，理由是：左腕上的文身太丑了。

那文身，初次见面时昌东就看到了，有点像蛇，乍看还以为是手串，现在细看，又不是蛇，身上有鹰爪，扁圆的脑袋上飘出撮头发，怪里怪气。

翻完了，真是如坠云里雾里，看时脑子里给出了很多时下小说里才有的荒诞设想，譬如是不是借尸还魂、古人复活、两世记忆……

好像都不是，她自己先行一一否定了。

昌东把小笔记本还给她，自己再隐瞒的话，好像确实有点过意不去。

他沉吟了一下："我把你错认成孔央，说一时恍惚不全错，你跟孔央，身形是有点像。"

都身材纤细，身高也差不多，这世上相似的身形很多，恋人即便能分辨出，也需要仔细观察，更何况当时是在晚上，隔那么远，只一眼。

叶流西等他下文。

"但这身影出现，我确实不是很意外。"

鹑头沙坡子沙暴之后，昌东及时得到了搜救——他事先曾安排司机过来接孔央，司机住矿场，距离鹑头两个小时车程，据说那一晚，矿场也受到波及，风沙怒号，如同有鬼夜哭。

司机担足了心，第二天一早火急火燎往鹑头赶，卫星电话没打通，心里觉得不太妙，路上就联系了救援。

赶到之后，眼前所见让司机瞬间腿软：鹑头不见了，那一片沙地几乎被翻埋削平，跌跌撞撞走了两步，膝盖忽然磕到什么，扒开一看，是越野车顶歪斜的行李铁架。

整辆车都被埋了！

第一次救援没发现昌东，第二次增加人手，同时扩大搜救范围，才在距离原鹑头两公里远的沙坡里发现他，他趴埋在沙堆里，手臂拼命前伸，整个人昏迷不醒。

搜救队队长觉得这已经是奇迹了：这么大的沙暴，车子那么重，都被刮埋翻滚到找不齐，营地全部被推埋，至于人，能救出一个来，还是活的，实在相当难得。

甚至在他醒来后，都很直白地对他说："兄弟，这命老天给的，你能活，真的是祖上积德。"

医院病床前，调查人员问起他详细的情形，尤其是失去意识前发生了什么事，他说："风瓶突然猛烈碰撞，鹑头被掐断，我当时拽着孔央，想往车子那里跑……"

帐篷太轻，这个时候，只有车子靠得住。

但刚跑了没两步，就看到沙坡打起巨大的浪头，一辆车像玩具一样，横翻在他面前，队员的尖叫声被沙子冲散，再然后，就什么都不记得了。

他情绪失控，说的时候两手一直发抖。

调查人员叹息说："你现在情绪还不稳定，先好好休息吧，我们目前还没有放弃搜救……”

其实彼此都心知肚明，沙漠、缺水、强烈的日晒和昼夜温差，头两天没找到，也就等同于再也找不到了。

那一晚，昌东半夜醒来，病房里安静极了，窗帘半拉，月亮温柔地挂在半空中。

他忽然想起一个场景。

那是在深夜，沙暴平息之后，救援队未至之前。

他曾艰难地睁了一下眼睛，看到高处的沙坡上，站立着数条模糊的身影。

心里有隐约的预感，觉得那是队友，是孔央，他们死了，他们要离开。

昌东嘴唇嗫嚅了一下，伸手去抓，虚弱地呢喃了声：“孔央……”

孔央回头。

他的眼皮有千斤重，眼前渐渐失真，慢慢拉合，直至一片死寂的漆黑。

沙尘暴要来了，零碎的砂石飞打在车身上，咯嘣咯嘣响，昌东的空帐篷里灌满了风，像个撑胖的袋子，拼命想飞走，又被地钉的绷绳紧拉住脱不了身。

叶流西问他：“这事，没对调查人员说吗？”

“怎么说？我自己都分辨不出究竟是梦，还是当时真的醒过。”

再玄一点说，还可能是生死之际亲密的人之间存在着的心灵感应，孔央当时，是在向他道别……

昌东帮叶流西把帐篷门拉起：“早点睡吧。”

他灭掉营地灯，躺进逼仄的单人帐篷里。

搜救队没有发现孔央和其他队友的尸体，这一度给了他荒诞的希望：也许那天晚上，他们真的是从地上站起来，抖掉身上的沙，结伴离开了。

冷静下来之后，也知道不可能：孔央那么柔弱，在沙漠里，根本就挨不下去，还有，队友里有刚做爸爸的，如果大家都还活着，怎么会不回家呢？

投奔丁州之前，他又一次单车进了沙漠，到过沙漠腹地一些行将废弃的村子，向那些祖居在这里的当地人打听关于沙暴的传说。

那些死在沙漠里的人，真的就这样无声无息地消失了吗？

他也不清楚自己在期待什么。

也许期待着，某一个有月亮的晚上，车子停下，会看到不远处的沙坡上坐着眼神悲伤的孔央，尽管他再也不能靠近她，尽管她只是一缕单薄的鬼魂。

然而都没有。

那些出车的、放骆驼的，还有零星打猎的，总是不厌其烦地向他描述着戈壁荒漠的可怕，比如一场沙暴过后，你会发现被风翻出的、不知道死于哪一年的干尸；再比如这里有着神奇的磁场，再先进的仪器到了这里，也会失去效用。

还有一次，在一个叫“一家村”的村子边，那个就着咸碱水洗衣服的老婆子，居然口齿含糊地跟他提起了玉门关：

“我婆奶说哈，有那么大一个城，玉馒（门）关，被风吹化了……

“但是那么多年，从老久到现在，那个玉馒关，早就活了。

“半夜里，呼啦刮大沙暴，你要把馒关好，不能到野地里头哈走，你哈走，你自己都不知道，就会走到馒洞洞里去。”

说到这里，神神秘秘，干瘪的老嘴翕动着开合：“玉馒关，也叫阴关嘞……”

风越来越大了，昌东疲惫地闭上了眼睛。

也不知过了多久，凌厉的风声里，隐约传来一声枪响。

昌东迅速翻身坐起，拉开帐篷门出来，风很大，沙砾在空中飞，有时斜擦过面颊，在脸上留下一两缕尖细的疼。

昌东站到迎风向，屈膝，侧了身去听风带过来的动静，叶流西也探身出来了：“昌东？”

他示意她噤声。

仔细听，有稀薄而隐约的哭喊，还有车身被重击的金属声……

昌东心头一凛，回头低声吩咐她：“收拾东西，马上。”

又大步走到肥唐帐篷边，伸手抓提帐篷的斜撑架，几乎连人带帐篷提起来：“起来，出事了。”

顿了一两秒，拉链门拽开，肥唐从里头滚出来，他夜里突然被惊醒，再加上听到昌东那样的口气，恐惧尤甚：“东哥，出什么事了？”

“可能是抢劫，手脚利索点，赶快。”

肥唐心怦怦地跳，手心一把汗，也顾不上收拾了，所有东西搂起来，没头没脑就往车里塞，扎营时至少花了半个小时，现在粗暴拔营，两分钟就搞定了。

回头检视有没有漏的，两条腿还像筛糠样发抖。

听到昌东跟叶流西说：“可能是抢劫，也可能是盗墓的顺便搂财，抢劫不走单，一搂一条线，我们这里应该被踩过点，再待下去就有风险。”

有同行曾经跟昌东提过，罗布泊每年都有人失踪，但出了事，不一定全赖无人区条件艰险，毁尸灭迹的事儿，人也能做——有些非法采矿的，或是盗墓的，心狠起来，会盯上过往的单旅，发笔外财。

肥唐胆小，从没经历过这种场合，再加上风吹雅丹怪声频出，觉得自己随时都可能心脏骤停：“东……东哥，我们报……报警吗？”

“可以啊，警察车开进来，估计要明天，还指不定能不能来。”

肥唐哆嗦着咽了口唾沫。

从前老嫌城市里拥挤，现在才知道，挤有挤的好处，出警都按分钟计，可在这里，吼一嗓子救命，天地都不应你。

叶流西问：“那现在怎么办？”

“两条路：第一，岔开方向开车走，这里空旷，但开夜车要亮灯，大晚上数里外都看得见，对方想堵你的话，活靶子；第二，在这儿待着，人家不来就没关系，找上来的话，死靶子。”

肥唐听傻了眼，最后咬牙：“那开车走呗，都是四个轮子，不定谁快呢。”

他们两辆车都是四驱，跑起来未必输。

上车前，叶流西把刀拎出来，尺二的直刃西瓜刀，厚牛皮纸包了鞘。

见昌东看她，她朝他一笑：“我怕待会儿打起来。”

昌东心想：最好不要。

车开上路，灯打出去一片黄雾，都是沙砾横飘，车胎下头，间或传来盐晶体被碾碎的声响。

怕什么来什么。

肥唐最先发现情况的，手台里的声音都变调了：“东哥，后头有车跟我。”

第18章

后车是堵，看来必有前车来截。

昌东脑子里已经过了几个方案，叶流西倒也没慌，甚至有点让人牙痒痒：“要不把肥唐扔了，弃卒保帅，这车上的物资，反正也够我俩用。”

肥唐气急败坏："西姐，你怎么能这样，我们是一起的！"

叶流西冷笑："现在说'我们'了，说我坏话的时候，没见你这么团结。"

肥唐想矢口否认，没想到昌东忽然插了句："你怎么知道他说你坏话？听到了？"

他车速放缓，目光变深，一直注意周遭动静，并不妨碍有心思搅嘴仗。

叶流西说："能背后说你，当然也就能背后说我，我不需要听到。"

昌东说："也是。"

肥唐差点气晕了，心里骂昌东猪领队，又骂叶流西心狠手辣，最毒妇人心，居然要把他扔了——人心太黑暗，自己还是太单纯了。

但不敢说出口，还是死跟昌东，看到车外后视镜里那辆幽灵样紧追的车，心里一阵发寒，然后又发狠：昌东要是真想扔了他，他就开车撞他，要死大家一起死！谁怕谁啊。

前车终于出现了，两辆，车光起得很突然，看来是对地形相当有把握，居然敢在可见度这么差的晚上、沙尘暴里开盲车。

远光强且雪亮，两束直直打住昌东车前挡，晃得人睁不开眼，昌东忍不住抬手去遮，眼睛半眯半睁间，看到对方车上有个探出的身影，似乎往地上甩出串东西。

不妙。

叶流西也遮眼睛："一共三辆车，圈子包不圆，要不咱们冲吧。"

肥唐也赶紧附和："对对，冲吧东哥，360度方向呢，三辆车最多占3度。"

昌东说："不行，有破胎钉。"

这玩意儿，古代叫铁蒺藜，两根双头尖的铁刺拦腰互扭焊在一起，四面尖钉，最初是用来把战马撂翻的。

现在还有沿用，不过早进化了不知道多少级，有的自动遇压弹出，跟地雷似的，也有的是一串的，中心穿孔，绳缀结，方便收取——刚看到那个人影撒网一样往外扔，昌东就已经心里有数了。

三辆车这么不紧不慢过来，确实只占3度，但整个包圈里，不知道在哪儿给他撒了钉，贸然冲出去，怕是轮胎要全废。

现在想想，盐壳地啃车皮，还是一点一点，啃得至少温柔，人是要狠多了。

昌东停车，手台里传出的尽是肥唐的粗重喘息。

那头也停车了。

越来越大的风里，几辆车，在旷野里沉默着对峙。

昌东说：“这样，我下车去聊，看能不能交个朋友。”

叶流西说：“如果你是要下去放狠话，是不是我去更有效果些？”

她刀柄提起来，笑得温柔无害。

确实，如果想放狠话，在深夜的荒漠里，车上走下一个拎刀的神秘女人，这场景，是人都会先提防三分。

昌东说：“你消停点吧，人家有枪。还有，能不能趴下点？我不想让人知道我车上还带个漂亮女人。”

大概是因为话说得顺耳，叶流西很配合，身子往下滑矮了点，视线只跟挡风玻璃的最下沿平行：“那你去吧，不行了再叫我。”

到底哪儿来的自信，昌东懒得理她。

他从手套箱里拿了包烟，打开车门。

下了车，先两手空举，示意没恶意，然后大声喊话：“我走一半路，带上烟，要是不介意交朋友，您给个火吧。”

拦路的车里，领头的是辆陆风X9，后座的男人正对着小圆镜子拿牙签剔牙，听到声音，眼皮一抬，说：“哟，懂行的啊。”

他顺手从边上摸过打火机，扔给要下车的人：“过去看看，要讲点礼貌啊。”

昌东目测和对方的车距，走到一半处停下。

过了会儿，对面晃晃悠悠来了个人，黑瘦，脸上都是褶，看起来像个工地务工的，斜背着柄土枪，到了跟前，斜乜他一眼，问：“干什么来的啊？”

这人脖子上挂了个对讲机，上头亮绿点，开着，对答应该是让真正管事的人听的。

昌东递了根烟过去。

“收尸的，都不容易，能不能松松袋子敞个口，我做事，也不耽误您发财？”

有些人在罗布泊遇难失踪，家属很执着，会雇专门的人进来找，俗称“收尸的”，确实不容易，一来死者为大，二来这样的车没油水，不是特别穷凶极恶的，都会放一码。

过了会儿，对讲机里有人发话：“给火吧，要两瓶水算了。”

这里说的“两瓶水”，不是真的要水，黑话，意思是捞点好处。搁别处，会说“要两斤肉算了”，但在罗布泊，水最金贵，拿“要两瓶水”来指代，也算地域特色。

那人掏出打火机，给昌东点烟，点上了又接过来，衔进自己嘴里，含混不清地问他：“车上有酒吗？”

“有几罐黄啤。”

“我看看。”

那人拔腿就往车边走。

叶流西半缩在车座上，看昌东跟对方聊上，又看到点烟的小火苗在风里抖，觉得挺有劲的——有人能险里过道，有人却被扒得内裤都不剩，打交道的确是门学问。

不过好像也不是很乐观，那人怎么过来了呢？

肥唐也慌了：“西……西姐，这什么意思啊？东哥把我们卖了？”

时刻想卖人的人，时刻担心被人卖。

叶流西也搞不懂，不过“先发制人，后发制于人”的道理她还是懂的，再说了，不论输赢，风度很重要，总不能人到了跟前，她还缩在车座里犯㞞吧？

她揿下车窗，抓住车内的防滚杆借力，腰身软滑，蛇一样从窗口探出大半个身子，稳稳坐到窗沿，一手扶车顶架，身子微微斜后倚，半长的头发被风吹得遮迷了眼。

灯光照着她，半幅天地迷离，一身妖气。

那人猝不及防，抬头看她。

叶流西伸手把乱发拂开，问：“怎么说啊，这到底是谈拢了，还是没谈拢啊？”

那人打量了她一会儿，忽然见了鬼似的，一转身，拔腿就往陆风车跑，跑得叶流西莫名其妙。

昌东眼见他扒着车窗口一通比画，又接过一本册子，唰唰翻页。

再然后，那个管事的人就下来了。

那人四十来岁，个子不高，脑袋滚圆，眼睛狭长，挺一个大啤酒肚，像个长歪了的弥勒。

自我介绍叫灰八，边上人叫他八爷。

他熟人一样冲着这头打招呼，笑得热情，眼角的河川纹里简直能游鱼：“你好你好，幸会幸会。”

昌东还没来得及搭话，灰八已经绕过他了。

有意思，是冲着叶流西去的。

昌东跟过去，听到灰八一直道歉：“真不好意思，不知道是西姐，走眼了，该打该打。”

一边说，一边真的往自己脸上不轻不重打了两下。

叶流西还坐在车窗沿上，眉头皱起：“我们见过？”

“没有，这不就认识了吗？西姐是赶路吗？今晚风可大了，要不要去我那儿坐坐？”

叶流西看向昌东。

昌东点了点头。

车子弯弯绕绕，最后停在一处雅丹群落中央的大帐篷前头，帐篷里拉了个灯泡，户外的太阳能发电机供电，所以电力特弱，里头有几个留守的，正围在一处打扑克牌，听到动静，掀开门帘出来接。

肥唐深一脚浅一脚地跟进来，觉得这一晚像在做梦：他还以为要打起来呢，怎么转眼间，就这么和气“来坐坐”了？

身后有人说：“让一让。”

他赶紧让路，看到有人抱着成箱的矿泉水、干粮进来，还有扛小行李箱的，密码打不开，商量着用钳子把链扣给铰断。

估摸着都是抢的，再看帐篷角落里，堆着铁锹、镐头、斧头、锤子，肥唐不敢吭声，紧随在昌东和叶流西背后。

灰八拖了几张毡子过来，在灯泡底下借光，开了啤酒，一人发一瓶，又拆吃的，拿一次性的纸杯倒花生、枣、杏干、瓜子，摆得满满当当，不过在这种地方，倒不觉得突兀。

灰八话不停：“不好意思，今年开矿，连开两个都是鸡窝矿，实在没盼头，手痒了，就想走点歪门子，黑灯瞎火的，又看不清……”

叶流西打断他：“没见过我，怎么知道是我呢？”

灰八嘿嘿笑：“这个……怎么说呢……”

他递了个相册过来：“翻，对，再翻，就这儿。”

昌东在边上看明白了，上头是叶流西。

相纸膜里是彩打的纸，类似照片，叶流西坐在盐碱滩上，穿白色圆领T恤，下摆塞进牛仔裤里，高到小腿肚的牛皮靴，眼睛看镜头，头上戴了顶藏式的宽檐皮毡帽，旅游区随处可见的那种爆款。

像个英气的西部女牛仔。

背面有签字笔的拙劣笔迹："西姐。"

前后翻看，是不同人的照片，背面都有批注，有写"巴县书记他儿子"，有写"包线老板"。

什么玩意儿？

叶流西莫名其妙，昌东心里约略有点数了，他等灰八的下文。

灰八清清嗓子：

"是这样，我们呢，也就讨口饭吃，钻空子归钻空子，没想着要跟国家作对，所以对那些经常在罗布泊进出的厉害角色，我们也会留意……"

有些人点子硬，惹上了自己反一身臊；有些人专门打点过，交了"朋友"，当然要照顾。

这册子是私下里内部流传开的，没那么多照片，翻拍打印了充数，像《红楼梦》里小黄门献给贾雨村的护官符：有心在碗里捞饭的，都要认认脸，免得哪天冲撞上了，自讨没趣。

叶流西说："那关于我，有什么说法吗？"

灰八答不上来，这册子说不上最初来历，听说别人有，自己也就收一份，偶尔碰头做个更新，并不是每一张照片他都知道背后故事。

但有她不是很正常吗？有几个女人会那么大胆子，在被劫的时候，还从车窗里探出身来，泰然自若问："到底谈拢了没有？"

他以为叶流西是故意呛他，有点讪讪的。

风好像比刚刚更大了，整个帐篷呼啦往一侧歪。

灯泡有点跳，灰八转头过去骂："不会把插头插紧吗？"

话音未落，灯泡就跳掉了。

帐篷里响起一阵鼓噪似的嘘声。

黑暗中，昌东说了句："可以啊，都混上册子了。"

叶流西回答："嫉妒啊？"

毕竟"沙獠"是你，常走线的也是你，但上册子的是我。

昌东笑笑："能让这些人忌惮，你得回想一下，自己到底是什么角色……老实说，你今天从车窗里出来的姿势，很嚣张啊。"

也很熟练。

比起灰八，她更像劫道的。

第19章

帐篷里骂娘声一片，这些人长期依赖发电机和电灯，没什么实用的应急装备，昌东瞧不上他们，也没有把营地灯拿出来共享的意思。

几道手电光在大帐里乱窜，有人猛敲发电机的大铁壳子，过了会儿，灰八大骂："顶个球用，天亮了再搞吧。"

然后打着手电过来："离天亮还早，几位还赶夜路吗？不嫌弃的话，就在这儿休息一下吧。"

时区的关系，这儿天亮比北京时间要迟很多，荒漠戈壁本来就忌讳赶夜路，更何况外头沙尘暴还刮这么猛。

昌东起身去车里把地垫和睡袋拿进来，这帐篷摆大通铺，十几号人见地就躺——虽然不讲究，男女毕竟有别，他把地垫铺到角落里，让叶流西靠着帐篷边睡，自己隔了段距离睡她身边，算是分挡，再旁边是肥唐。

躺下之后，吵嚷声渐小，大通铺睡前必经阶段，总会还有一小阵子夜话。

肥唐像虫子一样，带着睡袋向昌东身边挪动，忽然躺进贼窝里，他有深深的不安全感。

昌东一偏头，感觉肥唐的呼吸都能喷他脸上，心里嫌弃，训了句："睡过去点。"

肥唐不动了，过了会儿，小心翼翼、压低声音问他："东哥，你说我西姐是不是很有来头啊？"

"说不好，早让你别惹她。"

肥唐说："我也觉得了。"

灰八这样的，手下有人、有车，还有家伙，居然都对她客客气气的，这让肥唐迅速推翻了携兽首玛瑙整容潜逃的设想，换位思考一下：别人要是偷了他半个香港，他不得拼了血命追去报复？而且叶流西显然已经对他印象不好了，不然也不会遭劫时说出"把肥唐扔了"这样的话。

原本以为无人区就是没人、少水、缺肉吃，现在接二连三遇上事才知道傻眼：前路令人忧虑，能不能囫囵着出去都是问题。

是真英雄能屈膝，识时务方为俊杰。

"那我现在好好表现还来得及吗？"

肥唐还真是钻营功利到近乎实在，昌东说："那看你求什么了，你要是求一路平安呢，你老实，她也不会去整治你……"

正说着，灰八忽然大声说了句："哎，那个……我忘说了，几位，晚上如果有什么动静，就当没听见好了啊。"

叶流西回答："那怎么能行，万一有人偷东西，开了车跑，我也当没听见？"

灰八正斟酌着该怎么说，角落里有个沙哑的声音响起来："这旮旯邪门呢，尤其是大风沙的晚上。"

又有个声音吃吃笑着接口："就是闹鬼。"

这倒新鲜了，头一次听到有人说"闹鬼"的语气，跟说"明天要出太阳"一样稀松平常，昌东欠起身子："什么意思？"

那些人七嘴八舌回他：

"刮大风的时候，你听，呜呜的，鬼在哭哩。"

"吓死个人咯，那个声音，就在我头顶上，大家要死闭着眼哈，莫睁，就当听不见，睁了就完了……"

昌东说："你们住在雅丹群里，雅丹不是一直都是这样吗？因为土台的形状太离奇，风吹过来，气流在里头遇阻回旋，就会出怪声，这跟吹笛子、吹埙，一个道理。"

一时静默，灰八说："嗐，你跟他们讲这玩意儿……"

他对手下这帮人太了解了，有内地混不下去过来打苦工的，也有当地放牧的，好多人认识的字不超两位数，科学道理远不如鬼故事来得浅显易懂、深入人心——有时候丢了东西，也要往鬼身上赖。

果然有人不服气："我还在晚上见过鬼火呢，还有白光，唰的一下，也是风吹的？"

昌东说："这里跟别处不一样，土台里有很重的盐分，磷、钾微量元素也多，有时候风大，相撞起来产生反应，深夜里就会有白光闪烁不停，这种现象，在白龙堆更常见……"

叶流西觉得他是白费力气，低声说："较这真儿干吗？反正也听不进去。"

果然，那些人嗤之以鼻，并不给面子，那个沙哑的声音又起，冷冷的："我不晓得你们这些外地人的科学道理，我祖上三代都住这儿，说的跟你不一样。"

昌东笑笑："你们是什么说法？"

"雅丹原本就是城，里头的人不敬神，遭了天罚，城变成了废墟，人都被埋在了废墟下头，他们心里有怨气，一直在地下哭，刮大风的时候，哭声就会传上来……我爷说，关上门，莫睁眼，被子拉过头，睡一觉就过去了，你不惹它，它也不惹你……”

这说法昌东听过，有些书里也会引用，属于当地的民间传说，他也不想再争辩，再多说，这些人估计就要抱怨了：“谁要听你叨叨，莫睁眼不就得了嘛。”

他往睡袋里缩了缩，合目睡去，魔鬼城呜咽的大风，听习惯了，跟催眠也差不多。

也不知过了多久，正是睡得最舒服，睡袋里也焐得最暖和的时候，忽然听到身边有动静。

往常，昌东并没这么警醒，但走线时，神经绷得跟平时不一样，尤其是睡在不熟悉的地方，身体里自然有根弦，会对异动生出感知。

他艰难地半睁开眼，看到叶流西正从睡袋里爬出来。

昌东含糊地问了句：“你干什么？”

叶流西吓了一跳，反应过来之后，低声说了句：“我去上厕所。”

周围的打呼声此起彼伏，人人睡得都香甜，让昌东几乎羡慕。

“非去不可吗？”

叶流西觉得他说的是废话：“不然我爬起来干吗？”

昌东叹了口气，揉了揉眼睛，从睡袋里坐起来。

记不清是多久之前的事，有科考队进沙漠，一个女队员晚上说要去上厕所，一走就再没回来，生不见人，死不见尸。

后来有人猜测说，可能是遇上了流沙坑，脱下裤子往那儿一蹲，就被吸进去了。

大概受这影响，带线的人有约定俗成的规矩：晚上想出去上厕所，必须两人同行，尤其是女队员，不能落单。

叶流西当然不知道这规矩，见他也起来，觉得难以理解：“你起来干什么？”

“我陪你去。”

叶流西摁住他肩膀：“不行，我上厕所，你跟去干吗？”

简直开玩笑，他跟去了，她还上得出来吗？

“我会站远一点……”

“那也不行，你睡你的觉。”

“那我也想去上厕所行不行？”

“不行，”她手上用力，把他的肩摁压得生疼，“我先……”

她忽然不说话了，眼睛盯住昌东背后的帐篷，面色不大对。

昌东转身去看。

那一面的帐篷，外头起了光，幽绿的萤火颜色，一团一团，在飘，风沙那么大，都没能把它们吹散。

帐篷布渐渐打亮，像老式的电影幕布。

一众或重或浊的呼吸声里，叶流西的声音低得像耳语：“这……这个是什么，鬼火吗？”

有鬼火也不稀奇，这玩意儿又名磷火，有死人骨头的地方，就可能会有，因为人骨中含磷，说穿了是个化学变化——早些年偏远的农村，干燥的夏夜里，时常能见到。

但问题在于，怎么会都集中在一面帐篷外呢？

叶流西忽然倒吸一口凉气。

昌东也看到了，空荡荡的幕布上，自下而上，出现了一支驼队的剪影，斜着一长溜，往帐篷顶的方向走。

也不能说是剪影。

昌东太熟悉了，虽然那些笨重的骆驼都只是黑乎乎的轮廓，但上面骑着的人，却是皮影人。

从皮子的透光度来看，应该是小黄牛皮，反复水洗、推磨过，平展光滑，后期的熨烙出水一定也做得好，所以和幕布贴合得没有丝毫空漏和气缝，工笔重彩，牛皮胶混着矿植物颜料，颜色华丽饱满。

头楂和躯干四肢都是缀缝的，太过灵活，领队的那个忽然转头——如果背后有挑线手，使的应该是翻腕挑线手法——转头之后，眼睛像是看着昌东的，眼眶里的那个眼珠子，滴溜溜转了一下。

再然后，幕布就全黑了，前后也不过五秒钟。

昌东僵了不动，脑子里轰轰作响。

是皮影吗？是，典型的陕西东路皮影技法，形体较小，重刻工。

不是吗？也说得通，幕布上没有若隐若现的线杆影，说明没人挑线——什么样的皮影人能自己动，还向他转眼珠子？

半晌，听到叶流西的声音："是……是我眼花吗？你也看到了是吗？"

昌东低下头，下巴蹭到她的头发，也不知道她是什么时候挨过来的，当然，也可能是他挨过去的。

恐惧会让人不自觉地想抱团。

他好一会儿没说话，半天才呼出浊重的一口气，接着听到她的心跳声，还有他的，都越跳越紊乱：两个人的反应都滞后，一切消失了，才知道后怕。

他低声说："看到了。"

帐篷的掀帘忽然被风吹张了一下，两个人不约而同往门口看。

为了扛风，帐篷门的材质往往都重，常用厚毛毡子，底下还裹坠重物，但这也架不住有时风太大，会把门角掀开。

靠门睡的一个人不耐烦地哼哼了两声，又翻了个身。

昌东问："你想出去看看吗？"

叶流西说："……行。"

她从睡袋边上，把自己的刀给摸出来。

昌东知道她的脚现在不方便借力，半扶半架着她，小心绕过地上横七竖八的人——这些人大多还睡得香甜，有时候，过于清醒，耳聪目明，也不是什么好事。

掀开门帘出来。

也许是因为雅丹土台太黑了，反而衬得空地处的夜色有点被稀释了的白，风声没有先前大，昌东拿手电往帐篷周围照了照，没有脚印。

叶流西打了个哆嗦，心里有点发毛，回望那个黑魆魆的大帐篷，忽然觉得那里才是最安全的。

至少人多。

她对昌东说："我们回去吧。"

昌东点头，架着她往回走了两步，忽然想起什么："你还要不要上厕所？"

她都忘记这事了，让他这么一说，下腹好像又有压力了。

叶流西转头看那些形状狰狞的雅丹，心里天人交战：她显然得走到一个较远的雅丹背后解决问题，但出了刚刚那件事之后，她不想冒任何风险。

"还有多久天亮？"

昌东看了看表，估算了一下日出时间："大概还有两个多小时。"

叶流西艰难回答：“还是先回去吧。”

她决定再憋一下。

第20章

毫无疑问，第二天最早起的是叶流西。

昌东原本想扶她，但她速度太快，如同一匹跌跌撞撞然而又脱缰的野马。

想保持神秘感，最好还是不要朝夕相处，难怪故事里的神秘人物都是飘然而至，倏忽离去，镜头从不交代其吃喝拉撒。

大通铺的起床像油煎饼翻面，翻完一个翻下一个，昌东卷好了地垫出来，看到远处的叶流西，正扶着雅丹土台，一瘸一拐地往回走。

主要矛盾解决了，脚伤又提到了第一位，昌东看边上呼啦啦漱口的肥唐：“不是说要在你西姐面前好好表现吗？不扶她？”

肥唐一抹嘴，兴冲冲地去了。

这贼窝也有烟火气的一面，早饭熬一大锅粥，还抬出面三根支架的短腿鏊子，在上头摊煎饼，有耙子、铲子、油擦子之类的全套工具不稀奇，稀奇的是有生鸡蛋——因为路太颠，再好的防护都碎壳，所以一般只有熟鸡蛋能带进来。

客人和老大的份有人送到跟前，其他人排队。

昌东挨到灰八身边坐下：“跟你打听个事。”

灰八赶紧把碗搁下：“哎，您说。”

虽然昌东不在那本册子上，但察言观色，灰八也看出来了，这人并不听叶流西使唤。

“你们一直在这儿扎营？”

“有段日子了，这里偏，不好找。但是吧，”他压低声音，“为了谨慎起见，再干一两票，我们也放寒假了。”

“放寒假”有两个意思：一是再过一段时间，这里就冷了，不适合人活动；二是做段时间的正经营生，譬如修个路、开个矿、搞个运输。

这也是为了避风头，万一干的事儿发了，立刻各回各家，来年风头过了再聚。

“既然有段日子了，半夜里，有发生过什么……不寻常的事没有？”

灰八明白过来，吸溜着粥劝他：“嗐！你别听他们胡扯。没文化，迷信，不是讲荤段子就是鬼故事，天天鬼扯，谁真见过鬼了？”

昌东说：“不是，你帮我问问，这段日子里，有没有人半夜起夜，见到过什么？”

灰八有点纳闷，但还是帮他问了，勺子敲敲碗边，向不远处蹲着的那一圈人吼：“哎，都听好了啊，你们晚上放夜尿，有见过什么真吓人的没？说正经的啊，谁编瞎话我撬他牙！”

“撬他牙”很有威慑力，那些人原本个个话痨，现在发言都不积极了：

“没，不过雅丹土台子晚上都像鬼，怪吓人咧。”

“还有那个声音，干他爹！我晚上睡觉，都往耳眼里塞棉花。”

“我那晚上大号，有个东西往我脚背上一跳，日！这里居然有跳鼠……哎，那玩意儿能吃不？再小也是肉啊。”

……

居然真的都没有。

昌东沉吟着不再说话，倒是肥唐凑过来，他有几分小聪明：“东哥，你问这干吗？难道你昨晚上见着什么了？”

昌东答非所问：“今天走得快的话，中午能到镇上了。”

罗布泊镇被称为荒漠奇镇，2002年才建镇，面积5万多平方公里，比海南岛都大，但很长一段时间一个常住人口都没有，建了三间铁皮房当镇政府，里头也是空无一人——这两年为了开发钾盐矿，终于建起了镇政府、派出所，还有公路养护站，除此之外，什么小超市、小饭馆，都开在东倒西歪的土坯房和简易棚里。

肥唐听不明白：“啊？”

昌东说：“我、你还有叶流西，其实都知道你想干吗，也知道你干不成，后面的路更不好走，我给你指条道——罗布泊镇上有路直通哈密，跟柏油高速路也差不多，可以沿着公路回家了。你要是继续跟着，后头缺胳膊少腿，或者丢小命，可都是自己作的了，自己考虑一下。”

他拍拍肥唐的肩，起身去找叶流西。

肥唐心里凉飕飕的，煎饼都咽不下去了，粗略一算：小超市停工搭进去的房租钱，西安到那旗的旅费钱，还有租四驱车花的钱……

这都是成本，沉没成本，但收益呢？就是到罗布泊玩一趟，然后灰溜溜回家？

边上，有个男人正跟灰八低声咬耳朵：“劫道这事，咱以后还是少干，抢来的东西不值几个钱，想想也是，谁会拎钱箱子跑罗布泊啊，要我说，想发财，还得靠挖……上次我听说……”

他声音更小了，肥唐的耳朵几乎都要贴过去，听到断断续续的声音：“……那陪葬的毡毯……巴掌大的一块……叫价都八千……”

……

叶流西坐在车子副驾上，皱着眉头掀伤口处用胶带粘的纱布，可能是早上跑得太急，走路不小心，伤口明显收得不好，甚至有血往外浸。

忽然听到昌东的声音：“干什么？伤口包上了，每天打开看一看——你种花也每天把花种挖出来瞧一瞧？”

叶流西没理他，吃饭、睡觉、上厕所，真是哪儿都有他。

反正都浸血了，索性一不做二不休，她把包扎布整个儿撕扯下来：“到底什么时候能好？”

昌东手伸过去，托起她脚踝看。

跟昨天刚受伤时的情形差不多，好的是现在只是渗血，差的是她显然没当回事，伤口蒙了土尘浮沙。

昌东从她伤口往上，量了寸许，手背切过去：“就从这里截吧。”

叶流西说：“你想死是吧？”

昌东冷笑：“‘盐壳一口，不如挨刀’，你这种伤口，快的两三个月，慢的半年才能愈合，头几天哩哩啦啦流血更是常事。你这么不重视，看来是想截肢——也对，你这样上册子的人，有点身体特征才好记，到时候你左手拎刀，右手拄拐，人家都不需要翻相册就能认出你。”

叶流西牙咬了又松，然后笑眯眯没事人一样：“那帮忙包一下呗？”

“包完了，再让你掀着玩？”

叶流西赌咒发誓：“这次绝对不会了。”

昌东这才把折叠的帆布凳和急救箱拿出来，坐下了帮她重新处理伤口。

太阳渐渐高起，还没晒到人不能忍的时候，伤口处有点痒，但不疼。

她自己当然也能包扎，但没有昌东专业和精细，他会捻细棉签的棉絮头，慢慢帮你把浮沙扫掉，这份耐心不是常人能有的，不过想想也不奇怪，一个纯手工的皮影人，得下三千多刀呢，他能安稳坐下来刻两年多，这一刀刀的，的确磨人的性子……

叶流西忽然想起什么："待会儿……我们就直接出发吗？"

"是啊，中午到镇上。你可以洗个澡，据说镇政府大楼上开的宾馆通水。"

"就这么走了？"

昌东头也不抬："不然呢？"

"昨晚上那事，就当没看见？"

昌东用消毒水把伤口处重新擦了一遍："罗布泊怪事本来就多，难道我要一件件去追根究底？灰八他们不是说了吗，被子拉过头，睡一觉就过去了。"

他为孔央他们来的，目的地是龙城，只想继续往下走，路上的风景再诡谲，他也不感兴趣。

"皮影人……跟你也没关系？"

"会刻皮影的人多了，是皮影就跟我有关系？"昌东这回多用了两根胶布固定，防它再松，"想让我上心也行，再来找我一次，我就正眼看它。"

大概是知道营地条件简陋，灰八没留客，车开前，叶流西把自己的手机号码写给他："我这人，特别好面子，下次你遇到行里人，帮我打听一下，大家都是怎么说我的，我想听听。"

灰八满口答应，表示包在自己身上。

到罗布泊镇这段路相对好走，开了二十来公里就到了红柳井水源地，这里的水是微咸水，但经过处理可以满足生活需求，打这里开始，有条输水管道通往湖区，盯死了管道，就不会迷路。

更妙之处在于，虽然地还是盐壳地，但有条推土机特意铲出来的路通往镇子，所以不到中午，车就进镇了。

作为湖区唯一可以给车加油、下馆子、购买给养的中转站，镇子虽然小，却颇为热闹，不少走纵、横向穿越线的越野车停在街面上，哪怕最简陋的馆子里，都有人在吃饭——在这儿撞见业内熟人的概率，甚至还要超过在敦煌。

昌东把车开去了镇政府，楼上就是宾馆，他开了间房，不打算住，主要用来洗澡。毫不夸张，沙漠戈壁的沙子是无孔不入，所有电子设备他都套了塑料袋，隔天拿起来，还是能看到袋子里细细的沙，不知道怎么进去的。

更别说人了，真是身上、头发里、耳朵里，到处都是沙，偶尔吃点东西，嘴里都是沙味。

女士优先，叶流西先洗。

趁她洗澡的工夫，昌东带肥唐去了加油站，给车子补足油，在回来的路上，停在一家日用百货店门口。

这店是板房，带地窖，方便储存蔬菜，连肉都有的卖，所以进出的客人不少，昌东进去买了扇排骨，又拣了两根山药。

没意外的话，今晚就会住进龙城，真正的无人之所、不毛之地，如果在那儿能开荤喝顿热汤，实在是莫大的享受。

付钱的时候，他问肥唐："怎么样，考虑好了吗？"

肥唐答得圆滑："东哥，就算是来玩一趟，你也让我把地方逛全了再走啊，我听说，再往西还有楼兰啊、小河啊、太阳墓啊，我再跟着你的车走一段呗。"

答话的时候目光闪烁，表情有点不自然。

昌东看在眼里，也不多说，拎了袋子往外走，刚出门，就看到自己车前盖上坐了个人。

那人三十来岁年纪，高而精壮，脑后扎着辫子，上唇下颌都修剪了欧美型男式的胡子，整个人放荡不羁，手里握了根萝卜，正嘎巴嘎巴在嚼。

看到昌东出来，他眼前一亮。

第21章

昌东认识这人，也是业内的，叫孟今古，原本诨号"金属"，因为锰、金、钴都是金属，但由于他自命风流，男女关系错综复杂，"有色金属"这个绰号反而喊得更响，他知道了也不生气，反以为荣，放话说："男人不好色，那还叫男人吗？"

跟昌东认识是在一次沙漠越野赛上，两人同时挑战"沙梁翻越"，这是沙漠行车的高技术活，简单来说，就是上沙梁时一路加油，近顶时收油，但不能刹车，等车身三分之二过了尖顶，车头往下栽时，再猛踩油门冲下坡。

这对玩家的心态、技巧、掌控力要求都极高，刹车猛了后劲不足，容易沙地陷车；车速过快了车就会从沙顶飞出去，跟飞跃黄河似的；还有人车头往下时把不准角度，车头倒栽进沙堆里，轮胎空转，如同栽了根萝卜。

孟今古那次就飞车了，外加断了条胳膊，但昌东几乎是行云流水、一气呵成，还刷新了速度纪录。

这让孟今古引为奇耻大辱，从此勤加训练，就想和昌东再赛时扳回一局。

谁知道等他把“沙梁翻越”玩得有模有样，再找到昌东时，昌东一句话就把他打发了。

“收心了，不玩了。”

孟今古打听了一下，小道消息大概是孔央看过了赛场视频，红着眼圈跟昌东说了句：“谁也不敢说次次运气好，这次没事，下次呢，万一你撞到头，或者瘫了……”

昌东于是收手。

孟今古觉得女人真是麻烦，背后怼昌东说：“本来是个牛人，怎么有了女人，就成熊了呢？”

这算是两人之间的全部交集，谈不上太熟，更没熟到他能允许孟今古坐他的车前盖。

昌东皱了皱眉头，还没来得及说话，孟今古已经从车上跳了下来，几步冲到跟前：“昌东，真是你啊，我在探险大群里看到消息，说你重新走线，我都不敢相信……两年了啊，其实事情也不能怪你，鹅头沙坡子我自己都住过好几回，天灾嘛，谁撞上谁玩儿完，哎，当初我还发帖帮你说过话呢……”

“有事？”

孟今古还真有事。

“想问问你，你既然是从玉门出的，那就是走横线——接下来，是不是往上走？”

这事瞒不了人，罗布泊大是大，但安全的线路就那几条，同时间跑穿越的人，如果大方向相同，一路上会一再偶遇。

“是。”

孟今古松一口气：“我也是，能搭个伙吗？车多点，互相也有个照应。大群里昨晚刚出的警告，这两天那头天气不太好，沙尘暴尤其大……”

他压低声音：“有在龙城扎营的哥们儿说，早上起来，看到营地旁边有狼脚印，还不止一行……所以大家都在想办法搭伙走，你没看镇上这么多车呢。”

孟今古说的不全是实话。

大群里传来的消息要严峻得多：据当地人说，好多年没有过这么差的天气了，搜星信号不好，也有可能是罗布泊磁场的影响，多个GPS出现失误，有个五辆车组的车队，在沙尘暴里走着走着，发现押后的两辆车都丢了，现在还没联系上……

西出玉门
张渔 绘

群里一片感叹，都在怀念有“沙漠王”之称的赵子允，赵老还在世的时候，被称为罗布泊活地图——现代探险对电子设备的依赖实在是太高了，一旦设备失灵，人人都成了睁眼瞎……

在这样的气氛里，难得有人为昌东说了句话：昌东对方向的敏感度，确实是这些年来最好的……这种天气还敢走，并且能走的人，除他没谁了。

末了群里出了公告：安全第一，行程没开始的话就取消，建议已经进罗布泊的车队，要么从南线返回，要么就地找避风港，客户不理解的话，尽量劝说，挣钱虽然重要，命更珍贵，谁都不想在罗布泊失踪名单上添一笔吧？

孟今古有苦难言，他这趟带的是个杂志外拍的小团队，一共六个人，总监叫Simon，为人极其挑剔，带了个艺术家气质浓厚的摄影师、一个跑腿小弟、一个兼管服装的化妆师，还有两个盘正条顺的平面模特，说要出一辑主题是“楼兰公主”的大片。

大概背后有金主捧，不怕花钱，所以这一趟给孟今古开出的酬金极其丰厚，合约里讲明：我们不要去那些是游客就能拍个“到此一游”照的地方，我们就是要去那些别人都没去过的地方，拍出让人惊掉下巴的大片。

孟今古满口答应。

签约的时候，Simon有疑虑：“听说那里天气不是很好啊……”

孟今古心里有数，这个时候的罗布泊，是一年中天气最好最平顺的时候，为了拔高自己，同时不让合约黄掉，他故意夸大艰险程度：“万一遇到这种情况，别人是肯定走不了了，但找我就对了，你放心，大风沙里出的照片，那绝了，特效都做不出。”

Simon想想也是，当即签了字。

没想到人算不如天算，罗布泊变起脸来，也是让人防不胜防，孟今古入行以来，没遇过这么糟的天气，他尝试着去和Simon沟通。

Simon说：“你不是说不管遇到什么状况，你都能走吗？”

“但是风沙有点大……”

“大风沙里出的照片，不是效果绝了吗？”

最狠的是，Simon把合约复印件扔到他面前，提醒他看违约条款：“不进去也行，双倍赔付，我们说好了的。”

孟今古一狠心，答应继续走，不就是刮大风嘛，刮起来又不会没完没了，指不定刮累了，风也停呢。

不过为了心理安慰，他决定多买两斤萝卜压阵，真是老天开眼，居然在街面上见着昌东的车了。

昌东听完了，沉吟了一下，问他："那你会去拜祭余公吗？楼兰去不去？小河呢？还有太阳墓？"

孟今古觉得有门，马上点头："去，去，一个点我们都不会漏。"

昌东点头："那挺好。"

孟今古喜形于色。

"可惜我不去，我往上，是走白龙堆，没法顺路，不过我这个朋友想去，"昌东把肥唐推过来，"你们可以搭个伙，互相照应一下。"

回到宾馆，叶流西刚洗完，正披着湿漉漉的头发整理行李，看到只有昌东一个人回来，有点奇怪："肥唐呢？"

昌东整理洗澡要用的东西，顺便跟她说了一下。

叶流西有点不忍心："你就这么把肥唐给扔了？"

那个小瘦猴儿，一路西来，出钱出力，有心贪她的兽首玛瑙，摸都没摸上两下，整一个吃力不讨好，让人唏嘘。

昌东说："什么叫扔了？孟今古想多拼点车有个照应，我就把肥唐推荐给他；肥唐想逛景点，我就把他推荐给孟今古。两个人求仁得仁，不是正好吗？"

说完就进了洗手间，里头新浴的半温味道不散，沐浴露的香味之间，总觉得萦绕着女子身上的气息，昌东忽然觉得尴尬，想退出去，反显得不磊落……

犹豫了一下，才把门关上。

昌东给肥唐指的那条明道，说是镇上有路直通哈密，指的就是哈罗公路。

这路有一半的里程是就地取材，拿盐土轧平了堆积成的，车速倒还凑合，但怕水，有的路段特脆弱，一泡尿都能滋出个坑来。

业内常讲的"龙城雅丹"，是个大概念，从严格意义上来说，以哈罗公路为分界，左边是龙城，右边是白龙堆。龙城因为靠近楼兰、余公幕、土垠，造访的人相对多些，车辙子都能轧出路来。

白龙堆则更偏、更凶险，也更苍凉，古籍上提到这里，都说是鬼怪出没之地——很多过哈罗公路的人能轻易拍到白龙堆的照片，但那其实都是在边缘，进入中心腹地的人寥寥无几。

从孔央的那张照片判断，昌东更倾向于白龙堆才是目的地。

路上，他给叶流西打预防针："那里风力很大，说'雅丹群'是小看它了，完全是个雅丹城，听说不好扎营，我也没住过，据说是比龙城可怕多了，你要有个心理准备。"

叶流西说："早知道，把那个孟什么还有肥唐都带上呗，人多，好歹壮个胆。"

昌东看了她一眼："我们要做的事，虽然大家没说开，但心里都清楚不是什么好事——真好意思把那些不相干的人都拽上？"

叶流西说："你怎么想的我不知道，反正我好意思。"

日暮时分，车子缓缓驶入白龙堆腹地，昌东沿路都插下旗标，以免找不到出来的路——风还没起，四周安静到死寂。

这里的土台，有的覆盖盐碱土层，有的直接披着晶盐，还有些成分是白膏泥，土台高大，蜿蜒曲伸，每一道少说也有百米之长，真像是蜷伏着的巨大龙身。

照例，昌东把车在一处背风的大土台前停下，这土台有十来米高，像一堵结实而又厚重的墙。

叶流西带着望远镜，爬到高处看了会儿风景，整个白龙堆在暗下去的暮色里泛着森白的冷光，天空连鸟都没飞过一只。

而触目所及，土台的形状虽然怪异，但并没有任何一座上嵌了人。

也许是进得还不够深?

昌东试图扎营，但这里的盐碱地层太硬，帐篷的地钉打不进去，他试了两次便放弃了，抬头招呼叶流西："下来吧，晚上要睡车里了……先做饭。"

叶流西应了一声，转身朝土台下走，走了两步，忽然察觉到什么，蓦地回头。

地上一行哩哩啦啦的血迹，一直延伸到她脚边。

她蹲下身，掀开裤管去看，果然又渗血了。

叶流西皱了皱眉头，她上来的时候已经很小心了，几乎没让那只伤脚受力，居然还是流血了。

她瞄了一眼土台下的昌东：他正捡拾地上的土石块，试图搭出一个简易的火台。

算了，不跟他说了，否则他又要怪她有脚伤还爬上爬下……待会儿自己处理一下好了。

她小心地爬下土台。

暮色更重了，光亮完全隐没下去的时候，那些被土台洇干的血迹，忽然嗞嗞翻沸了两声。

西出
玉门

【皮影棺】

PI YING GUAN

第22章

叶流西头一次拿矿泉水煮排骨汤。

昌东从附近捡了几截枯断的胡杨木当柴火，借叶流西的刀劈短劈细，汤煮沸很容易，肉要煮烂却很难——反正这种地方信号全无，也没别的消遣，两个人分坐左右守着锅，给火台里添柴。

怕中途起风，昌东在火台前围了挡风板，想火大，就多加两根柴，想火小，就撤两根，水很快翻沸，带出肉香，小锅盖被蒸汽拱推得咣当响，有一种急不可耐又进退无门的感觉。

昌东尤其喜欢这声音。

叶流西专心加柴，有一搭没一搭地跟昌东说话。

“你说今天晚上，还会有皮影人出现吗？”

昌东回答：“有也不稀奇啊。”

他的女朋友被嵌在未知的黄土垄台里，而她是从吊着的绳套里醒过来的，遇到再多怪事好像都合情合理。

“如果这一趟根本找不到孔央怎么办？”

“两年了，有心理准备。只不过人死了，不把她安葬，总觉得事情没做完，”昌东掀开锅盖，拿勺子撇去脏沫，“你呢，这趟如果没收获，可就又回到原点了。”

叶流西冷笑：“我又不着急，急的是害我的人。”

“为什么说有人害你？”

叶流西掰折手里的木段，一截截往火里扔，跟抛着玩儿似的：“难道我会自己跑去上吊？我这种人会去寻死？当然是有人把我吊上去的。

“我那时候昏迷，想杀我多容易，一刀就行，不杀，就是想让我活着。

“也可以让我活得一无所知，清场就行，偏偏留下个包，包里放一些让人起疑的东西，明摆着想让我去找——你不是问过我，为什么一年多以前的事现在才追查吗？我故意的，不紧不慢打闲工，我就想看看，对方会不会先沉不住气。”

她舒了口气。

对方一点端倪都没露，真是千年王八万年龟的性子。

“通过孔央的照片知道山茶事件，然后找到你，现在又到了这儿，难道不是一步一步往人设定好的圈套里走吗？”她耸耸肩，“所以我说，如果真的一无所获，急的也不是我，应该是背后的人。他把我当蠢鸡，当然会不断往我面前撒米作饵，我先吃着呗。”

“如果最后很危险呢？”

叶流西揭开锅盖，麻利地给山药去皮，然后直接一块块砍落进锅：“危险就危险呗，都死过一次了，现在是拿借来的命看风景……你不也一样吗？”

昌东不说话了，细细一想，觉得自己还没她透彻洒脱，但这洒脱里却有蹊跷：什么样的环境，会生出她这样的性格呢？

起风了，这里的风一贯起得怪，当地人叫“风头”，大风凭空冒头，肆虐一阵再缩脖子回去。

叶流西抓紧时间舀汤：“吃吧，别一会儿锅被风刮走了。山药生吃都行，死不了人……”

昌东接过塑料汤碗，吹了吹，正要低头去喝，忽然又放下。

他俯下身去双手撑地，耳朵贴地听了会儿，然后站起来掸了掸手，向来路走了几步。

有车来了。

这声响，来的还不止一辆。

先到的是车灯光，大老远打过来闪人的眼，昌东避到一边，光近的时候，音乐声也近，歌手撕扯着嗓子吼“你到底爱不爱我”，用力太猛，昌东都替他累。

头车到近前，驾驶座上的人撤下车窗，语气不无挑衅：“哟，昌东，这么巧啊，又见面了。”

孟今古。

后头跟着的那两辆车不用说了，估计是外拍队的人，昌东一声不吭地退回去。

他选的地方位置好，土台合围，能最大限度避风，孟今古他们显然也看中了，三辆车开过来，就停在不远处，大声嚷嚷着下车扎营。

什么总监、模特、摄影师，都是干力气活时指望不上的，孟今古一力承担，抱着折叠帐篷经过时，忽然看到叶流西，眼前一亮："哟，有美女啊。"

他把东西都腾到左臂里搂着，右手在裤子边擦了擦，然后伸过来："跑这条线的，都是朋友。认识一下吧，我叫孟今古，叫我金属就行。"

叶流西一向对自来熟的人没什么好感，她双手捧着塑料汤碗，不冷不热答："我没手。"

孟今古声音低沉："没手，真的是个挺独特的名字。"

叶流西仰头喝了口汤，盯着孟今古看了会儿，腮帮子一鼓，头一偏，吐了块骨头出来。

再不知情识趣就有点蠢了，孟今古讪讪地说："美女真是……挺有个性的。"

他抱着帐篷走了。

叶流西抬头看过来的昌东："怎么回事啊？"

昌东在她身边坐下，端起自己的汤碗喝了一口："车辙印，还有我插的旗标……跟过来的。"

"那怎么办？"

"都过来了，难道赶人走吗？白龙堆又不是我造的……"

话说到一半，他怔了一下，再次转头。

又有车来了。

这辆好认，隔大老远就看到小海盗旗在微弱的标杆灯光里迎沙飞舞。

昌东倒不惊讶，有孟今古当然会有肥唐，毕竟白天是他把两人硬凑成对的，这么快就散伙的话说不过去。

肥唐没好意思跟昌东打招呼，车子直直开过他和叶流西身边，但也没跟孟今古抱团，停在稍远些的地方。

叶流西觉得肥唐孤零零的："要不把他收回来吧，跟着孟今古遭嫌，跟着我们也遭嫌，那不如跟着我们，一客不烦二主……"

她忽然住了口。

渐大的风里，又传来车声。

今天是白龙堆赶集吗？

她想起身去看，昌东说了句："别看了，明早有煎饼吃了。"

第三拨的头车是辆陆风X9，后面跟着三辆车，除了前一晚参与劫道的那两辆外，还多了辆拉给养的皮卡。

又见灰八。

一时间，偌大空地，三拨人，二十多口，罗布泊镇的人口密度0.13，人迹罕至的白龙堆，瞬间创下了密度新高。

灰八一下车就过来跟叶流西打招呼，没等她问，他已经巴拉巴拉把话说完了："做那事也没大赚头，我们临时决定今年提早撤……可巧，路上遇到你们的小兄弟了，就一起搭伴走……"

估计是早把话串通好了。

这地扎不了营，孟今古那头也做出了上车睡的决定，灰八的人却更有因地制宜的变通智慧：他们把车围在四边，中间搭大帐，帐篷的立杆都拴在车身上，反而更结实。

搭完了，电灯拉起来，没过多久，又是一片吆五喝六的斗牌声。

晚上十点多，风开始转野，所有人进帐的进帐、上车的上车——白龙堆魔鬼城名不虚传，风声凄厉，无孔不入，哪怕是缩在这样避风的地方，车窗都被撼得嗡嗡作响。

昌东一直留意灰八那边大帐的动静，终于看到畏缩了一晚上的肥唐攥着裤带出来，急急往不远处的土台背后跑。

他马上下车，跟了过去。

肥唐的尿撒得艰难，大风推得他立不定脚，沙砾子直往人脸上打。

他速战速决，放完尿小跑着往帐篷里去，刚转过拐角，被人迎面摁住脑门儿，一路硬推回来。

肥唐说："别……别……哎……东哥……"

脚下没跟上，仰跌下去，地块坚硬，这一跤摔得生疼，肥唐也不是没脾气的，坐在地上越想越恼火："干什么啊你，两句话不说就上手，什么人啊。"

昌东蹲下来："你知不知道灰八是干什么的？"

肥唐梗着脖子没吭气。

昌东冷笑："如果不是因为大家认识一场，你跟他烂一堆我都不会管——肥唐，路是自己选的，灰八身上背了案子，迟早玩儿完，你要想跟他一块淹死，那你继续。"

说完起身就走，才刚走了两步，肥唐忽然撒泼了：

"我干什么了我，啊？我干什么了我？"

收音带了点哭腔，昌东心里一软，迈不了步子了。

"你跟西姐两个就是人精，知道我贪东西，就不说，一路看我作妖，我真偷了吗，啊？我就是想想，又没付诸行动，想想也犯罪？你看女人性感照片，没想过把她睡了？想想就成强奸犯了？"

昌东说："你有事说事，别扯我……"

肥唐越说越憋屈："什么叫我跟灰八混在一起，你没吃过他煎饼，你没睡过他帐篷？怎么我跟他有点关系就成了迟早玩完了？鲁迅先生说——我向来不惮以最坏的恶意揣测中国人的——我跟你说，鲁迅先生说的就是你这种人，思想阴暗，自以为是！"

昌东无语。

"我干什么了？"肥唐抹了把鼻涕，"我就是跟灰八交换了个号码，跟他说我是做古玩的，以后他要有硬货，可以联系我，然后我一听说你要来白龙堆……"

白龙堆是公认的古丝绸之路最危险诡谲的路段，据说曾是古战场，死人无数，但同时也是最容易发现古文物的地方，什么开元通宝、布帛残片、帽盔古剑，那都是随便捡的。

"反正灰八也拔营了，跟我们一个方向，我就想着，有人带路，不如多叫点人捡，要是捡到个七七八八的，不比劫道强？谁知道你比人贩子还狠……"

他越说越气，整个人往地上一躺，一副豁出去了的模样："当街就把我转手了，有没有考虑过人家的自尊？你没看你当时那表情，就跟我是鼻涕似的，恨不得马上甩出去……现在还跑来教训人，就你聪明，就你牛，就你一身正气……"

他拿手捶地，痛心疾首，只恨没人围观，不能在多点人面前拆穿昌东的真面目。

昌东说："……行了，你起来吧。"

肥唐不起："我告诉你，今天你要是不给我个说法，我就……"

话音未落，整个人突然像一枚贴地的喷气式炮弹，呼啦一下子滑出去十几米远，然后停在远处，一动不动。

第23章

这一下猝不及防，昌东蒙了有一两秒。

他谨慎地朝肥唐的方向走了几步："肥唐？"

顿了顿，肥唐终于有动静了，他抖抖索索从地上爬起来，牙齿打战的声音隔这么大老远都能听到。

和昌东对视了几秒之后，他的鼻翼剧烈地扩张收缩，再然后，突然歇斯底里地尖叫起来："东哥，有鬼，有鬼啊……"

昌东一路半拖半拽，把半瘫的肥唐拖回营地，肥唐吓得有点神志不清，一时哭一时笑，中途还拼命往昌东身上爬，干号说："不能挨地，脚不能挨地啊……"

这阵仗，几乎所有人都被惊动了。

灰八等人莫名其妙地把肥唐迎进大帐，昌东嫌他沉，刚进帐就把他扔到地上。肥唐不敢挨着地，手脚并用，浑身哆嗦着爬到毡子上坐着，腿不敢伸长，拼命往身边盘，鼻涕眼泪糊了一脸。

抬眼看，周围好多人啊，叶流西进来了，孟今古和那个Simon也凑过来看热闹，至于灰八手下的人，早把他围了个密实，七嘴八舌问他："出什么事了啊？"

有人就好，这让他有安全感。

昌东在他面前蹲下来，竖起食指，说："看我手指。"

肥唐盯着看，昌东手指晃到东，他就看到东，晃到西，他就看到西。

这么反复几次之后，昌东说："挺好，没傻。"

说完递给他一张纸巾，肥唐接过来，狠狠擤鼻涕，边上有人递上热水，他咕咚喝完，胸腔处终于热起来——这热向冷冰冰的四肢发散。

昌东说："现在我问你话，别多想，照实答。刚刚你躺在地上，正说着话，忽然滑出去十多米远，是你自己滑的吗？"

围着的人有听明白的，脸上微微诧异，也有没听明白的，丈二和尚摸不着头脑，说："这地滑吗？我没觉得啊。"

肥唐拼命摇头。

“那是被推的，还是拽的？”

肥唐声音打战：“拽，拽的。”

“看清谁拽的了吗？”

肥唐声调都变了：“没，没有，当时那里就我们两个，周围没别人。”

四周逐渐安静下来，再迟钝的人都能听出事情不大对，灰八小声嘀咕了句：“见鬼了。”

昌东继续往下问：“感觉是什么东西拽的？手吗？”

事情发生得太快，肥唐说不清楚。

“拽的哪儿？”

肥唐咽了口唾沫，伸手指自己的右脚。

昌东低头去看，又把他裤脚掀开，周围有人倒吸凉气：他脚踝上，确实有一道勒痕。

经过这番对答，肥唐缓过来了些，终于能说句整话了：“东哥，这地方邪乎得很，能不能别住了，咱们赶紧开车走吧，啊？”

说完，求助似的看周围的人，想博个响应。

灰八有点怀疑：“是不是真的啊？”

他在罗布泊待的时日不算少，邪门事儿听了不少，但那确实都是故事——这肥唐嘴上没毛，咋咋呼呼，总让人觉得他话里夸张的成分多。

昌东说：“这样，我建议大家……”

他站起身，面向众人：“白龙堆这个地方，的确不适合扎营，这两天天气持续不好，又出了这么奇怪的事——我觉得，宁可信其有吧，百公里外有个盐田县城，可以住人，大家辛苦一点，多开两个小时路，睡到宾馆里不好吗？”

没有预想中的响应。

灰八头一个就嫌麻烦：“这太麻烦了吧，刚安顿下来，这一拔营一收拾又要一两个小时，黑咕隆咚的风沙天，平时两个小时的路，要开四个小时不止，到了盐田，天都快亮了，还折腾个人仰马翻，照我说，管他呢，先将就一夜吧。”

他的手下也纷纷附和：

“哪那么邪乎，真有鬼，早把你弄死了，还拽着你玩？”

“莫睁眼，被子拉过头，睡一觉就过去了嘛……”

“大不了放夜尿别出门，往矿泉水瓶里尿呗……”

看来是说不动灰八，昌东看向孟今古。

孟今古冷笑：“别，我先问你，让我们去盐田，你去吗？”

昌东一时语塞。

“你不去，让我们去，这有点那什么吧？再说了，现场就你们俩人，没第三个人看到……”

他扳过肥唐的肩膀——衣服后背处确实蹭磨得厉害。

“……发生了什么，还不是随你说？谁知道是不是你把他拖了十几米，然后合伙回来唬人？”

昌东说：“我是真的觉得这里不太对……”

孟今古鼻子里嗤一声：“照我看，你是一朝被蛇咬，十年怕井绳吧，怕淹死也不能不喝水啊。带线想平安，靠的是经验阅历，不是靠感觉，你觉得不对……你直觉要是准，当年山茶也不会……”

蓦地刹住，觉得揭人过往太没品。

于是自己找台阶下，回头招呼Simon：“老板，咱回去休息吧，明天还拍时尚大片呢。”

一时冷场，时间也不早了，灰八催大家赶紧把铺位收拾出来，昌东只得叮嘱肥唐挨过今晚再说：这大帐人多，你就往人群最中间挤，真出什么事，外围有人，也好有个反应时间。

交代完了，掀开帐门出来，忽然听到叶流西说话：“可怜哪，好心没好报，苦口婆心说那么多，没一个人听。”

昌东转头，看到她正倚在门边，受伤的那只脚虚搭在另一只脚背上，眼梢微吊，似笑还嗔的，怕是故意守在这儿看他笑话的。

“我是没能劝走他们，你有更好的办法？”

“关我什么事？又不是我请他们来的。”

今晚上，好像人人都牙尖嘴利，就他嘴笨。

昌东转回正题：“带上手电，去肥唐出事的地儿看看吧。”

手电光里，一道十来米长的拖拽痕迹，笔直。

除此之外，别无异样。

那股拽力一定大且突然，否则肥唐会不断在地上挣扎，痕迹扭曲如有了身孕还要拼命挪爬的虫子。

叶流西蹲下身子，伸手在地面上叩了叩。

地块坚实，不管是什么怪东西，一定不是从地下出来的。

她抬头看昌东："你怎么看？先说好，别什么事都往鬼身上推，它要真有那能耐，早统治地球了。"

昌东用手电把周围照了一圈："肥唐脚上的勒痕，从粗细来看，像绳子，但绳子不会自发做这事。"

叶流西想了想："如果是蛇呢？"

昌东沉吟了一下："罗布泊有蝮蛇，但是又细又短，肥唐再瘦，也是百十斤的分量，蛇没这个力量把人拖那么远。"

那就是没头绪咯？叶流西把手电的揿钮推上又关，看光柱起了复灭，反复几次之后，忽然冒出个念头："那这样……"

她走开几步，站到空地中央，两腿和双臂都张开，整个人像瘦且变形的"大"字，头一仰，头发在风里乱扬："管他什么东西，能找上肥唐，也能找上我，如果它也来拽我一下，我大概就知道是什么了。"

风那么大，推得她身子站立不定，昌东让她设想得头皮发麻，紧走几步拽住她的胳膊："别胡闹，上次它是停下来了，所以肥唐没事，万一这次不停呢，白龙堆这么大，谁知道会把你拽到哪儿去？"

叶流西说："那这样……"

她站到昌东对面，想了想又往前迈了一步，和他隔了约莫半步远："你身体反应速度怎么样？如果这个距离，我突然间飞出去，你能迅速抱住我吗？"

昌东点头："能。"

"我也能。我们不知道那东西是什么，它可能相中你，也可能相中我，那这样好了，我们不要落单，如果你中招，我会抓紧你；如果我中招，你也要抓住我——这样就不存在谁找谁的问题了，石头砸下来，咱们各顶一半，怎么样？"

昌东说："你这个人，玩得太疯了，你知道那东西是什么吗？"

他恐怖片没少看，想象力也还算丰富，总结经验是：人要想活命，胆子还是小一点好。

就比如现在，肥唐一定比他们安全。

叶流西说："你怕啊？怕就站一边。"

"站一边了，谁抓住你啊？"

叶流西笑起来，伸手想理头发，刚理完又全乱了。

风好大，刮得人睁不开眼，昌东低下头，伸手压住帽檐，怕它飞了。

两个人，就这样在深夜的大风里面对面站着，开始时还不觉得，站久了就觉得有些不自在，离这么近，互相都没法无视，但又没什么可聊的话题。

又一阵大风狂卷而过时，叶流西吸了吸鼻子。

昌东问她："冷吗？"

"冷。"

冷也没办法，他穿得也不多，尽量帮她挡风了，但这里八面来风。

过了会儿，叶流西又开口：

"早知道，我们应该穿得厚点。"

昌东说："也是。"

但谁也没回去穿外套，穿了再来，显得蠢。

又过了会儿，昌东抬腕看表，表盘是夜光的，已经十二点过几分了。

叶流西盯着表盘看："感觉今晚好像不会再出事了。"

昌东说："我也觉得。"

谁也不提先走的话：走了，一无所获，这一晚白冻几个小时，显得蠢。

再一次看表，十二点过半。

营地里，大概早就睡得呼哈一地了。

叶流西说："其实有时候，你越怕的事越会发生，越盼的，反而不会发生。"

昌东说："没错，这叫墨菲定律。"

快一点的时候，两个人回到车里。

身子差不多都冻得麻木了，车门关上，反而瑟瑟发抖。

昌东给叶流西递了感冒药，叶流西帮他拧开了送药的矿泉水瓶。

两人都没提挨冻的事。

第24章

大概是因为前一晚作的，两人都睡得死沉，直到被外头沸反盈天的吵架声吵醒。

昌东一起身，就觉得有点鼻塞，吸了两次鼻子之后，无意间看到后座的叶流西，她正拿夹子抓拢头发，做洗漱前的准备，且表情复杂地看着他。

昌东说："怎么了？"

"没什么。"

她动作利索，牙膏挤上牙刷头，往纸杯里倒了点矿泉水下车刷牙，一条腿都挨地了，身子又探回来，不吐不快：

"昌东，你这体格不行啊……看着精壮，外强中干……你晚上可以跑个步，或者做做俯卧撑。"

昌东："……谢谢你啊。"

"不客气……你跟我相处久了就知道，我这人心好。"

昌东看周围，想找点能砸过去的东西，门已经关上了。

一夜肆虐，风头小了很多，但还没有全然偃息，能见度不算高，半空像蒙了土黄色的雾——也幸亏这里气候干燥，要是湿热，脏东西沾在身上，发黏发痒，又不能洗澡，那才是要了人命。

叶流西一边刷牙，一边听人吵架。

是孟今古那头一个模特跟灰八这边的人在吵，两边都有人或拉架或帮腔，女人的声音既韧又细，在一群男人嗓音里穿透力极强，口头禅是："我乔美娜……"

刷着刷着，叶流西听明白了：乔美娜和两个女同伴睡一辆车，早上被惊醒，居然看到个猥琐的男人探身进来，而且拉掉了自己身上的毯子！

乔美娜气疯了，她穿的低胸睡衣，沟都被人看了！还不知道有没有被摸，更何况对方还长那么矬。

叶流西哗啦漱了口，然后过去。

真是有人的地方就有江湖，有男女的地方就有颜色：桃色和黄色。

到的时候战况升级，乔美娜伸手想抓那个男人的脸，那男人一躲，被乔美娜揪住衣领往上薅，内衬的衣服从头上脱出了大半，脸都埋在衣服里——乍看上去，像男人没头，只从衣服深处传出怒吼声："干你娘，老子看得上你这种货色？"

孟今古有点束手无策，想拉架，架不住乔美娜气势汹汹，Simon也不知道站哪边的："放手放手，好好讲道理……"

灰八手下则是看热闹和撺掇的居多："又没怎么着，还上脸了，这种模特，都不知道跟有钱人睡过多少回了……"

乔美娜怒目圆睁："谁，谁他妈嘴里放屁？"

混乱中，叶流西说了句："我要是你啊，就不会吵这个架。"

两拨人都转头看她，乔美娜气势不减："你什么意思？"

叶流西说："这不明摆着吗，吵架、打架、玩命，都要拼个实力。论人数，你们才几个？能打的也就他吧……"

她示意了一下孟今古。

"再看看人家那头多少人，你们带的是相机、镜头、反光板，人家是铁锹、镐头、斧头——你现在声音能飙那么高，是他们让你飙，万一他们发狠，让你们失个踪也行啊……"

乔美娜说："我乔美娜怕过谁啊，信不信我报警……"

叶流西冷笑："可以啊，去看看手机有没有信号，再算算警察几天能找到这儿。"

她转身往灰八的营地走，身后传来灰八手下的哄笑声，而乔美娜那头，渐渐没声音了。

这边的营地正起大锅，今天没煮粥，换烧土豆粉丝汤。

灰八迎上来，笑得有几分狡猾："豁牙个没出息的，吵半天了，听得我头疼，心说再不行，给他们点颜色看——还是西姐厉害，三两句话就打发了……西姐，早饭没吃呢吧，我这边好了，给您送两份过去？"

叶流西说："行啊，让豁牙送。"

她溜达着，又回到昌东车边。

昌东已经洗漱完了，正凭着印象在册子上画白龙堆的地形图，计算今天能扫哪个区域，听见动静，眼皮都没抬："维和大使回来了？"

叶流西没理他，拖了张折叠帆布椅出来，舒服地躺进去。

过了会儿，豁牙拿板子托了两份餐过来，叶流西这才看清他的面目：之前劫道时，给昌东点火的那个。

豁牙不知道是叶流西指名让他送的，还以为就跑个腿，板子放下了，转身就想走。

叶流西说："等会儿。"

她端起汤碗，低头慢慢吹凉，好整以暇地问他："早上怎么回事啊？色打眼了？"

一说到这事，豁牙就来气："真没！那女人，奶还没我婆娘大，我看得上她？"

昌东皱了皱眉头，觉得这人说话粗鄙。

豁牙的说法里，他是早上出去大号，回来的时候从孟今古他们的营地抄近路，忽然看到有辆车的车门开着。

"时间早嘞，都没人起，我就好奇，过去看——昨晚上听说有模特，大家都想看怎么个漂亮法。"

他鼻子里嗤一声："不就那样儿吗，小鼻子小眼，身上没肉，屁股又小，这样的女人不能生，送我我都不要……"

叶流西说："说正事。"

"奇嘞，一车的人还在睡，那个女人靠车门，毯子都挂到车下头去了，我就伸脖子看了一眼，结果她忽然醒了，好家伙，凶起来吓死人……"

"真话？"

豁牙梗起脖子，拍了拍胸口："我要说谎，叫我让车给碾了！要不是八爷说这两天要消停，我早把她的嘴撕了……"

他骂骂咧咧地走了，走到中途，肥唐迎面走来，神情委顿，那孬样子，豁牙一看就来气："挺胸抬头，别走路像个娘儿们！"

肥唐像个充不进气的奄皮气球，茫然地抬头看了他一眼，脑袋又垂了下去。

他一路瑟缩着走到昌东身边，求他："东哥，咱们今天能不能走啊？"

叶流西懒得看肥唐那黏糯劲儿，几口把汤喝完，过去找乔美娜。

Simon这头也在吃早饭，边吃边讨论今天的拍摄计划，几个人看到叶流西都挺客气，觉得早上多亏她提醒——事后想想都后怕，那什么灰八一伙，凶神恶煞的，都不知道干吗的呢。

叶流西把乔美娜叫到边上问了点事。

乔美娜不发脾气时，倒还挺通情达理，她比叶流西略矮了点，长得蛮好看，但模特这行比较拼辨识度，这种柳眉、杏眼、轻薄唇的长相，想在一众美女里出头，挺难。

她说起话来，条理挺分明：“是没把车门锁死……昨晚金属哥提醒过，但我们三个女的，车上一聊一闹，就给忘了……晚上没人起夜……早上迷迷糊糊的，总觉得有人，再加上凉飕飕的，一睁眼可把我吓坏了……”

叶流西说：“行，明白了，你忙吧。”

如果豁牙没撒谎，乔美娜也没编，那事情就蹊跷了：谁开的车门呢？真有人想偷腥，也得手脚利索，不能放任车门大开吧？

往回走了两步，忽然心中一动：车门既然没锁死，外头施个力就能拉开，这开车门的，跟昨晚拽肥唐的，会是一个东西吗？

直觉很像，有共同点，而且都没伤人。

正琢磨着，Simon高谈阔论的声音传来：

“……哪怕给我们一个柠檬，我们也要榨汁，不错，今天天气是不好，但我们要有发散性的思维，你们看这黄沙蒙蒙的，有没有末日的感觉？今天就拍一辑末日楼兰，楼兰人民面对末日时，那种空旷、凄凉、无助的感觉，都要在照片里展现出来……”

昌东过来找叶流西，叶流西随口问他：“肥唐找你有事？”

“他吓破胆子了，想让我带他走，我走不开，给他画了详细的地图——他只要循着我昨天的车辙印和旗标出去，循着哈罗公路一直走，就没事了。”

叶流西“嗯”了一声，一心二用，还在听Simon侃侃而谈。

“化妆师要注意，今天模特的妆一定要重、要浓烈，这还不够，道具设置要有一种强反差冲击力，让人完全想象不到，比如……”

昌东说：“我是想问你，我今天会开车出去，按片区搜找，你是跟我一起，还是留……”

叶流西想听Simon口中那个让人“完全想象不到”的下文，她竖起食指，示意昌东先别说话。

“比如，刚刚说的，场景设置好了，模特妆也上好了，她眼神冷峻，这个时候，你们一般会想到什么道具？别尽拿个枪啊、刀啊，那都太俗了，我抛砖引玉一下……

“她可不可以拿一个鸭脖子，像拿香水一样拿？对，这就是亮点！”

叶流西正觉得自己跟时尚无缘——

“现在的时尚圈，流行强反差，什么叫强反差？一个冷艳、高贵的美女出现在绝不该出现的地方，比如肮脏的巷子、挖煤的矿坑，做着不该她做的事，比如扫街、铲煤……无限留白，牵引出观者无穷的想象，这就是天生的时尚！”

叶流西顿悟：“这说的不就是我吗？他们还费这心思跑来拍照片，我整个人生都是时尚，随便截一张，都是大片……”

昌东：“……憋尿也算？”

叶流西半天没说话，想反击得体面漂亮，一时没找到词。

顿了顿说：“昌东，你知道你将来怎么死吗？”

“不知道，你还会看这个？手相？”

“对，手相，手拿过来。”

昌东打量了她一眼，确认她没带刀，不会手一伸过去就挨剁。

他伸手。

叶流西托起来，低头去看。

他手掌宽大，指节修长，掌心温热，有薄茧，摸上去略粗粝，食指上指节处也有，大概是总拿刻刀磨的。

难得的是干净。

昌东垂眼去看，她头低得有点过，脑后覆着的头发从两旁分开，露出一小节白皙的脖颈，曲线好看极了，一路延进衣服里。

颈后靠发缘处，有细软的短碎发，柔褐色，和边上的黑发完全不同，小时候大人说，女孩儿头发颜色这么浅的，都叫黄毛丫头……

叶流西一抬头：“被我弄死的。”

意料之中，昌东问：“有什么化解的法子吗？”

“有，每周请我吃三次保命饭，桌上荤菜不能少于三个，每个月交保命钱给我，见我面就鞠躬，逢年过节磕头，不磕响不行……”

昌东抽回手：“那早点弄死我吧，反正活着也是受罪。”

他把她撂在当地。

叶流西鼻子里“哼”一声，原地站了会儿，百无聊赖看周围：

Simon他们在往车下搬摄影器具，“末日楼兰”的大片大概要上演了。

灰八把手下分成四组，每组两三个人，正大声训话：“四个方向，路上做记号，别摸错了回不来，眼要毒，看见什么都别放过，想发财就要胆肥，别像有些人……”

说到这儿，他嫌弃似的回头去看。

肥唐的车，正慢慢驶离这个大营地。

第25章

灰八的人早走得不见影了，除了铁锹、镐头，每组都带了麻袋，还以为有多少金银财宝等他们捡呢。

Simon那边器材也就位了，光反光板就用了两块，两个模特的妆浓得看不出五官，叶流西已经分不出哪个是乔美娜了——孟今古还睁眼说瞎话，拍马屁说：“太漂亮了。”

有个模特娇嗔，回：“你这人坏死了。”

看来有色金属会再添光泽。

昌东检修完车子，把工具包扔进后车厢，随手拉下厢门，招呼叶流西：“可以上车了，我们……”

叶流西忽然叹气。

顺着她的目光，昌东看到：肥唐的车又回来了——在远处歪斜着急刹停住，人几乎是从车门里扑跌出来的，踉踉跄跄朝这头跑。

昌东站到叶流西身边，有点奇怪肥唐怎么连走个回头路都会出状况。

叶流西说：“想撇撇不掉，这都第几次了？我跟你说，三次撇不掉，那就是一辈子都撇不掉了，你还是试试能不能爱上他吧。”

说话间，肥唐已经到了面前，脸色苍白，嘴唇都是青的：“东，东哥……我找不到路，旗……旗标都没了。”

昌东猜到了：“昨晚风那么大，可能是被风拔了。”

肥唐嘴唇嗫嚅着：“不，不止，车辙子……车辙子也好怪。”

肥唐记得清楚，昨晚进来时，虽然也弯弯折折，但是没回头路——今天开车出去，好多大折向的拐弯，明明该往前，车辙印一扭，转过一个土台，又往回开了。

几次之后，肥唐激灵灵打了个寒噤，发现自己好像在绕圈子。

更恐怖的是，开到末了，那两道车印子在一处雅丹土台前没了。

肥唐壮着胆子下车看，忽然发现一件事：一般的车，看到前方有土台，开得再逼近，车辙印和土台边缘也会留点距离，但这两道车印，平直无碍，似乎是压在土台下面的，又或者说，车子开着开着，蓦地被土台给吞了。

四下无人，死一样寂静，土雾飘在周围，仰头看土台，心理作祟，觉得这怪形怪状的玩意儿，会突然一俯身，张嘴把他给叼了。

肥唐脑袋轰一声，掉头就跑。

深夜被拖拽、乔美娜的车门莫名其妙打开，到怪异的车辙印，第三件怪事了。

肥唐都有点神经质了，絮絮叨叨地重复："东哥，我们是不是出不去了？真出不去了，困在这儿了……"

昌东虽然烦他，又觉得他确实懦弱可怜："你先歇着吧，要么看他们拍照片……我开车出去看看。"又转身招呼叶流西，"过来，说点事。"

叶流西跟着他走到车子另一边。

昌东斟酌了一下，觉得也不用怕她心慌："早上我看过GPS和卫星电话，都搜不了卫星。"

叶流西"嗯"了一声："这算正常，还是不正常？"

"不正常。待会儿我去看一下车辙印，顺便搜找孔央的线索，你留在营地吧，这里这么多人，得有个能镇场子的。"

叶流西说："行啊。"

昌东没什么要交代的了，转身想走，她又补充了句："那你小心点，你要死在外头了，我想找个靠谱的人商量事情都没有。"

昌东把车开走了，除了肥唐蹲缩在一边像只瑟瑟发抖抱窝的鸡，营地的气氛一片祥和：模特渐入佳境，摄影师一迭声的"好""对了""就这样"，然后快门一起，咔嚓。

叶流西躺在帆布椅上，刀插在一边，手里翻一本刚从那头借来的时尚杂志。

肥唐忽然起身朝她走过来，到了跟前，蹲跪下身子，手哆嗦着扒住帆布椅的边沿："西姐。"

叶流西漫不经心："有事？"

"我上次偷进你的车，其实是想偷东西。我早知道你有兽首玛瑙，监控里看到的……进罗布泊之后，我还想下手，就是没机会……"

他狠狠掴自己的脸："我脑子抽风，不该生坏心。"

叶流西把杂志扔到一边："有话直说。"

“西姐你能不能帮我？我不想死，这个地方……这个地方……”他畏缩了一下，声音都小下去了，“有问题，处处都邪乎，肯定要出事……”

叶流西打断他：“就是要我罩着你呗……那你能给我什么？”

肥唐咽了口唾沫：“随便你说，让我干什么我就干什么，你就当我是个跟班，有什么都让我做。”

“为什么找我啊？这里这么多人，论关系，你跟昌东更熟吧。”

“我都看过了，灰八人最多，但就是抖抖威风，空架子；孟今古是个老粗，没什么脑子。靠得住的，就你和东哥，但东哥，我知道他的能耐，你的我不知道……押一个，我就押你。”

叶流西盯着肥唐看：他脖子上青筋暴起，又冷汗涔涔，吓得都快尿裤子了，居然也没耽误心机谋算。

她笑起来：“这样，肥唐，我点拨你一下。”

说着，伸手示意了一下几个营地：“这里这么多人，万一出事，只能选一个带出去，我会选昌东，不是因为我跟他多有情分，而是因为他最有用。

“我有七成活命机会的话，再加上他，可能会提到九成。

“你说情愿当我的跟班，打个不恰当的比方啊，不是侮辱你——如果现在安全太平，养条听话的宠物狗当然挺好，处处顺你心意，但如果危机四伏，你也希望自己脚边跟着的，是满嘴獠牙的狼狗吧？

“你看看你自己，像只没爪子的鸡，对我有什么用？排个序的话，昌东之后，我选灰八，他够狠，灰八之后，我选孟今古，他至少有力气，你呢？”

她伸出手，拍拍肥唐被掴得微肿的脸：“我也觉得这个地方会出事……也许第一个死的就是你……”

肥唐喉结滚了一下，身子都僵了。

“不过也不是没希望，想突破狼群，得比狼更狠，不想死的话，就拼命把牙长出来——到那个时候，你不用投靠我，也许我还要挖空心思去拉拢你呢。”

近傍晚的时候，Simon团队的拍摄告一段落，灰八的四组人也先后返回。

看灰八的人归来如同看戏，麻袋瘪着出去，瘪着回来，回一组垂头丧气，再回一组骂骂咧咧。

唯有往西去豁牙领队的那组，虽然麻袋也是空的，但几个人的表情都有点微妙，人也成了锯嘴葫芦，不声不响就进了帐篷。

昌东回来得最晚，车子开进来，正是饭点：灰八的营地大锅烧灶热气腾腾，孟今古那头则是城里人式的气罐小灶……

至于叶流西，她根本没做饭的打算，裹着棉衣坐在帆布椅上，边上亮着营地灯。

下车一问，才知道灰八来过了，还是照例，待会儿会差人送饭过来。

昌东的这一天，两三句话就向她交代了："没什么收获，肥唐说的车辙印我也去看了，他没撒谎。另外，有件很怪的事他没看出来……"

之前，昌东觉得自己进来时的车辙印是天然的路线，只要循着走，就不会出错，然而事实是，往外开了一公里多，他的车辙印就已经没了。

"肥唐大概没细看，觉得车轮胎印都一样，但我的轮胎是定制改装的，胎纹不同——开出没多远就断了，断得很突然，一点痕迹都找不出，剩下那些绕弯的车印，我感觉……不属于这个营地任何一辆车。"

暗影里，有个人忽然颤了一下，昌东细看才发现是肥唐，团头抱脑地缩在营地灯的背光面——昌东起初还以为是块石头。

他没好气："你缩那儿干什么，不会坐到亮点的地方吗？万一再被拽走了，都没人看到。"

肥唐也不吭声，一副任人呵斥的样子。

叶流西权当肥唐不存在，她示意了一下灰八的营地："他们今天应该有大收获。"

"灰八告诉你的？"

叶流西摇头。

她问过灰八，他回答说这一天白忙了，一枚古钱都没捡到。

但叶流西多少了解灰八的脾气，如果真的一无所获，早就骂娘骂得全营地都听到了，现在非但没骂，心情还挺好，这会是没收获？

更何况，她问灰八今天吃什么，他回答，开荤，煮胡萝卜羊肉汤。

开荤呢。

昌东沉吟了一下："如果他们找到的是钱也就算了，就怕是什么奇怪的东西……"

"他不承认，我也没办法。要不然晚上把他揪出来，我打到他说。"

昌东苦笑，到叶流西这儿，好像没什么是"打"解决不了的，他说："这样也不太好……"

但怎么样才好，他也没具体的想法。

倒是肥唐，干坐了一会儿之后，不声不响起来，拎了行李，又往灰八的帐篷去了。

刚到门口就被灰八的人拦下了，豁牙的声音最响："哟，你还在啊，我以为你回家找你妈抱抱去了呢，就你他娘的蚊子胆，滚远点吧。"

众人一阵哄笑。

昌东听见了，犹豫了一下，想把肥唐叫回来，叶流西没让："别，随他，各人有各人的造化。"

就听肥唐扯着嗓子吼："怎么了啊，是不是我给你们指的道让你们来的，啊？胆儿小怎么了？我一个倒腾古玩的，我他妈会看就行了，就这双眼，随便一个东西拿过来，我认得出是哪朝的、值多少钱，你能吗？"

豁牙居然没话说了，过了会儿，不知道里头的人说了什么，帐门掀起，肥唐居然被放进去了。

跟前一晚一样，吃完饭不久就起风，风一起，所有营地立马不见人，进帐的进帐，上车的上车。

车里空间逼仄，不适合刻皮子，昌东拿册子垫了纸，用描线笔细细起稿。

叶流西闷坏了，离一贯的入睡时间还早，她又没消遣，除了间或打击昌东：

"你整天刻、刻、刻，有这工夫，不能锻炼身体吗？

"昌东你没什么朋友吧？也是，人孤僻，爱好也古怪。

"一个皮影三千多刀，你已经近视了吧？等你老了，你就什么都看不见了……"

昌东任她说，偶尔从后视镜里看她，她真是无聊至极，一会儿盘腿，一会儿躺下，后来终于安静下来，自己拿个眼线笔在那儿描眼线。

描好了，凑到昌东面前，手拨开头发，头往边上一侧，说："你看。"

她居然在眼角处画了只蝎子，行笔纤细，螯足高举，整只蝎子随着她眼睫的轻眨微颤，简直像是真的。

习惯使然，昌东下意识说了句："蝎尾有勾针，再勾长点，会更好看。"

"是吗？"叶流西顺手把眼线笔递给他，"勾。"

昌东接过笔，眼线笔是液体的，刷尖吸饱了墨色，勾画不能手抖，否则痕迹会歪拖。

他低下头，看到她长睫毛根根翘起，睫根水润。

车窗上忽然传来笃笃敲击声。

揿下窗，居然是肥唐。

他冻得哆嗦，衣领竖起，一张脸恨不得埋进去："东哥，灰八他们今天，挖到个棺材……"

也不是挖，据说是豁牙和同伴一语不合打起来，拿铁锨互砍，一个失手，铁锨把灰白色的雅丹土台硬生生豁下一块，里头黑黝黝的，居然露出棺材的一个角！

"说是人手少，挖得进展太慢，回来合计了下，连夜又去了……还给我看了手机拍的棺材上的画，问我是什么年代的，我偷偷拿蓝牙转过来了，从风格来看，有点像汉代的画像砖……"

他从兜里把手机摸出来，递给昌东看。

图片一放大，像素就嫌渣，这种画法，人都是轮廓古朴的墨块，没有细节勾勒表情，一切情态只能用肢体表达。

昌东依稀辨出，画的是行路图，上头的人个个身披枷锁，有人艰难前行，也有人……扭曲着倒地。

第26章

白龙堆的怪事，一定不是无关紧要的，昌东问肥唐："灰八他们都去了？"

"都去了，悄悄走的，不想让人知道，大帐里留了两三个人看家，我说我撒尿，溜出来的……东哥我回去了。"

昌东叮嘱了句："晚上要小心点，这里不是很太平。"

肥唐"嗯"了一声，缩着脖子走了，没敢看叶流西，被她教训了之后，他总有点怕她。

昌东转头看叶流西："看看去？脚好走吗？"

叶流西已经提了刀在手上："不好走又怎么样？你又不会背我，我自己克服吧。"

昌东想笑，又觉得她说得也对：谁大半夜的跟踪别人，背上还背一个人啊。

晚上不比白天，不好查看地上的痕迹脚印，灰八他们走了有一阵子了，出了营地，一时不知道往哪个方向追，昌东说："你等我一下。"

他环视了一下周围，几步冲到一个土台边，长臂上攀，脚下借力，身子轻得很，几个纵蹿，就站到了土台顶。

叶流西仰头，看到他往各个方向查看，然后放低重心，很快滑下来："这边。"

灰八他们走得并不快，一路晃晃悠悠，没几分钟，两人就吊上了尾，并不靠近，只远远跟着。

叶流西这才问他："练过？"

昌东没立刻反应过来："什么？"

叶流西伸出手指，比画了个往上的动作，说："咻……"

"玩过一阵子跑酷，说到打架的功夫，只是二流，比不上全国三届武术冠军。"

全国三届武术冠军……

叶流西觉得挺耳熟的，她肯定在哪儿听过。

灰八他们停停走走，偶尔在土台边找记号，不知道是不是错觉，总觉得这里的风更猛，雅丹群之间穿梭回流的怪声也更诡异，叶流西几次回头去看，冒出个想法，心里毛毛的，觉得光吓自己不好。

"我给你讲个恐怖故事啊。"

昌东紧盯着前头的人，随口应了声："嗯。"

"有一男一女，深夜去跟踪一队人，男的速度快，女的落在后面，跟着跟着，女的突然被什么东西拖走了！但男的不知道，还一直往前跟……"

昌东猝然停步，叶流西没留意，险些撞上他后背。

她啧啧："是不是怪吓人的？还有更吓人的，就是男的身后一直有人跟着，他还以为是那个女人，但其实不是……"

"手。"

"啊？"

昌东伸手出去，和她掌心对覆，然后握住："我胆小，我怕待会儿身后跟的真是乱七八糟的东西。"

叶流西的目光从两人交握的手上掠过："说到手，我又想到一个，就是男的一直拉着女人的手，其实……"

昌东狠攥了一下她的手。

她终于不讲故事了。

走了约莫半个小时，到达目的地。

风大，昌东带叶流西避在临近的土台后，探头去看，大致数了数，连灰八在内，九个人。

土台群里灯光乱晃，一切都粗糙，但井井有条：几柄铁锹顶上绑了撤开的手电，挨靠在不同位置，把场子照得雪亮，灰八是监工，安排了两个人爬到高处放哨，剩下的三人一组，分了两组，轮流干活。

一时间，除了风声，只剩下铁锹劈砍土台的声音以及灰八时不时的呵斥：“慢！慢点，别把棺材面划拉坏了，没看到有小画儿吗？有画就是艺术品，值钱！”

昌东看得分明：那个所谓的棺材，位置在土台半腰，深嵌进去，得一点点往外凿挖。

叶流西有点奇怪：“这不叫棺材吧，棺材应该是埋在地底下的，这算是地上了吧？”

没错，离地差不多半人高，都算不上“入土为安”。

昌东低声说：“还有，这个棺材面真的就是木板，这跟当地的墓葬习惯不太一样……”

就拿小河墓地来说，棺木大多裹牛皮，专家解释说，是现场宰杀活牛，然后剥皮包裹棺木，下葬之后，牛皮因为干燥，会不断收缩，而沙子又会把血以及所有水分吸干，这样可以尽量完好地保存尸体——古人迫于恶劣的环境想出这个法子，但的确实用，后来发掘墓地的西方探险家都对此颇为赞叹。

这棺材没有做类似的保护措施，是否说明下葬者并不十分上心呢？

昌东觉得灰八可能会空欢喜一场。

挖棺的进展不太乐观，都换了三四轮人了，连灰八都操锹上阵，忙到夜半，也只把土台半腰处挖出一个狭长的凹口，露出约莫三分之二的棺身——那棺材插在土台里，像嘴里横亘的舌头。

豁牙拎着绳圈过来：“八爷，拉纤吧。”

灰八也顾不上艺术品的棺材面了，往地上啐了口唾沫：“套上，人呢，都过来，拉！”

电池蓄力不足，电筒光有些暗下去了，一通忙活之后，棺材被五花大绑，两边各站四个人，圈绳上肩，拉纤一样，闷吼着：“一、二、三，走起！”

灰八则继续铲挖以作辅助：看哪头有松动，就往哪头加两铲。

也不知道算是他运气好还是不好：过了几分钟，棺材嵌在土台里的末端突然松动，又加上被大力拽拉，几乎是滑脱出来——站在最前头的两个人避之不及，被重重撞飞出去，脑袋正撞上斜对面的土台。

棺材轰一声落地，沙尘四起，旋即被大风吹散。

一时间乱了套，嚷嚷什么的都有，混乱中，有人说了句："八爷，人不行了，头都撞这样了……"

刚刚还活生生的，忽然间连折两个，昌东心里有点不忍，叶流西说了句："这可不是好兆头，还没开棺呢。"

灰八大吼："都别嚷嚷，先把人抬到边上去。"

他的话向来有威慑力，豁牙领头，带人把两个同伴抬到一边，其他人在旁边看着，想到不久前还同吃同住，脸色都有些复杂。

灰八说："我这人，讲义气，没说的！陈三和马蜂为咱开了路，这棺材里的东西，他们分一半！"

大家默立了会儿，豁牙领头炸锅："八爷，这不合适吧，多给点就行了，他们分这么多，兄弟们只能嚼渣子啦。"

其他人也纷纷表达不满：

"是啊是啊，人都不行了，给再多他们也享受不到了……"

"便宜了家里的婆娘，最后还不是便宜别的汉子了？那还不如兄弟们分多点。"

灰八看手下的情绪从刚刚的恐慌复又昂扬，满意地和豁牙交换了一个会意的眼神："怎么分回头再说吧，先开棺。"

几个人呼啦一下子，又围到了棺材边，剩下那两具被撂在一边还没死透的尸体，在大风里慢慢变凉。

虽然早知道灰八不是什么好货，但这种赤裸裸的翻脸无情在眼前上演，昌东还是止不住心寒。

豁牙忽然大叫："八……八爷！这不是棺材吧，根本没上钉啊。"

其他人也陆续吵嚷开了：

"看这边！有合页！我爷家有个旧箱子就是这种的，一掀就开了。"

"是像箱子，但这形状，是个棺材啊……"

……

灰八骂："这么多屁话，掀开看看就知道了……"

他的手搭到棺材盖上。

就在这个时候，风忽然大起来，那些听惯了的怪声里，隐隐好像有声音传来，仔细听，是低低的哼唱。

灰八皱眉："你们听到没有？"

那哼唱声断断续续，时有时无，灰八听了好大一会儿，才依稀辨出几个字来："玉门关……进关……"

昌东也凝神去听，但那声音被风搅得太散，他只模糊听到句"你金屋藏娇自快活"。

叶流西笑起来："我看这事，跟我有点关系。"

她越过昌东，大大方方走了出去。

灰八冷不丁见到土台背后有人出现，吓得浑身汗毛倒竖，再看清来的是叶流西和昌东，一颗心顿时跳如擂鼓。

他不知道叶流西为什么会上册子，但看她做派，觉得确实不是好惹的人，所以一直本着能不得罪就不得罪的原则——她在深夜里突然出现，眼角处还画着那么鬼魅的一只蝎子，似笑非笑，像是变了身。

灰八干笑："西姐……不带你这么唱歌吓人的……"

叶流西说："听清楚了，是我在唱吗？"

不消她提醒，灰八刚说完，就发现是自己想错了：那声音起初幽咽，后来就如同天边层层叠叠的海潮。

"玉门关，鬼门关，出关一步血流干，你金屋藏娇自快活，哪管我进关泪潸潸……"

灰八的人渐渐都听明白了，个个面色煞白，连豁牙都双腿发抖，灰八咽了口唾沫，忽然发怒，吼着："什么玩意儿装神弄鬼！"

说着，挥起手里的铁锨，向着黑暗处狠狠扔了过去，铁锨头锋利，加上他使的力大，锨头居然有寸许斜插进盐碱土里，但站不住，颤巍巍地要倒。

灰八脸上戾气横生："西姐，我一路对你客气，可不是怕你，给个明白话吧，你是不是来截货的？凡事有先来后到，我这里见了血死了人，算是蚀了本进去了，现在叫我让给你，我心里可不痛快。"

叶流西笑笑："想多了，我就是看看热闹。"

灰八有点不相信，但既然她作态，他也就绝不翻脸："那感情好，我也不是不上道的人，万一真是满箱的好东西，西姐，见者有份，你多挑两件都行……"

他俯下身，伸手将棺盖用力掀起……

叶流西还没来得及看清棺材里有什么，忽然听到有人惊呼，又听到破空有声，她迅速回头。

有什么东西横舞而来，末了咣啷一声，砸在不远处的土台上。

是那柄灰八丢出去的铁锹。

豁牙头一个跳起来："谁？谁在那儿？弟兄们抄家伙，别他妈被人算计了……"

一声闷响，是刚刚被掀起的棺盖又落下去了。

这一声响，把所有人的目光都吸引了过去。

灰八还保持着刚刚俯身的姿势，一动不动，衣服灌满了风，头顶的一撮头发被吹得摇摆不定。

豁牙壮着胆子过去，半蹲下身子去看他："八……八爷？"

微弱的光照下，灰八圆睁着眼睛，脖颈上有血线丝丝渗下，顿了顿，喷溅而出。

第27章

豁牙被血迷了满脸，觉得又腥又热，吓得一屁股坐倒在地，手脚并用着往后腾挪，又一阵风吹过，灰八的尸体终于倒下去。

片刻的死寂之后，一干人完全乱了套，有人打摆子一样哆嗦，也有人突然崩溃，没命般往外跑，豁牙这才反应过来，大吼："别跑，回来！大家得待在一起！"

喊破了嗓子，还是跑掉了两个。

昌东手足发凉，这是他生平第一次近距离看到有人死在眼前——山茶那次，虽然惨重，到底是天灾，自己瞬间失去意识，没有见到鲜血淋漓。

他有点反胃，下意识退开两步，听到叶流西对豁牙他们说话："你，还有你，过来把人抬走。"

豁牙愣了下，居然照办了。

叶流西朝昌东要了强力手电，先过去看那柄飞过来的铁锹：因为用得勤，铁锹的月牙弧尖锋利到发亮，想想也是，连盐碱地都能插，断喉确实也就是分秒之间。

但怪的是，铁锹又不是飞刀，以灰八刚刚俯身的那个角度，想从几米外挥过来一把铁锹，还要准确割喉……这他妈谁能做得到？

是那个半夜拖拽肥唐的东西吗？它似乎不想让人开棺，现在它去哪儿了？是一击而退呢，还是窥伺着准备再次出手？

叶流西站起身，一时有点怔忡，直到昌东招呼她过去看棺材上的画。

这画比肥唐转的那张照片要完整多了，画上是长长的行进队列，大多数人都披枷，骑在马上的士兵凶悍地挥舞长鞭，似乎是嫌队伍行进得太慢。

所有人，都向着一个高大的关门而去。

这就是玉门关吗？

昌东的注意力不全在画上，他忍不住问叶流西："你对死人这种事，一点都不在意吗？"

叶流西愣了一下，才反应过来他说的是灰八。

"在意有什么用，他已经死了啊。"

昌东说："我说的不是这个……你这种反应，以前应该不止一次见过死人的场面。"

可能吧，但眼下，她更关心棺材上的画："这画的……是玉门关吗？"

昌东说："有很大可能是，刚刚那首歌谣，提到'金屋藏娇'，这是关于汉武帝的典故，而且玉门关本身也是汉武帝通西域、建河西四郡的时候设立的，肥唐又说这画是汉代画像砖风格——感觉画的是汉朝的时候，流放了一批罪犯的事。"

再具体的，昌东也说不出了："可以去问肥唐，他对古玩相关的历史还都挺了解的。"

叶流西屈起手指叩了叩棺盖，板材挺厚实，不像瓜那样，敲敲皮就能知道内里虚实。

她沉吟了一下："那首歌谣，我之前也哼过，这棺盖，我应该能打开。"

昌东下意识瞥了一眼灰八的尸体：已经被放在前两具尸体旁边了，片刻之前气焰还各有高低，现在一样长短，一样披天枕地。

叶流西像是看出他的心思："没事，我吊在绳套里都没死，将来真要死，也会死得很特别——被铁锹削喉这种事，我不大能接受。"

她站起身，一只手扳住棺盖边缘。

风又大了，眼角边的那只蝎子在她的乱发里呼之欲出，昌东的心跳得厉害，直觉她不该出事，又害怕会再有状况。

叶流西反而不在意："昌东，猜猜看，这棺材里，到底是金银财宝呢，还是孔央的尸体呢？还是一掀开……躺着另一个我呢？我比较喜欢最后一个，那样会很刺激。”

她用力，一手掀开棺盖。

触目所及，脑海中闪过的第一个念头是：很好，我果然能开棺。

第二个念头是：这灰八，死得也太不值了。

昌东也没想到，棺材里叠放的居然会是皮影人。

穿着真正衣服鞋帽的皮影人。

说是皮影人又不太确切，为了方便耍线，皮影人一般都不大，常见的三十厘米大小，他见过最大的是青海的牛皮娃娃，那也没到一米。

但眼前的皮影人，几乎和人等高，眉眼是陕西东路皮影风格，面目各有差异，躯干和四肢却简单到粗糙，只有个大致的坯子形状，关节处有缀结，可以摇摆活动，不过身后并没有挑线用的皮影杆。

昌东翻检了下，一共九个，都是男性，穿的是袍衫，头上或戴帽或裹巾，脚上蹬皂靴——但因为身体是薄薄的“片”，衣服鞋帽却是正常形制，所以塞穿进去，极其怪异。

叶流西都瘆得皱起了眉头：“这是什么？衣冠冢吗？”

昌东摇头：“衣冠冢里，没听说过还要放皮影人的，而且还叠放了九个……再说了，这个真不像是棺材。”

如果不是外形和尺寸实在和棺材太像，他会觉得是个皮影戏箱。

风头小下去了，诡异的哼唱声渐渐消歇，豁牙大着胆子朝棺内张望了一下：忙活了这么久，还死了人，不看一眼不死心。

大失所望。

他嗫嚅着说了句：“那个……咱们是不是该回去了？万一再出事……”

这一下提醒了昌东，棺材这么重，搬走不现实，放回原处又没那个人力，而且这种穿衣戴帽的诡异皮影人，他也不想沾惹——他请叶流西帮他打手电照亮，自己掏出手机，把棺材内外以及皮影人都拍了下来。

拍完照片，昌东合上棺盖。

豁牙长舒一口气，呵斥剩下的几个人：“还不走？等死呢？”

那几个人早没了主心骨，哆嗦着拔腿想跟上他，昌东厉声喝了句：“给我站住！”

他指着灰八几个人的尸体："这尸体就不管了？"

豁牙僵了一下，看手下几个人的面色，觉得话说得不周全，自己很难服众："不是不管，现在人手不够，让弟兄们背死人回去，三更半夜的，谁有这个胆儿啊？留守的人还不知道出事了，总得回去合计一下，明儿再来收吧？"

马上就有人响应："是，是，明天车开进来再收吧。"

"赶紧回吧，这里太他妈邪乎了。"

昌东冷笑："那还有人呢？你们跑了两个人，准备怎么办？"

"也天亮了再找，白龙堆的路跟迷宫似的，这么黑咕隆咚的，弟兄们路也不熟，我总不能硬逼他们去。"

昌东走到豁牙身边，手压到他肩上，看似无意地说了句："希望说到做到啊。"

豁牙甩脱他的手，从齿缝里蹦出字来："走！"

昌东冷眼看他离开，叶流西跟过来："有必要这么好心吗？死了的要管，跑丢的也要管，人家是自家兄弟，都没当回事呢。"

昌东回答："动动嘴皮子，又累不着。"

他回头，看向那三具并排的尸体，然后捡起地上的麻袋张开，盖住他们的头脸。

在叶流西和孔央的那张照片出现以前，他一直觉得"黑色山茶"是天灾，孔央他们的尸体，已经被黄沙深埋，但说不准哪一次沙暴，又会被翻出来，暴尸荒野。

他希望那时，如果有人路过，即便嫌麻烦不想收尸，也至少给死者些许尊严，就像他现在做的这样。

营地倒还安稳，没什么状况发生，豁牙他们先到，没立刻提灰八出事，只说工程太大，要赶夜工，他们先回来休息，明早再去换班。

昌东把肥唐叫出来。

肥唐心里头总觉得不太对，低声问："东哥，是不是出事了啊？"

昌东看了他一眼："怎么说？"

"豁牙带回来那几个人，跟我昨晚上一样一样的，眼神飘，冷不丁还会打摆子。"

昌东说："是出事了，没回来的，一半死了，一半失踪。"

肥唐脑壳一凉，硬生生僵在了原地，昌东也不等他，过了会儿，肥唐小跑着跟上来，上了车之后坐定，才发现小腿一直在发抖。

叶流西正一张张翻看手机里的图片，见肥唐过来，把手机递给他："能看出什么？给我们讲讲。”

肥唐“嗯”了一声，强自镇定着点开第一张照片：“这个，是汉代画像砖风格，这种风格的画，墓室里见得多，跟祭祀的关系很大……”

翻了几张，看到棺内的皮影人。

昌东问他：“这些人穿的衣服，也是汉朝的？”

肥唐仔细看了看，非常肯定：“不是，唐朝的。”

叶流西奇怪：“等会儿，我捋一下，你这意思是：我在现代无人区的雅丹土台里，发现了一个汉代画像砖绘制风格的棺材箱子，然后里头的皮影人，穿的是唐朝的衣服？”

肥唐急于在她面前表现自己：“西姐，这个我绝没看错，我来自西安，名字都叫肥唐——你看啊，这个袍子，圆领窄袖，这是受胡服影响，再看这张，这个人还把它穿成翻领，唐朝人爱赶时髦，常这么穿，还有这个是戴浑脱帽，这个裹幞头……朝代肯定没错。”

叶流西看向昌东：“我以为那首歌唱的是汉朝的事，闹半天是唐朝？”

也不对啊，唐朝盛行汉代画像砖风格的绘画吗？

肥唐没听明白：“什么歌？”

昌东犹豫了一下，还是大致把事情讲了一下：在这种情势下，隐瞒真相，让人以为一切太平，无异于帮凶。

肥唐一颗心都快跳出来了，他拿手死掐自己腰侧的肉，逼着自己冷静：不能㞞，他要让他们觉得自己有用，有价值才会被看重。

他一遍遍想着那首歌谣，电光石火间，有个念头闪过。

“西姐，这首歌，有点奇怪啊。”

叶流西看他：“怪在哪儿？”

“如果说罪犯是流放到玉门关外的，这不符合史实。汉武帝的时候置郡，玉门关外叫西域，皇帝对关外一无所知，才会派张骞出使。

“流放罪犯，是流放到边疆做苦工受罪的，想起来了再召回去，怎么可能赶出关呢？关外当时都是匈奴，汉武帝又不傻，白白把这么多人赶出去给匈奴使唤，不是给对方增加劳动力吗？”

有点道理，叶流西点头：“你继续说。”

得到她认可，肥唐振奋：“‘出关一步血流干’，这可以理解，汉代认为玉门关外是凶险之地，出去了就没命了，但后头又说‘哪管我进关泪潸潸’，说明他也不想进关……”

让肥唐这么一说，昌东也反应过来。

“玉门关，鬼门关，出关一步血流干，你金屋藏娇自快活，哪管我进关泪潸潸。”

这首歌谣，初听顺溜，细琢磨自相矛盾：出关没命，进关又泪如雨下，“哪管”两个字，愤慨之情溢于言表，说明绝不是感动落的泪。

不想出关，也不想进关，到底在恨什么呢？这是想上天吗？

第28章

肥唐也说不出个所以然来，但只要是自己想到的，而眼前这两位没想到，他就觉得很有成就感。

没别的事了，肥唐想回大帐，昌东说：“还回去干什么？豁牙那群人，你还是离他们远点吧。”

肥唐巴不得听到这样的话，可昌东只说“离他们远点”，没明确说“过来和我们一起吧”。

他当然可以顺势再黏上昌东，但那只是将就，为长远计，被人请回来才有价值。

“没事，万一他们有什么别的想法，我人在那儿，也好打听消息。”

他下车走了。

昌东问叶流西：“觉不觉得，肥唐这两天有点怪？”

叶流西蜷躺进后座，把睡袋盖在身上，她不喜欢钻进睡袋里，觉得人进去了像蚕被茧裹住，束手束脚，万一出状况，逃跑都不方便。

“谁不怪？你不怪吗？还不让他有点怪？”

昌东失笑，顺手关掉车内灯。

前座的空间比后座局促，他身长腿长，蜷着不太舒服，眼前黑成一片，很多事反而走马灯一样在脑子里转：穿着怪异的皮影人，流了那么多血的灰八，还有叶流西那句“过来把人抬走”。

“流西？”

叶流西顿了一会儿才说话：“我跟你很熟吗？”

昌东说：“叫你叶流西的话，每次都要说三个字，太累了。”

叶流西居然觉得这个理由并不牵强，就像“昌东”这名字，叫起来是比“孟今古”要方便。

“有事？”

“有些话，想说给你参考一下……我觉得你不像是长在正常社会环境里的。”

叶流西翻了个身，朝向他的方向，尽管并不能看到他。

车里很静，两个人的呼吸声，沉稳的和轻柔的，在看不见的地方触碰，又归于沉寂。

“我从小到大，接触过性格不同的异性，有文静温柔的，也有大方泼辣的，彪悍的也有，不止一次把老公打哭……

“但所有这些人，不管个性多独特，一举一动，都还是在一个框架里，不会出格。

“就拿那旗镇那件事来说，整治下药的嫖客，把对方脱光了挨冻，我不少异性朋友也做得出来，甚至会拳打脚踢——但没有人会窗户大敞一走了之，因为这样很可能导致对方丧命，法律意识就是一个框架，但你没有，或者说，你有，但你无所谓。

“你习惯用暴力解决问题，敦煌那次，我付钱请你帮我解决麻烦，你直接要跟对方打；灰八隐瞒真相，你说要‘打到他说’，这同样不是我熟悉的准则框架——还记得乔美娜跟豁牙起冲突吗？一开始骂得不可开交，然后要报警，我不敢说这流程规范，但至少正常。

“现代社会，解决问题有很多种方式，动手最直接，也最后患无穷，但对你来说，这甚至不是选择，而是第一反应。”

叶流西静静听着。

“还有今天晚上，灰八暴死，所有人都吓傻了，只有你若无其事说了句‘把人抬走’。普通人再大胆，也不能对死人无动于衷。”

在正常社会环境里长大的人，不会有她那样的性格，但又不能说她和社会脱节。

……

昌东渐渐睡去，顿入黑甜的那一刻，脑中还萦绕着那首歌谣：

“出关一步血流干……哪管我进关泪潸潸……”

到底是要出关还是进关呢？

黎明时分，昌东陡然睁开眼睛。

车窗外平静极了，没有风，晨曦渐渐泛起，少有的好天气。

叶流西听到窸窸窣窣的声音，是笔尖划过纸面。

她艰难地睁开眼，勉强撑起身子：昌东低着头，正拿笔在册子上画画。

叶流西躺回去，有点不耐烦："你不困吗？一大早的，画什么皮影啊。"

只要他是那个姿势，她就总觉得他在刻皮影，抑或在做和皮影相关的事。

昌东把册子递给她。

叶流西叹气：早知道不吭声了，不吭声，还能多睡会儿。

她懒懒接过来，只睁开一只眼睛看画："什么？"

依稀看明白了，是手绘的极简疆域图，细细几笔迤逦开的线条是分界轮廓线，东边写"西汉"，"几"字形的黄河边角处，同心圆标出长安，亦即今天的西安；西边写"西域"，交界线上，矗立一座高大的关城。

叶流西喃喃："又不是没去过玉门关遗址，就是个黄土台子，画这么认真干吗？"

昌东俯身过来，在册子上画了条箭头线，从"西汉"打向"西域"，说："这是出关。"

是啊。

他又画了个反向的箭头，从"西域"打向"西汉"："这是进关。"

叶流西斜乜他："有问题吗？"

"我们都有点先入为主，一直以来，我们生活在内地，想当然地觉得，出关是往外走，进关是往里来——但是，如果有这样一群人，他们已经以关外为盘踞地，那么，以自我为参照，他们口中的出关和进关，跟我们是正好反过来的。"

叶流西消化了一会儿，心里蓦地一动。

她坐起来，细看册子上的图。

昌东说："这样的话，那首歌谣就没有自相矛盾的地方，和棺材上的画，也能匹配了。"

那首歌谣，是以那群人的口吻唱的，追忆画上那段往事。

他们不知道因为何种原因，被逼迫着披枷出了玉门关，东返无望，久而久之，只能把异域当家。

"出关一步血流干"：我再也不能出关回到大汉了，回去就没命了。

"哪管我进关泪潸潸"：我不是这里的人，我不想进来，但皇帝只顾自己风流快活，根本不管我泪流满面。

这样一想，玉门关好像是个牢狱啊。

但肥唐不是说了吗，流放犯人，没有流放到边界之外的，而且在汉武帝治下，疆域不可谓不广，他干吗巴巴的，在玉门关外建一个牢狱呢？

走了灰八，来了豁牙，风格果然不同：太阳都老高了，还没有开灶的意思。

倒是孟今古那边一片欢腾：今天天气太好了，这种光线，绝对能出大片。

Simon连今天这一辑的主题都想好了——盛世楼兰。

他催孟今古去找昌东取经："你不是说你那朋友对白龙堆很了解吗？问问他哪里景观最好，我们过去取景。"

孟今古满心不情愿，又不好回绝，磨磨蹭蹭到昌东面前，还没来得及说话，营地那头忽然有人暴跳如雷。

昌东觉得奇怪，这倒正好给了孟今古开口搭话的机会："那个摄影师老钱，脾气可暴躁了，动不动就骂助理，打光不对也骂，机子没调好也骂，艺术家都这样，难伺候。"

但今天这难伺候的程度似乎尤其高，连摔锅的声音都出来了。

昌东说："过去看看吧。"

他知道孟今古只是听差，真正拿主意的是Simon。正好过去劝劝他，营地外不安全，不适合外拍。

刚到跟前，就看到Simon拼命拉住老钱，跟他对峙的居然是乔美娜，手臂张着，护住身后的摄影助理，那助理二十岁出头，个子不高，长得老实巴交的，一脸苦相。

另一个模特和化妆师站在边上左右为难，这不比和豁牙吵架立场明确，自家营地，不好站队。

乔美娜很不客气："有事冲我来，别怪小冯。我让他帮忙的。"

老钱吼："你懂个屁！长脸不长脑子，你知道那机器多少钱吗？"

昌东看老钱长得粗壮，却跟乔美娜一个姑娘家赤眉白眼，觉得有点好笑，对Simon说："别拦着他，你松开，他不敢打人。"又看乔美娜，"怎么了啊？"

乔美娜眼圈一红。

事情得从昨儿跟豁牙吵架说起，她虽然被叶流西说得不吭声了，但是心里头愤恨难平，老钱脾气不好，所以她临睡前去找小冯，问他有没有什么设备可以夜拍——万一豁牙狗改不了吃屎，拍下来也是个证据，现在治不了他，出了白龙堆也不迟啊。

小冯是公司这一趟配给老钱的助理，多的是机会开老钱的几箱器材，他想在美女面前讨表现，答应找找看。

一番倒腾，夜拍的设备没有，倒是让他翻出一台形状挺新奇的摄像机，小冯没操作过，心里好奇，玩了两把又放回去了。

还以为是小事，没想到早上老钱检查器材时发现了，立马炸锅。

有昌东这个外人在，老钱脾气已经压下去不少：“要是普通机子也就算了，我也不是小气的人，这种超高速摄像机，价钱海了去了，能拍子弹穿墙，懂吗？我留着是拿来拍特效大片的，你用来拍沙子！这种沙暴天，机子坏了怎么办？卡沙怎么办？”

小冯差点哭出来：“钱老师，对不起，我就是抬起来试了下机子，很快就关了，我以为没拍到东西……前后最多几秒钟。”

老钱冷笑：“你不知道什么叫超高速摄像机啊？哪怕一秒钟，转换成标准视频都要好几分钟。”

昌东心里一动：“钱老师，一秒钟能转成这么久？”

老钱见他刚刚还对自己不屑，现在态度有转变，心里有几分自得：“要不能叫超高速吗，说白了就是拿速度换时间，一秒钟，你可能什么都没看见，但是人家相机已经咔嚓咔嚓拍了几千上万张了，转换出来，那就是一段长视频——只要是镜头里的，蛛丝马迹，一丁点都不放过。”

“我能看看吗？”

老钱愣了一下：“看机子？”

“不是，小冯拍的，可以转成标准视频让我看一下吗？麻烦您了。”

转视频倒不麻烦，老钱器材都有，软件毕备，就是小冯明明是胡拍，转换出来真是有损他超高速摄像机的威名。

把电脑屏幕让出来给昌东的时候，老钱还忍不住絮絮叨叨：“他都是胡拍，晚上光也不好，你看全是糊的，要是技术好、光照好，你都能看到沙砾在空中怎么个飞法……”

确实是糊的，画质也渣，昌东只能看到明暗的转移，深色从两边慢慢往中间合拢，聚成浓重的一道之后，又从中间往两边缓缓发散，末了定格成一片模糊的黑。

整个过程时长三分多钟，其间，孟今古他们都来看过，瞥了几眼就放弃了——黑乎乎的一片，到处都是噪点，想不通昌东为什么能这么无聊，坚持着从头坐到尾。

昌东心头发冷。

如果一切都是几秒钟内发生的，那么就很容易解释了：

肥唐躺在地上撒着泼，什么都没看见，忽然被拽飞出去十几米远；

乔美娜的车门莫名其妙被打开；

铁锹忽然从远处横舞而来，割断了灰八的喉咙……

他和叶流西提起时，总说“那个东西”，觉得它像只看不见但活动自如的手。

这手，就是白龙堆随处可见的风和沙吗？

第29章

昌东顾不上和Simon说什么，直接回来找叶流西。

她果然对什么都是一副“我可以接受”的态度：“就是风沙作怪？”

昌东从车上拿了个风瓶下来，是个细颈的空啤酒瓶子。

他把它正放在叶流西面前，然后随手推倒：“刮风，倒了瓶子，很正常。”

再来一次，正放，然后掉了个头，瓶口朝下，颤巍巍倒立起来：“刮风，把瓶子吹成这样，你觉得是见了鬼。”

叶流西“嗯”了一声，昌东没说最后那句话时，她确实是想说：见了鬼了。

“其实都是风，只不过跟我们常规的认知有差异，我们觉得风就是把大扫帚，哗一下扫过来。等风过去了，树都该往一个方向折腰。

“但这两天在白龙堆，起的风极不正常，大风里有卷风、小股风以及快速出没的乱流，沙砾没有自行运动的能力，它们只能被风卷带，迅速聚合成类似触手，就像……”

昌东想起关于玉门关的那个传说：

有那么大一个城，玉门关，都被风吹化了，成了沙子。

整个沙城都被吹上了天，在沙暴里，重新集结成城。

有人说，你在深夜沙暴里隐约看到的黄土方城，其实是玉门关的鬼魂……

和这两天一再遭遇的“触手”一样，如果要将吹上天的黄沙重新集结成城，一定要有各个方向的作用力，这样才能相抵相依、达成平衡，塑出飞翘的檐角、弧形的门洞、平直的城墙……

否则那些沙子，就只是随着大风向而动的沙子。

叶流西催他："就像什么？"

昌东回过神来，正想说话，忽然听到远处传来车声。

他下意识扫了一眼营地。

所有的车子都在。

再过了会儿，车声越来越清晰，来路腾起烟尘，确实是有车来了。

孟今古乐了："哟，这两天白龙堆可真热闹啊。"

话音刚落，一辆大切诺基狂飙进来，开车的是个四十来岁的男人，他探出半个身子，激动得一直朝营地挥手，声音洪亮："哎呀妈，可找着友军了。"

豁牙他们听到动静也出来了，看见有新人进来，心叫糟糕，灰八他们的尸体还没收拾呢。

肥唐是知道端倪的，心里有点蒙，不明白这辆吉普什么来路，看昌东时，昌东略点了点头，示意看看再说。

只有孟今古心无旁骛，大笑着迎上去："欢迎欢迎，打哪儿来啊？"

"东北的。"

那人话匣子开了就住不了："我们自驾游，三辆大切诺基，跟GPS走的，也没请向导……本来都不敢进白龙堆，后来看到车辙子，我心说跟着走走看呗，所以开进来探路……感谢兄弟啊，旗标都插上了，老贴心了……"

车辙子？旗标？

昌东的心忽然猛跳，抬眼看，豁牙正悄无声息往帐篷后溜，边走边打手势示意几个手下赶紧跟上，估计是去赶着收尸的，否则被这些新来的驴友撞破，可就瞒不住了。

没过多久，另两辆切诺基就跟进来了，豁牙的大帐几乎没人，昌东这头又不热情，孟今古的营地俨然成了外联中心，新来的女驴友已经拉着乔美娜她们探讨起干燥环境里的护肤心得了。

昌东试了GPS和卫星电话，搜星都已经恢复正常，他留叶流西和肥唐在原地，自己开车出去了一趟。

没有走很远，就看见了自己进来时沿路插的最后一根旗标，依然抵死在一处土台的凹处，杆身略弯，但上下都牢靠。

又在周围找了找，前一天看到的那些弯折的车辙、两道碾入土台下的诡异轮胎印，都没了。

回到营地，豁牙那群人已经回来了，居然正在拔营，动作粗暴，大掀大翻，扬起的土尘甚至波及孟今古营地。

东北驴友加入之后，乔美娜觉得己方人多，气焰明显高涨："喂！能不能小点动静？有点素质行吗？"

豁牙跟没听见一样，只是嘶哑着嗓子吼："快！快点！"

昌东看向叶流西，她摇了摇头，表示自己也不知道怎么回事。

昌东下了车，大踏步向豁牙走去，豁牙跟没看到他一样，血红了眼，脖子上条条青筋暴起："快点，别他妈磨叽！"

昌东攥住他的胳膊，大力把他拖到一边："是不是没找到灰八的尸体？"

豁牙僵了一下。

"是不是？"

豁牙抬眼看他，舔了舔干裂的嘴唇，顿了顿嘿嘿干笑起来："是，没找到，三个人，都没找到，昨晚留下的记号也没了，血也没有，棺材也没有，也没有那个挖开的土台，都没有。

"看在大家一个锅里捞过汤的分儿上，我劝你一句，赶紧走吧，再不走，下一个稀里糊涂没的，就是咱们了……"

他搡开昌东，一扬脸，面色重又凶悍："收不完就算了！带上命就行！"

昌东退开几步，看之前人气最旺的大帐瘫成一片狼藉，东西迅速装车，四辆车，来时满座，现在人数少了近一半。

车子缓缓驶离，豁牙坐头车，临出营地时又刹住，撳下车窗，狠狠冲着营地吼了句："老子这次做件好事，提醒各位，赶紧走，别他妈以为这儿是度假村！不然连怎么死的都不知道。"

说完了一挥手，车子绝尘而去，没再回头。

因这突如其来的一出，营地里有片刻安静，过了会儿，孟今古纳闷地看Simon："哎，老板，是我看错了吗？他们的人是不是少了好多啊？"

昌东心里有了打算，他大步回到车边，让叶流西上车，又吩咐肥唐："马上收拾东西，开车跟我走。"

肥唐毫不迟疑，小跑着奔向自己的车。

眼见第二拨人紧跟着拔营，孟今古真慌了，也顾不上和昌东一直不大对路，小跑着过来，硬扒住半开的车窗："怎么回事啊？前两天又刮风又刮沙的，现在难得遇上个好天，怎么都走了？"

昌东说："豁牙刚刚不是说得很清楚吗，你有那个胆子，你留。"

说着踩下油门，孟今古见车要加速，赶紧撤手，呆呆站在一边，在车后视镜里越去越远。

昌东舒了口气。

叶流西有点奇怪："怎么了？"

"灰八他们的尸体不见了，棺材也不见了，或者说，昨晚我们到过的那个地方，整个儿不见了。"

叶流西明白了："你想让人离开那个地方……他们会跟出来吗？"

"会，孟今古不喜欢担责任，习惯搭伙做事，又好跟风，两拨人都突然走了，他会走的。"

不知道豁牙他们是往哪儿走的，昌东出了白龙堆之后，直接开上哈罗公路，走了一段搓板路之后，路面渐渐平稳。

肥唐一路大气都不敢喘，死盯前车，生怕一个走岔就和昌东失散——直到他突然发现，路边出现了S235省道的里程碑。

到省道了！

肥唐激动得差点哭出来，暗色的省道路面在戈壁盐碱滩间延伸而去，白龙堆雅丹还在，但渐成一抹越来越淡的背景，肥唐简直不敢相信自己在那儿待了两天，而且囫囵着走出来了。

他眼睛都有点湿，抽了张纸巾擦了擦，又擤鼻涕，有种再世为人的感觉。

近中午时，昌东停车，肥唐从手台里听到他的声音："要捡戈壁玉吗？这趟不能让你空跑。"

很多人把罗布泊之旅称为"探险探宝集于一体"，说探宝是找古城遗迹，那其实是开玩笑，更确切的是指去戈壁滩上捡玉石。

近些年戈壁玉热销，不少人专门开车进戈壁滩捡宝石，譬如宝石光、金丝玉、蛋白石，光网上总结出来的捡石路线就有十六七条之多，甚至还有口诀，什么"××村往南十七公里，左拐三公里有玛瑙，右拐两公里有化石"。

昌东既然说了不让他“空跑”，必然是把他带到了好地方，肥唐喜出望外，连连点头：“捡！捡！”

他手忙脚乱倒空了一个手提包，挎在肩上就冲下了路基。

昌东下了车。

天尤其蓝，大朵的白云压得很低，远处黑褐色的戈壁山色泽分明，像视觉冲击力极强的油画，横亘于一片无人的死寂之中。

昌东倚住车身，指着远处肥唐欢欣雀跃的身影：“肥唐够贪的啊，我心说他能捡个一两块，赚个万儿八千就可以了，结果他背了那么大一个包。”

叶流西坐到地上，舒展了一下腿和手臂，在车上窝得时间太久，浑身不舒服。

昌东看到她脚上的白色纱布：“伤口怎么样了？”

“还行吧，早上我又换了一次，没再流血了，但也没好的迹象，伤口还是湿漉漉的。”

“正常，养着吧。”

叶流西抬头看他：“现在出来了——我就问你，你还回去吗？”

昌东不动声色：“你呢，你回去吗？”

叶流西笑：“当然回，别忘了，我哼过那首歌，也开过那口消失的棺材，白龙堆不管发生多么可怕的事，在我看来，都是在引我回家，倒是你，连孔央的影子都没找到……”

她忽然想到什么，纠正自己的说法：“也不对，你只搜找了一小片区域，也许继续找，会有收获的。”

昌东摇头：“未必。”

叶流西奇怪：“为什么？”

昌东在她身边坐下，车侧有影子，恰罩住上身，腿却伸在外头，太阳直晒——两个人都是一半阴凉，一半烫热；一半晦暗，一半明亮。

“一直以来，罗布泊盛行很多恐怖故事，但翻来覆去，都是那几个套路：神秘地失踪，夜晚行车时忽然发现多了一辆，在绝不该有人的地方发现了村子，下次再去，再也找不到了……网上一搜，到处都是。也有人给出各种解释，说得最多的是平行世界，那时候我不信。”

“现在信了？”

昌东斟酌着该怎么切入。

“你觉不觉得，我们进入白龙堆之后，两天风沙、两天和外界失联，又发生了很多解释不了的怪事，其实是因为，我们进入了另一个白龙堆，姑且把它称为2号。”

他用手在地上画了个圈：“这是我们的营地及周边，它没有发生改变，1号和2号白龙堆，像拼接板块一样，都是可以和它完美衔接的外围环境。”

说完美衔接也不确切，应该叫粗暴衔接，他第一次查看车辙时，曾经发现自己的轮胎印在距离营地一公里处忽然断掉——那里或许就是接缝处。

“我们进白龙堆的当晚，起了沙暴，在神不知鬼不觉的情况下，所有人、整个营地，已经身处2号白龙堆。

“但今天早上，天气晴好，不知道因为什么，我们又回到了1号。所以2号环境中发生的一切：被挖开的雅丹、装着皮影人的棺材、灰八的尸体以及地上的血……都不见了。

“孔央被嵌进黄土垄堆里的尸体如果真实存在，那一定也是在诡异的2号环境里，但我想不通的是，那个2号白龙堆为什么会出现？”

叶流西沉吟了一会儿：“你忽略了一件事，诡异的并不是白龙堆。”

“为什么？”

“你太把自己局限在白龙堆里了，怪事不是在白龙堆才出现的。你还记得吗，我们在灰八营地住的第一晚，见到了鬼火和大帐上的皮影人，那时候，我们距离白龙堆……还远得很呢。”

第30章

肥唐捡了一手提包的戈壁玉，最初他还仔细分辨，看颜色、看油性、看裂纹，后来突然想到：昌东和叶流西都不捡，单他捡，他可不能忘乎所以，在这儿慢吞吞挑拣，拿客气当福气。

于是抓紧时间，眉毛胡子一把抓，只要是好看的、颜色不错的，管它是不是，都搂进袋子里，宁可错杀，不可放过。

拎包回到车边，他也大致猜到彼此的合伙到此为止了：逛了无人区，捡回一条命，还能发一笔小财，也不算空忙一场。

但他没想到的是，昌东和叶流西要再折回白龙堆。

肥唐心里直冒凉气："东哥，你不怕啊？这次咱们是运气好，要是……"

不敢想，会打哆嗦。

但他也知道这两个人主意大，自己说话没分量。

他眼巴巴目送两人开车离开，要么说同患难容易生出感情呢，心里居然怪不是滋味的。

越野车开出十来米远，忽然又停下了，叶流西从车窗里伸出手臂，向他招了招。

肥唐把包扔在当地，小跑着撵过去。

叶流西递给他一个卫星电话："戈壁玉哈密就有渠道脱手，我估摸着呢，你如果从这上头得了甜头，短期内不会离开的，还会再来捡。"

肥唐脸颊发热，他的确牢牢记下了附近的那个省道里程碑数，就是为了下次再来。

"保持联系吧，哪天请你帮个忙送个物资什么的，"她似笑非笑，"不会不来吧？"

肥唐攥紧卫星电话："不会，只要我没走，肯定来。"

叶流西笑起来："不用怕，真请你帮忙的话，送到入口就行。"

近傍晚时分，两个人重新回到白龙堆。

没人，没风，安静沉寂得像月球表面。

孟今古营地收拾得很干净，塑料袋都没有留下一个，但这环保意识并不覆盖其他区域——豁牙的地头像垃圾场，全是没带走的废料。

昌东把垃圾收拢了烧掉，黑烟腾腾地直蹿到高处，在无人区，垃圾如果不能带出去，这么做也算差强人意。

晚饭随便吃了点，拢了篝火，扎下帐篷，虽然地钉还是打不进，但因为没风，不怕被吹走，可以用自身的重量压住，或者在边角镇几块石头——睡在车里实在是太难受了，昌东每天早上起来，都觉得腰酸背痛，像是被谁打了一顿。

睡前这段时光，昌东又拿皮影出来消遣。

叶流西都懒得打击他了，如同劝昌东的那句"赶不走肥唐就试着爱上他"，既然昌东油盐不进，并不吃她冷嘲热讽，她就改变策略，试着发掘一下皮影的过人之处。

万一来日重新摆摊卖瓜，兼耍皮影，说不定收入还会翻番。

她把他戏箱里的东西样样拣出来看。

昌东仔细刻皮，偶尔目光旁落，看到她翻拣的东西，会给她讲讲。

“那是皮料，世上绝没有两块完全相同的料子，有白净灰暗、细腻粗糙的分别，我们拿好料子刻才子佳人，不好的刻武将、丑角，最次的刻砌末，就是道具……”

叶流西冷笑：“刻个皮都看人下料，势利眼。”

“你刻一个细皮嫩肉的长工，也不像啊。”

叶流西“哼”一声，又拿起一本纸页都泛黄的册子。

“那是起稿，你刻人也好，动物也好，得想好它能怎么活动，能动的地方就是缀结的地方，所以头、四肢都得单独起稿，就像你想画蝎子，不能一气呵成地画，得先分后合……”

叶流西找碴儿：“就是非得大卸八块呗，心真狠……”

最后实在无碴儿可找，只能托着腮，看昌东刻皮。

三千多刀的皮影人，每一刀都刻板，并没有太多花枪，过程也单调，叶流西喜欢看他吹散皮子的碎屑——每次都是略低下头，指腹习惯性地在皮面上轻轻拂过，吹得很小心，仔仔细细。

叶流西觉得他没准儿真的能得金刀奖，以他那态度去做事，鲜少不成功的。

“昌东，你是真的很喜欢刻皮影吧？”

“不是。”

叶流西还以为自己听错了：“不是？”

“如果你有过非常痛苦的经历，又没人救你，你不想自己废掉，就得找东西来分心、填补、转移注意力，随便什么，酒、色、皮影，都可以。”

“现在还撂不下，是因为还没挣扎出来？”

“是因为习惯了。”

叶流西叹气：“那看来我是不需要学这个了，我没什么好痛苦的。”

“从来没有吗？”

“没有吧，”叶流西看渐渐暗下去的火堆，“有时候我觉得，我可能连眼泪都没流过……”

她突然身子一凛，厉声喝了句：“什么人？！”

昌东转头去看。

借着营地的灯光和火光，他隐约看到，不远处的土台边缘处，有个人正畏缩着藏在那儿——藏得有些拙劣，身子一直在晃悠。

叶流西从火堆里抽出一根没燃尽的柴火，狠狠扔了过去："滚出来！"

柴火砸在那人身边不远，橘红色的火星子四溅。

那人还是没出来，身子依然在晃，像个不倒翁。

昌东拢了根刻刀在手心，向叶流西使了个眼色，她会意，提上手边的刀，和昌东一前一后，呈左右夹击式，慢慢挨过去。

那人没逃，也没露面，只是似乎知道他们过来了，有那么一瞬间，忽然不动。

叶流西有点紧张……

下一秒，一颗脑袋突然探出来，嘴里流涎水，冲她嘿嘿笑。

叶流西大骂了一句。

居然是个傻子！

那傻子见她吓到，笑得更欢了，嘴里咿咿呀呀，脑袋抵在土台上，又开始左右晃荡起来。

叶流西正没好气，昌东已经认出来了："这人眼熟，是不是灰八的人？"

叶流西细看了下。

还真是，灰八那边的掌勺，头天摊煎饼，第二天烧胡萝卜羊肉汤。

叶流西反应过来：昨晚上，灰八的死吓跑了两个人，这个掌勺的，就是其中之一。

她原本以为，他们跟灰八和那口棺材一样，都神秘消失了，没想到还在。

她语气有点不屑："还以为跟灰八混的人，多少得有点胆子……这就吓傻了？不过挺能耐的，还能摸回来。"

昌东想了想："昨晚他们那么乱跑一气，是很容易迷路。可能是我刚才烧垃圾，他看到黑烟，循着方向回来的。"

他把那个掌勺的硬拽到篝火边坐下：跑丢了两个人，那就是还有一个在白龙堆里迷路，明天他出去搜找的时候，得多留点心，饥饿、温差，还有脱水，两三天时间，足以报销一条命了。

那掌勺的并不安分，左手握拳，右手慢慢往上推，推到个高度，嘴里"咔嗒"一声，然后左手成拳端起来，长舒一口气。

叶流西莫名其妙：“他在干什么？”

昌东回答：“打伞。”

仔细一想，那一连串的动作还真像，叶流西在掌勺面前蹲下来：“打伞干什么？又不下雨。”

掌勺说：“嘘……”

他神神秘秘：“下沙子，都埋起来了，不打伞，会被埋了的。”

“谁被埋了啊？”

“八爷……”

昌东反应过来，脱口说了句：“他回过棺材那里！”

叶流西也想到了，一颗心怦怦跳，她尽量语气温和：“怎么埋的啊？”

掌勺拿手指着天：“下沙子，一条线，咻咻咻……”

这都什么乱七八糟的。

叶流西皱眉：“那棺材呢？”

掌勺的把“伞”略移开些，眯着眼睛看天，又赶紧把“伞”罩回头上，嘴里又悄声念叨开下沙子、打伞、收衣服之类的话来。

怎么安顿这个掌勺的，昌东很头疼：不能放他乱走，走丢了很麻烦，想关进车子里，又怕他乱摸乱摁，乱踢乱叫。

跟叶流西一说，她都没当回事，走到掌勺的跟前，一掌切向他后颈——掌勺的哼都没哼，软软瘫边上了。

昌东居然没领她的情：“就这做派？不觉得太粗暴了吗？”

叶流西斜乜他：“怎么着？我该哄他睡觉？”

昌东半蹲下身子，拎起掌勺的双肩，把他软塌塌的身子挂上自己的肩膀，一个用力挺身站起来。

“我是觉得，作为女性，你至少该温柔体贴些。”

他转身朝车子走，叶流西忽然说了句：“慢着。”

昌东停下，这一百多斤的分量，压肩上本来就很沉，停下来更重。

他动了下肩颈，把掌勺的身体往上扛了扛。

叶流西从地上捡起了什么，使劲拍了拍，然后递给他：“他伞掉了。”

昌东掉头就走。

经历了两晚车上住宿的蜷手蜷脚，终于能躺直躺平，外头没有风声，分外安静。

昌东睡不着，总觉得心头盘桓了点事，像野外钻木生火时那个迸出的星子，他要是不赶紧拿草絮棉料去烘引，这火头就出不来了。

叶流西的帐篷紧挨着他的，能听到他在里头辗转反侧：“还在想白龙堆2号？”

这一下忽然提醒了昌东。

“流西，你有没有发现，如果真的有白龙堆2号，它不收活人。

“掌勺的不一定是灰八死的时候被吓傻的，他后来重新回去了，再次目睹了一些事，也许还看到了那些东西如何从眼前消失的……但他没被带走。”

也就是说，死人会消失，活人被留下。

“不收活人”这种话，太过吓人，叶流西头皮微麻：“你想到什么了？”

昌东低声说：“我们一连几个晚上遭遇怪事，这几个晚上有一个共同点，都起了大风沙。”

沙漠腹地流传着一个说法：深夜，刮大沙暴的时候，机缘巧合，你会看到玉门关的鬼魂。

灰八死的时候，那首歌谣像天边的海浪，层层叠叠，如同无数游魂哼唱：“玉门关，鬼门关，出关一步血流干……”

“一家村”里那个口齿不清，就着盐碱水洗衣服的老婆子说：“那个玉馒（门）关，早就活了，半夜里，你不要到野地里头哈走，会走到馒洞洞里去……玉门关，又叫阴关嘞。”

叶流西说：“你的意思是，我们一路以来遇到的怪事，都是因为那个早就风化的玉门关？”

昌东回答：“绿色的鬼火，打在帐篷上的驼队，沙暴里的怪手，皮影棺材，还有那首歌谣……你不觉得，所有的事，都能跟玉门关扯上关联吗？”

叶流西没有说话。

过了很久，昌东才听到她耳语一样的声音：“那我，会是关内人吗？”

昌东沉默。

也许是，她提起过，说自己好像是个拉货的，总是开着大车，拉着不同的货：鞋子、衣服、书，甚至明星海报……

而每一次，总是一进戈壁，就再也不记得了。

……

关于玉门关的一切，都是传说。

但那些货，是真真切切的。

那些货，是拉给谁的?

第31章

后面的几天，昌东按照原计划排查白龙堆。

叶流西和掌勺都随车，她在掌勺脚踝上绑了绳，另一头系在车里的防撞杆上，停车时，她和昌东会四处走走看看，间或爬高观望，掌勺受困于绳长，只能在车附近晃悠，不管怎么引他说话，他翻来覆去都是那几句：

“下沙子咯，一条线，咻咻咻，打伞，八爷被埋了。”

间或会小心翼翼地挪开“伞”，似乎是观察“雨势”，然后哆嗦着又把“伞”罩回头上。

……

真正行动起来，昌东才发现设想的还是太乐观：白龙堆很多区域根本无路可走，油料耗费得很快；多了掌勺，也就多了张吃饭的嘴，物资也一天天减少。

第三天，他默认另一位走失者死亡。

第五天，油量到了警戒线。

五天下来，再雄伟瑰丽的罕见奇景也成了见惯不惊，白龙堆只不过是灰白色的盐碱土台群，风蚀出的垄槽。

没有任何异样，甚至没有人迹，昌东有时会站到土台高处，拿出孔央的那张照片四面对比着去看。

照片内外很像，但心里总有一个声音提醒他：是泾渭分明的两个世界。

第五天的晚上，昌东觉得该给肥唐打个电话了：再没物资进来，他们就该撤了。

没想到肥唐反而先打来了。

声音很兴奋，先向他致谢：“东哥，多亏你了。”

昌东猜到几分：“发财了？”

肥唐嘿嘿笑：“也没有，好多是被人二三十块钱收走的，但有一块油性、糯性都好，卖了九千……东哥，你们吃的和油还都够用吗？要不要给你们捎点？”

叶流西果然没猜错，有甜头赚的地方，肥唐一定会被绊住，昌东也不跟他客气：“可以，到时候我折钱给你。”

正事说完了，肥唐支支吾吾的还不挂。

卫星电话资费不低，昌东提醒他长话短说：“你要是磨叽一两个小时，抵一块九千的石头了，虽然话费是我出，能不能给我省点？”

肥唐吓了一跳，语速顿时就快了：“是这样的东哥，我这两天在城里，没事就上网搜罗布泊鬼故事……”

他没法不好奇，毕竟自己曾经被拖拽过十多米远，如今安全了，忍不住就想找同道：那到底是个什么玩意儿？这经历只自己有吗？

搜出来很多，不少都是段子手编的，难得肥唐一篇篇都看下去了，非常牵强地捋出几点总结：

1. 怪事发生的地点不确定，遍布罗布泊及周边沙漠。

2. 一般都是风沙天出怪事。

有个坚定的唯物主义者还在帖子下评论说：“编，再编！你们写的怪事，都是脑子里进的沙。”

3. 怪事都比较套路化。比如，黑夜里开车，尾随着前头的那辆，跟着跟着，并没有见到岔路，而那辆车不见了；又如，一辆车跑荒野，开着开着，近侧突兀地冒出另一辆来；再如，扎营的时候明明把帐篷门拉好的，但起床的时候发现门被拉开了……

只有一个人的经历跟肥唐有点像，那个人在盐碱滩上扎营，晚上上厕所，被不知道什么东西“推了一下”。

点进那个帖子，时间是两年多以前，题目是“好男儿走四方，七天横穿死亡之海”，还是个热帖，盖了上千楼，一路图文兼备，被不少驴友追捧。

有关诡异经历的那一楼，打头是这么写的：“说来惭愧，咱好歹也是精壮青年，体力居然还不如人家美女货车司机，在帐篷里听见车声，伸出头一看，佩服得五体投地，巾帼不让须眉，孤身顶着风沙开夜车啊！不禁自惭形秽，准备撒泡尿缓解心情，哪知道这一路最恐怖的事就在这里发生……”

肥唐给昌东解释：“这人加油的时候，看到有个拉货的女司机长得挺漂亮，就多看了两眼。上路之后，货车慢，他就超车了。后来夜半扎营，那辆车又撵上来了。”

昌东知道他不会无缘无故提起这一节：“然后呢？”

“那人不是觉得人家长得漂亮嘛，就偷拍了一张，但是怕被发现，只拍到背影。东哥，这要搁着从前，我肯定认不出，但是吧，那女司机的穿着打扮，跟灰八册子上的那张西姐的照片，很像……”

明白了。

圆领白T恤，下摆塞进牛仔裤，高到小腿肚的牛皮靴，藏式宽檐皮毡帽，相似的身形，货车司机——这么多巧合，没谁了。

和肥唐定下交接物资的时间、地点之后，昌东把事情跟叶流西说了。

叶流西也觉得是自己，她窝在帆布椅里看昌东：“所以呢？”

昌东说：“我在逐步缩小范围，想找出怪事发生时，有哪些共同的元素——之前是风、沙，现在可能还得加上你。”

“我加上风和沙，就可以召唤出玉门关，地点不限，罗布泊范围就可以，时间……多半是深夜，是这意思吗？”

昌东没点头，这几天，白龙堆的天气虽然总体平和，但有两个晚上，还是刮过风沙，不过都没什么异样，安然度过。

他说：“可能还缺些什么，我们都回忆一下，怪事出现的当天，你身上有没有发生过什么……特别的事？”

叶流西冷笑：“我们这些天都在一起，我身上哪有发生什么特别的……”

她没好气地跷了个二郎腿。

昌东目光下垂，正落在她的脚踝上，那里，白色胶带纱布隐约可见。

叶流西顺着他的目光看过去。

顿了顿才说：“脚上流血也能算？玉门关是苍蝇吗？闻到血腥味就往我身上扑？”

“也算。”

想让叶流西出点血容易，又很难。

容易的是她一口就答应了。

难的是，她不愿意往自己身上下刀，又嫌把旧伤的伤口撑裂了太疼：“要不你气我吧，气吐血了不疼。”

昌东没理她，急救箱拎出来，翻出一次性抽血针头和针管：“手拿过来。”

叶流西没话说了，左手伸过来：“快点。”

昌东执起她的手看，她皮肤白净，血管比较细，属于不容易扎针的类型，在手背上轻拍了两下也不见明显，叶流西好像也猜到了：“昌东，你要是敢戳了又戳，我就……”

昌东伸手环住她的腕子，用力一攥，她手背上的主血管因为血液末梢流动暂阻，立时稍稍凸起。

“右手握左腕，像我这样攥住，让你松你再松，不然戳了又戳，都是你自找的。”

叶流西攥住手腕，叹了口气：“昌东，你挺烦的。”

昌东低下头，拿酒精棉球擦了擦她手背，仔细找准入针点，动作尽量轻地下针：“你不说我也知道……好了。”

针头很细，像被轻蜇了一下，并不很疼，叶流西松手，看自己的血慢慢被针管抽出。

昌东抽得不多，很快拔针，拿了干净的棉球让她摁住针口，叶流西看那小半管血：“这样血的味道不好散出去吧？你可以煮一煮。”

“前两次你煮了？”

“没……不过血滴到地上了。”

昌东摁了下推阀，针头沁出几滴血，滴到了地上。

两个人盯着地上看，血很快被盐碱地面吸干，不远处，掌勺撑着“伞”，左走右走，总也摆脱不了脚踝上的套绳，嘴里一直低声喃喃：“埋了……一眨眼，八爷就被埋了……”

叶流西有点无聊：“玉门关都没了几千几百年了，怎么可能……”

血迹处，忽然嗞嗞翻沸了一下。

叶流西一下子忘记自己要说什么了。

翻沸之后，再无动静，叶流西回过味来，觉得兴许是血液和盐碱的化学反应也说不定，正想建议昌东要么也放点血试试，昌东忽然“嘘”了一声，两手撑地，上身尽量压低，跪伏了下去，目不转睛，盯着血迹周围看。

到底看什么？叶流西百思不得其解，几次俯下身去看，都不得要领，最后一次时，昌东抬头，似乎是嫌她捣乱，伸手抓住她手腕，带着她往下。

叶流西只好也趴跪了下去。

还是看不出什么，她学着昌东那样侧着头，脸颊几乎贴到地面：“看什么？”

昌东转头，她头发半长，这么一趴伏，好多都贴了地，他想也没想，顺手帮她把头发顺到耳后……

叶流西侧头看他。

昌东手一顿，指腹擦着她耳廓缩回：“……头发拖下来了，弄脏的话没水洗。”

他手拢起，指腹末梢微微发烫。

叶流西一门心思都在地上的血迹上：“你到底看什么？”

昌东伸手覆住她发顶，帮她把头转了个角度。

看到了，现在没风，但血迹旁侧有一些沙砾，正在笨拙地翻动，像是被蚂蚁吃力地顶起——有的向左，有的向右，幅度细小，也难得他能察觉到。

叶流西屏住呼吸，生怕是自己的喘息带动起了沙子：“这是什么？”

“再看。”

过了会儿，沙砾不再迟滞，有了轻微的旋动，像最微型的龙卷风，倏忽绕起，又蓦地落下，但显然的，这异动像看不见的涟漪，悄然延开。

昌东低声说：“风是自然现象，冷热不均，空气流动，现代人都知道，但古人不这么认为。

“罗布泊里有个很老的说法，叫‘风头水尾’，他们认为，水和风都是活的，水在这里断流干涸，是因为到了‘水尾’；而风在哪里最肆虐，哪里就是‘风头’，风的源头，源源不绝。

“流西，我们现在可能看到风头了。”

不是因为有风、沙还有她就能召唤出玉门关，而是因为她的血滋养出了风头。

风头就在他们眼前壮大、生长，自几颗沙砾开始，渐渐燎原成肆虐百公里的沙暴。

而和她息息相关的玉门关城，将在这沙暴里显形。

第一阵风开始扑面。

昌东拉着叶流西从地上站起来。

当地人说，罗布泊的365天里，有200天在刮大风。

昌东进出罗布泊多次，遭遇沙暴的次数，没有一百也有八十。

他低声说：“这是我第一次看到沙暴在眼前，活生生地长起来。”

叶流西回答：“我也是……吧。”

出西玉门

【司马道】

SI MA DAO

第32章

风沙越来越大了。

昌东把帐篷收起，所有人进到车子里，掌勺的蜷缩成一团，瑟瑟发抖。

昌东翻出强力手电、面罩、夜视风镜，都是事先按三人份备好的，还有两件软壳防风衣，黑色。

叶流西戴好面罩和风镜，把软壳防风衣拈起了看："哪件牌子好一点？"

"袖子上有臂袋的那件……"

她马上拿过来穿上。

昌东看了她一眼，叶流西真是挺颠覆他的认知。从前带队，他挺烦那些先己后人的人。

但对她，他好像都习惯了。

叶流西拿发圈把头发拢起，示意了一下掌勺："他呢？带还是不带？"

"留下吧，车上比较安全。"

叶流西想了想："要么带上吧，如果这趟出去能发现皮影棺和灰八的尸体，也许他现场受点刺激，能说出点新东西。"

昌东犹豫了一下，觉得这样挺残忍的。

叶流西总有歪理："反正他都傻了，再吓傻点也没差别，说不定歪打正着，负负得正，又吓正常了呢。"

下了车，昌东带路，叶流西绑了掌勺的双手，拿绳子牵着跟在后头。

掌勺的比较喜欢昌东，他话不多，也从来不对人讲重话，叶流西不一样，她没什么耐心，稍有违逆，一瞪，二骂，三踹，掌勺的被踹了两次之后，老实得跟圈养的鸡似的。

昌东努力回忆那一晚跟踪灰八时走过的路线，且走且停，手电一遍遍在沿路的土台半腰处逡巡。如果没记错，灰八他们当日，是循着记号走的。

又一次手电光过去，昌东突然看到一个刷在土台上的红漆箭头。

他心里一跳，脱口说了句："出现了。"

豁牙撤走的时候，明明跟他说"记号都没了"。

叶流西"嗯"了一声："那跟着走吧，看看那个皮影棺还在不在。"

昌东也是这想法。

三人继续循着方向走。

掌勺一路都不吭气，只中途忽然赖在地上死活不走，叶流西踹了他两脚也不奏效，叶流西没办法，喊昌东帮忙，把掌勺往前拖拽了十来米远——大概是在地上磨得太疼，掌勺又乖乖爬起来自己走了。

再走了一段之后，昌东觉得有些不大对：已经好久没有看到过记号了。

叶流西也是同样的疑惑："那天晚上，我们跟踪灰八，没走这么久吧？"

昌东看表，那一晚跟了半个多小时，但现在，走了近一个小时了。

他仔细回想这一路，忽然盯住掌勺："刚刚他要赖不走，是多久之前？"

"十五……二十分钟这样吧。"

"往回走，应该就在他要赖的地方。"

果然，往回走了一段之后，掌勺再一次撒泼，这一次闹得更厉害，抱着昌东的腿死活不放，昌东将手电光打向前方，还能看到不远处刚刚拖拽掌勺时留下的那一行长道子。

等他好不容易摆脱掌勺，叶流西已经在那里看了很久了。

眼前的土台分布跟那一晚几乎完全不同，昌东觉得奇怪："是这儿吗？"

叶流西用手电光示意了一下地上："是。"

昌东看到一个长方形的凹印。

没错，这样的盐碱地，或许很难留下脚印，但那天晚上，皮影棺重重落地，以棺材的重量，留下的凹痕会像车辙印一样，长时间内很难消除。

昌东闭上眼睛，以这个凹痕为方位基准，脑子里勾画出那一晚棺材的位置、人员的站位以及灰八三个人尸体的摆放处。

他再次睁开眼睛。

那一晚被挖开的雅丹垄堆，现在不但已经恢复完整，而且形状发生了改变：先前是个塔形，现在像个蹲伏的兽身。

灰八他们的尸体处，原先是空地，现在是小型的雅丹土台，和就近的雅丹连缀在一起，臃肿但平常。

难怪他和叶流西经过时没有认出来：土台的形状和道路宽窄都已经变了。

但掌勺不同，他知道“八爷被埋了”，亲眼见过这里变了样，知道又到了恐怖的地方，所以死活不愿意再走。

昌东沉吟了一下，走到多出的那个小型雅丹的缀结边缘处，拿手电的底侧朝着台面上狠狠砸击。

叶流西奇怪：“你砸什么？”

“我记得，当时靠土台放着铁锨……”

话音未落，土台豁开了一处，结块的沙砾纷纷滚落，露出铁锨的柄头，昌东握住，向边上用力一拽，土台的台面裂开，铁锨被硬生生拔拽了出来。

他举起铁锨，向着印象中皮影棺所在的那个位置铲了过去……

铁锨头锋利，硬插进了一小半，锨面带着柄横在半空，被风一吹，颤巍巍上下晃动。

叶流西奇怪：“你到底想干什么？光凭我们，挖不出皮影棺的。”

昌东说：“不是，我好像忽略了什么……”

他突然抬头：“你还记得肥唐说，灰八的人是怎么发现那个皮影棺的？”

记得，很偶然，说是豁牙和同伴一语不合打起来，于是拿铁锨互砍，一个失手，砍中了灰白色的土台，豁下了一块，于是露出棺材黑黝黝的一角。

昌东说：“如果我没记错，白龙堆雅丹的主要成分是砂泥岩夹石膏层，风蚀水蚀，可以带走疏松的沙土，但剩下的部分硬度不低，怎么会让铁锨一砍就豁下来一个角呢？”

说完拔下铁锨，走到临近的另一个雅丹土台边，劈了过去。

金石相碰的铿锵之声，虎口震得发疼。

昌东回头看叶流西：“这个藏皮影棺的土台，混在了雅丹土台里，但它不是雅丹，只是普通的硬土土堆。”

一个硬土的土堆，怎么会混到雅丹土台里呢?

这就好像丹霞地貌里硬生生长出一块太湖石一样突兀。

还有那个连缀出的小型雅丹土台，昌东试了一下，土质也是硬土土堆，他没有再挖，如果下头真的埋着灰八他们，下锹等同于挖人的坟——这种事他做不出来。

他招呼叶流西："先回去吧，晚上看不出什么，白天可能会多点线索。"

再回到营地，差不多已经是半夜，昌东带着掌勺坐前排，把后排让给叶流西睡觉。

这算是很照顾她了，叶流西心里差点儿要生出感激来，不过实在太困，合上眼睛就睡了。

也不知道过了多久，迷迷糊糊觉得有亮光，她艰难地睁开眼睛，看到掌勺睡得四仰八叉，像只蜘蛛仰在副驾上，车内大灯其实已经关了，昌东不知道在组装什么，驾驶台上亮着一个光线很弱的小夜灯。

叶流西无意识地呢喃了一声，往上拉了拉盖毯，昌东察觉到了，脸略向后侧了下，然后伸手把小夜灯关了。

叶流西闭上眼睛，脑子里浮现出刚刚光线隐去的一刹那，昌东微侧的脸部轮廓。

昌东刻的那些皮影人，虽然精美，但她不太喜欢，女的清一色的"弯弯眉，细细眼"，男的是"眼眉平，多忠诚；圆眼睁，性情凶"，千篇一律，描摹不出那些刹那间浮现的动人情态。

将来她要是临刻皮影，就拿昌东当范本。

他脸部轮廓不错，清隽里带硬朗，可堪描画。

早上起来，风沙小了许多，白天确实给人安全感，哪怕依然身处诡异的境地。

叶流西终于明白昌东昨晚上在干什么了：他行前租了一个航拍飞行器，昨晚在组装和熟悉操作。

这玩意儿，她只听说过，没见过，看它长得张牙舞爪，一动起来几个螺旋桨叶虎虎生风，就觉得怪有意思的。

昌东试飞的时候，她仰着脖子看，总想一个蹿高把它扑下来。

昌东问她："没玩过吗？"

"我穷。"

……

食品剩得不多了，早餐只喝了烧热的矿泉水，啃了半块压缩饼干。

卫星电话和GPS失灵，和肥唐也失联了——这一次不知道什么时候可以恢复正常，昌东希望不要太久，毕竟白龙堆不是个适合野外生存的地方，一旦断水断粮，两三天后，大限也就来了。

不敢再开车，剩的那点油要留着开出白龙堆，昌东给掌勺脚踝上拴了绳，另一头绑在车上，确保他有一定的活动空间，又不会走丢。

叶流西很好奇他为什么要带上航拍器，昌东没正面解释，只说："到了你就知道了。"

头一次在白天看到皮影棺所在的土台，跟自己预料的差得不大，昌东轻轻舒了口气。

他指点叶流西看："晚上看不出来，但白天有差别，发现了吗，白龙堆雅丹多盐碱和石膏泥，颜色呈灰白，甚至有些是银白，但是这个土台，颜色偏黄。"

叶流西忽然想起了什么："那个掌勺的说，天上下沙子，灰八被埋了，这个土台是沙土夯的？"

昌东说："有可能……我其实是想知道，这样的皮影棺土台，在白龙堆到底是一个，还是有很多个呢？颜色的分别，你站在就近很难分辨，但是离得远些，就很好办了。"

他带着叶流西爬上就近的一个雅丹土台，找了块平整的地方，操纵航拍器起飞。

航拍器渐渐升高，走得很稳，渐至两三百米，白龙堆雅丹的土台多在二十米以下，这个高度，已经能看到视角比较广的俯拍景，图传屏上的图像很清晰。

叶流西忽然看到了什么："这里，这里也有一个土台。"

昌东轻摁推摇杆，航拍器呈直线方向一路向前。

两人渐渐屏住呼吸。

又有一个，再一个……

每一个相隔都在一公里左右，呈笔直延伸状，倘若有笔，按照点缀结的话，就是一条直线——而且不止一条，是对称的两条，距离他们身侧百余米处，还有一座这样的土台。

图传最多只能支撑七公里左右，昌东操纵航拍器返航。

叶流西有点怔忡，直到航拍器降落，她才问昌东："在那些土台子里，也会有皮影棺吗？”

昌东说：“去看看就知道了。”

两个人来到百余米开外的那座土台处。

昌东将铁锨的锨面铲入土台半腰处，用力一撬。

结块的沙砾碎土随着锨面的拔出纷纷落下，尘土四起，泥灰呛人，昌东退开两步，看到——黑黝黝的棺材一角。

第33章

两个人的力量，不足以把这个棺材给弄出来，也就无从得知里头装的到底是什么。

昌东顺着图传屏上的飞行轨迹往里走了一公里左右，找到第三个土台，铲开一看，又是一口棺材的角露头。

航拍器的图传距离有限，昌东执拗得很，一定要把这片区域的异常土台分布给找出来，他带着航拍器往不同的方向走，每隔两三公里就爬到高处去拍俯视图。

叶流西先还跟着他走，后来嫌累，自己随兴停下来休息：能者多劳，一直以来，昌东办事，只有比她更仔细，她没什么不放心的——只要确保两人都在彼此视线范围内，不会走失就行。

快中午时，两人停在一处雅丹土台下休息，昌东凝神拼接合成之前拍到的不同照片，叶流西则仰着头，喝光了自己带出来的唯一一瓶矿泉水。

瓶口朝下，倒了倒，眯着眼睛看最后一线水顺着瓶壁往下流……

这可怜见的，昌东想也不想，把自己的那瓶扔过来。

白龙堆中心腹地的积沙比外围厚，踩上去像一层厚毯子，多是因为风带沙时遇阻沉积，雅丹土台边缘处积得更厚，天然形成个斜软的小沙坡，不讲究的话，可以当靠背倚。

瓶口倒栽进沙堆里，只留瓶子屁股在外头。

叶流西把矿泉水瓶拔出来，又扔回去：“谢了，没渴到那份儿上……我就是不想浪费。”

低下头，无意中看到刚拔出瓶子的地方，薄浅的沙面下，似乎有纹路……

她伸手想去拂，昌东忽然说了句：“好了。”

他把自己合成好并加了标记的图拿给叶流西看。

这图做过颜色对比加深，土台用星号标记，一列土台之间以红色虚线相连，看得分外清晰。

灰白色的背景里，中心处有两条近乎平行的红线，有始有终，并不无限延伸。

昌东说：“像一条路，土台像路灯一样，路两边对称分布，横向路宽在百米左右，纵向是每隔一公里有一个，我数了，一边十个，一共二十个。”

那就是有二十个……皮影棺？

叶流西皱眉：“说是路又不像，像是从路上截下的一段，不知道哪边是头、哪边是尾，而且它通往哪儿呢？会不会是个摆出来的阵？”

也不确切，中国古代摆阵，好像不是八卦阵就是七星阵，很少这样平行的两条。

昌东看叶流西：“到现在，你还是什么都记不起来吗？”

叶流西之前，他没接触过失忆的人，但电视里不是常演吗，失忆者在见到关键性的场景或者信息时，总会记起些什么……

不然剧情没法推进。

叶流西失个忆，居然还能失出成就感来：“没有，我不是普通的失忆，‘锯齿状’，很难恢复的。”

她怎么说都行，网上都搜不到这名目，估计全球就她一例。

昌东拧开矿泉水喝了一口，水流微凉，顺着喉咙下去，并不能给焦灼的心头降温。

再接下来，该怎么办呢？

目前的线索似乎都集中在皮影棺里，怎么把棺材弄出来是个大问题，这需要更多的人力，但昌东不愿意把无关紧要的人牵扯进来。

叶流西一句话就解决了：“你的车加满油之后，开进来，撞它。防撞杆派什么用的？不会连个土台都撞不塌吧？”

……

那么这件事就算是解决了。

还剩下最后一件事，他想看看这“玉门关”是怎么消失的。

他在沙面上圈圈画画，示意给叶流西看。

“第一次，你白天被盐壳割伤，流了很多血。我们半夜在灰八营地看到了鬼火和帐篷上的皮影像，之后再无异常，第二天一早离开。

"接着顺利去了罗布泊镇，在镇上购物洗澡，还遇到了孟今古一行。

"第二次，是进了白龙堆。你说血滴到了地上，包扎过的伤口，即便流血，血量也不会很多——从当天半夜，肥唐被拖拽开始，怪事一直发生。第二天白天，出去的车辙消失了，豁牙他们发现皮影棺土台。第二天半夜，灰八和两个手下横死。"

到了早上，一切再次恢复正常，东北驴友的大切诺基狂飙着开进了白龙堆。

昌东说："加上这一次，目前只有两次半，我们试着从里头捋些规律性的东西出来。

"你的血，的确是类似媒介，召唤来的是不是玉门关，现在还不敢断言，但至少是会出现异象。"

叶流西点头，她亲眼看到风头，想否认也难。

"异象都自半夜开始，第一次持续的时间很短，第二次从肥唐被拖拽到灰八死亡，至少二十四个小时。

"第一次出现异象，离你滴血的地方其实很远，因为你被盐壳割伤后，我们还赶了一段路，半夜又开车转移到了灰八营地，中间辗转百十里是有的。

"但后两次，你的血都滴在营地附近，我能不能假设，血的距离可以影响一些事，比如异象的激烈程度还有持续时间？"

叶流西反应过来："你的意思是，在白龙堆的这两次，异象的持续时间应该差不多？"

按照二十四个小时计，只要在这里等到半夜，理论上可以看到眼前这个"玉门关"的消失。

叶流西提醒他："你确定吗？掌勺可能看到过这个过程，然后他疯了。"

昌东说："如果我疯了，你就不用管我了。我不喜欢给人添麻烦。"

叶流西想不明白："你这个人，为什么这么执着？你想给孔央收尸，来也来过了，找也找过了，什么玉门关、皮影棺，早超出你想象了，不会知难而退吗？"

换了普通人，知道事情不是人力可以左右，早打退堂鼓了。

昌东问她："退到哪儿去？"

"回去重新开始啊。"

昌东沉默。

他顿了顿说："我小时候写作文，有个强迫症，一段写完了，一定要加个句号，才能另起一行。

“孔央这件事，我原本以为完结了，收尸只不过是个执念。你找到我之后，我才发觉可能没完，到了这儿，才知道远远没完。

“现在让我退，我头顶上会一辈子悬个问号，退回去不是重新开始，是没完没了折腾自己……还是自找的。

“想重新开始得有诚意，就别在前头留烂摊子，有个句号，也是对自己有个交代……”

叶流西静静听着，手下意识地把边上的沙子捻拢成堆，又推倒抚平。

昌东忽然说了句：“别动。”

叶流西一愣，昌东把她的手拿开，又拨开地上的浮沙。

沙子掩盖下的，是一个……胎印的凹陷辙纹。

昌东心念一动，让叶流西起来，自己用力将沙子旁拨，过了一会儿，辙纹更加明显，轮胎印宽远超一般小车，凹陷也更深。

叶流西想说什么，昌东已经先开口了：“全钢丝子午线，货车胎常用。”

他拨开雅丹边缘处最后一抔沙子。

这个轮胎印直直碾入，消失在雅丹下方。

昌东吩咐叶流西：“大货车轮外胎间距两米多，你往左，我往右，找另一道，除非是独轮车，不然一定在这范围。”

叶流西很快找到，两人将这一大片的盖沙都扫开。

两道车辙印，一道被雅丹土台压在下方，另一道擦着土台外围。

这算什么？一辆车，大半部分从雅丹土台里穿了过去？

叶流西的心怦怦跳：“会是我开的那辆车吗？”

昌东提起手边的铁锹，砸向雅丹土台。

咣啷一声，这可不是沙土夯的。

他看向叶流西：“很可能是，但你究竟怎么做到的？”

叶流西忽然想到了什么：“车辙印是在雅丹土台下的，沙土土台下呢，也有吗？”

两个人一连试了三个沙土土台，手脚并用着扫踏开地上的沙子：

沙土土台里有皮影棺，但土台下没有车辙印。

雅丹土台下有车辙印，但以它的成分和硬度，里面应该没有皮影棺。

叶流西自己都糊涂了：“好端端的，我不会开车去撞雅丹啊，难道冲进雅丹土台，出来的时候是在另一个时空？”

电影里倒是有，《哈利·波特》里，有个什么几分之几的月台，撞进去了，就进入到魔法异世界。

昌东提醒她：“车辙印在土台另一端延伸出来了，也就是说，你确实是‘穿过’，而不是‘冲进’。”

叶流西惆怅极了。

昌东看了她一眼：“怎么了？你不是喜欢做个谜一样的女人吗？”

叶流西说：“我迷住别人就可以了，迷我自己有意思吗？”

天渐渐黑下来。

白龙堆昼夜温差大，加上有风，体感温度更低，两个人离那个被铲豁开的沙土土台不远，尽量避在就近的雅丹土台后头，还是没法全然避过风头。

叶流西几次拉昌东挪位置：“往这边点。”

昌东怀疑她是用自己来挡风：“你老拉我干什么？”

“挡风。”

昌东差点气笑了，低头看到她脖子都快缩到衣领里了，又有点心软，身子侧了侧，尽量承尽可能多的风。

叶流西一旦自己待得舒服了，就特别照顾同伴的精神文化生活。

“昌东，我给你讲个恐怖故事啊。”

“不用。”

“还要等挺久的，不说点什么，多无聊啊。”

“我不无聊。”

他确实不无聊，一低头，透过夜视风镜，就能看到她无聊得发慌的样子，一会儿拿手指抠身后的土台，一会儿两手插进软壳防风衣兜里，还有一次，歪了嘴吹脸颊边拂下的头发。

她一定会忍不住讲话的，就像他刻皮子的时候，她一定要讽刺他两句，她生就一副让人想把她打死的性格，之所以至今还活着，他推测有两个原因：一是因为她好看；二是因为大部分人都打不过她。

果然，又说话了：

“昌东，如果你待会儿真吓疯了，我不会不管你的。

“到时候我拿根绳把你拴着，我卖瓜，你就在边上耍皮影，我烤串，你就给我扇火……你做不好我也不会说什么，会耐心跟你沟通……”

昌东说：“我求你还是别管我了……”

话音未落，叶流西忽然“咦”了一声，右手下意识攥住他的胳膊，声音压得很低：“你看！”

昌东回头。

一缕细的沙柱，正自上而下，丝毫也没有被风沙侵扰，簌簌撒落在那个被他们铲开的沙土土台上，像是半空中有个大沙袋，底下泄了口，沙子正从那里漏下来……

昌东循着沙柱慢慢抬头。

灰黑混沌的天幕上，正有一只眼睛缓缓睁开，沙子就从渐渐翕张的眼皮间倾泻而下，扬扬不绝。

第34章

如果只是天幕上撕开的一道罅缝，昌东不会感到这么毛骨悚然。

但显然不是，撕撑开的罅缝之间，实在太像一个眼珠子了：它由深浅不同的沙黄和灰黄混成，带诡异的微弱亮色，如同人的目珠自带神采。

叶流西低声说：“好像是一只眼睛，会有很多只吗？”

她想象了一下头顶的夜空布满巨眼的场面，如果一同睁开，那实在……太瘆人了。

昌东说：“只是像，不一定是，也可能只是一个漏口，和眼睛形似而已。”

隔得有些远，看不大清，叶流西看他：“靠近点看？”

昌东点头。

两人后背贴住雅丹土台，尽量轻地慢慢挪到视角更好的一面：这里正对着沙土土台，那只“眼”里的流沙自土台顶端簌簌流下，挂过那个铲豁开的口子，像帘洞前不息的瀑布。

看了一会儿，叶流西蓦地喉头发紧：“昌东，你看那个沙……”

昌东看见了，那个露出一角的皮影棺像是对流沙有吸附力，本应自由下落的沙子在经过那个豁口时，忽然全部被吸了进去，渐渐补堵上缺口……

下落的沙子渐渐稀疏，眼前的明暗似乎有微妙的变化，昌东警觉地抬头：那只眼睛，本来是往下的，不知道什么时候眼皮翻起，那个眼珠，居然正直勾勾盯着他们！

下一刹那，那眼珠子突然不见了。

昌东直觉这绝不是闭上了眼，他一把推开叶流西，吼了句："小心！"

笔直的沙柱喷冲过来，堪堪擦过两人，直击在雅丹土台上。

再抬眼，那眼睛已经瞬间明灭了一次，第二股沙柱向着昌东直冲而至。

昌东就地翻滚避开。

他大致摸清楚了：你以为这眼睛闭上，看不见它的时候，其实是因为正酝酿着喷出大量的沙子，虽然沙子这玩意儿没什么好可怕的，但出自那么诡异的眼睛，他不想沾上半分。

叶流西似乎也看出门道来了："昌东，躲到雅丹后面去！"

她的位置更靠近雅丹，昌东因为刚刚那一滚，反而离得远："你先，我马上。"

他盯着那只眼睛看，在它又一次隐没的刹那间，疾步冲向雅丹。

眼睛明灭的速度显然更快了，倾泻的沙柱忽然封住前路，昌东身子急转，几步踏上雅丹台面，飞身从斜侧落下，刚一落地，右腿小腿后侧忽然一沉。

有沙扑堆到他腿上了。

昌东也不管它，抬脚就奔，整个人忽然失去重心，差点摔倒。

他的右腿居然拔不出来！

电光石火间，昌东一下子想明白了：这流沙确实跟普通的沙子不一样，它一旦附着到有形的物体上，会很快浇筑，如同胶夯的土台。

抬眼看，刚直击在雅丹土台上的那一股，现在已经凝起，像长出来的土瘤。

叶流西不懂昌东怎么突然站住了："你怎么不动啊？"

"黏住了。"

话音未落，又一股沙柱喷冲而来，昌东一条腿拔不出，只能觑着来势就地翻避，眼角余光忽然瞥到叶流西，她提着刀斜冲过来……

人有急智，昌东左腿使力，狠狠踹向围堆住自己右腿的土堆，浇筑的时间不长，尚未凝固得足够坚实，居然让他踹开了豁口。

昌东瞬间得脱，撑地翻起。

叶流西正冲到跟前，没提防他居然站起来，收步不及，昌东只来得及搂住她的腰，就被她带翻了出去，好在两人反应都奇快，同时就地翻滚，几乎没有先后，都蹿躲进雅丹背面去了。

刚才那几下子，猝不及防，极快又极猛，两人都气喘不匀，甚至顾不上说话，尽量后背紧贴雅丹：那只眼睛里喷出的沙子好像只能走直线，“视线”既然拐不了弯，所藏的位置应该就是安全的死角。

两人都不动，心跳如鼓，一时间不敢再出去探看。

也不知过了多久，风声渐息。

昌东低声问叶流西：“你刚刚提着刀，出去干什么？”

叶流西觉得他问的是废话：“救你啊。”

“我知道你是救我，我就想问，那刀，是砍沙台的，还是砍我腿的？”

以她想都不想就要拿越野车撞塌皮影棺土台的性子，昌东觉得有必要问个清楚。

叶流西说：“……这个，要看事情的紧急程度。”

昌东半晌没说话。

过了会儿叫她：“流西？”

“嗯？”

“咱们先定好：以后，如果再遇到类似的险情，尽量保持我身体完整，除非是我主动要求，不然别帮我的腿或者胳膊做决定，它们不归你管。”

晨曦渐起。

清冷的鱼肚白色多少给了人安全感，昌东示意叶流西待在原地，自己向雅丹外围走了两步，然后抬头。

天空就是天空，低矮、绵延而又静谧，昨晚上的那只眼睛，像一场遥远的噩梦。

两人绕到另一面。

眼前所见，平常而又……怪异。

叶流西脱口而出：“那个有皮影棺的土台不见了！”

是不见了，不用去看，不只眼前的这个，昨天发现的那些呈纵列的，应该都不见了。

但消失在这里并不突兀，就如同密林中少了几棵树，花丛里丢了几朵花。

昌东想到了什么：“去看看货车车辙印！”

也不见了。

这算什么呢？

之前他设想过白龙堆2号，觉得可能是板块的拼接，营地外围的板块被神不知鬼不觉地置换，现在看来显然不是。

叶流西也觉得匪夷所思："怎么会连地上的车辙印都不见了，我就不信了，难道是地被抽掉了一层……"

这一下忽然提醒了昌东。

他问叶流西："见过透明的胶片吗？可以在上面写字，做投影显示的那种。"

叶流西点头。

"两张尺寸一样的透明胶片，我在其中一张上画湖、湖岸、垂柳，在另一张上画船，然后叠加到一起，就是湖上有船，是吗？"

叶流西想了想，然后摇头："也不一定，除非你画之前就设计好了湖和船以及岸的相对位置，不然叠加了之后容易出错：船可能会跑到柳树上，也可能会在湖底。"

昌东要的就是这个答案："所以车辙印会碾进雅丹土台的下面去。"

叶流西愣了一下。

但她很快想明白了："你是说……叠加？"

"叠加。我假设你的血召唤出的就是玉门关，鬼火也好，皮影棺也好，现实生活里并没有，它们只存在于玉门关。

"风头起的时候，现实世界和玉门关在白龙堆这个方位交叠。

"现实世界里，有白龙堆雅丹，有我们；玉门关里，有鬼火、皮影棺土台，还有车辙印，你想象一下，两相交叠，是不是就是一种很诡异的情态？"

而当玉门关一旦抽离、撤去，所有的事情，就都恢复正常了。

昌东从包里拿出航拍器的图传屏，给她看昨天合成的那张照片："仔细看，现在换个角度，把白龙堆忘掉，抽掉白龙堆，去想象那个玉门关是什么样子。"

那里，会有一条宽逾百米的大道。

大道两边是埋有皮影棺的土台，两两对称，延伸数十里之遥。

皮影棺上，有汉代画像石风格的绘画，绘制的是一群苦役的罪人披枷进关，如果仔细听的话，风沙呼啸之下，会传来层叠荡涤如海浪的歌谣：

"玉门关，鬼门关，出关一步血流干；你金屋藏娇自快活，哪管我进关泪潸潸……"

皮影棺里，叠放着穿着古人衣裳的皮影人，那衣裳也许是唐代的，也许不仅仅局限于唐代，九人一组，静默无声。

周围的广袤荒郊，会出现幽碧色的鬼火，以鬼火为载体的皮影驼队，还有不知道为数几许、行踪诡谲不定的风沙触手。

土台上方，天空高处，有诡异的眼睛，而风沙触手和眼睛，似乎都在保护着皮影棺：

灰八想开棺，被铁锨削了喉；

那只眼睛里泄出的沙，其实是重新修补浇筑了被破坏的皮影棺墓。

叶流西曾经开着货车从这条路上经过，不止一次。

那些车辙弯绕，所以她车开得并不规矩：有时在道上，有时在道下，但绝不会撞到那些皮影棺土台。

她车上装的货物，衣服、鞋子、碟片、书、各种食品，乃至明星海报，那是给人用的。

可是罗布泊被称为死亡之海，无人之地，现实中，这里没有居住的群落，除非……

昌东问叶流西："你听说过《桃花源记》吗？"

晋代的时候，有个渔夫走了一段极弯绕的路，先沿着溪水，后进桃林，末了从极狭窄的山口钻进去，最后才得见桃源。

里头的人自述说，是为了避秦时战乱，所以进来之后就没出去过，"问今是何世，乃不知道有汉，无论魏晋"。

这个渔夫出去的时候，沿路也曾做下记号，但后来怎么也找不到了。

叶流西说："你觉得玉门关是一个类似的地方？"

昌东点头。

如果是他自己来，他不可能误入玉门关，因为没有叶流西的血，养不出风头，玉门关也就不会出现——但一旦出现了，那些恰好在左近的人，他也好、肥唐也好、豁牙也好，都能得窥一二。

那个渔夫，也许就是在机缘巧合的情况下，借他人的东风，进了桃花源，但巧合没有第二次，所以不管他沿路怎么留下记号，出来后都再也进不了了。

玉门关也许比桃花源更进一步，桃花源的人是隐居了就再也不出去，"不复出焉"，但玉门关会派人出关，了解关外的情况，输入关外的物资……

但问题在于，人呢？他和叶流西这两次，算是进了玉门关吗？为什么一片荒芜，人迹都不见分毫呢？

第35章

没了沿路的记号，两人很是花了一番工夫才回到营地。

远处看，只有车，没有掌勺，昌东一愣，紧走几步，近了才发现，掌勺缩在车底下蜷成一团，睡得正熟，还没醒。

昌东有点过意不去，昨天走的时候，怕掌勺进到车里乱摸乱摁，他把车门给锁死了——没想到两人会在外头耽搁一夜，一定是晚上风大，掌勺觉得冷，实在没处去，才缩进车底下的。

人哪怕没了神志，趋寒就暖的本能倒还在。

他把掌勺喊起来，开了车门，第一时间查看卫星电话，搜星已经恢复正常，肥唐显然打过不少电话了。

昌东回拨过去，和肥唐说了几句，然后回头招呼叶流西："走吧，出去再说。"

越野车的油还算给力，支撑着车上了省道，还跑了不短的一段——熄火之后，在路边等了半个小时左右，肥唐的车疾驰而来。

昌东这两天和叶流西沙里翻地上滚，见惯了彼此的狼狈模样，倒还不觉得什么，现下走来个肥唐，衣着鲜亮，头发都拿梳子梳得整整齐齐一边倒，立时对比出两人有多么灰头土脸了。

昌东拍拍衣领上的灰沙，觉得眼下最急需的不是物资，而是洗个热水澡。

肥唐也确实有点小聪明，近前第一句话就是："东哥，我打几个电话都没通，还是不同时段打的……是不是又跟上次一样？"

"是。"

"没出什么事吧……"

他忽然瞪大眼睛：咦，车里除了叶流西，怎么好像还多出一个人来？

昌东把掌勺的拉下来，肥唐的煎饼、羊肉汤算是白吃了，愣是没认出来："这人谁啊？"

"豁牙落下的人……你在大帐里混过，有没有交上朋友？"

说交朋友算不上，但的确有人跟他互换了号码，以便以后有"生意往来"。

这都被昌东料到了，肥唐有些尴尬："认识一两个。"

昌东松了口气："你尽量联系一下，看这人有没有老乡朋友什么的，好把他送回去。"

解决了掌勺的事，昌东从肥唐车上拎下备用的油桶，请肥唐帮忙搬到车顶上，又拿了胶管插进桶里，自己在胶管另一头用嘴吸出油，将出未出时，马上拿手指堵住管口，然后插入油箱口——现在很多车的油箱口都有防盗装置，只有油枪才能进油，他就是考虑到自己的车子在野外无油枪用油的机会多，所以把装置拆了不用，以便用这个虹吸的法子随时过油。

边上，叶流西给肥唐看那张航拍器合成的照片："这样好像路一样的，两边还有皮影棺土台，你觉得像什么？"

肥唐头皮发麻，他咽了口唾沫："皮影棺……两边都是？"

"都是。"

肥唐庆幸现在是大白天，远离白龙堆，只让他看照片，没逼他去现场看实物。

"这看不出来啊，就一条路，头也没有，尾也没有，没参照。"

叶流西说："你不会发挥想象力啊？你就想着，这条路是单拎出来的，别往现代的路想，往汉朝啊、唐朝去想，这样的一条路，像什么？"

肥唐不敢不想。

他盯着照片看："这个……路，秦代有驰道，隔三丈栽棵树……那人家也没放土台子啊……皮影棺，又没死人，要是皮影人都立起来……"

他脱口说了句："像司马道。"

昌东控住手里的胶管，问他："司马道是什么？"

肥唐说："东哥，你这都不知道……你好歹是住在大西安的，乾陵没去过啊？"

"没。"

肥唐没词了，过了会儿悻悻地说："就是武则天和她老公合葬那地方啊，一进去就有条司马道，又叫神道，通往陵冢的，四公里多长呢，路两边好多石人，又叫石翁仲，哎，对了，石翁仲是十对，正好二十个。"

说到翁仲，肥唐就来劲了："古代帝王还有大臣的坟前头，经常放石翁仲，分文武，文持简武持剑，我在陕博里还看过介绍……这皮影人是躺在棺材里的，如果立起来……活脱脱皮翁仲嘛。"

昌东说："石翁仲符合常理，石像耐磨不易损，上千年风吹雨打下来还能保存。弄个皮翁仲，还穿上布料的衣服，往那儿一摆，经得了一年吗？"

肥唐顺口来了句："所以放在棺材里，还造了土台埋起来啊。"

歪理也是理，听起来居然还有几分逻辑。

昌东看向叶流西，两人目光相触，脑子里转着同样的念头：如果真的是司马道，道路通往陵冢，那么玉门关，岂不是一个大的陵墓？

昌东决定暂时撤离几天。

一是两人这几天摸爬滚打，确实也需要休整；二是这两次也算有了经验教训，再进的时候，得准备些工具。

和叶流西一说，她没异议："那我是可以去取车了吗？"

她的绝大部分资产，那辆破面包车，还丢在库姆塔格大沙漠里。

昌东一句话就让她梦破了："不是，沿哈罗公路直到哈密，两个方向。"

当然也可以下撤去罗布泊镇，但哈密比罗布泊镇大得多，物资也多，和内蒙古、甘肃都接壤，进出更便利些。

叶流西叹了口气，重新上车之后，她窝在副驾上，翻出包里的钱，仔细数了数。

七百不到。

不知道会在哈密停几天，住宿、饭钱，再加上买些东西……

昌东专心开车，间或看她，顿了顿说："到了哈密，我帮你把住宿费付掉。"

"为什么？"

"你本来也从不住旅馆，一直住车里，我让你把车留在沙漠的。"

叶流西想了想，说："这倒不用，车留在那儿，我就省了油钱，抵了。不过，你每天应该请我吃一顿饭，最好有肉。"

昌东斜乜了她一眼："为什么？"

"你再进白龙堆，不需要放我的血吗？献血还能得钱呢。"

"好啊，那以后午饭一起吃。"

叶流西"嗯"了一声，转头看向窗外，戈壁山峰的脊线绵绵叠叠，和压低的云团间只隔掌宽的间隙。

这样一来，她的预算就宽裕多了。

昌东将身侧的车窗放出一条缝，正是一天中最暖和的时候，吹来的风都合人心意。

下午到了哈密，找了家酒店住下，这里酒店不贵，性价比都挺高。

昌东原本还头疼，觉得自己可能得带掌勺的住一屋，谁知道肥唐过来找他，说是联系过了，掌勺的老乡恰好就在本地，住玉石市场附近，自己要去把新捡的石头出手，可以顺道把人给送去。

挺好，总算能得个清净了。

送走掌勺，昌东痛痛快快洗了个澡，热水直冲，别提多爽了，洗完了出来烧水喝，水壶大概有问题，半天都不沸，昌东打电话给前台，那头赶紧道歉，说马上给换一个。

五分钟不到，外头有人敲门，昌东正打满剃须泡沫刮胡子，顺手过去开门。

叶流西抱着烧水壶站在门口。

昌东关掉剃须刀，看了她半天："又找到工作了？"

"兼职，明天这一层我做房，顺路给你送壶。"

她径直进来，拐进洗手间给水壶加满水，然后找到插座插上，昌东剃完须，洗掉脸上的泡沫，又拿毛巾擦干。

等了一会儿，电水壶正常运行的嗡嗡声传来。

叶流西麻利地收起旧水壶，临走时，忽然想起了什么："你要洗衣服的话，楼下有洗衣机，公用，洗衣粉、洗衣液都有，就是得自己操作。"

昌东自己把内裤、袜子洗完晾在屋里，剩下的大件衣服，拿洗衣袋拎了下楼。

洗衣房位置很偏，问了前台，才知道要进工作间，在一条走廊的尽头拐弯处——大概是当初造酒店时规划得不好，留下这不尴不尬的空间，所以做了自助洗衣房。

灯光很暗，里头只有一台滚筒洗衣机，旁边有几张摞着的塑料凳，角落的台子上放洗衣粉、洗衣液，搁着几本杂志，另有一个室内的晾衣架，上头晾了几件工作服。

昌东把衣服塞进滚筒，揿了自动洗衣，上一个客人设置的洗衣时间是四十五分钟，他默认了沿用。

算算时间，回房再下来取太麻烦了，不如出去转一圈，等衣服洗好了再回来，顺路带上楼。

他信步出了酒店。

夏季来的时候，这里会有夜市，很热闹，不输给回民街和敦煌夜市，但现在，空气干燥，一连走了几条街，都安安静静。

遇到个还在开的水果档，买了点葡萄和香梨，店主一个劲儿地向他推荐哈密瓜："一瓣也可以卖啊，甜甜香香的，或者帮你削成块，装一盒，牙签插着吃。"

昌东买了一盒。

回到酒店，看看时间，还差了七八分钟，忽然觉得烦，不想再等：大不了把洗衣机给关了，衣服捞出来拧拧干就行。

他在走廊尽头拐弯，忽然看到叶流西。

她坐在塑料凳上，抱着一洗衣袋的衣服，很专注地看滚筒里的衣服翻来翻去，刚洗好的头发湿漉漉的，很服帖，头发的尖梢处还有水珠滑落。

其实没什么好看的，白色的洗衣泡沫打在玻璃面上，又很快被新一轮的翻洗给卷走。

上一次在她脸上看到类似的表情，还是在她炖汤的时候。

叶流西这个人，一安静下来，会显得特别寂寞，昌东倒情愿她闹腾些。

他走过去，拿过两张塑料凳，一张自己坐，一张搁买的水果。

"吃水果吧。"

又示意了一下洗衣机："我衣服快洗好了。"

叶流西"嗯"了一声，从葡萄上掰下个岔串，每一颗都细细拈剥掉皮，然后送进嘴里。

灯光昏暗，洗衣机的滚洗节奏单调沉闷，昌东洗好了，在晾架上晾起，又帮叶流西设置，她用不来这种触屏的洗衣机，问她时，她不想等太久，选了十五分钟快洗挡的。

反正时间不长，昌东陪着她等完，出来的时候，路过前台，透过落地玻璃，昌东看到停车场，下意识说了句："肥唐还没回来呢。"

叶流西"嗯"了一声，说："大概发财了吧。"

第36章

昌东一觉睡到近十一点，感觉前些日子的劳累，都在这觉里补回来了——不过也不算太晚，时区的关系，这里比北京时间差两个小时。

他觉得早饭可以免了，洗漱之后，再略一磨蹭，连午饭一起吃了吧。

洗完脸，听到有人敲门，叶流西的声音：

“做房。”

高级一点的酒店会喊“house keeping”，没星的小旅馆不等你走不会来人收拾——这家酒店，将将就就吧。

昌东开门，叶流西倚着客房清洁工作车站着，手扶着车侧袋里插的扫帚柄，那神采飞扬，仿佛倚的是豪车。

做房不是扫个地那么简单，很多酒店甚至有一长条单子列明规范：比如洗手台右侧摆什么、左侧摆什么，水壶电源线要卷好，不能随便耷拉着……

一个卖瓜的想上手，怎么着也得培训个一两天。

昌东问：“你会做房？”

“刚有老服务员带我做了两间，很容易……我自己做了几间，临走时问客人，满意吗？大家都特别满意，还有人朝我要了号码，说我做服务员太憋屈了，要给我找工作……”

她感慨：“人才真是在哪儿都不会埋没的。”

昌东把门推到全开：“那人才进来吧。”

“昌东，有些有素质的客人，一开门，你问他，要打扫吗？他会说，不用了……”

昌东说：“我素质一般，房间需要打扫。”

“需要”两个字，着重语气。

叶流西进来了。

她手脚还算麻利，也没有消极怠工，很快帮他理好床，拍松枕头，整理桌子时，看到上头横七竖八的刻刀和各色头楂，就知道他又刻皮子了。

又看到翻开的图册，画的是白龙堆的那一幕：绵延数十里的司马道，对称的土台，还有正在泻沙的眼睛——那眼睛惟妙惟肖，看得她有点不舒服。

往前翻了翻，发现有手绘图，也有字，类似于手账，但并不花哨，风格刚硬冷峻：路线图做得很仔细，有每天的行驶距离、住宿地简绘、要点记录，也有打了问号待推敲的条条设想。

难怪每次都觉得他分析问题一语中的，从不拖泥带水，原来是做足了功夫的。

昌东过来，把刻刀和半成品的头楂收回戏箱，叶流西问他：“我们什么时候再回白龙堆？”

昌东说：“回白龙堆，只要沿着哈罗公路再往下走就可以，但关键是，如果来来回回还是那些土台、皮影棺、车辙印，我们怎么往下继续呢？不断地用你的血进进出出吗？”

他觉得需要新的突破口。

叶流西问他：“那你想怎么办？”

“两条腿走路吧，实地的线索要找，但同时也要设法向外打听，关于玉门关，总会有人知道点什么的。”

如果披枷进关是从汉朝时开始的，到今天，少说也两千多年了，玉门关要作怪，早不知多少次了，总会留下点传言吧。

时间差不多了，叶流西把工作车送回布草间，跟昌东一起出去吃饭。

经过停车场，昌东留心看了一下，肥唐的车子还没回来。

他在酒店附近找了家主打大盘鸡的店，可能还不算当地的饭点，店里人很少，两人坐了角落的靠窗位置，点了中份的土豆青椒大盘鸡、两份肉拌面，凉菜要了酸辣面筋和醋浇秋葵。

本来还想再点的，叶流西拦了不让，说：“够了，比我平时吃的多多了。”

这实在不算什么丰盛的午餐，但她一脸满足。

饭菜端上来，两人分别开动，阳光很好，透过玻璃笼在叶流西身上，她扬起的发丝都带金色。

动筷不久，肥唐就来电话了，昌东漫不经心地接起：“喂？”

那头却不是肥唐，声音沙哑、粗，听起来尤其苍老，但中气并不弱：“是昌东吗？”

昌东慢慢搁下筷子：“哪位？”

叶流西也停下了，筷子上还捞着面。

“姓柳，柳七。”

“灰八跟你什么关系？”

柳七笑起来：“真是敞亮人，灰八是我老乡，算起来，还沾带点亲戚，有事我照应他，他发财，也会捎上我沾沾光。”

昌东“嗯”了一声：“那找我是为什么？”

柳七话说得很稳：“兄弟，别多心，就是想找你聊聊，问点事——灰八下头的人，废物多，人死了，尸体没带回来，给我编一堆瞎话，我不爱听，想找脑子清楚的人问问。”

“没为难我朋友吧？”

“没有没有，客客气气请他来的，就是他有点激动，自己磕碰出点什么，不赖我们。”

“在哪儿见？”

“大东关，汽修厂对面，有个棋牌室，叫天杠地胡，一问就知道，今儿下午，我都在。”

昌东看了一眼叶流西：“过去是独杆儿呢，还是能成双？”

“兄弟随意，只要不带警察，来一麻桌的人都行。”

“那回头见。”

昌东挂了电话，示意叶流西：“先吃饭。”

叶流西这才把挂凉了的面吸溜进嘴里：“肥唐受罪了？”

“给掌勺找老乡，没打几个电话，老乡就蹦出来了，还恰好是本地的，早该想到没这么巧的事。”

“棘手吗？”

“对方很稳，我们也稳着来。”

大东关。

汽修厂今天不当工作日，安静，街道也安静，只“天杠地胡”厚重的玻璃门一开，忽然人声鼎沸。

哗啦啦骨牌混洗声不绝于耳，服务员端着果盘穿梭其中，好多桌边都有穿着俗艳的女人在嗑瓜子儿，这叫“喜姑”，陪人说话，也可上下其手，赢家高兴了，会塞点喜钱，万一看对眼了，就换个环境深入沟通感情。

有人领着两人穿过大堂，进入包厢区，走廊最尽头的那间。

推开门，里头的牌桌刚撤，桌面上铺白麻布，只放了一个茶杯，杯里的水新倒的，正冒袅袅白气。

桌边坐了个五十来岁的男人，坐姿很垮，两腿盘在椅面上，裹黑色的老头棉袄。

他示意两人：“坐。”

听声音，应该就是柳七，原来人并不很老。

昌东坐下，四下看了看，屋里除了柳七，只有两三个手下。

“我那朋友呢？”

“就来了。”

等了会儿，门外响起拖沓的脚步声，昌东回头，看到肥唐进来。

鼻青脸肿，嘴边还裂开个血道子，走路一瘸一拐。

这伤可不像是自己磕碰的，昌东还没来得及说话，叶流西已经推开椅子迎上去了。

肥唐眼圈一红，嗫嚅着叫了句：“西姐……”

叶流西说：“你个没出息的，听好了啊，我现教你。”

“遇到被野狗追这种事，先要看清形势，你打得过它，就往死里打；打不过，你就要装孙子，赔笑脸，等它放松警惕了，你就一砖头过去，再往死里打，懂吗？”

肥唐不敢笑，脸上的肌肉抽搐着，无意间牵到嘴角的伤，疼得直嘘气。

叶流西坐回椅子上，骂：“没出息，丢我的脸。”

一抬脸，朝柳七笑得温柔：“不好意思，见笑了。”

柳七打量了她一会儿：“是叶小姐吧？我很多年不跑道了，册子上有人上榜，我也不大关心。

“这两天打听了一下你的来路，听说你早几年开东风货车，遇到过三次劫道，收走三根手指头，放话说再有盯你车的，你就收人头，下手够狠啊。”

叶流西怔了一下。

柳七端起茶杯，吹了吹，然后轻轻抿了一口。

“无人区嘛，你一个女人一辆车，那些人向你下手，存了什么心思很明显，被收了手指头也不冤枉。但这里可是市区，咱们做事都得规矩。”

叶流西没听进去。

收走人家手指头吗？她当年，可比现在狠哪，都不是没法律意识，是完全没有吧。

忽然听到昌东叫她：“流西？”

她看向昌东。

“帮肥唐清一下伤吧，待会儿出去，知道的是肥唐自己磕的，不知道的，还以为是这儿的人打的呢……七爷，不介意我们借个药箱吧？”

柳七笑了笑，示意手下去拿。

该说正题了，昌东单刀直入：“灰八的手下，加肥唐，这么多张嘴，事情应该都讲清楚了，还找我聊什么？”

柳七把茶杯搁回桌面。

“说是从雅丹里挖出个棺材，灰八去掀盖儿，被飞来的铁锨给削了，这你能信？话又说回来，叶小姐掀盖儿就没事，怎么偏偏灰八掀盖儿就死了呢？”

昌东苦笑，这事说出来，听着的确挺荒唐的。

“更离奇的还在后头，问尸体为什么不带回来，说是没了——白龙堆这个地方，我不是没去过，早些年我玩蛇，罗布泊有蝮蛇，我进出过几次，要么诨号叫柳七呢。”

昌东这才反应过来，旧时候，梨园、妓院还有盗墓这一行，会供五大仙，尊称为“爷”，比如黄鼠狼叫黄大爷，狐狸叫胡三爷，而蛇，就是用柳七来指代的。

“那地方，别说蛇了，天上连鸟都不过一只，去年的车辙子，今年去还能找着，尸体摆在那儿，最多成干尸，过一夜就没了……隔天就找不着了，这不是笑话吗？”

昌东也不去反驳：“所以七爷觉得，是发生什么事了？”

柳七拢了拢身上的棉袄：“依我想啊，是挖出了什么好东西，这种事我见多了，人心一贪，就容易坏事。”

昌东想说什么，柳七向下压了压手，示意还有话没说完。

“但也说不通，豁牙如果做掉了灰八，干吗不跑呢对吧，还巴巴回来向我报备。以他的脑子，完全可以编个更圆乎点的故事，还有你们这位朋友，跟豁牙八竿子打不着，不至于串供。现在又请到二位，你们也是一样的说法……

“所以我得出结论，这事是真的。”

昌东不动声色：“既然是真的，我们可以走了吗？”

药箱子送进来了，柳七说：“不急，叶小姐不是还要给这位肥唐小兄弟上药吗？我给你们讲个事儿。

“这事儿，发生在十多年前，那时候，我还在罗布泊抓蛇呢，有一天，遇到个灰头土脸的人，背上背着个麻袋，麻袋里装的可不是吃的喝的，都是本子、纸头，这人说，他就喜欢往偏僻古怪的地方跑，记录一些诡异的事儿。”

第37章

柳七初见那人，其实没存好心，那年头都这样，无人区，没人管，两相遭遇，各怀心机，很少称兄道弟——一般都是我搜刮你，你算计我，弱肉强食，末了江湖不见。

那人一头卷毛，戴个白线缠腿的框架眼镜，麻袋里除了本子、笔就是烤馕、咸菜，说话还文绉绉，一副穷酸样，自我介绍叫神棍，生平志向是走遍大江南北，遍访奇人逸事，做灵异世界第一人。他上一站在青海，说是要找什么村子，哪知道那里跟新疆接壤，稀里糊涂绕过阿尔金山，就到了库姆塔格大沙漠。

这大概是脑子有病，柳七起了同情心，就放过他了，神棍浑然不知道自己逃过了一劫，还乐滋滋跟着他说："柳朋友，大家一起结个伴呗。"

结就结吧，一个人抓蛇也怪寂寞的，多个人说话也好。

于是两人从库姆塔格，一路往北走进了罗布泊，最后在哈密盆地分开了。

那时候，罗布泊里偶尔还能遇到当地人村落——不是搭架子旅游卖票的那种村寨，是真的有人住，居住点散落在咸水井和偶尔能淌出水的河道附近，半荒半废日渐离稀。

人都不多，人口最多的一个"村"，只住了两家人，以念旧不愿挪窝的老人和打猎的居多，年轻人受不起这罪，都迁出去了。

柳七不跟人打交道，不管住哪儿，东西撂下就去找蛇，神棍不同，本子夹在胳膊底下，耳朵上夹笔，满脸堆笑找老人家打听故事去了。

当地话不好懂，上了年纪的人口齿又不清，柳七都不知道神棍是怎么做到的——每次居然能密密麻麻记一大张回来。

问他记的什么，答："诡异故事啊。"

得，有钱的吃肉喝酒搂小姐，没钱的就睡沙地听故事吧，长夜漫漫，也算有点娱乐。

所以每晚临睡前，柳七都撺掇神棍讲一段——神棍这人也好这口，一说向他"请教"，欢喜得跟什么似的，必然滔滔不绝。

那天晚上，柳七记得很清楚，他的压蛇竿断了，正拿白胶布裹呢，神棍神秘兮兮凑过来，说："柳柳儿，我给你讲个故事。"

有些人，就是不能给他脸，开始还规规矩矩叫"柳朋友"，现在就成"柳柳儿"了，听着跟叫陪酒小姐似的，柳七想发火，再一想算了，跟一个神经病计较什么呢，再说还要听他讲故事呢。

神棍说："你知道汉武帝吗？"

柳七回答："这哪能不知道啊，我就是张掖人啊。"

张掖原先不叫这名，汉武帝北击匈奴，通西域，置河西四郡之后，觉得自己

“张国臂腋（掖）”，功劳不小，所以把郡名起成张掖了。

神棍挺高兴的，知道啊，知道就不用他做背景介绍了。

“说是这个汉武帝通西域之后啊，可热闹了，往来的驼队商队，那是络绎不绝，每天大门一开，一队队的来啊，没办法，国家强盛。”

柳七说：“那是，到了唐朝，更强盛。”

神棍压低声音：“但是啊，有个传言随之兴起——有人说，这往来的驼队里，混了支鬼驼队。”

柳七看了眼左近，都是黑洞洞的戈壁滩，这么大晚上的说鬼，有点瘆。

“说是这鬼驼队，一行九个人，只从玉门关进出。其他的商队路上怕遇到土匪，都会和别的客商结队，他们从来不结，独来独往，出手阔绰，都是黄金玉石。入了关之后，也不花天酒地，买货以外的时间，都待在房间里……做完了生意，就不声不响出关。”

柳七说：“这就叫鬼驼队啊？人家可能都性格内向吧。”

神棍白了他一眼：“我没讲完呢。

“这鬼驼队的故事，流传了几百年之久，版本大差不差，汉、唐的时候传得最多，大概那时候河西这边贸易兴盛，后来明朝闭关锁国，再后来经济重心往东往南移，这里就很少有人关注了。”

神棍很是唏嘘：“那时候首都都在长安呢，河西走廊可不得兴盛嘛。

“有货行老板问他们打哪儿来，每次答的都不一样，什么大宛、乌孙、波斯……不过那时候信息闭塞，你就算答是纽约来的，老板也不知道是哪儿。当然这也不算怪，人家可能隐私意识比较强，不愿意泄露个人信息。

“怪就怪在，次数一多，有些远来的商队就犯嘀咕了，说是只在玉门关和白龙堆这附近见过他们，再往西的地方，从没见他们出现过。于是就有传言，那里有个鬼门关的入口，驼队就是从里头出来的。”

懂了，那时候的玉门关是丝绸之路的北线关口，白龙堆只不过是路途中的一处凶险地，连歇脚都不适合，一进这范围就消失，确实容易引人遐想。

柳七问：“真是鬼啊？”

神棍说：“比鬼复杂，据说好事者观察过，这驼队，人人都有影子。

“有一回天气不好，白天遇到大风沙，一般在这种情况下，应该骆驼跪倒，人在后头躲着——有一队出关的胡商，大概想赶路，顶风直奔，半路上遇到这九人驼队了，发现只有骆驼趴了一地，没有人。”

柳七咂嘴：“然后胡商把骆驼给牵走了？”

神棍点头：“那些胡商就起了坏心，去牵骆驼，无意间发现，骆驼底下有衣角露出——胡商心说人在底下，不压死也闷死了啊，哪知道伸手一摸……

“怎么形容呢，衣服里平平的，又硬，像穿了个硬纸板，抖抖索索翻过来一看，穿在衣服里的，居然是牛皮刻的人。

“如果是个假人也就算了，但据说那牛皮人被翻过来之后，眼眶里的眼珠子，忽然滴溜溜转了一下，眸光诡异，跟人的眼睛没两样。

“那队胡商吓得屁滚尿流，四散奔逃，大风沙中失散了，其中有个人晕头转向不辨东西，风沙过去之后，居然又转回了原地。

“他看到，那些骆驼背上都已经骑了人，吆喝着整装待发，身上的衣服装饰，俨然跟先前见过的那些牛皮人是一样的。

“那人也不知出于什么心理，偷偷跟了上去。

“很快就到了晚上。

“起了很大的风沙，吹得人睁不开眼睛，那人跟着跟着，忽然毛骨悚然。

“那一长串的九人驼队，就在他眼面前不见了。”

柳七因为这最后一句话，起了满胳膊的鸡皮疙瘩。

他催神棍：“然后呢？有什么说法？”

“说法多了去了，说有个看不见的入口，通往遍地黄金玉石，但不产物料的古城——要么那些驼队，总得出来买东西呢？还有人说，那古城是汉武帝建的，他不是见过西王母吗？预先知道了大汉会灭亡，所以赶紧把值钱的东西运出去，好留给后代子孙东山再起……”

神棍眉飞色舞：“怎么样，很有意思吧？中国古代的民间传说，真是文学的宝藏，哎，你说，我将来出书，要不要给传说故事专门写一本？”

柳七没吭声。

他也觉得，没准儿真有宝藏。

不过这宝藏，跟神棍口中的“文学”宝藏，不是一个意思。

昌东听完了，不置可否：“这种传说故事，听着玩玩就好，七爷还真信啊？”

茶有点凉了，柳七朝手下招了招手，示意换一杯。

“原先也不信，这么多年了，都快忘了，直到灰八出了事，忽然就想起来了——豁牙跟我说，那皮影棺打开之后，你翻了数过，也是九个？”

这事赖不掉，昌东默认。

柳七唏嘘：“你看看，多有意思，原来十多年前我就跟这事攀扯上了，我要还当它只是个故事，是不是有点迟钝啊？”

昌东说：“这么费劲，又是扣人又是打电话把我们请过来，估计不是为了讲故事。这样，七爷，两头开天窗，你想干什么，直接把话撂上秤，我掂掂斤两，能做的话，咱们就交朋友，不能做，就按规矩办，摆酒、找人说和，或者划场子，你看怎么样？”

肥唐在边上听得半懂不懂，但也知道到了关键时刻，一颗心咚咚跳，再看叶流西听得入神，没半点帮他清伤的意思——估计是指不上她了，他开了药箱，撕了酒精棉片，自食其力。

柳七嘿嘿笑起来，他声音本来就难听，这一笑，真如刮锅锉锯驴叫唤，叶流西止不住皱眉头。

“灰八的尸体要收，出来混，得讲道义；真有硬货，我也有份拿。”

昌东不动声色：“那可没人拦着七爷，哈罗公路往下走，我进出白龙堆的车辙印还在呢，七爷要是不清楚路线，我还能帮忙画一张。”

柳七摆摆手：“我活了这岁数，脑子是清楚的，我这身子骨，不适合出去跌打了，而且……”

他话里有话：“我觉得吧，不是随便一个阿猫阿狗，都能见到皮影棺的。”

昌东说：“那要叫七爷失望了，说实在的，我们也是偶然撞见了皮影棺，它连同灰八的尸体一起消失，我们也觉得奇怪……”

柳七清了清嗓子，手伸进老棉袄里掏，掏出一本册子来。

昌东眸光一紧，旋即又松。

是他放在房间里的手账。

他话说得压制而平静：“七爷，这事不地道吧。”

柳七很抱歉：“对不住啊，习惯了，喜欢摸人家的底。不过也是给两位上了一课，做事要小心，别给别人钻空子的机会。”

叶流西冷冷插了句：“我的房间也被搜了？”

柳七再次伸手往棉袄里掏：“叶小姐的东西，也挺有意思的。”

掏出来的，赫然就是那个兽首玛瑙。

肥唐紧张极了，脑袋嗡嗡响，他看见叶流西的眼神渐转狠戾，慌得连吞几口口水，总觉得她下一刻能硬生生把柳七的脖子给扭了。

柳七把兽首玛瑙搁到桌上：“做高仿的古玩，没什么出路，尤其别仿这么有名的……这册子呢，我看得半懂不懂，但能看出来，两位是本事人，和本事人合作，得有诚意，我说个法子，你们看行不行得通。

“我出钱，你们出力，我要求不高，一是帮灰八收尸，二是真找着货了，算我一份。”

昌东回过味来了。

柳七这是不愿意涉险，又不想财走空，准备拿钱投资，吃个回报。

他还没来得及回答，就听叶流西说：“好啊。”

她走过来，拿过桌上的兽首玛瑙，吹了吹，又在衣服上擦了擦，向着柳七莞尔：“我就喜欢花别人的钱，办自己的事。”

第38章

柳七做事老派，要留三人吃晚饭，说是事情既然谈成了，大小细节，酒桌上过，这样方便拉近感情。

酒楼在棋牌室附近，叫天山客，也是柳七的产业。

离饭点尚早，柳七还要忙点杂事，昌东他们先过去，服务员得了柳七吩咐，引三人进了包厢，里头装修有点旧，俗得富丽堂皇，好大一张圆桌，可以当床。

服务员怕他们等得无聊，上了茶水之后，还送过来两副扑克牌。

昌东对打牌没兴趣，他仔细看自己的手账，那些图确实不好抵赖，那条司马道上，他甚至标出了灰八被埋的位置。

但好在文字部分的推理，他都写得简略，譬如“血、风头、玉门关”，难怪柳七说看得半懂不懂，不了解事情前因后果的人，很难看明白。

看完了，他把那几页撕下，扯成条，拿过桌上的火柴，划火点着了，扔进烟灰缸里。

叶流西看着白色字条在焰头吞吐间瞬间变灰：“字和画都怪好看的，就这么烧了，多可惜。”

昌东说："人家都给你上课了，这个教训得吃。"

悟性高的人少，大多数人都是吃教训，然后学精，错越犯越少，位越登越高。

烧完了，屋子里散开微温的烟火味，昌东问叶流西："真拿柳七的钱？"

叶流西觉得他问得多余："不拿白不拿咯。"

"有些钱拿了烫手，你不能只看眼前，得想想万一。"

"万一什么？这是柳七在投资，真的一无所获，那也是他选错了股，投资眼光差，关我什么事？"

她总是一堆歪理，事情要真能这么简单就好了。

昌东沉吟："柳七这样的人，做事周全，他不会只出个钱任你花这么简单。"

待会儿酒桌上的大小细节，可能都是苛刻条件。

叶流西回答："火烧眉毛就洗把脸，到时候再说呗。"

昌东看了她一眼："说你什么好，心这么大。"

叶流西纠正他："这不是心大，这是自信，说明不管什么状况，我都能解决。毕竟……"

她手托着腮，朝他眨眼："呼风唤雨这种事，我能做一半呢。"

昌东无言以对，只能喝茶。

肥唐在边上听得一头雾水："西姐，什么叫呼风唤雨，你能做一半？"

叶流西提示他："仔细想，要从字面去找。"

肥唐说："呼风唤雨，做一半，西姐你是会……呼唤？"

昌东一口茶全喷了。

晚九点开正席，菜在这之前陆续摆上，什么大盘鸡、烤羊排、馕包肉、手抓饭，餐盘和餐量都巨大——昌东没心思吃，肥唐不敢吃，连叶流西都表示，她光看餐盘子就饱了。

这一桌菜，难免沦为陪衬、气氛、背景板。

九点一过，柳七就到了，只带了两个人。

一个是十七八岁的小姑娘，身材娇小，穿超短裙、渔网丝袜、短皮衣上无数铆钉，浓妆，头发乱抓个髻，有几撮染紫，眼睛周围又是亮色眼影、又是睫毛膏、又是熬夜的黑青眼窝，进来之后，还先于柳七落座，先打个哈欠，又挑了一筷子皮辣红吃。

柳七皱了皱眉头，说：“没规矩。”

另一个是留着寸头的精壮男人，二十五六岁的年纪，皮肤有点黑，耳廓上方钻挂了环，挽起的袖口处露着文身，居然是丛瘦伶伶的细骨梅花，这让他的整体气质突然就从街霸流氓的形象里跳脱出来，多了点难以言喻的感觉。

相比那小姑娘，这个男人很规矩，帮柳七拖椅子，然后负手站在边上，目不斜视。

柳七朝昌东他们笑笑：“介绍一下，这个呢，是我干女儿，丁柳……小柳儿，把烟掐了！”

丁柳正点烟，听到柳七的话，顺手就把烟头摁在桌布上，然后一抬脸，眼睛没焦点，也不知道看谁：“幸会啊，我帮我干爹照看歌厅的场子。”

柳七又指身后的男人：“这个叫高深，帮我做事的。你们几位我就不介绍了，来的路上，都跟他们说过了。

“我呢，是这么考虑的，大家刚认识，互相还不怎么信任，我这钱出去了，你们胡天海地造掉了，回来跟我说，七爷，什么都没找着，我这心里头啊，会不平衡。

“所以我这头也出两个人，放心，都是能帮得上忙的，不会给你们拖后腿……小柳儿年纪轻，帮我看了三年场子了，没人敢闹事。”

昌东说：“灰八什么下场，七爷也知道。想派人盯着，可以理解，但把干女儿都送出来，是不是太舍本了？”

柳七笑笑：“我老啦，这两年，想把手头上的事给分出去，交给小柳儿，太多人不服，她缺历练，心又浮——玉不琢还不成器呢，得找件凶险事磨磨她，现在刚好有这么个事儿，闯出来了，算她的，折在外头了，就认命，反正不是亲生的。”

昌东忍不住看向丁柳。

她面不改色，不过脸上涂那么厚的脂粉，改了色也看不出来。

昌东考虑了一下：“两人去可以，分清主次，知道谁是头儿——我可以要帮手，但不要太爷。”

柳七满脸堆笑：“这是当然，你们尽管放手去干……这位兄弟，我会帮你们照顾好。”

他目光落在肥唐身上。

肥唐打了个哆嗦，这酒桌上，就他分量轻，他满以为，自己会是从头到尾都不被想起来的那个……

他嘴唇发干，仓皇地看左右，昌东皱了下眉头，似乎想说什么，叶流西忽然叫了声："昌东！"

她把餐碟递出去："帮我夹根羊排，我够不着，要大的。"

昌东欠身，拿筷子帮她拈了一根，大的羊肋排骨，撒满了颗粒孜然和鲜红的辣椒粉。

叶流西接回来，一手餐刀一手叉，切肉剐肉，刀叉碟子碰得咣当作响。

这一桌子，只她一人动餐。

吃得旁若无人，后来嫌刀叉费事，索性上手拿。

肥唐看出点端倪来了，觉得叶流西是不想昌东帮他讲话。

"西姐……"

叶流西头也不抬："叫我干什么？你想做什么，不想做什么，自己长嘴自己说，自己都不吭气，别人上赶着着什么急？还没吃呢，就撑着了。"

说到这儿，斜乜了一眼昌东。

昌东笑了笑，示意了一下嘴角，她伸出手指去揩，全是辣椒粉，顺势舔了。

一桌的人，都知道她话里有话。

肥唐也知道，他犹豫了一下，抬头看柳七，说："我不想待在这儿。"

柳七不动声色："说大声点，我听不见。"

肥唐头皮发麻，一颗心差点跳出喉咙，再看到叶流西拿餐巾纸擦手，忽然就来了勇气，一巴掌拍在桌面上，吼："不要你照顾，我不想待在这儿！"

柳七目光一冷。

高深脸色一沉，手攥成拳，胳膊上肌肉突起。

丁柳斜着眼看肥唐。

而昌东看叶流西。

叶流西放下餐巾，慢条斯理："七爷，肥唐确实不适合待在这儿。

"你既然喜欢摸人的底，那摸过他的吗？肥唐生在西安，古玩世家，破铜破瓦，到他跟前，看看样式，掂掂轻重，就能说得出朝代、值多少钱。我记得……"

她看肥唐："你是西安文物鉴定评估委员会的高级会员是吧？"

肥唐说："去年……才加入的。"

说这话时，他都不敢抬头：他头一次听说西安还有这么个委员会。

叶流西看柳七："七爷不是想找硬货吗？这一趟如果没有行家，就是一队瞎子出马……到时候，我们把真正有价值的东西当破铜烂铁扔掉，捧回一堆花哨但不值钱的，七爷可别怪我们啊。”

柳七沉默了一会儿，忽然哈哈大笑。

他端起面前的酒杯：“来来来，喝酒，酒肉朋友，不喝酒吃肉称不上朋友，咱这就算谈妥了……”

昌东打断他：“七爷，还有个事。那个叫神棍的，你现在还有联系吗？”

柳七说：“那怎么可能啊，就他一个人，神经还不正常，能走出罗布泊，那是亏得有我一路同行，他要真作天作地，又去那些凶险的地方，指不定死多少年了。”

“那分开的时候，就没留什么联系方式吗？”

毕竟一路同行的交情。

“留了，到了哈密之后，说是为了纪念这段旅程，拉我专门去照相馆拍了张照，他没手机、没电话，在照片背面给我写了个QQ号码，我没加过，不过照片还在。”

“那麻烦七爷帮忙找一下，我试着联系一下，他记了那么多故事，未必全都给你讲，也许关于鬼驼队、皮影棺，还能问到点什么。”

酒到中途，昌东去洗手间。

出来的时候，看到叶流西也在洗手台前洗手。

昌东过去，开了另一个水龙头，又往手上搓了点洗手液，低头问她：“看出什么来了？”

叶流西抽了张纸巾擦手，对着镜子整理头发：“你呢？”

老酒楼，除了包厢，其他地方的灯光都昏暗，灯下看人，还是在模糊的镜面里，自己都觉得很好看。

“柳七还是挺照顾丁柳的，那个高深随行，应该是专门保护她的。”

叶流西“嗯”了一声：“高深跟丁柳的关系不一般。”

昌东抬头，目光和她的在镜子里相触：“怎么看出来的？”

“高深进屋之后，基本目不斜视，只有几次例外，都是去偷瞄她，不过丁柳好像根本不在意，看肥唐都比看他多。”

“偷瞄能说明什么？”

“管不住心，都是从管不住眼开始的。”

两人往回走，经过一个没人的包厢门口时，昌东忽然止步，然后食指竖在唇边，示意叶流西噤声。

这包厢门半掩，里头一片黑，明显没人，却有淡淡烟气飘出。

顿了顿，有人说话，是丁柳的声音。

“你觉得，这两人难搞吗？”

有个男人回答：“七爷说，都是厉害角色，让你客气点，别乱来。”

昌东直觉这应该是高深。

丁柳鼻子里嗤笑一声：“我干爹嘴上说得好听，我才不信他会让别人从他碗里分饭……那个昌东，和那个女的是一对吗？”

高深沉默了一下，说：“可能吧。”

“是一对就好办了，想让情侣反目，太容易了。”

第39章

出发定在三天后。

柳七有足够的人手，哈罗公路下去这一段路又好走，昌东画了地图，在白龙堆附近一处设了补给点：水、汽油、食品等，每周补一次。

这样就把越野车从物资载重里解放出来了。

昌东在车里加多了水箱，另外装了加热器，配了车载淋浴头，只要节约用水，基本能解决洗澡问题。

肥唐的车不太实用，好在哈密距离柳园不远，请柳七的人帮忙退了车，另要了辆江铃，除了驾驶座，车里几乎拆空，装了车床垫，车内顶安了拉索挂环，可以用隔帘按需要拆隔出空间。

工程就在酒店隔壁的汽配店进行，昌东带着肥唐长时间驻场，叶流西则像个领导，每天都来看进展，且越跑越勤，昌东估计她是闲的——拿到柳七的钱之后立马不打工了，人生的意义简直失去了一半。

第三天中午改装收尾，昌东让她给车子做检验。

布帘拉下，示意她躺平：“舒服吗？”

叶流西躺了一会儿，她右手边靠车，左手边是布帘：“我左边睡谁？”

“我。”

她提建议：“我俩之间，应该焊个铁栅栏。”

昌东伸手拉她："给你买个铁笼子要吗？"

叶流西借力起来。

又去试淋浴器。

莲蓬头从车里递出来，管上有吸壁，可以固定在车上。

一揿开关，水头哗哗的。

"多久能洗一次？"

"一周，一次不能超过十分钟。"

叶流西想了想，没找碴儿：在那种地方能有这样的用水，很奢侈了。

中午，在酒店餐厅订了简餐自助，肥唐让两人先去，说是自己先回房洗澡，迟点到——他一上午钻了几趟车底，脏得不能看。

昌东和叶流西坐了张四人桌，食客不多，隔得都挺远，偶尔传来刀叉相碰的声音，不扰人，倒挺悦耳。

叶流西先吃完，刀叉一搁，长长叹了口气。

昌东眼皮略掀："怎么了？"

"食不下咽。"

昌东抬起头，目光在她面前的碗碟上一一扫过。

"流西，食不下咽多用于心里有事吃不下饭，你这种吃撑了的，用这词不合适。"

叶流西身子一歪，以手支颐："我们就要被拆散了，你还跟没事人一样。"

昌东说："我们跟柳七也好，丁柳也好，都是初步接触，没什么了不得的矛盾，这么短的时间，他们也不可能计划什么步步为营的阴谋。

"丁柳是小姑娘，看到柳七给我们脸，心里不舒服，想在干爹面前求表现，自以为什么都能做成，她想搭台唱戏是她的事，我们不搭理就行……"

说话间，肥唐托着餐盘过来了。

昌东看着他坐下，忽然想起了什么："联系上神棍了吗？"

三个人里，只有肥唐玩QQ，柳七号码给过来之后，理所当然交给他跟进了。

不说还好，一说肥唐一肚子气。

"发了几遍朋友申请，太高冷了，都没通过。"

"是不是弃号了？"

"不是！"肥唐连连摇头，"有一回搜他，我看到头像亮来着。"

他发牢骚："签名也怪里怪气的，什么'为了解放不吃鸡'，东哥，这人是不是活在旧社会啊，咱们都解放多少年了。"

"也可能是号码易主了……你好友申请怎么说的？"

"就说我是柳七的朋友啊。"

昌东沉吟。

这神棍，如果真如柳七所说，走遍大江南北，寻访奇人逸事，那这么多年下来，经历的奇事和积攒的故事都不会少，柳七当年，不过是个捉蛇的，对神棍来说，还真算不上特别，他未必还记得。

"这样，你再发一条，就说你在玉门关外，白龙堆里，挖到一口棺材，里头是穿着唐装的皮影人，一共九个，再把那首'披枷进关泪潸潸'的歌谣也发过去，一条写不下就分两条发……他再不回复，就算了。"

十多年了，难说一个人的爱好会不会发生改变。

但如果神棍还是一如当年，有着为了一个传说故事就跟老人家比手画脚交谈一整天的热情的话，应该……会回复的。

第二天早十点，两拨人在天山客酒楼门口会合。

丁柳那头两辆车：一辆是吉普指挥官，这车身躯庞大，线条锋利，在某些玩家眼里，仅次于悍马；另一辆车普通，只是跟过去认路，方便后续送补给。

昌东车子开近，并不停，只揿下窗子，手臂招了招示意跟上，然后直接掉头上路。

肥唐紧跟而上，后视镜里，对方的两辆车明显没反应过来，过了好一会儿才驶上来。

叶流西看昌东："都不说下去打声招呼？"

"没什么好说的，说多了累。"

他专心开车，目不斜视，帽檐在眼睛周围打下阴影，下巴周围，仔细看，有淡青色的胡茬微冒头。

叶流西说："你该刮胡子了。"

昌东伸手摸了一下下巴："今天刮，明天长，男人胡子比头发长得快……看起来别扭吗？"

他转头看了叶流西一眼。

叶流西摇头，目光下意识避开，感觉有些微妙：她觉得这样刚刚好，不知道摸上去什么感觉，应该会微扎，如果蹭磨脖颈的话真是要命……

她有点不自在，伸手去理头发，指腹蹭到耳根微烫，赶紧拨头发盖住。

车里忽然有点闷，叶流西说："停一下吧，下去透口气。"

昌东靠边停车。

叶流西下了车，拿手扇风。

头车一停，后面一长溜的都停了，那辆吉普指挥官这才找着机会往前超，估计一路前不前后不后的，憋屈坏了。

肥唐从车窗里探出头："西姐，怎么停车了？"

叶流西没好气道："热！"

"不热啊。"

叶流西摸起块石子，作势要扔，肥唐的脑袋倏地缩回去了。

吉普指挥官跟昌东的车并肩停，叶流西听到开车门的声音，转身去看，愣了一下。

里头坐着个十七八岁的女孩儿，皮肤白净，清汤挂面，眼睛细而略弯，眼尾稍长，笑起来挺勾人，穿白色粗针毛衣，黑色牛仔裤，脚蹬白色板鞋，头发上还别了个带黄小鸭头的亚克力边卡。

和周围的一切，荒凉的公路、贫瘠的戈壁山脉，还有粗犷的车驾，格格不入。

她跟昌东说话："东哥。"

居然是丁柳。

昌东"嗯"了一声。

"早上怎么都不停一下？我干爹还准备了鞭炮，我们这儿的习惯，出大远门前放挂鞭，吉利。"

"赶时间。"

丁柳倒是知情识趣，看出昌东冷淡，笑了笑，缓缓关上车门，叶流西注意去看高深：他明显松了口气，舔了下嘴唇，又拿手背蹭了蹭人中。

昌东有一句话说得不对，搭台唱戏，戏里戏外都起波澜，想不搭理还真挺难的。

她坐回副驾，昌东候着她系好安全带，发动车子。

手台里忽然传来肥唐的声音："东哥，停停停……神棍回消息了。"

神棍的消息其实回得挺早，但估计是这一路信号不大好，收发有延迟，加上肥唐一门心思开车，没怎么看手机，所以直到现在才看到。

那条消息是："别管它。"

肥唐有点忐忑："东哥，什么叫'别管它'啊？"

昌东说："问他为什么。"

"没法问啊，这里信号不好。"

"你上我的车，咱们往回倒车，哪儿信号好就在哪儿问。"

神棍一定知道点什么，否则不会回答"别管它"。

头车忽然又掉头，高深有点恼火，探出身子时，昌东的车恰好和他擦身，速度放缓，以便肥唐上车。

昌东揿下车窗，说了句："想省事就在这儿等，我们还回来；不放心就跟着，你随意。"

高深咬牙，正想打方向盘，丁柳说了句："这是玩儿我们呢，就在这儿等，我们又不是沉不住气的人。"

她嘴里衔了根烟，低头，咔嗒一声，火苗自手里的打火机里蹿起，点着了烟头。

高深在后视镜里看见，犹豫了一下，说："小柳儿，你少抽点烟。"

丁柳吸了口烟，过了会儿慢悠悠吐出："关你屁事。"

昌东一直退到土屋铜矿附近，这里的柏油道黑蛇一样在褐灰色的戈壁里延伸，矿区深处传来机器的轰鸣声，剥采矿石腾起的烟尘像绽开的小型蘑菇云。

灰土太大，昌东把车窗都关死，隔着玻璃，能看到泥尘以肉眼可见的速度往车前盖上飘落。

又一条消息进来："很危险。"

昌东拿过肥唐的手机，编辑消息发送。

"可以电话说吗？"

那头回过来一串手机号码。

昌东很快拨过去，点了外放。

他先提了柳七，十多年前的罗布泊捉蛇人，又说起皮影棺。

神棍一直听着，末了问："有什么可以证明这是真的？"

昌东一怔，肥唐提醒他："照片，东哥，我手机里有皮影棺外观的照片，就是当初拿蓝牙传的那几张。”

昌东把手机还给肥唐，让他操作，自己又传了两张皮影棺内部的照片过去，请他转发。

电话一直没断，那头传来的呼吸声时轻时重，过了会儿，神棍说：“你们等一下，我要翻一下我的笔记……记下来的东西，更精确一点。”

昌东舒了口气，也说不清心头是更轻松些了，还是更沉重。

等了很久，那头才又传来声音：

“我记过一些事，都是当传说故事记的，不以为是真的。但是如果你们确实挖出了皮影棺，那就很值得探究了。

“除了柳七给你们讲的，我还记过一个说法。

“说是玉门关建成之后，起了三天的大沙暴，整个天空都成了土黄色，隔着一丈多远，就看不清人了。而且这沙暴的范围很广，不只敦煌，甚至一路往东蔓延，几乎遮蔽了整个河西走廊。

“这三天里，沿途很多百姓听到车马声、脚步声、哭号声，也有卫兵拿皮鞭抽打人的呵斥声，老百姓不敢靠近，偷偷从门缝里瞧，隔着沙雾看不清楚，只知道是一队队，披枷带锁，往西而去，于是猜测说，可能是流放罪犯去戍边的。

“三天之后，天气放晴。有些原本戍边的士兵觉得奇怪，因为既然来了这么多人，自己的工作应该变轻松啊，怎么一点也没见人手增加呢，而且地上的车辙印，深且杂，表明有很多大车经过，罪犯戍边，没听说过要这么多大车随行的。

“于是有人就起了好奇心，跟着那些脚印、车辙一直走，走到玉门关外，发现所有印迹从此断绝，就好像被一刀截了去。

“当时的戍边军中议论纷纷，后来有道密令传开，渐渐就没人提了。

“那道密令是：‘天子功德，非议者殊死。’在汉代，‘殊死’就是斩首的意思，也就是说，那三天发生的事，是汉武帝的大功德，不准妄加揣测，否则格杀勿论。”

第40章

但再问是什么大功德，神棍就不知道了。

“有的传说，越传知道的人越多，但这种的，却越传越少，就像罗布泊常说的水尾，水流流到尽，说绝就绝了。我记的这两页，就是从水尾抢下的最后两滴水，估计现在都没知道的了。”

这语气，听着挺骄傲的。

昌东问他：“为什么让我们别管，又说太危险？”

神棍说：“首先，没两把刷子，别碰这些事……”

叶流西在边上“哼”了一声。

“其次，有个说法，说玉门关和阳关对生，本应叫‘阴关’才对。那些披枷进关的人，再无踪迹，其实是进关之后，阴阳断绝，再也没有人能够出来。”

昌东说：“那皮影人……”

神棍强调：“请注意我的重音，落在这个‘人’上，皮影人能叫人吗？关内的真人是出不来的，出关一步血流干呢，而且，如果最初设这个关口的用意是隔绝，你觉得外人可以随便进吗？

“哪怕是机缘巧合进去了，能出得来吗？反正我打听了那么久，从没听说过后来有谁再进去过。这说明，有两个可能：要么进不去，要么进去了，再没出来。

“这还不危险吗？进去了就再也见不到朋友了，我可是有很多朋友的。”

肥唐在边上撇了下嘴：这人这么高冷，又不讨喜，居然还自称“有很多朋友”，他的那些朋友也真是口味很重。

神棍能提供的，也就这么多了。

“我不认识你们，但既然通过柳七找到我，也算有点缘分，知道的，都跟你们说了……我能问一下，你们想干什么吗？”

昌东没吭声，倒是叶流西，忽然凑过来，字正腔圆：“进关。”

神棍说：“那怎么可能……”

叶流西一手揿掉了电话。

昌东和肥唐都看她。

叶流西奇道：“干吗，这人拽得二五八万的，我一听就烦。再说了，他不是说，知道的都跟我们说了吗，肚里都没货了，还跟他废话干吗？”

昌东说：“你就这么确定……以后不会再要他帮忙了？”

肥唐也紧张地盯着手机看：“是啊西姐，买卖不成仁义在啊，好不容易才通过我好友申请，别把我给踢了。”

叶流西说：“……多大点事，申请个新号再加呗。”

继续上路，昌东一路都沉默，和丁柳他们重新会合之后，他放肥唐下车，然后和叶流西换座：“你帮忙开一段，我要想点事情。”

叶流西坐上驾驶座，低头扣紧安全带，随口问了句：“开车不能想吗？”

“开车要专心。”

叶流西没敢提自己经常一边开车一边听戏还同时忙东忙西的事，心里觉得他太死板，转念一想，又觉得这样的人挺给人安全感。

“黑色山茶”这事，真的挺毁昌东的，他其实足够仔细，一点都不大意。

但估计洗不清了，不是因为没底气，而是因为那些对他口诛笔伐的人，早不关心这事了。

落井下石容易，只要扔块石头，捞起来却要弯腰涉水，所以很多人不捞，只当没扔过，反正有水盖着。

叶流西叹气。

手台里，肥唐在放歌，自己还跟着哼：

“喜羊羊，美羊羊……别看我只是一只羊……”

叶流西没好气：妈的，把他从宠物狗往狼调教，现在才坦白自己是羊。

昌东关掉手台。

“我说，你听，不用看我，看路就好。”

叶流西斜乜他一眼：“我没准备看你。”

这路景单调，一成不变，看多了让人想打瞌睡，有人聊个天挺好，提神。

“我刚刚仔细想了想柳七说的，还有神棍讲的……到了司马道，可能还不算进了玉门关。”

叶流西点头，她也有这感觉：“那司马道算是什么？”

昌东说：“古代想进个城，不是一推门就能进的，想爬金銮殿，还得走几十级台阶呢。司马道也许是进玉门关的必经之路，好比走廊、前院，说什么都好，总之是个界定模糊的过渡地带。

“记不记得，肥唐上网搜过，有个偷拍你背影的自驾车司机，半夜上厕所的时候，也被莫名其妙推了一下——按照时间推算，恰好是在你开着货车经过之后。”

叶流西有点回过味来了：“也就是说，他之所以遇到怪事，是因为我在附近？”

昌东点头：“确切地说，是因为你打开了风头……我们假设你每次进关，都要经历血、风头、沙暴、司马道这几道固定的程序。

“血的味道在于吸引或者召唤，类似于叩门。

“风头生出沙暴……你注意到没有，哪怕你是白天流的血，沙暴也是晚上才发生，这其实是障眼法，在黑夜的沙暴里，人很难看清，丢了人、丢了车、迷失了方向、发生了怪事，都好解释。

“那个鬼驼队，在胡商的眼皮子底下，一晃就没了——可不可以解释为，风沙太大，那个胡商迷了下眼，或者低了下头，只这瞬间工夫，驼队进了关门？

“再说回玉门关，上次我们聊过，玉门关出现的时候，覆盖了现实世界的某些区域，类似两张胶片叠合在一起，难保有些人恰好就处在这个敏感的区域里，比如那个自驾车司机，再比如恰好和你一起扎营的我们。”

叶流西忽然想到了什么：“肥唐被触手拖拽，那个司机被推，还有乔美娜的车门被拽开……”

昌东“嗯”了一声：“像不像是某种保障机制，驱赶那些误入的人，让他们害怕、离开，甚至口口相传，提醒后来人避开这些诡异的地方？”

像，肥唐被吓得屁滚尿流，隔天早上就想跑，只不过没找到路而已。

昌东沉吟：“我们现在还不知道关门在哪儿，不过可以确定，如果以关门为中心的话，我们的营地在外围，因为那里只是偶尔发生怪事，并不激烈；而司马道已经算是重要区域，那里埋着皮影棺，还出现过奇怪的眼睛，只攻击我，不攻击你。”

叶流西笑：“因为我是关内人吧，不管是触手还是眼睛，都对我网开一面。”

昌东不置可否：“还不能下断言，神棍说了，设置关口的用意是‘隔绝’，歌谣里也说‘出关一步血流干’，截至目前，关内出来的人，我们只知道皮影人……如果你真的是关内人，一定也很特殊。”

叶流西说：“不一定啊，也许我是进化过的皮影人呢，今晚睡觉，我准许你看我，摸也可以——帮我看看，我是不是也成了衣服里硬纸板样的牛皮人，眼珠子还会转？”

昌东说：“你应该不是。”

叶流西瞥他：“为什么？”

“皮影人不吃不喝还有钱，为人低调又内向，你哪条都对不上。”

下午，车近白龙堆，补给车确认了物资接收点的位置之后，掉头折返。

昌东带队，循着早已杂乱的辙印，又进白龙堆腹地。

丁柳第一次看到灰白色的魔鬼城，觉得满目莽莽苍苍，分外新奇，忙着自拍，拍完又跟高深发脾气：“怎么没信号？发不了朋友圈，随身Wi-Fi呢，也用不了吗？”

叶流西觉得，高深真是上辈子欠丁柳的，赔着小心，再怎么被训斥都默默消化。

肥唐则多少有点战战兢兢，昌东不想他这么提心吊胆，觑了个空子把他拽到一边：“不会有事的，出事前我会通知你。”

肥唐瞪大眼睛：“东哥，这都能提前知道？”

昌东“嗯”了一声：“还有，你尽量待在营地吧，这里比较安全，不用跟我们出去。”

肥唐瞥了一眼丁柳那边：“那两个呢，会跟你们出去吗？”

昌东默认。

当然会，他们是“资方”代表，又存心生事，必然亦步亦趋，很难甩脱。

“那……我一个人留营地啊？”

没两全的法子，昌东不想多说：“你自己选吧。”

三辆车，虽然离得近，但泾渭分明两拨人：昌东这边捡石块垒火台生火做饭的时候，那头在吃饼干、牛肉干、喝啤酒，不说还以为来郊游的。

吃完饭，肥唐坐在营地灯边看书，他事先知道进来会无聊，特意带了几本书，密切结合这一趟的需要，什么《中国古代金银首饰》《民间服饰》《汉唐西域与中国文明》。

昌东照例打开皮影戏箱，给已经缀结好的皮影人装杆，这算是最后一道工序，装毕一挺杆，这皮影人才算是活了。

眼角余光瞥到叶流西过来，就知道势必又要被她挖苦。

果然。

“为什么都是皮影人，刚刚那个杆装在脖子后面，这个要装在胸后面？”

昌东耐心解释：“这个是旦角，杆装在胸后面，胸线会挺，更好看，但那个是生角，装在脖子后面，昂头，比较精神……”

“都什么人，就喜欢看女人挺胸。”

昌东：“……因为男人挺胸不好看。”

叶流西忽然瞥到不远处的丁柳：低着头，像在玩手机游戏，但总忍不住看这头。

她凑近昌东："我在这儿，小妹妹不好意思过来，我给你们挪地方。"

她拍拍屁股起身，转场去肥唐那儿待着。肥唐有点怵她，看书看得更认真了，全身上下都散发着"我正在努力求知"的光芒——唯恐她挑自己的刺。

昌东没吭声，继续忙自己的。

过了会儿，丁柳果然过来了，拿着洗漱杯，头发随意地用抓夹夹起，脸颊边挂下几缕，问昌东："可以借点热水吗？凉水洗太冷了。"

怯生生的，礼数周到，小姑娘家，戏也挺多。

昌东起身，倒了热水给他，丁柳道了谢，又走了。

肥唐看书看得眼涩，一抬眼看到这一幕，说："哟，又换造型了。"

叶流西斜乜了他一眼："印象挺深刻啊。"

"是啊，前后有反差，容易吸引人注意，开始狂野，然后学生妹，现在挺可爱的，其实西姐，你也应该……"

叶流西阴恻恻的："应该什么？"

肥唐意识到说漏嘴，舌头有点捋不平了："换……换点造型，会让人耳……耳目一新……"

叶流西说："我不用换造型，我亏就亏在长得美，换任何造型，人家都只会看到美，懂吗？"

肥唐不敢说话，过了会儿抓起牙杯："西……西姐，我出去洗漱了。"

她说什么就是什么，她是全国三届武术冠军，她美，西安还有文物鉴定评估委员会。

叶流西瞪着肥唐走远，目光收回，看到昌东过来，手里还拿着抽血针头和胶管。

这是又来抽她的血，非得刁难他一下……

昌东忽然扔了什么过来，叶流西抄手捞住，送到眼前一看，是单粒装的和田红枣，个头儿有小鸡蛋大，暗红色的枣皮带光，应该是新枣，卖相好看，不皱巴。

她眼皮微掀："干吗？"

"给你补点血。"

叶流西撕开包装，拿出来咬了一口，肉厚，瓷实，软甜里带香。

于是把手递给他。

第41章

不疼，像被蚊子叮了一下，然后针管里血色鲜红。

昌东只抽很少，很快拔出，似乎在斟酌着什么，推阀很慢，一粒粒血珠自针头泌出，滴落在地上。

“流西，待会儿……帮我放倒那两个人。”

叶流西瞥了一眼丁柳那头儿：“为什么？”

“怕他们出事，又嫌他们碍事。”

叶流西揭起盖住针眼的棉球看，白色的棉球上，只染了一丁点血。

她说：“你总要出去的，到时候对柳七怎么交代？人家给了钱，结果一进来，你就把他的人放倒了。”

不远处有哗哗水声，肥唐开了车载淋浴头，但用得很省，只冲了脸，然后伸手抹掉水，脸上滴水，表情酣畅，被营地光一打，眼睫毛上挂的水珠都生出光晕来。

昌东往那里瞥了一眼，略侧了侧身，把针管拢进袖口：“那你的意思？”

“要退出，也得是他们自己主动退出，咱们才不落人口舌。要我说，就让他们进，被吓退了赖不了人。

“再说了，丁柳帮柳七看了三年场子，没点脑子胆色，做不来这事；高深被派来保护她，一定也不是弱鸡，他们要是不怕，我们等于多了帮手，不是挺好吗？”

听着有点道理，昌东也觉得这样比较周全，他伸手捏了捏眉心：“只是跟这样的人结队，有点烦。”

叶流西说：“哪能事事如你意啊，家庭和睦，父慈子孝，朋友个个两肋插刀，情人长得漂亮还温柔懂事，连临时结队的人都要忠肝义胆……你是有多大运气？

“你以往带队，队友也不是个个都省心吧，总有刺儿头的那种，难道个个都踢了不要？调教呗，单靠天上掉，几时能掉来你满意的……看肥唐，现在是不是比从前顺眼多了？”

昌东看向肥唐。

肥唐正甩着手上的水过来，哼着小曲，心情不错，一抬眼见到昌东看他，有点奇怪：“东哥，有事？”

昌东说：“要撒尿赶紧。”

肥唐瞬间意会，撒腿就跑。

风沙来的时候，两头都已经就寝了，为了方便空气流通，昌东把贴近雅丹避风一侧的车窗开了道口子，罩上天窗罩。

这样一来，车内是不闷了，但沙砾的击打声清晰而密集，叶流西睡得不实，恍惚中觉得这声音助眠，一个激灵醒过来，又觉得怪吵人的。

她睁着眼睛看黑咕隆咚的车内顶，一时间百无聊赖，又觉得睡的地方逼仄狭窄，负气似的翻了个身，胳膊不经意就越过了垂下的布帘。

手背忽然碰到昌东的手。

叶流西心里一跳，手指立时微蜷，脑子里也不知道在想什么，只觉得他手有点凉。

过了会儿，她脑袋从帘子底下钻过来，一只手帮他把盖毯掀起，另一只手轻轻把他的手推了回去，然后掖好毯子。

做完了，觉得不甘心，想了想，对着昌东低声说了句："我人好吧？"

这才悻悻躺回去。

大概是前一晚没睡好，第二天一早，叶流西明知道昌东和肥唐他们都起来了，还是困得不想起，勉强睁眼，看到外头铺天盖地的沙土颜色，更觉得这床赖得理所当然。

反正天气不好。

过了会儿，听到肥唐咕噜噜漱口，间或跟昌东说话，有一句没一句，好像又在说丁柳。

"刚刚看到她化妆，这里来来回回就几个人，化给谁看啊……"

昌东语气淡淡的："小姑娘家，爱美吧。"

肥唐不傻："我看不是，她一肚子心眼儿，对那个高深爱理不理，也不正眼看我，就跟你说过话……啊，东哥，她不会是……"

昌东不想继续这种话题："这个年纪，多点心思很正常。"

叶流西坐起来，哗啦一声把隔帘拽开。

昌东和肥唐都回头看她。

她也不看两人，低头把蓬乱的头发夹好："有那个精力放男人身上，无不无聊？要是我……”

她一抬头，笑得粲然：“就去称王称霸。”

说完了，抓起牙杯，洗漱去了。

回来的时候，火台已经又烧起来了，昌东下了挂面，配菜还挺丰富，虾皮、紫菜，还有菇片，水滚了之后撒点盐，香气四溢。

高深过来的时候，都忍不住看了两眼：他和丁柳早上吃了夹心的饼干，那玩意儿，干、凉，吃多了死甜，还腻得慌。

他问昌东：“小柳儿让我问你，今儿有安排吗？”

语气里有敌意，他跟丁柳一个想法，总觉得昌东他们正事不做，故意拖延，只会耍人兜圈子。

昌东头也不抬：“有，吃完饭，去给灰八收尸。”

这回答出乎意料，高深愣了一下，转身回去了。

叶流西在昌东身边坐下，挂面恰好滚开，昌东抽了柴火让火自灭，把面分进带把手的饭盒里，各人自取。

叶流西端了一碗，看到热气直冒，小心吹了两口，问昌东：“待会儿就出发？”

昌东点头：“白天做事会安全点。”

这话在理，所有怪事，都出在晚上。

吃完了，肥唐主动洗碗，在这儿，一切从简，拿纸巾把碗擦干净，再用烧开的水烫一遍就好。

叶流西正把风镜和装备拣出来，忽然听到昌东叫她：“流西，你过来一下。”

抬头一看，昌东站在越野车边，后车厢半开。

叶流西走过去，第一眼就看到卷成一团的尸袋，还以为昌东要说收尸的事，哪知道他手从叠紧的尸袋间隙中伸进去，拿出来一把手枪。

叶流西说：“叫我过来，就是要把我枪决吗？”

昌东笑，掂了下手里的枪：“我也不常用，让柳七帮忙搞的，以防万一……流西，你应该真的是关内人。”

“为什么？”

“我觉得，在正常社会形态下长大的姑娘，就算不屑于去讨好男人，大多也就是讨好自己……问一百个人，也没有一个人会答称王称霸。”

最多是有政治诉求，要为民请命，毕竟早不是逐鹿中原的时代了。

他倒转枪口，把枪递给她：“会用吗？”

叶流西接过来：“好像……用过，但没有特别熟悉的感觉，给我的？”

“嗯。”

“为什么？”

“总觉得，如果真的进了关，里头……会比较乱。”

就因为她说了“称王称霸”吗？也许随口说的呢，叶流西问他：“那你有吗？”

“有，这一把你留着防身。”

叶流西“嗯”了一声，随手撩起衬衫后摆，把枪插进腰后，动作很熟练。

她腰很细，属于细而有力的那种，那里的皮肤呈蜜色，很健康，腰线圆柔，臀挺翘结实，衬一把枪，有一种奇怪的硬朗和性感。

衬衫的后摆一起一落，很快遮住了。

昌东移开目光。

叶流西问他：“我们进去，都坐你的车吗？”

肥唐选择跟车，说死也不愿一个人留守，叶流西拦着门不让上，一定要他保证出了状况不哭、不闹、不哆嗦。

肥唐满脸通红地做了保证。

丁柳却不愿意坐昌东的车，跟高深发脾气说：“我们自己没车吗？干吗挤他的？”

估计是心气高，受了两次冷落之后恼了。

昌东无所谓，直接开车带路，越往腹地去，路越不好走，高低不平，很考验车技，高深的车很快落在了后面，叶流西唏嘘，觉得高深指不定被丁柳埋怨成什么样子了。

在车里一说，肥唐一点也不同情：“这还不是愿打愿挨的事吗，要我说，丁柳也别嚣张，感情跟钱一样，不经耗，哪天高深忽然头脑清醒了，她哭着喊着也拉不回来。”

叶流西一路留意看路边的记号，几次停下认路，终于找到埋灰八的土台，高深的车到了之后，昌东扔了把工兵铲给他：“挖吧，就这儿。”

高深单手接住：“就这儿？”

“是，挖到下头要小心，别伤着尸体。”

高深卷起袖子开铲，丁柳坐在车上看了会儿，下来拿手机拍照，昌东从后车厢解了三个尸袋出来，平铺地上。

过了一会儿，似乎有些迹象了，高深挖得更加谨慎，到了后来，工兵铲扔下了不用，拿手去硬拨浸了血的泥土。

叶流西低声提醒昌东：“你以后要是跟他对上，提防他的手……手上一定练过。”

三具尸体终于被起出来，板结的带血沙块紧紧黏附住头脸，很难剥离，看起来都奇形怪状，高深将尸体装进尸袋，全部垒进后车厢。

丁柳有些嫌恶，自己这车居然要用来装死人，晚上可怎么睡得进去。

她抬头看昌东：“接下来呢？”

昌东示意了一下前方：“继续走。”

再走了一段，又一个沙土土台遥遥在望。

昌东停车，吩咐叶流西和肥唐：“你们下车吧。”

肥唐不明所以，推开门就跳了下去，叶流西问昌东：“你行吗？”

“行。”

“安全带系好了？”

昌东笑：“放心吧，没事的。”

叶流西说：“要是真没事，就不会让我下车了。”

她开门下车，退开两步，冲着车子招了招手。

昌东环视了一下周遭的地势，慢慢将安全带又收紧了些，好久不做玩家了，有些手生。

丁柳在后头看到叶流西他们下车，还以为又到地方了，刚想让高深也停，忽然看到昌东的车瞬间加速，疾驰而去，在距离一个土台极近处蓦地大漂移横扫，车屁股后头沙土如浓烟翻滚，车身扫出一个大扇形，重重撞塌土台一爿。

丁柳还以为是车祸，失声叫了出来，高深看了她一眼，说：“没事，他那车是改装过的，估计故意这么撞的。”

果然，一片烟尘里，她看到昌东推开车门下来，一直拿手扫开面前的土灰。

丁柳松了口气，过了会儿斜眼看高深：“那你能这么玩吗？”

高深说：“小柳儿，这是一行归一行，人不能样样会……”

丁柳冷笑一声：“那就是不能呗。”

沙尘落定，土台半塌，可能是撞的角度刁，那口皮影棺，居然有大半滑落了出来。

棺身上还是汉代画像砖风格的画，但这一次，画的不是披枷进关了。

棺身上，明显的宫楼殿宇，一个帝王装扮的人掩面而泣，两盏幽幽宫灯，细骨伶仃，隔着一面拉起的幕布，有个着宫装的女子也在低头拭泪。

叶流西拉肥唐过来："这画的是什么？"

肥唐说不出："这个……一男一女，在哭，这个男的应该是皇帝，这是……在给妃子赐罪吧？"

如果没有那道幕布，倒也还像。

昌东摇头："不对，这是汉武帝，在给李夫人招魂。"

皮影滥觞于此，哪怕对皮影稍知皮毛的人，都知道这个故事。

昌东示意棺面："汉武帝的宠妃李夫人死了之后，他郁郁寡欢，有术士招来李夫人魂魄，但言明只能隔着幕布相见，这幅图，讲的就是这件事。"说着凑近棺面，"这里还有字。"

六个字，古体，肥唐认得这形制："这是小篆，汉初时通用的，这是……"

第一个字如同水流，第二个和第四个字不认识。

他只能认得第三个、第五个和第六个字，因为和现代的字体写法几乎一致。

××骨×东魂。

西出玉门

【荒村】

HUANG CUN

第42章

认不出来就算了，叶流西不在乎，不就是几个字嘛。

棺材半脱半歪，不方便开棺，昌东招呼肥唐："帮我搬一下。"

认不出篆字，肥唐觉得自己价值大跌，如同股票K线，随时等待机会抬头，所以搬得分外卖力，连额头上都青筋暴起。

只是搬着搬着，忽然觉得不对劲。

天暗了。

不是黑，是暗，天上云头翻滚，都被染成了老姜黄的沙色。

肥唐双腿发颤，想起自己上车前的承诺，吞咽了口唾沫强行稳住。

倒是丁柳，咯咯笑着跑过来，说："牛×啊。"

她拿出手机拍视频，又转回来自拍，对着镜头说："没见过吧。"

如果有网络，她怕是会直播。

这就是初生牛犊不怕虎吗？肥唐又是嫉妒又是自惭形秽，用力撑了下棺材角。

昌东抬头看天，说了句："看来任何时候，它们都不喜欢这棺材被打开。"

叶流西将袖口挽了挽："放下，我来吧。"

她走到近前，手攀上棺沿，深舒了口气，猛然掀开。

应该没大的异样，肥唐看到，她只是皱了下眉头。

他抢在前头飞奔过去，只低头看一眼，马上大吼："明！明朝！"

绝对不会错，他昨晚还在看《民间服饰》呢。

他指给大家看："看见没，网巾，明代成年男人用来约发的；直身衣，跟道袍似的；还有这个，穿的皮札子，绝对的！"

其实不用他强调，没人想过怀疑。

叶流西只觉得好笑："这是唐、宋、元、明、清都要来一遍吗？"

丁柳给棺内拍了张照，预备着回去给柳七看："我干爹说，你们上次开了唐棺，这次又是明朝的吗？怎么连点陪葬的东西都没有？"

昌东说："我们叫它皮影棺，只是顺口，这不是棺材，只是像而已。"

他低头翻检了一下皮影人的数量，又是九个，除了服饰、装扮，和那个唐棺并没有太大不同。

昌东盖上棺盖："那个神棍说，鬼驼队的故事，传了几百年，看来还不确切——也许自汉之后，各个朝代都有，或者说，玉门关内外，一直留有一条道，互通有无。"

一列驼队，九个人，看似不少，但转念一想，前后两千余年，关内关外，如果真的两个世界，这驼队，不啻一根悬丝，一脉弱流，哪怕前赴后继，又能输送多少东西？

他把叶流西叫到一边："记不记得你的那个照相机？"

记得，海鸥牌，1980年代通用，现在已经是老古董了。

"我们用的东西，更新换代快，几年前还用摁键的手机，现在差不多都是触屏智能，一是有这个需要，二是物资极大丰富，可以满足这个需要。但是关内如果真的有人、不产物资、大部分依赖补给的话，情形会不同。"

物资贫瘠的年代，什么都是"新三年，旧三年，缝缝补补又三年"，碗砸碎了都舍不得扔，要找箍碗匠钻眼、钉铁扒，油泥抹平了裂缝之后，又能稳稳当当舀水盛汤。

叶流西说："你觉得关内有人？"

昌东回答："不只有人，是有个世界。"

不是很太平，有点乱，法纪不行，也许弱肉强食。

物资匮乏，推开一户人家的门，可能会有时代的错乱感：老式明清的雕花床上，贴21世纪金曲歌手的海报，1950年代的搪瓷茶缸边，摆1980年代的老相机。

那条驼道，是吸附在关外社会身上的细血管，一点点带进关外的变迁，只是这变迁无法普及，把关内世界渗透得扭曲离奇。

叶流西皱眉："那些当初进关的人，活了这么久吗？"

昌东说："不排除这个可能，但更大的可能是，他们早就死了，不过有男有女，足以繁衍。”

大概是两人私聊的时间有点长了，丁柳和高深明显不耐烦，肥唐也朝这头探头探脑——终于逮着个昌东看他的机会：“东哥，剩下的那些……你还撞吗？”

昌东抬头看天，离日落还有很久，但这头顶的天色，跟暮色也差不多了。

叶流西也抬头看天：“能撞一个是一个吧……我去给你镇车。”

撞完第二个，云头几乎成了黄黑色，团团滚滚，丁柳到此时才有了几分怯意，也没了拍照的兴头，不自觉地朝高深身边缩，高深打开强力手电，光柱照不了太远，偶尔晃神，觉得云头像挤眉弄眼的扭曲面孔。

他头皮有点发麻，朝昌东大叫：“你们到底在搞什么？”

昌东正半蹲在皮影棺前，伸手拂拨开棺身积堆的浮沙：“七爷跟你们怎么说的？带你们出来，本来也不是游山玩水的。”

高深闭嘴了，柳七确实交代过：跟紧点，别大惊小怪一副没见过世面的样子，有好处就捞，实在扛不住就撤。

但丁柳私下跟他说了：“要撤你撤，我才不会扛不住事让干爹笑话。”

棺面上又是一幅画，这次是在丹房，炉火熊熊，丹炉边站着两个人，一个是帝王模样，可能还是汉武帝；另一个是老道，手持拂尘，也不知道在跟皇帝讲什么。

肥唐抢着说话：“这个我知道，汉武帝跟秦始皇一样，喜欢求长生，这是在炼丹。不过汉武帝可比秦始皇脑子灵光多了，最后自己醒悟了，还亲口承认自己是被那些方士骗了，‘向时愚昧’呢。”

开棺。

不用肥唐说，叶流西都看出是异族服饰，肥唐也认不出来，猜测说，中国有几个朝代，河西是少数民族统治的，比如宋朝，那个时候，这周围不是回鹘就是吐蕃、西夏，鬼驼队想出入不引人注目，得换少数民族衣服吧。

这倒侧面佐证了昌东说的是对的，鬼驼队一代又一代，混迹在不同时世的人群之中，采购置物、钱来钱往，一如普通客商。

变故发生在第三次，有叶流西镇车也不管用了：

下午四五点的光景，搁这个时区应该是艳阳高照，周围却浓黑如墨，车子横飙到一半，车身蓦地侧歪，像是被什么顶起，一边的车轮骤然腾空。

昌东沉声说了句：“抓紧。”

叶流西一把抓住防撞杆，再看前方地面，头皮一阵麻，车子侧了四十度角不止，她掌心出汗，满心等着拿身体去承受车子倒翻的那一震——哪知道耳边轰鸣声不止，车子就这样侧着只凭边轮开了出去，然后在空地处轰然旋身扭正。

叶流西耳边嗡嗡的，有些口干舌燥，远处，肥唐和丁柳他们都呆呆的，她觉得自己也有点呆："你刚刚用两个轮子开的车？"

昌东"嗯"了一声。

叶流西想问，能不能再来一次？

那一瞬间，失去重心，像是有电流从头皮一路延过脖颈、脊柱，又像是魂被甩脱出去，觉得好刺激。

昌东指了下前方："你看。"

车灯的尽头处，是一米多高的沙堆，堆面上，越野车轮胎的侧印清晰可见。

叶流西反应过来："刚才是……"

"沙子突然堆顶，把车架空，跑得慢点，大概要翻车……我们还是别开棺了。"

一来，的确危险，他们已经很幸运了，灰八可是连棺盖都没打开，就被削了喉。

二来，虽然这皮影棺跟传统意义上的"棺材"相去甚远，但那皮影人，的确曾经像常人一样，穿衣戴帽、进关出关、做买卖睡觉，如今被沙土掩埋，逝者有尊严，他也不想扰人安宁。

昌东赶在真正天黑之前回到营地。

收了灰八的尸，是件大事，丁柳想给柳七报备，但信号全无，于是过来找昌东，问他："明天能出去一趟吗？到了外头信号好的地方，我打电话，让人来收八叔的尸。"

肥唐也赶紧附和："如果有信号，我可以上网查一下篆字转换器，就知道那棺材上写的是什么了。"

昌东默许，到了明天，这里应该会再次恢复正常。

这一趟进来，多开了两个棺，貌似有收获，实则没有太大进展。

大概是因为白天劳累，这一晚，两边都歇得早，昌东躺下了，却睡不着，听外头风声渐息。

这里不刮风的时候，分外安静，月色渐渐明上来，车里都进了明澄澄的光。

隔帘也成了半透。

昌东看着帘子发呆，直到忽然意识到，帘身上正映着淡淡游移的绿色。

他动作极轻地坐起，慢慢将隔帘拨开些。

车窗外，不远的地方，正有一抹幽碧色的鬼火，飘飘悠悠往远处去。

奇怪的是，它不是鬼火样的一簇，偶尔会拉长，忽然又像被稀释，光散得很开、很弱。

叶流西的声音忽然传来："你干什么？"

大概是把她弄醒了，昌东嘘了一声，指了指窗外。

叶流西坐起来，看了会儿之后，低声问他："看看去？"

怕吵醒肥唐，两人从撤下的车窗里钻出来，穿上鞋子之后，沿着鬼火飘逝的方向一路跟过去。

跟着跟着，那簇鬼火忽然不见了。

叶流西猝然止步，好生失望："怎么会突然……"

话还没落音，那簇鬼火又出现了，只是这次，头大身子小，像是半空游弋的蝌蚪。

叶流西奇怪："鬼火还能变形？"

昌东点头："可以，但……不是这么变的。"

他屏住呼吸，疾步跟过去，快近前时，忽然冒出个念头，扬手拍了过去。

那一簇鬼火立时不见了。

叶流西吓了一跳："你拍它……烧到了吗？"

怎么说也带个"火"字呢。

昌东低头看自己的手："不是鬼火。"

鬼火说白了就是磷火，质量非常轻，所以老一辈说，遇到鬼火，不要说话，也不要走动，因为最轻微的空气流动都会把鬼火给"吸"过来。

"那是什么？"

"有点像……小咬。"

那是罗布泊的一种蚊虫，夏日常见，体量非常小，翅膀张开都不到一毫米，从前的科考队最烦这玩意儿，一旦遭遇，成群的小咬围着人的耳孔、鼻孔、脸乱叮乱咬，一团黑雾样嗡嗡嗡，抹了防蚊油都无济于事。

但现在都快冬天了，而且，从来没听说过小咬还会发出鬼火一样的光。

鬼火又出现了，越飘越远，向着司马道的方向，渐成消淡的烟。

昌东忽然冒出个念头。

这些小咬，是玉门关内飞出来的吗？按照时间推算，异象要消失了，它们是不是在……飞回去？

第43章

跟叶流西一说，她第一个反应就是："那就跟上去看看咯。"

昌东觉得，自己的胆子都是被她硬生生逼出来的："你有怕的东西吗？"

"有啊，穷。"

倒也没错，有些时候，穷比鬼可怕。

两人跟着小咬，时走时停，那一大群小咬，一直飘飘悠悠，忽东忽西，大多数时候，的确像焰状的一簇鬼火。

昌东觉得，再这么绕下去，待会儿回去，找路得费不少的劲……

正这么想着，那群小咬忽然速度加快，像被什么吸附，形状像急速飘逝拖着尾巴的彗星，还在被渐渐拉细。

叶流西催促他："快。"

但脚程再快，还是比不上小咬的速度，最后停步时，仰头看到的景象简直神奇：一道细线，像染绿的弦，寸寸没进半空的某一处。

一切归于沉寂。

叶流西不甘心地又往前走了几步，还伸手往前抓，好像这样，就能抓住看不见的门把手。

末了沮丧地走回来。

昌东还在仰头看半空："像不像风眼，或者水眼？"

叶流西皱眉："那又是什么东西？"

她觉得昌东的想象力真丰富，什么风头水尾，都是她初听茫然，继而觉得真他妈贴合的词儿。

昌东说："你盛了一池子水，只在最底下留个放水孔，池水一开始像是没动静，越到后来，放得越快，到最后，你可以看见漩涡，漩涡的中心，就是那个水眼，水眼有多小，进去的水流就有多细。”

叶流西顺着他的描述去想，觉得玉门关的大门或许就像个渐渐缩小的水眼，把门户暂开时放出的一切又给“吸”回去了。

她喃喃道：“那怎么办啊？”

忽然生出强迫症，想伸手出去，死抠住那个什么水眼，粗暴地撕扯开一个口子，供自己钻进去。

昌东说：“记住这个位置，该来的总会再来的。”

他捡了些沙土疙瘩块，在最后停步的地方堆出一个箭头，叶流西也去捡土块帮他摆，摆到中途，忽然想到什么，问他：“真的找到关门，你会进吗？”

她进没什么疑问，她几乎百分之百笃定自己是关内人了。

但对昌东，她有些过意不去：拿着一张孔央的照片，把他一路支使来，但截至目前，发现的一切，都只对她有意义。

她没那么贪心，很想把发现的东西分点给他，但不知道怎么分。

昌东掸了掸手上的沙土：“进。”

他好像知道她在想什么：“没听过那句老话吗，黎明之前最黑，什么都看不到的时候，往往离结果不远了。”

“找到孔央，你就回去了吧？”

昌东沉默了一下，然后点头。

叶流西“哦”了一声，把手上最后一块土疙瘩块摆到箭头上：“这样也好。”

心里不是这样想的。

昌东挺有用的不是吗？脑子转得快，做事靠谱，身手也不差，关键是，跟她配合得挺默契，这样的人难找，天上掉下来的，调教不来。

真到了他要回去的时候，她再想办法把他留下来，在哪儿讨生活不是讨啊，大不了开工资，没钱就先赊着，要么威逼恐吓，他不识相的话，一棍子敲傻算了，拿根绳子拴着，这样摆摊就不寂寞了，他傻不愣登的，可能还更听话……

她忍不住想笑。

昌东奇怪地看她：“你笑什么？”

叶流西说：“没什么，为你以后的新生活……感到高兴。”

昌东说：“看你的脸，就知道我的新生活不怎么样了。”

回去找路用了很久，加上沿路要做标记，回到营地的时候，天已经蒙蒙亮了。

叶流西回车上补觉，昌东没什么睡意，索性开始做早餐，有足够的时间，就可以熬粥，守着锅，等水沸，也等米散发香味，他喜欢那个出味的过程，就像很喜欢看叶流西熬汤：世事奇妙，米粒生硬，肉骨腥臊，但有时间、有火候、有耐心，就可以守到酥软糯香。

粥正沸时，有人过来，昌东没抬头，但知道是丁柳。

“有事？”

丁柳说：“我看到你们早上回来。”

昌东没说什么，回来的时候天快亮了，有人醒得早也不奇怪。

“东哥，拿了我干爹的钱，背地里不该搞什么小动作吧？谁知道你们晚上出去，是不是在藏私啊。”

昌东揭开锅盖，拿汤勺搅了搅粥：“你今天不是要出去打电话吗？朝你干爹告状好了。”

丁柳气得脸都白了，顿了顿掉头就走，回到车上，大力关上车门。

高深正吃早餐，不知道她怎么的又气不顺了：“小柳儿，吃饼干吗？”

又是饼干！

人家会做面熬粥，他啃饼干；人家会飙车甩尾，他不会；人家车里改装得可以睡觉，他就只会让她蜷车座；人家那么有性格，是，昌东不正眼看她，她也不高兴，但总比高深这么处处赔小心的样子更像个男人。

丁柳说：“我今天要出去给干爹打电话，您吃完了吗？吃完了能送我出去吗？”

“您”和“能”字，都加重了语气。

高深愣了一下，尴尬地攥起手里吃了一半的饼干袋，顿了顿伸手抹了抹嘴角，说：“现在好了，可以走了。”

丁柳更来气了：真他妈窝囊，连发脾气都不会。

肥唐做了个独自一人被抛弃在白龙堆的噩梦，迷迷糊糊中听到车声，还以为是噩梦成真，硬生生吓醒了，扒着车窗一看，才知道是丁柳他们离开了。

肥唐悻悻的：自己今儿也要出去找信号上网啊，都不说搭个伴，一点团队意识都没有。

叶流西还在睡觉，昌东不想吵她，让肥唐开自己的越野车出去。

走了这么多人，营地安静得像是没人居住，粥老早好了，昌东把锅窝在火石和灰烬里保温，另起了个小火台，放上骨碟，微火融着烤骨胶。

骨胶都是用他刻皮子时凿雕下的边角料熬制的，皮影上了颜色之后，要再涂一遍骨胶锁色，这样色泽才鲜亮。

他拿了笔刷，就着刻好的纹路，细细刷胶，丁州初教他做皮影时，说："这事儿可磨人的性子了，你别嫌烦，对人有好处的。"

是有好处，他从前的性子，也没这么稳，都是一刀一笔里出来的，凿刻刻凿，塑人，也塑己。

忽然听到叶流西说："老艺术家。"

昌东抬头，她不知道什么时候醒了，估计看了他有一会儿了，脸上慵懒里的刻薄气，居然一点都不恼人。

昌东说："起来吧，给你留了饭。"

他继续忙自己的，但她一起来，营地就不安静了，心也静不下来，伸懒腰，走动，刷牙，洗脸，哪儿都是她。

末了还捧着饭盒挨着他坐："昌东，你用我做模子刻个皮影呗。"

昌东说："皮影不写真。"

皮影，妙就妙在那份失真的格调。

叶流西叹气，自己拿勺子拨饭盒里的粥："故事里说，术士招来的魂其实是李夫人的皮影，怕汉武帝看出来，所以坚决要隔道帘——这汉武帝是不是傻啊，皮影都不写真，人物线条那么夸张，他还能伤感地哭了……"

昌东说："也许人家的皮影更高级点……"

有车声传来，引擎音一入耳，他就听出来了："肥唐回来了。"

肥唐带回来那几个篆字转简后的结果：

"流西骨望东魂。"

昌东没说话，一时间他没头绪，叶流西也没吭声，六个字，她居然占了俩，而且，她的特殊之处不应该是血吗，怎么骨也跑出来了？这是几个意思，全身都是宝？

肥唐一路琢磨，已经看出点意思来了："东哥，其实这个前后很对仗的，你看啊，'流'和'望'是动词，西对东，骨对魂，而且啊，你倒着念一下，也完全对仗……”

倒过来是……“魂东望骨西流。”

肥唐说：“跟那些披枷进关的人是不是刚好合得上？人被流放，等于骨头被流到西边去了，但魂却是一直往东的，叶落归根呢，估计一直想回来。”

是这个理，但似乎又不会这么浮于表面。

叶流西沉不住气：“在这儿猜破头，也不如亲眼去看，反正我决定了，你也决定了，就今晚好了。”

肥唐莫名其妙，又觉得气氛诡异，顿了顿小心翼翼地问：“东哥，你们决定了什么啊？”

昌东说：“我们可能找到了进玉门关的通道了。”

肥唐“哦”了一声。

这态度出乎昌东的意料：“你要进吗？”

肥唐说：“进呗。”

他掰着手指头假设条件：“如果只有你和西姐进，把我们都撇了，丁柳肯定要抓住我逼供，我能有啥好下场？如果你和西姐带着丁柳他们进了，只撇下我，丁柳肯定也不答应，我是进去鉴宝的专家，现在要进关了，我跑了，她能让？”

“反正，”他一副挺委屈的样子，“你和西姐罩着点我呗。”

下午，丁柳他们也回来了，听说要进关，一口答应，即便昌东提醒说可能有危险也无所谓，丁柳甚至说了句：“终于能来点刺激的了。”

昌东吩咐他们：“至少带两天的干粮、紧要的装备还有称手的家伙，到时候都坐我的车。”

丁柳不高兴：“为什么？只有你的车能进关吗？五个人乘一辆，太挤了。”

昌东说：“不是只有我的车能进关，是只有流西开的车能进去——除了她，我们都是货。”

这是最保险的推测，那个神棍说“从来没听说谁进去过”，传说故事里，胡商也是跟着跟着，忽然失去了目标，风沙触手会驱赶那些误入的人……

这关门，恐怕是认人的。

日落前，一切准备就绪。

昌东沿着早前做的记号，一路把车开到那个土疙瘩做成的箭头前。

这里雅丹林立，地面起伏不平，更让人不安的是：天黑的时候没看清楚，前方不远处，雅丹土台高达二十多米，而且龙身横亘近百米。

昌东就在这里停车，推开车门，把针管里事先抽好的血推滴下去。

丁柳有点莫名其妙，不知道为什么要开到这种地形的绝处："然后呢？"

昌东说："等。"

也不知道过了多久，起风了。

这一次，风沙比任何一次都大，狂暴的风声似乎是在地面卷扫，车窗嗡嗡震响，有白色的光道闪烁不停——这是大风和雅丹中的盐、磷元素相撞而产生的自然现象。

光影变幻，风声呜咽不绝，把整个车子周围映衬得如同鬼蜮，昌东下了车，和叶流西交换位置。

叶流西握紧方向盘，睁大眼睛往前看，设想会看到巨大的门洞，但没有，只有雅丹。

又一阵大风飙过，几吨重的越野车居然车身打飘，丁柳有点害怕，问："车子会被风掀翻吗？"

昌东没有回答，他闭上眼睛，身体贴近座位，去感受车身的震动。

"流西？"

"嗯。"

"最大的风，是从前头来的。"

前头是二十余米高的雅丹，按照以往的扎营原则，那该是挡风的。

叶流西的心猛跳起来，说了句："抓稳了。"

她踩下油门。

车光映处，矗立的雅丹土台如同迅速扑车的巨兽，丁柳尖叫起来："干什么？！你这是自杀！自……"

来不及去拉叶流西了，丁柳惊恐地瞪大眼睛，只觉得全身的血直冲上脸。

然而，预想中的碰撞没有发生，车子狂飙不停，直到忽然有个人影直扑到车前，被撞飞出去。

叶流西猛然刹车。

风声消失了，一时间也辨不清周遭是个什么环境，一车的人惊魂未定，滞重的呼吸声此起彼伏。

叶流西解开安全带："我刚刚好像撞到人了……"

她伸手去开车门，昌东一把抓住她的手，低声说了句："先别。"

他关掉车灯。

外头一片漆黑。

车顶传来刺啦的声音，像是有什么东西在爬，过了会儿，那个东西壁虎样爬到昌东一侧的车窗上，精瘦，硕大的头颅生硬地吱呀转着，按在窗上的手，如同医院放射科CR胶片拍出的手骨，指节森然。

第44章

车里死一样静，连呼吸都屏住了。

那个东西还在爬，从侧窗爬上了车前的挡风玻璃，手足拖过的地方，留下黏液似的拖痕。

从这个角度来看，是个人形，却分外瘦，像是骷髅上裹了层皮。

叶流西的声音低得像耳语："我们都不动，它会自己离开吗？"

昌东低声回答："试试看吧。"

肥唐听到自己牙齿磕碰的打战声，怕遭人嫌，赶紧死咬牙关，身边的丁柳窸窸窣窣，在挎包里掏着什么，高深低声问了句："找什么？"

"干爹给的，枪。"

原来有枪啊，肥唐安心些了。

昌东回头，吩咐了句："别开，你不知道外头这东西有多少，万一伤了车，又引来更多的，就麻烦了。"

还会有更多？肥唐手心都出汗了。

就在这个时候，那个东西忽然抬起头，再然后，头如摆锤，向着挡风玻璃狠狠砸过来。

昌东吼："开车！"

车灯刹那间全亮，叶流西油门踩到底，车身直飙出去，那东西嗷呜一声，先撞上挡风玻璃，又从车前盖上滚翻下去，肥唐一声痛快的"去他妈的"还没出喉，就见一只枯手从车前抓出，那东西又翻上来了，整个身子似乎粘在车前盖上，左甩右甩，就是甩不出去，而且还不断往上爬，爬到近前时，蓦地抬头。

正面相对，獠牙森森，尖利的牙齿间浸着血色，还在不断往下滴涎水。

叶流西气得大骂。

烦躁之下顾此失彼，对付不了这玩意儿又没法专心看路，前方突然又有黑影，她急打方向盘，昌东侧身扶住方向盘，说："我来开。"

叶流西松开手，两人在疾驰摇摆的车上快速换座，昌东这头刚坐定，她已经抽出刀，一把撳下车窗，手抓住防撞杆，半个身子探出去。

那东西似乎察觉了，猛然转头，速度极快，向着侧面急速扑爬。

昌东猛打方向盘，吼："抓住她！"

高深、丁柳和肥唐居然同时听懂了，说时迟那时快，三人几乎是一起往前扑，高深抱住了叶流西的腿，肥唐来不及反应，抱住了高深的腰，丁柳扑了个空，又跌回到后座。

车身猛甩，那东西抓攀不稳，叶流西正被晃得晕眩，忽然看见一只枯手就在眼前，想也不想，一刀劈斩，瞬间又被拽回车里。

丁柳急回头看，那东西砸滚在地上，车速不停，很快落在背后看不见了。

……

车子急速向前，车里一片静，眼前人叠人，人抱人，好生滑稽，丁柳一个忍不住，扑哧一声笑出来。

笑声里，几个人各归各位，车窗外，靠近后视镜的地方，兀自粘着一只断手，随着车身的晃动颤颤巍巍。

叶流西拿刀背将断手砸落，然后关上窗。

车外归于宁静，车光照处，是看不到尽头的戈壁滩。

昌东再开了一段之后，停车。

几个人或歪或靠，都不想说话，过了会儿，丁柳问："吃糖吗？"

她拆了袋彩虹糖，每个人分了两颗，叶流西正嫌嘴里没味道，糖送进来抿住，甜酸气直冲脑门儿。

昌东说她："太莽撞了。"

叶流西翻他白眼："本能反应……还说呢，差点把我腰给甩断了。"

丁柳问："那是什么东西啊？"

跟美国电影里进化过的丧尸似的。

她顿了顿，又不安地回望：“不会跟上来吧？”

肥唐脑袋倚着车窗，目光呆滞，喃喃说：“不知道。”

高深突然想到什么：“咱们还在白龙堆吗？”

显然不在了，否则以刚刚的直闯狂飙，形同自杀，早撞上无处不在的雅丹土台了。

昌东说：“可能已经进关了。”

刚进来就吃了一记下马威，也不知道那东西什么来历，肥唐反应过来：“那……东哥，那个玉门关的大门呢？”

昌东留心了一下车外的动静，确信没什么异样，打开车门下车。

不知道大门在哪儿，四面都是粗沙砾石的荒漠，很远的地方有起伏的戈壁山脉，山顶尖上蹭着一牙月，边上有稀淡的云拥靠，惊险之后，心里居然生出无限温柔意味来。

昌东说：“暂时找不到门，走一步看一步吧。先原地休息，我检查一下车。待会儿先找路，有水就有绿洲，有绿洲就会有人。”

如果关内真的有活人的话，只能住在绿洲附近。

没人有异议，这里四面平，有异动的话会看得很清楚，高深爬上车顶，主动放哨。

昌东检查车子，车子最怕这样飙闯，加上那东西从车底爬到车身，不检查一遍不放心。

丁柳倚着车屁股抽烟，有风吹来，乳白的烟气袅袅飘到高处，高深看见了，悄悄拿手去拢，攥紧了送到面前，除了味道，什么都没有。

叶流西拿手电照自己的刀，西瓜刀终究是切西瓜的，砍不了别的硬物，那一刀过后，刀刃都卷了边。

她往外走了几步，想找块石头来磨，可惜满地都是土疙瘩，不由心生懑闷，一脚踢飞两块。

身后传来脚步声，是肥唐嗫嚅的声音：“西姐。”

叶流西从地上捡起块骰子大小的石块，生硬地去磨卷了边的刃：“知道你想回去，但现在我也找不到门。你放心好了，真有危险，我会尽量顾着你的。”

她不做担保，只说尽量——世事难料，给别人、给自己，都得留点余地。

肥唐说：“不是，西姐，其实我也不傻。刚刚那种情况，再多来几只，你们顾自己都来不及，哪还有精力顾我啊，换了我，也先顾我自己啊，我懂的。”

叶流西有点意外，她一屈指，把那块不顶事的小石块弹出老远：“那找我干吗？”

肥唐耷拉着脑袋，蔫蔫说了句：“不想死，又不知道该怎么办，想变强，也来不及了。”

叶流西说：“怎么会，就三步。”

昌东检查好车子，过来招呼两人上车，恰听到这番对答，不由停下，想听听怎么个三步法。

叶流西像个洗脑的，说：“首先，心理上要觉得自己很强。

“管你是不是弱鸡，你都要认为自己很强，不管别人怎么看。”

昌东觉得，叶流西从心理上，一定觉得自己很有钱。

“其次，装。哪怕你不强，你也要装出气势来。虽然你不能打，真的逼上梁山，抱着头等人打吗？你也要吼、撕、掐、抓、踹，两军对阵为什么要比擂鼓？声势可以吓走人，懂吗？再说了，真打不过，抓他一脸血道道也好。

“最后，真强，就三步。”她拍拍肥唐的肩膀，“你至少能速成两步，强不到一百，也能强六十呢。”

她提着刀往回走，一抬头看见昌东：“干吗？”

昌东说：“没什么……我挺服气的。”

再次开车出发，昌东目的很明确，尽量往红柳、骆驼刺多的地方走。

沙漠里断水的旅人，有个找水的秘诀，就是从红柳根处往下挖，往往能挖出水来，这就说明底下有暗河，而暗河，都是由明的水道而来。

一路行进，倒还顺利，中途路过一小片胡杨林，昌东打着手电下车去看，胡杨树枝丫虽然光秃，但是树底下积了不少黄叶，一算时间，关内、关外如果季节相同，现在也的确是胡杨落叶的时候。

这些树有水供养，是活的，看来大方向没错。

又开了一段，叶流西忽然指向远处：“看！”

黑魆魆的一片，高低错落不平，虽然辨不清是什么，但一定不是树。

再往前些，昌东几乎可以笃定，那是个村子。

能看到屋子的轮廓，都是矮小的平顶，这是戈壁地区屋子的特点：无须排雨，还可以在屋顶晾晒东西。

车子渐近，这村子不大，地势高低不平，平地、坡上，都建有麦秸拌泥黄土夯墙的破屋，统共只有十来间，有的门户大开，有些已然半塌，车光扫过黑洞洞的村道、墙根丛生的兔儿条以及村口一棵六七米高的沙枣树。

昌东把车子停到村口处，为了听察动静，暂时熄火。

车子没了声响，周围反而安静得近乎可怕，这个村子，像是被人遗弃，鸡狗都没剩下一只。

丁柳低声喃喃了句："荒村啊。"

高深想开车门，昌东说："先别，不正常。"

高深愣了一下："怎么说？"

昌东指着那棵沙枣树，还有其他的灌木："能长这些，说明这周围自成生态，已经是个绿洲了。在戈壁沙漠里，绿洲太珍贵了，你想找活的东西，人也好，动物也好，只能在这儿。"

但是，这里安静得……太异样了。

丁柳忽然想到什么："刚刚那个怪东西，算活的吗？它会不会……也奔这儿来？"

肥唐看着一座座黑漆漆的屋子，头皮发麻："又说不定……已经藏在屋里了呢？"

昌东说："那东西，好像没这个智商，有这种智商的话，就不会往行驶的车上扑了。"

他观察了一下村子，指了指半坡上一间看起来大而齐整的："我们得先找地方歇脚，定下来再说。"

他把车子开上半坡，在门口不远处停下，下了车之后，先不急着进，让高深捡了几根木棍来，自己拿剪刀剪了件棉T恤的后幅，扯成布条，浸了汽油之后绑到棍头上，拿打火机小心地点燃。

火焰腾起，一时间空气烫热呛人，丁柳奇怪："不是有手电吗？"

昌东说："有些东西，怕火，但不怕手电。"

丁柳心头咯噔一声，赶紧接了过来。

昌东和叶流西先进，肥唐和丁柳在中间，高深殿后。

院子里七零八落，水缸倒翻，柴火乱堆，凳子、积灰的锅碗扔得到处都是，丁柳松了口气，正想说什么，忽然看到靠墙堆的柴火后头好像有什么动了一下，吓得大叫："那儿有东西！"

话音未落，那堆柴火忽然四下散跌开，尽数朝几人身上砸落，混乱中，只看到有个人影蹿出，几乎是与此同时，水缸口的破盖被踹倒，一团黑影直扑昌东，屋顶也有异动，盖草掀起，捆扎的秸秆往下乱扔，烟尘四起，一时间乱作一团。

叶流西想都不想，几步跨上缸沿，借势扒住屋顶上攀，眼见那人影就要跳下去，一个扫腿将那人扫翻，就势拿膝盖顶住，伸手摁住头时，下意识叫了句："这是人！"

昌东这里也把人放倒了，火把映过来一看，居然是个十三四岁的男孩，穿着老土的运动衣，一脸锅灶灰，惊恐万状。

然后……

院子里只余肥唐的怒吼声。

所有的火把一起照过去。

肥唐正与人扭打成一团，真是状若拼命，又踢又掐又踹，那个和他打成一团的人，辫发散乱，居然是个二十岁出头的姑娘，脖子上被抓了几道血道子，看那个架势，已经快哭了。

第45章

火光下，肥唐看清和自己厮打的居然是个女孩家，愣了一下。

那姑娘趁势一巴掌扇了过来，肥唐大怒，一声吼！

没下文了，昌东过来，几乎是把他揪开的，那姑娘乘胜追击，又爬起来踹了他一脚，直到丁柳将火把往中间一插，冷着眉眼问："还有完没完啊？"

那姑娘不说话了，嘴角肿起，衣领也被肥唐扯歪了，饶是如此，还是能看出长得白净秀气，穿毛衣、牛仔裤，裤边已经散了线，毛毛絮絮，不知道的还以为是时尚款。

昌东抬头看，屋顶上，叶流西也揪着那人站起来了，那一个是头发花白的老头。

这真是……老弱妇孺。

昌东皱着眉头看那姑娘："你们这……什么意思啊？"

那姑娘眼皮都没抬，说话很冲："没什么意思，都说开铁皮车的不是好人，我们怕还不行啊？"

又斜眼瞥燃得正旺的火把："把那玩意儿灭了行吗？把人架子招来，大家都别活了。"

昌东心里一动。

能说出"铁皮车""人架子"这样的话，看来是关内人，他没心理准备这么快两相遭遇，看长相没什么差别，穿着虽过时，倒也不隔代跨代，一时把不准问话的尺度，又不想暴露自己是从关外来的……

他看了一眼叶流西，沟通这事，估计要交给她了。

火头都踩灭了，余烬的细烟飘不出墙，到半空就被风吹散了。

那姑娘一声不吭，自顾自拿手梳头发，重新编辫子，打圈盘起，拿卡子别在头上，乍一看，像菩萨编的盘塔辫子。

身边一左一右，坐老头和小男孩，表情都是木的，一脸的任人宰割。

叶流西过来，一脚踢正一个倒翻的板凳，拍掉灰坐上去，刀往身侧一插："你们三个，推举个代表出来，放心，就聊几句，然后各走各路，谁也不为难谁。"

没人吭声，过了会儿，那个姑娘抬眼看她："真的？"

叶流西说："你们老的老小的小，都不够我一个人打的，想为难你们，早动手了。现在和和气气跟你们说话，这叫诚意，懂吗？我一般都先拿诚意换诚意，换不来，才动刀。"

那姑娘咬了咬嘴唇，顿了顿说："我叫阿禾。"

她指那小男孩："这是薯条。"又指那老头，"他是算命的，叫老签。"

叶流西问她："大半夜的，你们不睡觉，在破屋里躲着干什么？"

阿禾说："谁不睡觉了？我们是听到动静，出来看，谁知道你们直奔着来了，我们就躲……"

叶流西不动声色："原来是在睡觉啊……在哪儿睡啊？"

阿禾察觉到说漏了嘴，立马不吭气了。

昌东心里约略有了数，他走过来，拔起插着的刀，递回给叶流西："行了，别吓到人家。"又看阿禾，"一场误会，你们走吧。"

阿禾一愣："这就让我们走吗？"

昌东笑了笑："是啊，我们又不是坏人。"

阿禾迟疑着拉薯条起来，试探性地往外迈步，昌东侧身让路，丝毫没有要拦的意思。

阿禾赶紧招呼老签："算命的，发什么愣啊，走啊。"

三个人，连走带跑，很快出了门。

肥唐看傻了眼："东哥，这就让他们走啦？他们关……关内人哎，你倒是多套点话啊。"

昌东说："这个阿禾没心机，不是坏人。既然原本在睡觉，这个村子这么丁点大，她能睡哪儿？又能走哪儿去？我们点个火把，她都怕招来什么人架子，等着吧，不到五分钟还会回来的。"

说到这儿，忽然想起了什么，皱着眉头看肥唐："你看你能耐的，把人小姑娘打成什么样了。"

肥唐耳根发红，拼命给自己找面子："那……那我紧张，我胆又没你大，黑咕隆咚的，忽然蹿出来，是人是鬼都不知道，谁还分男女啊。"

都是道理，昌东不好说什么。

院里有好几间屋，他吩咐高深守着院门，其他人打着手电，四处都检查一遍。

除了荒废和破，好像没什么特别的，昌东看了一圈，最后停在了灶房口。

灶房已经半塌，好大的锅台，上头压满土坯块、茅盖、破草席，正站着，叶流西也过来了，手电光和他照着的位置合在了一处。

她想过去，昌东拉住她："再等等。"

果不其然，过了会儿，院门处传来高深的声音："你们怎么又回来了？"

阿禾牵着薯条进来，后头跟着老签。

她一抬头，先看到肥唐，狠狠剜他一眼，目光要是能撕人，肥唐估计已经在碎纸机里过一遍了。

然后走到昌东面前，问："你真的是好人哦？"

昌东觉得她可爱里冒点傻气，点头说："真是。"

阿禾犹豫了一下，顿了顿叹了口气，松开薯条的手，走到灶台边跪伏下身子，把灶口处挡着的破烂家什给移开。

薯条着急，叫了声："禾姐！"

阿禾一旦有了主意，还挺执拗的，她身子探下去，声音飘出来：“算了，人家连铁皮车都有了，还贪我们这点东西吗？”

灶台口有条地道往下，居然连通着一个地窖，规模有一间教室那么大，估计在高处隐蔽的地方开了通风口，所以下头可以燃煤油灯。

地窖里收拾得挺有条理，靠墙边都是地铺，细数，住的应该不止阿禾这三个人，简陋的橱柜里放缺齿的碗碟，边上有袋装的米面，地上散堆着萝卜、辣椒，墙上挂着风干的牛羊肉。

昌东注意到，橱柜上搁了本书，纸页泛黄，封面是光映照下的老树虬枝，过去一看，居然是金庸的《书剑恩仇录》上册。

再一翻，百花文艺出版社出的，1985年版。

阿禾说：“我爹的书，我也爱看，就是找不到下册。市集上书少。现在世道不好……”

她掰手指头：“最紧俏的是吃的、喝的，还有刀啊这种厉害家伙，你们懂的。”说着从橱柜底下抽出一摞蒲草编的垫子，依次分给大家，“没凳子，将就着坐吧……你们打哪儿来啊，胆儿真大，敢走夜路。”

肥唐伸手去接，接了个空，阿禾谁都给了，明目张胆地不给他。

不给拉倒，肥唐鼻子里嗤一声：老子蹲着。

昌东示意了一下那本书：“你知道作者是谁吗？”

“知道啊，封面上写着呢。”

“见过他吗？”

阿禾奇怪地看了他一眼：“那怎么可能，关外人呢。”

昌东的心跳得有点厉害：他们也说关内关外。

他指向那几个多出的空地铺：“还住了别人？”

“几个叔伯，去市集了，好几天了都……”

她有点担心。

昌东尽量问得不经意：“你们村，就这么点人？”

阿禾说：“什么我们村啊，这一带，十几年前闹了眼冢，灭门绝户，早荒了。我们是躲灾的，现在世道不好，太乱，我爹说，闹过眼冢的地方，也不是不能待，虽然会有人架子……一路上，喏，大家结了伴……”

她指着薯条还有老签：“一共七八个人吧，到这儿，发现是个绿洲，现成的房子，有水有树的，就住下了，不敢住地上，半夜人架子会出窝，那东西可凶了，嗅着人味就发疯，我见过半米厚的墙，都被它们刨出洞的……”

叶流西问她：“人架子，是不是皮包骨头，跟个骷髅架似的，能跑能跳，牙齿尖利？”

阿禾连连点头：“是，我没见过，听我爹讲的，说是动作很快，身上黏答答的，皮肤惨白，因为老不见光，那种凶的，把人撕吃了都可能……我爹说，跟人架子遭遇上，要么被弄死，要么必须弄死它——它要是活着，绝对不放过你的。”

丁柳听得入神：“要是我们早跑远了，它们还怎么‘不放过’啊？”

阿禾答不上来，转身去看老签：“算命的，怎么说来着？”

老签不紧不慢地说：“我是听说，这玩意儿鼻子灵，嗅到你的味儿就能跟。还有啊，别让它那黏液碰到，据说那东西有味道，几天几夜都不散，人鼻子闻不见，但是人架子能闻见，它要是在你这儿吃了亏，会纠结同伴，一起来报复……”

叶流西心里咯噔一声，转头看昌东：“我们车上……那东西洗了吗？”

她记得，人架子爬车的时候，一路都留下了黏液拖痕。

昌东摇头：“不知道是什么成分，没敢碰。”

阿禾听出点端倪，顿时紧张起来，说话都有点口吃：“你们……车……车上，你们遇到了？”

高深问了句：“现在出去洗，来得及吗？或者找东西盖盖味？”

丁柳赶紧翻包：“我有香水，可以喷。”

阿禾头皮发麻，耳朵边乱嗡嗡的，语无伦次：“别，万一出……出去，正遇上呢，反正现在在地下，等……等天亮吧，算命的，天亮前，人架子一定会回尸堆雅丹的，是不是？”

老签还没来得及回答，昌东忽然问了句：“什么叫尸堆雅丹？”

他语气有点怪，和平时不同。

阿禾说：“人架子，起先都是人啊，就像蜘蛛吃食似的，先被缚在网上——人架子起先都是被嵌在尸堆雅丹上的，慢慢地血被吸干，人也被裹进去，跟埋了没差别，但十个当中有一个，会重新……钻出来。”

第46章

昌东脑子有点乱。

看阿禾时，居然看不真切她的脸，只能看到一张嘴，开开合合，好像没停的时候：

“哪还能认得人，就认得血和肉了，也不知道疼……我爹说，它们刨屋，手指头都磨秃了，也不会停。

“不知道能不能杀绝了……人家可以生吧……

“为什么不能生？人架子有男女啊，也会发情……”

昌东说：“地下太闷了，我出去透口气。”

阿禾好像劝了，高深也说话了，都在说外头不安全，自己答了什么，昌东不记得了，就记得推开灶口的隔挡，呼吸到外头的空气，那空气凉到发冷。

他在院子里站着，高处树影婆娑，进戈壁以来，植物都低矮，空气中没有水，只能巴巴往地上凑——所以看到高大的树木，总觉得亲切，回民街上就有好多树，戏场的后院也有，绿荫如伞，遮攀住屋檐，树隙里漏下熙来攘往的人声，那时候总嫌吵……

身后有脚步声，他知道来的是叶流西。

昌东指了指树影：“早上早点起的话，不知道有没有鸟，应该会有……”

叶流西说：“如果正面遭遇，你下不了手的话，要我帮忙吗？”

昌东沉默了一会儿，说：“不用，我自己会解决。”

“那如果，我在你之前遇到了她，你是希望我带她来给你呢，还是我自己处理了，事后抽个机会告诉你一声就好？”

昌东回头看她。

叶流西笑笑：“别误会，我只是觉得，如果是我的话，情愿男朋友最后记得的，是我漂亮时的样子，我可不想他以后对我的回忆里，总跳出一张人架子的脸。”

昌东说：“还没想好。”

“那你自己考虑，想把事情托付给我，就说一声……我去给你的车子盖盖味。”

她晃晃手里的香水瓶，径直往外走，门外黑洞洞的，昌东怕她出事，紧走了几步跟过去。

伴随着嘶嘶的喷压声，空气里已经弥散开甜香，像蜜桃味，是丁柳这个年纪的女孩子喜欢的味道。

叶流西问他："香吗？"

她喷得毫不吝啬，喷漆似的，每次都摁到底。

昌东从前陪孔央买过香水，那些妆容精致的推销员，手法熟练，举着香水瓶，只往半空喷一点点，然后拿一张小巧的试香卡，在空气里兜住若有若无的味道，递过来说："闻闻看，香吗？"

昌东觉得，自己的嗅觉大概是被大漠风沙磨得粗粝了，每次也闻不出什么，尤其孔央偏爱味道很淡的香水，说是喜欢似有还无的感觉。

似有还无？这太强求他的鼻子了，但孔央很有耐心，提醒说："我抹在颈后啊，这里有脉搏跳动，叫挥发点……"

昌东有时，特意蹭磨吻她颈后，情动时，真的觉得鼻端有暗香浮动。

那么务求精致的女孩子，在他面前美得一丝不苟，他看不到的时候，就美给自己看：颜色的搭配、上下衣裳的搭配，甚至香水味的搭配……

忽然之间，变成了深夜里狰狞惨白的人架子，身上渗着黏液，齿缝里残留血肉……

昌东说："流西，如果孔央真的出事，而你在我之前遇到……我想托付给你。"

香水瓶快空了，叶流西正喷出最后一下，雾化的液滴在夜色里泛了很短时间的白，然后往下落得不见。

她一口答应，说："好啊。"

回到地窖，底下已经在准备就寝了，阿禾把空铺位让出来，让几个人自行安排，又捻着煤油灯侧的小齿轮，慢慢把棉芯调低，只留那么一丁点不妨碍睡觉的亮。

老签这才挨到她身边，装着是在帮忙理东西，觑了个空子，压低声音说她："都不知道他们是干什么的，就这么放进来……"

阿禾斜乜了他一眼："你也不想想，能开铁皮车的都是什么人，真能攀上关系，对我们只有好处。我看他们人不坏，你也该客气点。"

……

铺位都是两两拼，两张地席并排，一张靠墙，一张靠外。

按理说可以男女分开，但高深和丁柳似乎没打算和外人拼，丁柳睡了靠墙的一张，高深就很自然地选了她边上那张。

剩下的……

肥唐琢磨着，叶流西身边，怎么也轮不到自己躺，于是默默和老签拼铺去了。

他睡不惯地席，躺下了怎么都不舒服，翻了个身，不自在，又翻了个身，正对上老签的一张老脸。

老签还没睡，四目相对，想起阿禾说的，要对人客气点，于是说了句："小兄弟很生猛啊。"

铺位挨得都不远，声音稍大，谁都能听见，不远处，阿禾鼻子里"哼"了一声，叶流西忍不住想笑。

肥唐打着哈哈，觉得来而不往非礼也，顿了顿寒暄说："签先生是算命的啊？"

老签说："我不姓签，还有，别听小丫头乱叫，汉武帝那会儿，我们这样的人，都被尊称为'方术之士'呢，什么算命的。"

汉武帝？

叶流西心里一动，适时咳嗽了两声，希望肥唐能机灵点，努力套点话出来。

谁知阿禾先说话，语气凉凉的："没点驱妖镇魔的本事，能叫方士？别说出来让人家笑了，你要真是方士，我们也不怕什么眼冢、人架子了。"

老签慢吞吞地反驳："你这话不对，方士要能根治这些怪东西，犯得着被流放吗？还不就是因为花了汉武帝那么多钱，到头来还办不成事，所以倒了霉了。"

阿禾呸了一声："你们倒了霉还不够，还害我们倒霉。"

老签说："是豆腐就别笑豆腐干了，你祖上不犯罪，你也不会待在这儿啊，说不定这会儿，正坐着飞机上天呢。"

阿禾不说话了，肥唐越听越糊涂，打断说："慢……慢着……汉武帝罢黜方士这事，不是因为求仙没成功吗？"

他记得清楚，野史里，不止，正史里也有提及，汉武帝跟秦始皇一个毛病，就喜欢求仙问道追求长生不老，举国之力，广蓄方士，炼什么灵丹妙药。

一直到晚年，诸多失败的打击之下，终于醒悟，还感叹说："昔时愚惑，为方士所欺，天下哪有仙人，尽妖妄耳！"

一怒之下，罢黜了所有方士。

肥唐当时还觉得，汉武帝脾气真不错，被骗了那么多年、那么多钱，也只是“罢黜”了事，换了秦始皇，恐怕会把方士跟儒生一起坑了。

老签说：“什么求仙问道，你怎么连点常识都不知道？秦始皇求了那么久都没求到，徐福开着大船去日本了，也没带回神仙来——前车之鉴，汉武帝会不得点教训？他又不傻，怎么可能再去求？”

肥唐磕磕巴巴：“那……那他干什么了？”

老签说：“他平生最自得的几件大事：攘夷拓土、北驱匈奴、张国臂掖、绝妖鬼于玉门……没听说过吗？”

昌东忽然说了句：“听过是听过，但是缘由不太清楚。”

老签有些得意，阿禾最烦听他白话事，三句话没说就嚷嚷他是“算命的”“少说话多做事”，真是难得有听众。

“陈阿娇与楚服的巫蛊之事是个由头，汉武帝最痛恨这些鬼怪离奇的事，北驱匈奴，一大功德，汉武帝得意之余，觉得应该更进一步，多做点前人做不到的大事，于是生出一个念头来，觉得那些魑魅魍魉害人，妖魔鬼怪害民，巫蛊邪术乱治，都应该给绝了。

“但那个时候，做这种事，不能大张旗鼓。一来百姓愚昧，各地敬鬼敬怪之风不绝，怕触怒鬼怪，连地方官都敢违逆；二来皇帝也怕惹恼这玩意儿，引祸上身。

“所以假借求仙问道为名，广集能人方士，为避耳目，还装模作样派船出海，也找什么蓬莱仙人，又祭神请仙，其实都是障眼法。

“这么国家级规模的大手笔，的确很有成效，但是问题也来了，大概是力有未逮，根治不了，有些是抓住了，杀不死；有些是杀死了，化归原身，但假以时日，还能卷土再来。

“汉武帝大怒，他花了那么多力气，想立百世功业，是要永绝妖鬼的，可不是只求二三十年太平，所以他向方士下令说，要么给他个解决方案，要么统统杀了算了。

“这些方士，能驱妖镇魔，当然不是泛泛之辈，其中有四处周游的能人，上书汉武帝说，如同北驱匈奴一样，未必要杀光，能把它们赶在某个地方，让它们永远回不来，也是可以的。汉武帝就问他：‘有这样的地方吗？’

“他回答说：‘有啊，我四处周游，发现过几处奇怪的入口，明明是绝路，谁知道另有天日，只要把入口封死，简直如同阴阳相隔，再也无关无涉了。’”

叶流西问了句："所以就选了玉门关外？"

她嫌躺着不得劲，趴在铺上，以手支颐，盖毯都退到了半腰，昌东觉得，再听得兴奋些，她大概就要蹿出去了。

老签说："是啊，汉武帝看妖鬼，大概跟看匈奴也没两样。真是选的好地方，风大沙大，想讨口吃的，都不容易。不过也幸亏是这地方，条件恶劣，有些妖比人还挨不住，先死的一批，就是离不开水的，紧跟着就是树妖、藤妖……"

他似乎觉得跑偏了，又把话题扯回来："总之吧，皇帝一道令下，就有了一次全国规模的'西出玉门'……"

昌东说了句："把妖鬼送进来也就算了，为什么人也留下了呢？"

老签冷笑了两声："你这脑子，看来是当不了皇帝了，皇帝杀个人，为绝后患还要斩草除根呢，把妖鬼送进来，任它自生自灭吗？万一反而壮大了呢？"

肥唐倒吸一口凉气："那些方士也得进来？"

"是啊，万一有差错，得靠他们补救啊，管他乐不乐意，强制送进来，还有那些巫蛊世家，所以得有羽林卫一路看押，这些人要有人伺候吧，那些各地流放的犯人首当其冲，包括上门女婿……"

丁柳原本一直听着，这时候实在忍不住："上门女婿又怎么了？"

肥唐回了句："汉朝的时候，上门女婿是下等人，商人也是，这样的人，也可能被谪边的。"

丁柳"哦"了一声，目光有意无意地瞥过身边的高深。

叶流西叹气："这些方士，也是倒了霉了，出了力，最后落个跟流放差不多的下场。"

老签说："谁说不是呢，汉武帝估计也挺歉疚的，赏赐了无数财帛，但再多的金银珠宝，跟陪葬品也没差别，皇帝看这儿，就跟看个坟墓没两样吧，更糟的是，关内这穷山恶水的，连人都没有，你拿着金银珠宝有什么用呢？价值连城，也不如一米一饭。"

他声音渐息，似乎有了点睡意："反正啊，就进来了呗……也别抱怨了，眼冢兴风作浪的地方，是闹人架子，但是没别的怪东西啊，现在是什么世道？你去别处看看，简直是打翻了博古妖架，多少市集都荒了……"

静默中，阿禾小声说了句："关外没妖鬼呢，我在市集上看过小电影，关外人到了晚上都敢出门，点好多电灯，把城市照得像白天一样。"

老签说：“‘出关一步血流干’，三岁娃娃都会唱的歌呢，别惦记关外了，从来没人出得去过。”

第47章

肥唐一肚子想问的，什么眼冢、市集、小电影，但看老签上下眼皮都在打架，又怕问多了惹人怀疑，只好不吭气了。

叶流西被关内关外搅得头疼，想好好睡觉，脑子里一会儿跳出来那首歌，一会儿又是方士守着丹炉，炉火熊熊的画面，翻来覆去间，听到昌东低声问：“又烦了？”

叶流西说：“不烦，管他关内关外，我只要有吃、有喝、有铺位，做人该做的事就行了……”

她转头看他：“你在烦？”

昌东看粗糙不平的昏黑窖顶：“也不烦，烦又解决不了事情，只是在等。”

事情早有结果，像机场行李的传输带，不管旅客如何心焦，始终慢慢吞吞，还没把结果送到他面前。

叶流西闭上眼睛。

不知道什么时候睡着的，又梦到破旧的屋子，木头门被风掀得撞来撞去，篝火旁，掉落一只松了带的胶鞋，角落的水缸豁口处，露出一双惊惶的眼睛。

她觉得自己走进梦里去了，倚着门，百无聊赖地看这一切，忍不住想打哈欠，还想发牢骚：来来回回都是这一场，能不能换个场景？

别人做梦，像连续剧，有起承转合，她的梦，从来就只有这一个单调的画面，下次再做这个梦，她应该带着线团和棒针进来织毛衣……

她被自己的想法给笑醒了。

睁开眼，发现阿禾已经起了，正蹲在米袋旁，拿手往盆里抓米，抓了几把，想了想，似乎觉得不够，又抓多了些。

然后向外走，步子细碎，大概要给大家做早饭。

关内物资不丰富，白吃白住人家的，有点过意不去，更何况，他们这一来，多的可不是一两张嘴。

叶流西欠起身子去推昌东，昌东醒得很快，但意识没跟上，半个人浸在疲惫昏沉里，问她：“干吗？”

声音浑厚低沉，带着不清醒的一线沙哑，叶流西忽然听愣了，下意识说了句：“你再说一遍。”

她不管，反正好听的，自己喜欢的，就要再来一遍。

昌东清醒了，他揉着眼睛，有些疲惫地坐起来：“怎么了？”

叶流西叹气。

感觉不一样了，最妙是不经意，不提防，忽然击中，又求不来。

她伸出手：“车钥匙，车里不是有吃的吗？拿些出来，阿禾煮饭去了，咱们不能尽吃他们的。”

昌东“嗯”了一声，掀开盖毯起身：“我去吧。”

通铺有个好处，醒了一两个，稍有动静，都不用嚷嚷，其他的人也就全醒了。

而醒过来之后，没人愿意待在地底下，昌东只叠了个盖毯的工夫，抬头一看，周围的人都走得差不多了。

除了他，居然没人理铺，都是掀了被窝就走，而边上，叶流西的毯子，裹得像个花卷。

昌东多看了两眼，她眼一翻：“怎么着？”

没怎么。

他说：“上去吧，下头闷。”

刚起身走了两步，忽然察觉到什么，回头看时，叶流西正伸手把他的毯子拽歪一角：她老早看他叠那么方正不顺眼了，就等着他走。

一抬头，才知道被抓了个正着，叶流西觍着脸说：“这样有凌乱美。”

昌东不追求凌乱美，他想过去理，叶流西动作好快，手一张，拿身体挡住。

从她肩侧看过去，自己的盖毯，本来叠得像个豆腐块，现在像豆腐块成了精，正跳楼寻死。

昌东心里猫抓一样，强迫症上来没办法，毯子没叠正，感觉像穿了条屁股上有洞的裤子。

叶流西只装不知道，连推带搡：“别磨蹭了，大家都上去了，还要做饭呢……”

昌东跟她商量：“流西，最多这样，我帮你一起叠了……”

叶流西摇头，又憋不住，自己在那儿乐，笑到去擦眼睛，昌东看了她一会儿，觉得她像个漂亮的二傻子。

他说："还笑，东西笑掉了知道吗？"

叶流西低头去看："什么？"

昌东踩住入口的脚蹬往上爬："肉。"

叶流西低头看看自己身材，仰头说："怪不得我觉得自己瘦了。"

上到地面，院子里满眼的人，有刷牙的，有擦脸的，阿禾在门边搭了个简易的灶台，柴火正旺，锅里的粥沸开，薯条在边上帮忙切土豆，切好了扔进锅里，再撒点盐下去。

这是什么吃法？昌东还没尝上，已经觉得嘴里味道怪怪的了。

天气不大好，老签叼着烟袋咂巴嘴，说："今天怕是要起沙暴啊。"

语气里，有一种奇怪的焦灼。

戈壁滩上刮沙尘暴不是常事吗？昌东正想说什么，阿禾忽然吼了句："干什么，火都烧不起来了！"

接话的是肥唐，吼得比阿禾还大声："我就从边上走一下，火就烧不起来了？它就这么怕我？"

昌东又是好笑又是头疼，顿了顿招呼肥唐："过来，帮我去车上搬点东西。"

他带着肥唐穿过院子。

肥唐怒气冲冲："关内人，都什么素质，我是打她了，但她也打我了啊，东哥，我跟你说……"

他突然住嘴。

院外，昌东的车子歪向一侧，四个轮胎，有两个软塌了，凑近看，应该是被硬生生啃破的，车身上，遍布黏液风干后的手印、脚印，都不知道被多少只人架子爬过攀过。

车子如此悲惨，昌东居然想笑。

他刚进西北走线时，结识了一位前辈，那人比他大了四五岁，开陆地巡洋舰，对车子宠得不是一星半点，曾经大言不惭地说："车子就是男人的老婆，女朋友都只能排第二。"

同为男人，择偶眼光各异，昌东觉得，车子跟老婆还是不能比的。

所以现在车子半废，他也只是端了碗米粥，边喝边绕着看，周围一圈人，端碗的端碗、嚼烤馕的嚼烤馕，叶流西腋下夹着刀，正撕开一袋榨菜。

真是生平所经历过的最诡异的“车展”。

昌东心里迅速估算出损失和弥补方案。

还好，人架子算是嘴下留情，车上有只备胎，那就还有三只能用……他的是改装车胎，估计全关内都没有同款，剩下的那只，缝针、紧线、补胎胶、塞棉被，什么法子都来，硬补吧。

他说了句：“估计是来踩过点了，有点智商，知道毁轮子，让我们走不了。”

肥唐磕磕巴巴的：“那……东哥，修得好吗？我们来得及走吗？”

昌东问他：“走到哪儿去？我们走了，阿禾他们怎么办？追根究底，这是我们招来的。”

更何况，那第四只胎，能不能补得成、补了能跑多远、往哪儿跑，都还是未知数呢。

肥唐不吭声了。

昌东拿了工具箱下来，取出千斤顶和十字扳手拆胎，高深挽起袖子过来帮忙，叶流西猜到昌东想干什么，吩咐肥唐：“找个地方，好藏这些东西。”

车子太大，没地方藏，能拆的先拆掉，人架子再来，单留个车壳子让它啃吧，但重要的零件得拆了藏起来，可不能再废了。

院落里那几间房都塌坏得不成样子，肥唐找了坡下的一间，门墙都还妥当，昌东一样样地从车上往下拆硬件，肥唐和丁柳也就一趟趟地跑，东西藏好了，拿帐篷布盖好，又往上头堆废木头、蓬草盖、破橱破缸，总之怎么不起眼怎么来。

好好一辆车，末了真成了个废弃的空壳子，能吃能用的物资都卸下来搬进地窖，阿禾张罗着腾地方摆放，瞅了个空子，偷偷对老签说：“我说得没错吧，这些东西，市集上都见不到呢。”

老签盯着那些东西看，眼神有些异样。

忙完了已经是午后，昌东和叶流西商量加固门墙，说白了就是多加两道防御，院门封住，灶房的门窗也多加栏栅，怎么都不能让对方长驱直入。

丁柳兴奋得两颊通红，听昌东吩咐的时候，一直嚷嚷着“太刺激了”，昌东苦笑，觉得她恐怕已经把柳七的吩咐以及在干爹面前挣表现什么的给忘到脑后去了。

院落里废料多，实在不够就去拆别处房子的门板、床板，工具箱里家伙也齐全，钉枪、电钻、线锯应有尽有，活分下去，每个人都有事忙，阿禾他们也在边上递送东西，能帮什么就帮什么。

正忙到不可开交，丁柳忽然说了句：“那是沙尘暴吗？”

顺着她手指的方向看过去，天边一道赭黄的沙墙正快速往这个方向移来，昌东“嗯”了一声，提醒了句：“拿衣服包住头脸吧，注意防风，实在风大，就进屋避避。”

总得在天黑前把活做到七七八八，依着阿禾的说法，半夜人架子就该出窝了。

没过多久，沙尘暴的前哨就到了，天色陡暗，风吹得人立不住脚，昌东抬头去看，半空中沙云滚滚，估计没几分钟，遮天蔽日，天就会瞬间全黑了。

无意间转头，忽然发现，忙活的只是自己这头的人，阿禾、薯条、老签都不见了。

电光石火之间，昌东忽然冒出一个念头，大吼：“回地窖！马上回去！”

话音未落，半空里一声怪叫，一条枯瘦的人影几乎是从墙外弹扑进来，直直扑向丁柳，高深眼疾手快，把手里的工兵铲砸砍过去：“小柳儿，小心！”

那人架子被砍个正着，一声嘶吼，在地上打了个滚，迅速又翻起来，后背上插着铲尖，缓缓回头，高深操起手边一截木头，吼：“来呀！”

昌东还没来得及说话，忽然听到肥唐带着哭腔的声音：“进不去，东哥，地窖被封了！”

来不及看地窖了，房顶上已经翻上了四五个人架子，四肢并用，速度飞快，不分先后，一齐向着内院扑进来。

昌东吼了句：“别管地窖，顾自己，手边有什么用什么，不拼就没命了！”

话刚说完，有个人架子已经冲到眼前，昌东想也不想，手中钉枪举起，向着人架子头上猛砸，与此同时飞起一脚，将它踹开两米多远，那人架子就地一翻，像是察觉不到痛，再次扑来。

院子里乱作一团，人架子的怪叫、枪响、丁柳的尖叫、肥唐的吼声、电钻声混在一起，震得人耳膜嗡嗡响。

昌东刚躲开人架子那一扑，忽然听到叶流西的声音：“昌东，你能比它们快吗？”

昌东一下子反应过来，扔下手中钉枪，一个飞扑上墙。

他曾经和叶流西说过，自己的功夫只是二流，更擅长跑酷，而跑酷的核心，是极限的灵活和快。

要跟兽打架，要比兽更狠，要赢过人架子，得更快。

攀上墙头之后，昌东一刻不停，一个猱滚上了屋顶，院里的局势一目了然。

他大吼："流西、高深，你俩定中场，当靶子，互相掩护。"

高深正狠狠摁住一个人架子的脑子往墙上撞，闻声就往院中跑，叶流西从另一个方向飞奔过来，迅速和他背对背站定。

身后有飞扑声，昌东单手扒住屋檐边，身子飞荡到另一侧矮墙上："丁柳，能打冷枪吗？"

都没看到丁柳在哪儿，但能听到她大叫的声音："能。"

"躲到暗处，放冷枪，别伤着自己人。"

说完了，就势落地："流西，把枪扔给我。"

他极速飞奔过院中，接过叶流西甩过来的枪，迅速回头，一枪击中身后飞扑而至的人架子的眉心，顺势又上了破屋的矮墙："肥唐？"

"啊？"

很好，人都还在，昌东放下心来，觉得布局得差不多了："有被撂倒的，你负责别再让它们站起来。"

第48章

短暂的静默里，风声大作，叶流西低声对高深说了句："我会保证你背后没风险，你也得保证我的。"

高深"嗯"了一声："我不行的时候，会提前告诉你。"

这人话不多，有时候几乎没存在感，但不知道为什么，叶流西就是觉得他可信。

她提着刀，向距离自己最近的一个人架子嘬了记口哨。

混战旋又开始，像是从未停过，叶流西刀只向前，从不担心背后，砍翻一个，迅速转向另一个，不只防御，甚至几度尝试进攻，有好几回，旁侧有人架子突袭，中途被掠阵的子弹击翻。

叶流西直觉，丁柳的放枪偶尔走空，或者击中躯干、四肢，但昌东开枪，从来都是直中头颅。

她自己做事，会过于浮躁，就像开车时被人架子袭击，她差点把车开翻，昌东身上有她欠的一个“稳”字，她喜欢到不行，反正她看中的，不占有也得收罗了，最不济，也必须扯上关系。

人架子到底数量有限，并非前仆后继，地上横了两三个之后，局势开始扭转，肥唐胆气也壮了，挥舞着工兵铲，吼得越来越猛：见空就上，劈头就砸，撒腿就跑。

叶流西想笑，小兄弟真是好生猛啊。

再次砍翻一个人架子之后，剩下的两个有了退缩的怯意，天色更黑了，沙子迷得人睁不开眼，叶流西趁着这片刻间隙，几步冲到工具箱前，打开应急工作灯。

白炽光打出一片带沙的空地，叶流西无意间抬头，忽然看到房顶上，昌东的背后，有人架子匍匐着悄然靠近。

她心头一震，还没来得及示警，那个人架子悍然扑住昌东，带着他一齐滚下房顶，叶流西想冲过去，昌东抬眼看到，吼了句：“管自己的，别乱！”

说话间起肘砸向人架子下颌，翻身跃起，一枪抵住它眉心。

触目所及，蓦地一怔，那人架子抬手打飞他的枪，就势抓他咽喉，才到中途，腰侧忽然吃了一记冷枪，身子架不住这冲力，滚翻在地。

昌东站在原地，耳膜处震响，这一刹那，觉得世界急速撤远，地不在，天不在，只余一束光，笼罩殊途的彼此。

这个人架子，是个女的。

长发如草，早已秃得稀稀拉拉，露出大块惨白的头皮。

她穿着已经撕得破破烂烂的裙子，布条缕缕，甚至难以蔽体，强光映照，能看到污脏之下，那裙子的原色，也许该是绯红。

皮相不在，骨相陌生，细瘦骇人的脖颈上，戴一条细链，晃晃荡荡。

山茶出事的那个晚上，孔央喊他进帐篷看衣服是否合适，不安地抚着脖子上的项链，低声问他：“这样搭好吗？如果拍照，链子太细，是不是不太显？”

他还没来得及答话，就听到外头风瓶乱撞。

……

两年前的撞音，好像又响起来了，从耳膜钻进颅骨深处，缠绕穿插，不息不绝……

孔央喉咙里嗬嗬有声，利齿龇起，眼珠子带慑人的一线亮，后背躬突，脖颈转动间，发出咯吱咯吱的声音，作势又扑。

枪声又起，只是堪堪打空，子弹擦着孔央的头皮入墙，孔央被震得一个激灵，中途退步，梗着脖子无比狂躁。

昌东转头冲着丁柳吼：“别开枪！”

这才发现，这场厮杀在他怔愣间已经接近止歇，除了高深还在警惕地看高处，提防是否还会有新的人架子攻进来，其他的人都站在不远处，丁柳正端着枪，被他吼得一哆嗦。

叶流西抬手压下丁柳的胳膊，看到前方昌东被打飞的枪，过去捡起来，拿手擦了擦，重又插进后腰。

孔央很快撑起身子，腰间中枪，压根儿没有延缓她的速度，肥唐提着工兵铲，紧张得喉头发紧：“西……西姐，东哥怎么不动手啊？”

叶流西说：“……随便他吧。”

眼前人影一晃，朽烂裙摆带出一道虚晃的线，孔央四肢并用，疾奔了几步跳扑而起，直撞到昌东身前，双手掐上他脖颈……

丁柳失声叫出来。

叶流西盯着看，攥紧手中提刀，就在这个时候，昌东伸出手，一左一右控住孔央的头，朝边侧狠狠一转。

颈骨折断的咔嚓声分外刺耳，大风掀翻了工作灯，直直的一条灯柱打入半空，昌东站着不动，孔央先还倚在他身上，然后缓缓滑脱下去。

叶流西仰起头，也不知道看哪里才合适，一时间风沙满眼，只觉得天大地大，事事艰难。

肥唐凑过来：“西姐，这人架子是女的哎，还穿裙子。”

叶流西说：“是啊，那是……”

她住口了不说。

何必让人知道眼前面目丑陋的人架子就是孔央。

孔央是个温柔美丽的姑娘，死在一场意外的沙暴里，没有后续，如此而已。

丁柳环视了一下周遭，也不知道该跟谁商量：“这些尸体，留着会不会不安全啊？是不是得处理一下？”

叶流西冷冷说了句：“又不是没别人了，为什么要我们处理？”

高深拿木棍又撬又捣，连踹几脚，终于把灶口破开个洞。

叶流西在灶口边蹲下，朝里头叫话："识相的，就老老实实出来，大家还能聊聊。"

等了一会儿，老签抖抖索索的声音传来："你……你们别进来，不然，我就把东西都给烧了！"

丁柳气得脸都白了，叶流西笑了笑，大声说："好，我们帮你烧！"

她看高深他们："烧东西，往里扔。"

院子里多的是柴火废料，肥唐把东西拾掇了拢堆，高深拿打火机点火，火头旺了之后，丁柳二话不说，搂起燃着火的废料就往入口里丢。

不一会儿，底下就传来呛咳声。

高深有点迟疑，问叶流西："这个……不会出人命吧？"

叶流西冷笑："难道刚刚，他们不是想要我们的命？"

高深说："但是，万一真死了人……总归是犯法的。"

他刚刚进来，一时还摆脱不了外头的社会规则：哪怕嚣张跋扈如柳七，还一直严令手下，别真惹出顶翻了茶壶盖的大事。

叶流西捞过个破板凳，在火堆边坐下："放心吧，起贪念的人，一般都怕死。"

肥唐投了两把火之后，实在忍不住，偷偷来问叶流西："西姐，我东哥……到底是怎么了啊？"

叶流西的目光掠过不远处的昌东，他一直坐在孔央的尸首旁，一动不动，背影里透着苍凉暮气。

她说："别管他，你们都别管，也别去吵他。"

又等了会儿，估计扑火的速度比不上投，底下的空气也更易消耗，灶口里终于传来老签呛咳的声音："别……别，我们出来了。"

过了会儿，灶口的挡板从里打开，高深手一伸，拖鸡仔一样，把最前头的老签硬拽出来。

火光下，老签、阿禾、薯条，跟前一晚别无二致，瑟缩地挨站着，薯条的嘴角边还有巧克力酱，估计是拆了巧克力吃。

叶流西想笑，她坐在板凳上，胳膊拄着刀柄，权当是扶手："说说看，怎么想的，啊？当时都怎么想的？"

老签没吭声，薯条有点害怕，一直往阿禾身后缩，阿禾又窘又愧，死死咬住嘴唇。

叶流西说：“不说啊？”

她忽然欠身，一把抓住阿禾盘着的发髻，把她的脸摁向火堆里。

阿禾尖声惊叫，肥唐吓了一跳，居然下意识拽抱住阿禾，大叫：“西姐，不能这样吧？”

踢两脚、踹两脚他都能接受，但去烧人的脸，太残忍了啊！

混乱中，老签大叫：“不关他们的事，我的主意！”

叶流西变抓为推，把阿禾往边上一搡，又坐回凳子上：“那说说，怎么想的啊？”

阿禾瘫在地上，满脸的泪，不敢哭出声，老签嘴唇嗫嚅着：“世……世道不好，丫头的叔伯，走好多天了，估计是出了事，我们东……东西不多，都不知道怎么挨下去……

“你们的东西，都是市集上紧……紧俏的，车身上那些玩意儿，更……更抢手，我就想着……”

叶流西打断他：“胃口不小，但就凭你们，就算吞了这些东西，守得住吗？没那个能耐，抱着个宝，是福是祸都难说吧。”

不知道老签是什么想法，肥唐在边上，忽然面红耳赤，想起自己惦记过兽首玛瑙，一阵心虚。

“不是说人架子半夜才出窝吗？”

老签瑟缩了一下：“是没错，人架子不喜欢白天，但是有大沙暴的时候，沙子把天都遮了，它们也可能会跟着沙暴走，我也是赌一把……”

那时候，他找了个借口把阿禾和薯条支进地窖，自己一直守着窖口，听到有变故，马上堵上了挡板，哪知道事与愿违……

前后都理顺了，但截至目前，只见到这三个“关内人”，无数的话还要从他们嘴里掏，一时间也不方便把他们怎么样。

叶流西笑：“既然是赌一把，就该知道输了是什么结果……”

她指着地窖口：“地方和东西，现在都是我的。”

阿禾头皮发麻，鼓起勇气问了句：“你是要赶我们走吗？”

叶流西奇道：“我像这么好脾气的人吗？我只是还没想好怎么处理你们……”

她指向一院子的狼藉："首先，这清理善后，不用我做吧？"

老签心里一宽，觉得既然需要他们做事，那这命，暂时是保住了。

他吸吸鼻子，环视了一下周围，尽量表现得卖力："人架子的尸体，得烧了，留着有味儿，会招来更多。"

叶流西问他："不能埋了吗？"

"不能，人架子就是从雅丹土包里钻出来的，埋回去了，后患无穷。"

……

不知不觉，沙暴过境，天色渐渐透出浅黄。

薯条在清理院子，阿禾和老签合力，把人架子一个个拖出院外，拖到孔央的时候，昌东说了句："别动。"

老签为难："这个……不能留的……"

昌东说："我没聋，听见了。"

他站起来，俯身抱起孔央的尸体，出了院子。

叶流西没跟，她爬上屋顶，盘腿坐下，这里视野一览无余，漫天沙雾间，一小片绿洲，像四面荒芜的岛。

她能清楚地看到昌东忙进忙出，在做些什么。

他选了坡下的背风面，拿工兵铲挖出一个墓穴来。

劈砍下很多树枝、灌木，在穴底铺出垫架，把孔央放上去之后，又拿草枝覆盖住。

往尸身上淋了汽油。

火头蓦地蹿起，带浓烟，昌东的身影在火光下模糊而又变形，一点点融得更加高瘦。

……

叶流西翻下屋顶，进到地窖。

肥唐他们正互相帮忙，或是擦酒精，或是包扎——刚刚打斗正酣时没觉得，缓过来之后才发现擦、剐、蹭、肿，没人不挂彩，面对面看都觉得可笑，但因为同舟共济的经历，又倍感亲切。

见叶流西进来，丁柳很亲热地叫她："西姐。"

"老待在这儿也不是办法，我们是不是得想办法出去啊？这里奇奇怪怪的，我会帮你们跟我干爹说话的……东哥什么时候能把车子修好？没车子我们哪儿都去不了……”

叶流西说：“先待着，出发的话，过几天再说。”

丁柳愣了一下：“为什么啊？”

叶流西没吭声，她走到物资堆放的地方，那里有昌东的皮影戏箱——或许是老签他们看着好奇，又或许是薯条觉得好玩，箱盖敞开，被翻得乱七八糟，很多凿刀散落地上。

她一样样捡起来，放回箱子里。

然后回答丁柳：“因为我累了。”

第49章

这一晚，昌东没有下地窖睡，叶流西让肥唐把皮影戏箱送上去，顺便把老签三个人的铺盖卷也扔上去。

有时候，男人的心比女人软，肥唐居然为难了一下，吭吭哧哧：“西姐，万一人架子再来，这老弱妇孺的……”

叶流西看出来了，肥唐的坏心眼儿仅限于坑蒙拐骗，只要不流血、不伤人，半个香港他都敢贪，但一旦动真格的，他就蒙了。

丁柳圆瞪了眼，说：“老弱妇孺怎么了，做了不要脸的事，活该得点报应。再说了，东哥不也在上面吗？东哥能睡，他们不能？娇贵给谁看呢？”

倒也是，再说下去显得自己立场不正确，肥唐抱提着东西走了。

叶流西斜乜了丁柳一眼：“小柳儿说话挺中听的啊。”

丁柳得了叶流西夸奖，心花怒放，她打小混场子、打群架，就喜欢行事狠辣不黏糯的人物，觉得给这样的人当狗腿子也光荣。

既然被夸“说话中听”，她就继续说：

“单留那三个人在外头，我还怕呢，万一又搞出什么事来——有东哥看着也挺好的，他们不敢乱来，我们也睡个好觉。”

她舒舒服服躺下去：“西姐，你既然累了，也早点休息。”

叶流西睡不着。

肥唐回来的时候跟她说，昌东没跟他讲话，拿出皮子就上手刻了——这程序不对，昌东之前跟她说过，皮子刻之前，最好焖一下，把皮子和热毛巾一起送进塑料袋里扎口，皮子被热气焖软了，才方便下刀。

怎么能拿出来就上手呢？尖刀对硬皮，一刀刀都是互相折磨，人也辛苦。

后半夜，地窖里的呼吸声沉缓匀长，叶流西翻身向外，看到身侧空铺位上，那个被她拽歪的盖毯。

她把盖毯拖过来，拿手指一下下戳，把歪出的地方一点点戳回去，又戳成形似方正的豆腐块。

第二天，算是原地休整，是人就得吃饭，肥唐被派去管后勤，阿禾他们都归他支使。

叶流西说："我管你是打是骂，总之到点饭就得端上来。"又吩咐所有人不许打扰昌东，"就当他不存在好了，饭照送，吃不吃随他，他讲话就跟他说，他不讲话你们就别叽歪。"

丁柳问她："为什么啊？"

叶流西嫣然一笑："我就不说，急死你。"

这话也就只能暂时敷衍，谁也不是傻子，昌东给孔央起了坟，人又大反常态，长眼睛的人都能看到。

吃饭时，肥唐跟丁柳凑在一起嘀咕，两人昨晚合作得好，丁柳打翻一个，肥唐就过去砸趴一个，战斗情谊迅速拉近双方关系。

丁柳："听说别的人架子都烧了，只这个单独烧的，烧了之后还有坟，为什么？就因为她是个女的？"

肥唐说："我也不知道，昨天肯定还出了别的事，不然我东哥不会那样。"

……

高深坐在边上，闷头喝着米粥，偶尔看一眼肥唐，他不嫉妒，就是羡慕：明明起初，他跟小柳儿最熟，可现在，她对谁都一团亲热，只有他像个外人。

叶流西没去看昌东，她知道他就在半塌的一间偏房里，安静地刻皮影，但她不去看，看了也做不了什么，她觉得自己天生不会说安慰人的话。

她提着刀，带了瓶矿泉水，把老签叫出院子，一路走，走到沙枣树下，然后坐倒。

树下有块半突的石头，叶流西拧开矿泉水，往石面上倒了点，开始磨刀。

老签面色惨白，双腿如筛糠，看婆娑大树，觉得下一秒自己就会血溅当场。

叶流西磨到中途，说：“坐吧，我昨天跟人架子打架，浑身酸疼，今天很累……看得出来我累吗？”

老签不知道该怎么答。

“我一累，就不喜欢说话，但又特别喜欢听别人讲话，这样，咱们来玩个游戏，你说，我听。我只问一句，你要把相关的都说出来，不要让我再提问，我问一次，你就减一分。”

老签瞥了眼刀刃，后颈掠过一线凉意：减分减得多了会怎样？脑袋跟身子分家吗？

“别慌，问的都是大家知道的事，但同一件事，不同人说出来，味道不一样……这人架子，是单这里有呢，还是哪儿都有？”

老签马上答：“单这里有！”

叶流西抬了下眼皮。

老签醒悟：她说了“不喜欢说话”，那就表示，他要多多地讲，事无巨细，讲得越多，才越合她心意。

他急急开口：“因为眼冢只在这一带出没，这一带的雅丹跟别处都不一样，是白扑扑的颜色，盐分多，眼冢喜欢舔这个味道……”

叶流西心里一动。

这也就是说，关内的地形地貌跟关外是相似的。

难怪这么快遭遇孔央，那张照片，昌东只看一眼，就认出是在白龙堆，这判断是没错的——唯一的失误在于，照片上的白龙堆，并非存在于现实世界，还需要过一道门。

她说：“那先讲眼冢。”

老签脑袋里嗡了一声：扣1分了。

他定了定神，搜肠刮肚：“眼冢，是传说里的妖，这妖大部分时候都是沉睡的，睡的时间不定，有时几十年，有时上百年，所以虽然这地方闹过眼冢，但还会有人住，因为你闹不准它什么时候醒，万一运气好，一辈子都不会遇上。

“外形长得跟人差不多，但它的一只眼睛，是可以吃人的，以眼为冢，眼珠子相当于是个乱葬场。

“一开始，它装作是村子里的外来人住下，但渐渐地，村里人就越来越少，找不到血、找不到骨头，就是一天天少人。”

叶流西没吭声，她想起梦里那只吞掉人的眼睛，还有松开的鞋带。

“可是也不能无休止地吃，吃得越多，眼睛越重，重到它走不动路的时候，它就回到雅丹，在土台上挖个洞，旧眼珠子掉进去，埋起来，它会长出新眼珠子，再去祸害人。

“那个旧眼珠子，跟雅丹土台融合在一起，就是一个戾气横生的活坟，也想饮血、吃人，又走不动路，久而久之，这样的坟多了，那片雅丹就成了人人都怕的地方，被称作尸堆雅丹了。

“眼冢沉睡的时候，据说就是在尸堆雅丹的保护之下，那些活坟，就是它为自己布下的守卫，人不敢靠近，万一靠近，被活坟吸附，就可能变成人架子。人架子昼伏夜出，嗜血吃人，尸堆雅丹附近，就更成了禁区了。”

明白了，难怪阿禾说，闹过眼冢的地方，就会有人架子，这两者，根本就是相辅相成的。

叶流西问：“人架子能活多久？”

老签喉头发紧：扣2分了。

“新成的人架子都是青壮，五六年之后就老迈了，会被后来的分而食之，这些反正不是人，也没人性的。”

他生怕叶流西再问，绞尽脑汁：“其实……人架子也不是十个里出一个，这就像孵蛋，有时孵得多，有时孵得少……生小人架子这种事，也都是混传的，没人真的见过。你想，生下来怎么养啊，还不是又被撕了吃了……”

叶流西忽然想到了什么：“不对啊。”

老签心里一沉，说话都结巴了：“怎么就不……不对了？”

叶流西说：“人不敢靠近，活坟不能动，人架子不能繁衍，又不会抓人回去喂活坟——按照这个逻辑，至多十年，人架子也就绝了。”

很简单的道理，没有来源就是切断了头，自己不出产就是没了后路，人架子寿命短，五六年工夫也就死光了，周围又是灭门绝户的荒村，这要等多少年才能等到一个误入尸堆雅丹变成人架子的倒霉蛋？

除非……是有人投喂。

接下来的两天，继续休整，叶流西照旧玩“游戏”，老签、阿禾、薯条都各自被扣分，每天战战兢兢，头上顶着越积越多的负数，不知道会迎来怎样可怕的结果。

几轮下来，发现能提供最多干货的，还是老签，但也仅此而已了，他也就是个算命的。

每次被问住了，老签就会说："你去市集啊。"

市集就是有更多人聚居的地方。

据说那里有电，利用风力或者太阳能，小规模发电，不连续供应；可以看小电影，在电脑或者电视DVD上放，虽然来回就那么些，近两年也没上新，但还是受很多人追捧；有车，汽车很少人开得起，因为油太贵……

开得起车的有三种人：

握有武力的，前身可以追溯到羽林卫。

能降妖的，前身自然是方士。

以及叛乱的。

怪不得世道不好。

但老签有一点说对了，是得去市集，平头百姓间流传的，只是道听途说，真正的秘密，要到重要的人那里去找，比如，怎么样才能出关？

虽然这两天，她一次都没有去看过昌东，但这不耽误她知道昌东的情况，因为肥唐一次比一次火烧火燎：

"西姐，我东哥到底怎么回事啊？就算他想当艺术家，也不能不吃饭吧？

"窝在那儿，一动不动，一声不吭，就知道刻皮子，你又不让我们说话，憋死我了，不行，我得劝劝他。"

叶流西说："你敢！"顿了顿补充，"你送饭不管用的话，就让高深或者丁柳去送，但谁都别说废话。"

高深和丁柳送的结果，跟肥唐也没差别。

肥唐郁闷极了，第二天的晚上又来吹风："西姐，你去劝劝我东哥吧。"

叶流西说："再等一天。"

肥唐想不明白："为什么啊？"

"饿到他没力气，到时候我过去，直接打得他老实洗脸、吃饭、睡觉。"

肥唐居然觉得挺有道理的，那颗沉寂已久的、喜欢看昌东挨打的心，居然再次蠢蠢欲动。

第三天早上，叶流西吩咐肥唐把昌东的洗漱用品拿出去，外加倒好一盆热水。

她进了偏屋。

昌东还在刻，头也不抬，皮子上有干了的血迹，指头上有破口，也许是割破了手，自己都没察觉。

叶流西走过去，屈膝半蹲，觑了个空子，一把把凿刀从他手中抽掉。

昌东怔了一下，转头看她，人消瘦了些，三天不修边幅，下巴上冒青色的胡茬，好在眼神并不涣散，叫她："流西。"

叶流西说："还记得我呢。"

昌东说："怎么会不记得，三天，就你没来过。"

叶流西笑，又不知道该说什么，顿了顿问他："是不是接受不了孔央死了？"

昌东说："两年前就接受了。要说有什么奢望，最多是能梦见几次，或者希望这世上真的有鬼，让我有机会看看她过得好不好。"

"那是接受不了她变成现在这个样子？"

昌东笑笑："流西，孔央死了。不管她的尸体因为什么原因，变成了什么，那都不是她……确实会难受，但我不至于连这个都想不通。"

他低下头，沉默了一会儿，抬头问她："为什么不让人跟我说话？"

"啊？"

"肥唐他们每次来送饭、撤饭，磨磨蹭蹭，唉声叹气，明明想说话，就是不开口。只可能是你要求的，你想干什么？"

叶流西反问他："我想干什么？"

昌东说："我也在想啊。

"想来想去，觉得你可能是想说：我就是不让人劝你，爱吃不吃，不想死就自己爬起来吃，别觉得我们拿你当回事。然后等我饿得只剩一口气了，过来挖苦我两句，外加踹我一脚。"

叶流西说："就没把我往好点想？"

"有啊，还有一个可能是，你不想让人吵我，先让我静几天，自己想清楚，然后过来，看看我是不是值得被拉一把。"

叶流西"哦"了一声："那现在呢，你觉得我准备干吗？"

昌东说："可能要打人了吧。"

叶流西笑起来，过了会儿伸手给他，说："跟我走吧。"

昌东伸手出去，轻轻握住她的手。

第50章

叶流西反手一握，用力一拉，居然没拉动。

她眉毛一挑："看来是不想起啊？"

昌东笑："腿有点僵，三天没用它，它大概是忘了自己该怎么动。"

他借她的力，撑着地起来，叶流西也笑，俯身扶了他一把。

她知道他还是会难受的，只是小孩子难受，只会东西一扔哇哇大哭；成年人难受，依着性格不同，捶胸顿足，买醉哽咽，沉默寡言，或者淡淡一抹笑。

昌东沉默了两年，笑是知道一切无济于事，跟生活讲和，掩上伤口，不为难自己，不麻烦别人。

叶流西说："走吧。"

她牵着昌东出来，肥唐服务到位，倒扣的水缸底当洗漱台，牙膏挤上刷头，毛巾搭好了放洗脸盆沿，就是没看到昌东挨打，心头略失落。

叶流西推昌东到台前，指指牙杯："刷牙。"

昌东端起了牙杯刷牙，牙膏是带点劲辣的薄荷味，呛人的眼睛，刷完了想缓一缓，叶流西指着脸盆："洗脸。"

看来是有安排，昌东好奇她会管到哪一步，洗完脸转头看她，她说："刮胡子。"

刮完了吃饭，吃完饭，碗刚搁下，她又指示："走，散步。"

昌东忍不住问："散完步呢？"

"散完步了，你就去睡觉。"

懂了，刚吃完饭就睡觉不好，她倒是还挺讲究的。

昌东跟着她走出院子。

她带人散步还提刀，刀刃亮白，又新磨过，不知道的，大概以为她带他出去正法。

昌东想笑，抬头看，阳光正好，一样云天，其实也分不出什么关内关外。

走了没多久，看到孔央的那座小坟包，昌东走过去，捡了些石块，在坟周围缀一圈，可惜的是这里草木贫瘠，想送朵花都办不到。

叶流西想把眼冢的事告诉他，话到嘴边改了主意，觉得睡完觉再提也不迟，她自己找了处矮墙，盘腿坐上去等他，低头拿刀刃刮擦墙皮，黄土夯的墙，又风化多年，刀刃一擦就是黄灰簌簌。

这也是在刮沙尘暴，刮给虫蚁的。

玩得正兴起，身体笼进一片影子里，是昌东过来叫她："走吧。"

她不抬头，只抬手："扶一把。"

昌东扶住她手，觉得她手腕纤细，真是稍微用力就能拗折了。

两人绕着村子走了一圈，谁也没说话，昌东偶尔低头看两人的影子，有时离得远，有时离得近，有一次，他落后了些，叶流西走到他斜前，影子若即若离，交叠在一起，像是温柔轻拥。

昌东愣了一下，觉得日光凌厉，堪透一切，让人好不自在，他叫住叶流西说："回去吧。"

叶流西送他进到地窖，光热还没渗进来，里头有些阴凉。

候着他躺下，叶流西提醒他珍惜眼前："昌东，我对你的额外照顾，就到这里了。你睡醒之后，可别想着自己还会有优待。"

原来过去几天已经是优待。

能独处一隅、餐饭有继、取食随意、不被打扰、不被追问，的确已经是莫大的优待，他是成年人，不需要别人在耳边唠叨"逝者已矣，生者坚强"，这道理，读过书的人，都一说一箩筐。

昌东说："这话你应该等我睡醒了再讲，现在就说，我受了刺激，会睡不好的。"

他闭上眼睛，把帽檐压下，听到她离开的细碎步声，忽然想起第一次见她。

那天，不知道小何怎么售的票，她第一次进戏场，买了票却没座位，昌东在幕布后看到，有点担心，怕她计较。

她却完全无所谓，抱着胳膊倚着墙，墙上挂满各色皮影，都是历朝历代的戏里人，幕布后的光透出去，整面墙写满悲欢兴亡，光转影踱，她是最漫不经心的看戏人，却比幕布上闹闹嘈嘈的一切更耐人寻味。

……

昌东做了个梦，梦见长得看不到尽头的沙漠公路，沙流如雾，孔央穿着绯红色的长裙，在沙流里越走越远，而他坐在越野车车顶，一路目送。

愿你从此安宁，再无俗事惊扰。

丁州很疼他这个外甥，临死时握着他的手说："昌东，把这事忘掉吧，忘掉了，一身轻松，才好重新开始。"

昌东说："忘不掉……不过你放心吧。"

怎么会忘掉呢？就像不会忘掉丁州这个舅舅，不会忘掉初学皮影的笨拙，不会忘掉昏昏欲睡的中学课堂上，同桌暗地里塞过来一张性感的女模照片时，他的心跳如鼓和脸颊火烫。

人的一生是万里山河，来往无数客，有人给山河添色，有人使日月无光，有人改他江流，有人塑他梁骨，大限到时，不过是立在山巅，江河回望。

孔央是浓重一抹色，他从来没打算忘掉，就像心里始终有一隅地，种黑色山茶。

这又怎么样呢，谁能真正一身轻松？婴儿呱呱落地，还得学说话走路，人长肩膀，是要负重，长腿脚，是要前行。

他可以停，但不会瘫。

这一觉睡了很久，一个白天过去，又搭一个长夜，醒得也出奇困难，像有无数手脚勾腿抱腰，不让他起身。

直到身周有窸窸声响，昌东才强迫自己睁眼：做不了第一个，也不能做最后一个。

他在铺位上坐了会儿醒神，然后低头叠盖毯，叠到中途，突然心里一动。

抬眼去看，果然是叶流西醒了，目光从他溜到盖毯，又溜回他。

昌东故作镇定，把盖毯叠好，放到距离她足够远："醒了？"

"嗯。"

"我先上去了，看看做什么吃的。"

他起身往通道处走，走到出口，到底是忍不住，回过头看。

叶流西趴在铺上，以手支颐，像是算准了他会回头，专等这一刻——她伸手捻住昌东的盖毯一角，往上一提。

盖毯的角昂然翘起，像人脑袋上没有梳顺、压服不了、倔强的一撮毛。

昌东头皮发麻。

他说服自己："凌乱美。"

在荒村停了几天，也是时候该走了，吃早饭的时候，叶流西把老签他们打发走，说了下市集的情况。

大家都同意往市集走：在那儿能找到更多的人、套到更多的话，也最可能打听到怎么出这扇“门”。

而且相比出去，丁柳对继续待着的兴趣更大：关内人如果真的有很多旧东西的话，也别旧它上千年了，光1949年前的东西，就挺有收藏价值的。

她兴致勃勃：“没准儿咱们能常来呢，以新换旧呗，绝对不吃亏，转手出去，铁定赚翻了。我干爹开场子、酒楼、棋牌室，那还得算房租人工，比起这个，差远了。”

没找到硬货，带回去一桩买卖，也是件长脸的事，不虚此行。

肥唐眼睛都亮了：“没错啊，到时候大家合作，我有渠道，能出手，西安、哈密，各开一个公司，见者有份，闷声发财，怎么样？”

叶流西冷眼看肥唐：“挺兴奋啊，不怕妖魔鬼怪了是吧？”

肥唐不吭声了，过了会儿嘟嘟囔囔：“那这世道，还不就是撑死胆大的，饿死胆小的，顶多下次来，带几个道士呗。”

饭后，昌东开始着手复车，高深帮着上车胎，丁柳和肥唐跑来跑去地往回搬器件，肥唐本来想让老签他们帮忙的，丁柳不让，理由是：万一他们使坏，给我们藏个螺丝什么的呢？

肥唐默默记住了，觉得到处都是生存的知识点。

昌东身下垫了张地垫，钻进车底扳扳弄弄，叶流西坐在车边，手边都是起子、扳手、手锤、钳子，昌东在底下要什么，她就递什么，递出来什么，她就接什么。

顺便把眼冢的事和自己的猜测说了。

说完了，半天没听到回应，她趴下身去看。

昌东躺在那里，膝盖半屈，一只手握住钳子的把手，好一会儿才低声说：“事情是比较蹊跷。”

叶流西叹了口气，觉得该把话题岔开，她爬进车底，问他：“差不多该修好了吧……”

忽然“咦”了一声，瞪大眼睛看车底，像看到另一个世界。

她自己开车，也修过车，每次车出问题，最烦钻到车底捣鼓，觉得视线逼仄，枯燥压抑，味儿还难闻。

昌东的车底盘升得很高，视线里就能括进好多东西，车底居然有隆起的承重大梁，保险杠粗大结实，抗扭杆、避震杆还有两只手都拗不动的圈状弹簧，硬派的男人风格，粗犷又豪迈，是比她的小面包车强多了。

叶流西心里酸溜溜的，他有而她没有，于是又挑刺儿：“你这车，这么重，万一砸下来就完了。”

昌东说：“说话有点逻辑……不是有轮胎撑着吗？”

叶流西很有道理地说：“那关内又不是关外，万一地陷呢，唰的一下，轮子陷下去，车底下的人，是不是就遭殃了？”

昌东提醒她：“你自己现在也躺在下面。”

叶流西说：“我跟你不一样，我应急反应快，我教你在这种情况下怎么逃生……”

她手攀住车底：“借力，快速滑出去……要用到腰上的巧劲。”

昌东居然认真想了一下，然后纠正她：“不可能，车子有几吨重，真的出事，再快的速度也赶不上下压的速度。”

叶流西觉得他真是刻板：“没见过就觉得不可能吗？能不能有点想象力？”

昌东回答：“我不靠想象力逃生。”

叶流西正想说什么，车子忽然一震，整个车底盘瞬间斜压下来。

她脑子一蒙，下意识往昌东身边一缩，昌东来不及细想，迅速翻身罩护住她。

叶流西没闭眼。

她看到昌东两肘支在她身体两边，手臂上的肌肉透过衣服紧贲，肩背上拱，明显是要用身体去承压，头几乎抵到她额头，双目紧闭。

叶流西头一次注意到，昌东的睫毛密长——真适合跑沙漠，因为可以挡沙子迷眼。

她也不知道出于什么心理，身子忽然有些软，人懒懒的，朝他眼睛上吹了一下。

车子没有压下来，反而咯吱咯吱，震晃着又恢复了回去，高深抱歉的声音传来：“不好意思，我对升降杆不熟，手滑了。”

昌东在心里暗骂了一声，就说他好好的车，怎么可能突然间出状况。

他睁开眼睛。

外头的亮光杂糅进来，穿过车底的昏暗，落在叶流西的眼睛里，她盯着他看，说：“你做人……很绅士啊。”

昌东翻躺回地垫上，后背凉凉的一层汗。

过了会儿说：“男人保护女人，应该的。”

第51章

最棘手的活儿是补胎，咬出来的口子，可不是钉子戳个眼。

昌东头痛无比，最后决定火补，搁在专业汽修店里，要上砂轮、烘烤机，现在一切从简，只能靠手工点火补胶，技术一个有差，轮胎没坏的部分都会烤焦。

叶流西不吵他，走远了些待着，眼角余光瞥到肥唐扭扭捏捏地走上来。

“有事？”

肥唐“嗯”了一声，正要开口，叶流西忽然想到什么：“你是不是从前就跟昌东认识？”

“是啊。”

“那昌东从前，人缘不错吧？”

肥唐眼都要翻上天了：“怎么可能？狂得很，都不拿正眼看我。”

他忽然就明白自己为什么一直想看昌东挨打了，世事没因哪儿来的果啊。

叶流西不相信。

肥唐说：“真的，我东哥从前……那是三年不开张，开张吃三年，那逼格，带的都是中美联合科考队、多国探险考察队，还得人家去请。我以前认识几个富豪老板，想去无人区逛逛，钱捧到面前都没得谈……我居中协调，那是跑断了腿啊……”

肥唐现在说起来都来气：“他同行都跟我说了，昌东很难沟通，眼高于顶的那种，要不然叫‘沙獠’？是不是一听就欠揍？人跟沙漠较什么劲啊，那都不是一个重量级的……”

叶流西看着远处的昌东出神：“可他现在不这样啊。”

“是不这样，这趟见他，跟从前变化好大……”肥唐压低声音，“西姐，我说句实话，别骂我嘴欠，就是因为出了山茶那事，把他整个儿回炉再造了，我以前喊他东哥，转头就要骂他嘛玩意儿，现在嘛，觉得小伙子还凑合，能相处。”

这老气横秋的调儿，叶流西斜乜了他一眼：“找我什么事儿？”

肥唐已经说断片儿了，愣了一下才想起来，吞吞吐吐：“就是……那个，刚刚阿禾找我，西姐，你扣了人那么多分，你是想怎么样啊？”

哦，扣分的事，没记错的话，老签扣了39分，阿禾扣了24分，连薯条都扣了12分。

叶流西想了想，冲着不远处的丁柳勾了勾手指头：“柳儿，过来。”

那个“柳”字带儿化音，像嗓子眼儿里有什么轻挠，痒痒黏黏糯糯，丁柳一溜小跑就过来了，那叫一个心甘情愿。

叶流西吩咐他们：“叫上高深，把老签他们分开，你们一对一，让他们画从这儿到市集的地图，大概要走多久、路上要注意什么、提防什么，全列出来——告诉他们，画得越全，分加得越多……分嘛，当然是越多，人越安全。”

肥唐提议：“那让他们合作一张不就完了？分着画，怪费事的。”

叶流西看了一眼丁柳：“柳儿，你教教？”

丁柳果然秒懂，嫌弃肥唐：“你是不是傻？三个人合作，给我们攒个假的地图，把我们引去了尸堆雅丹，咱是不是就死挺了？当然不能让他们通气，就得分开，让他们互相竞争、互相猜忌！”

……

车子差不多能上路的时候，三张地图都交了上来，薯条认字不多，纸上圈画得满满当当。

叶流西仔细看了会儿，带着图来找昌东，昌东拿了笔和册子在手，根据她的说法，再绘新图，丁柳他们围了一圈旁听。

“要一路往西……阿禾他们原先住的市集叫小……扬州……”

昌东笔头一顿：这名字起得可以的，如果关内热衷于模仿关外，接下来不愁碰不到小上海、小西安。

“阿禾说，当初躲灾，从小扬州出来，只敢白天走路，速度也不快，断断续续，到这里，走了十来天吧。我们开车，应该会快一点。”

十来天……昌东心算了一下，正常人平均一天大概能走30多公里，十来天的路程，车子给力的话，一天内应该能到。

他在路线图上标注里程：“轮胎拉后腿，不能猛开，我估计至少两天才能到。”

叶流西继续：“市集和市集之间，都比较荒凉。这里的人好像公认，市集之外和夜晚，都属于妖鬼，所以晚上不行路，太阳落山前就要投宿。”

丁柳嘀咕：“听起来像《聊斋》呢。”

叶流西说："因为太阳一下山，你就找不到旅馆了，旅馆叫'红花树'。"

肥唐惊讶："红花树？还开连锁？"

"戈壁上很少有树，当然不会遍树开红花，所以这树是假的，立在道上，枝上绑满红布条，就当是花了，看到这种树，你就知道就近有旅馆，可以在树下等——太阳落山之前，旅馆的人会来收树，顺便把客人接回去。所以投宿一定要早，日头一落，就再也找不到树了。"

高深皱眉："就算没树，直接找到旅馆，还是能住的吧？"

"住不了，知道市集为什么比较安全吗？因为市集都有能降妖的能人，妖鬼不侵。但市集之外，没有房子，房子会成为目标，所以旅馆都在地下，或者很隐蔽的地方，红花树一收，你去哪儿找？"

丁柳听得神往，低声喃喃道："这刺激啊。"忽然又想到什么，"西姐，敢在道上开红花树的，都是能人吧？"

叶流西说："为了以防万一，旅馆里，总会请一两个能人坐镇的，不过也别抱太大希望，绝对安全这事，没人敢保证，说不定遇上黑店呢。"

昌东问她："住店怎么付钱？"

"说是现在世道不好，店家更愿意客人拿东西换住宿，"她抬头看了看天，"差不多了，要出发抓紧，搬东西装车吧，别落下东西，我们的，还有地窖里的。"

最后一句话，意有所指。

肥唐一下子反应过来："西姐，要把他们的东西都搬走吗？"

"当然不是……"

肥唐一口气还没松完，就听到：

"有用的才搬，那些破席子烂被子，就不用了。"

肥唐头皮发麻："那……都搬走了，他们怎么办啊？"

叶流西说："他们把我们关在地窖外头的时候，我们怎么办的？还不是自力更生？把这几个字送给他们好了。"

肥唐张口结舌。

他跟着高深、丁柳下到地窖理东西，搬了一趟之后，终于忍不住，不敢找叶流西，拉了昌东求救：

"东哥，你跟西姐说一下啊……不是我滥好人，真的老的老小的小，周围又没吃的，断了他们口粮，这还有活路吗？总觉得不地道啊。"

昌东笑了笑，顿了顿问他：“你西姐让你搬空？”

差不多吧，肥唐点头：“嗯哪。”

“那她有没有全程盯着你？你不小心漏搬了点什么，她有没有说会怎么样？”

肥唐脑子飞快地转着，蓦地灵光一闪，激动得脸都红了：“啊，东哥，你是说……”

昌东说：“我什么都没说。”

肥唐使劲点头：“我懂我懂。”

他兴冲冲转身想走。

昌东又叫住他：“肥唐，阿禾的叔伯没出事还好，如果真出了事，他们断粮是迟早的，到时候照样没活路……留两口米，两块肉，能供他们活多久？我看你西姐的那几个字，你还是一并送过去。”

肥唐愣了一下。

昌东转身上车，叶流西懒懒窝在副驾上，没个正行，说：“我有一个问题啊。”

“你说。”

她眯着眼睛看挡风玻璃，外头一条小道，几处弯转，就可以出村了。

“为什么现在的男人心都这么软呢？心软死得快，可别怪我没提醒过你。”

昌东说：“心软不是件很有福分的事吗？”

叶流西转头看他：“啊？”

“很少人天生菩萨心肠，大多数人，饿得半死的时候，不会想分你口粮，被折辱欺负，第一反应以血还血，得了爱，才想分享爱，还能心软，说明至少在某些方面，是被人善待的。”

叶流西慢慢扣上安全带。

她觉得自己最近也有点心软。

车子终于驶离荒村。

昌东开得很慢，刚补好的轮胎，比一切都金贵，不敢瞎造。

肥唐伸着脑袋偷瞄车子的后视镜，看到阿禾倚着半塌的墙，越来越小。

他把小半口袋的米塞到橱柜下头，顺带踢进去一些萝卜、土豆，偷偷跟阿禾说的时候，阿禾眼圈一下子红了，然后低头擦眼睛，说：“谢谢你啊。”

肥唐看到她脖子上几道半结痂的血道子，还没全好，心里怪过意不去的，忽然觉得昌东说得对，口粮能管几顿啊，授之以鱼，真的不如授之以渔。

于是一个忍不住，说了很多，譬如“这样下去不是办法，人得自己求活路，躲灾，就会永远怕灾，得迎难而上，与灾共舞，变强并不难，只要三步走……”

也不知道阿禾听进去没有。

……

荒村之外，又是无尽戈壁，偶尔见到沙山，没有参照物，没有指向，没有GPS，只能凭挂在半天的太阳辨东西，肥唐脑袋倚着车窗，先还睁着眼看风景，后来眼皮一个劲儿往一起黏，不知不觉就睡着了。

也不知睡了多久，恍惚中，似乎听到丁柳焦急的声音：

“没有吗？”

“还没有吗？”

肥唐迷迷糊糊睁眼，看到正前方一轮西坠的太阳，暗红色，已经被收了光泽，几乎正以肉眼可见的速度下沉。

周围很静，能听到车胎碾过地面的声音，还有打在底盘护板上的飞沙声，一波又一波，像有人在扫地。

他一下子清醒了，睡意全无，脱口说了句：“还没有吗？那个红花树？”

丁柳恼火：“没有！一路都没看见一棵，是不是老签他们诓我们？”

昌东回了句：“这个倒不怪他们，红花树本来也不多，荒野没参照，很难完全走直线，车轮只要稍微打偏，就会偏很远下去，而且车速比走路快多了，不留心的话，错过了很正常。”

肥唐有点慌，如果是人架子再来，他倒也不怕，怕的是一切未知，只能脑补，越补越惊惶。

天渐渐黑了。

这黑反而叫人认命，丁柳心里毛毛的：“西姐，咱们是不是得拿好家伙？”

叶流西“嗯”了一声：“总比两手空空强。”

高深从车后座底下翻出工兵铲，分了肥唐一把，丁柳有点羡慕：因为子弹供不上，枪在这儿，反而不是很实用，她最喜欢叶流西的刀，琢磨着到了市集，怎么着也要搞一把……

车身骤然一停。

肥唐头皮发麻，差点就把工兵铲抡起来了：“怎么了？”

昌东指着前方。

隔得太远，看不大清，只知道那里有一团莹莹的暖红色。

丁柳喃喃：“像个灯笼。”

肥唐忽然想起小时候看过的蛇妖故事。

说是天全黑的时候，天上出现两盏红莹莹的灯笼，还有一道长梯，人们纷纷传说那是天梯，顺着爬上去，可以成仙。

但其实，那灯笼是蛇眼，天梯是长长的蛇芯子，爬上去的人，其实是被吃掉了。

他咽了口唾沫：“东哥，那没准儿是嘴呢，你得稳一点啊，哎，东哥，别……别呀……”

昌东踩下油门：“我就没见过发光的嘴。”

……

终于驶近了。

肥唐看得清楚，居然是一棵红花树，满树彤花，莹莹生光。

树底下站了个老乞丐，一身邋遢，腰带上倒吊一只公鸡，左手拎了个箱子，昌东停车的时候，那老乞丐右手往外撒了把米，那只公鸡立刻双翅扑腾着半空啄食，但鸡爪始终绑在腰带上，飞不出去。

昌东揿下车窗。

老乞丐朝他咧嘴一笑：“你们也错过了点，过来住夜店啊？”

出西玉门

【蝎眼】

XIE YAN

第52章

昌东回答：“是啊。”

“小兄弟怎么称呼啊？”

这人全身破落，但深夜站在孤树下，也没见慌张害怕，昌东觉得他有些来头，于是答得也客气：“昌东。”

“哦，我叫李金鳌。”

昌东盯着地上看：刚刚李金鳌往外撒米，公鸡扑腾着啄食，按理说，地上怎么着也该落个十粒八粒。

居然一粒米都没有，而那鸡，啄完了米之后，眼皮微合，像是流水线上倒挂待宰，入定般一动不动。

李金鳌顺着他的目光看过去，语气里有几分自得：“我这鸡，可不是一般货色……几位夜里赶路，都不带只公鸡辟邪啊？”

昌东说：“走得匆忙，没顾上。”

李金鳌倒挺理解：“能开铁皮车的，是看不上这个。”

昌东有点头疼：都说财不露白，现在看来，开车上路，简直像是把钞票一张张贴满衣服，边上还配台吹风机，时刻制造声响效果，唯恐别人注意不到。

丁柳在后座坐不住了，声音压得很低：“东哥，你这么聊天，不怕把人闷死啊，要是让你帮我看歌厅的场子，客人早走光了。”

昌东知趣地往边上让了让，叶流西冲着丁柳示意了一下车外头。

丁柳有心要露一手，脚往后座上一踩，小腹压住昌东的头枕保持平衡，脑袋从车窗里探出去，笑容可掬：“鳌叔好啊。”

整个人跟一条横架的鱼似的，高深不得不拽住她脚踝，以防她突然重心不稳，从车窗口蹿溜出去。

这声“叔”叫得真中听，李金鳌笑呵呵的：“是小姑娘啊。”

“叫我小柳儿好了，叔你胆子真大，我都没住过夜店，我东哥老吓我，说夜店可怕得很呢。”

说着，一肘捣在昌东肩膀上，昌东咳了两声，压低声音：“别太夸张啊。”

看丁柳笑得鲜甜水嫩的，李金鳌语气里不觉就多了点爱护：“你哥也没说错，红花树夜店，是要乱一点，人来住，其他的……也会来住。”

丁柳瞪大眼睛：“这也行？出事了怎么办？”

她回转头，对着昌东大叫：“东哥，你早不跟我说！我胆儿小，你又不是第一天知道！”

昌东嫌吵得慌，拿手指头塞住一侧的耳朵，叶流西在他另一侧耳边低声叹气：“搞定半老头子，还要靠半大小姑娘啊。”

李金鳌安慰丁柳：“没事儿，传得离奇，实际上也没那么玄乎，守规矩就行，再说了，没有三两三，谁敢上梁山，能住夜店的，都不是吃干饭的。”

丁柳眼珠子滴溜溜地转：“鳌叔，你这话是在变着法儿夸自己呢，我们这一车人，几个胆子拼起来才敢走夜路，一路还担惊受怕，你腰带上拴只鸡，独个儿在这儿一杵，跟晒太阳似的……鳌叔，你肯定很厉害吧？”

李金鳌笑得合不拢嘴，这时候反惦记起“谦虚”二字了：“哪里哪里……”

他把手里的箱子一提：“我也就是个走市集耍皮影的，待会儿住下了，我看看有没有机会开场，几位有空捧场啊。”

话音未落，那棵红花树上的光亮，忽然顺着枝丫缓缓下滑，丁柳一声“啊”还没出口，李金鳌也看到了：“差不多到时间收树了，咱们跟着就好。”

那暖莹莹的光亮如同水流，聚到树底，又蜿蜒着往远处，像一条指向的光蛇，丁柳装糊涂：“这是什么来着？哎呀上次谁跟我说过，我又忘了，这脑壳！”

她攥拳往自己脑袋上磕了一下。

李金鳌顺口接了句：“流光啊，晚上旅馆的人也不敢乱出来，都用流光引路，这东西死笨，两点一线，也不知道等人，要么说流光容易把人抛呢，得赶紧跟上。”

他大踏步跟了上去，昌东开着车，在后头缓缓跟着。

丁柳坐回座位，伸手揉了揉脖子，刚刚那么趴着，脖子一直仰着，怪不得劲的。

肥唐夸她："行啊小柳儿，张口就来。"

丁柳眼皮一耷拉："还不就是没脸没皮呗，我干爹教我，小姑娘没脸没皮，人家会觉得可爱，最多是当你不懂事没脑。年纪再大点，使这招，人家就会防你了，觉得你是别有用心……哎，东哥，这姓李的没说实话，说自己是耍皮影的，谁信啊。"

昌东回答："他今晚不是要开场吗？到时候看看就知道了。"

开了约莫十五分钟，流光渗进地下，一人一车都停下了等，过了会儿，地上掀起个一米见方的盖，探头出来的人"哟"了一声："还要停车位啊……等会儿啊。"

他先领着李金鳌下去了。

再等了几分钟，西首边几十米处有地盖启开，那人在那里招手："这儿，这儿呢，开进来。"

其实就是个地下车库，入口处是道往下的斜坡，门上覆着地皮块，关上时，跟平地没两样。

车库不大，最多能停两三辆车，而现在，只有他们这一辆。

几人各自提行李包下车，昌东抽了单独包装的一次性医务口罩给叶流西，吩咐她戴上。

叶流西奇怪："为什么？因为我美？"

她美她是知道的，但她有自知之明，美不到让人神魂颠倒的地步：卖瓜卖了那么久，仅遇到一次有人因为她美忘记要找零，后来还跑来要回去了。

昌东压低声音："你这种在上吊绳上获得新生的人，到了人多的地方，是不是该遮一下脸？就一点都不担心自己在关内有什么死对头认出你来？"

倒也是，叶流西很顺从地戴上了。

那人引着他们穿过地道，推开小门进了大堂。

这里规模不算太大，有点像福建的客家土楼，简陋而又陈旧，直径四五十米，下挖差不多两层楼那么高，周遭一匝呈圆环形，客房挤挤簇簇，有小几十间，圆环中间部分是饭厅兼活动场所，有几桌正在吃饭，桌边几只公鸡走来走去。

前台在一处角落里，顶上悬着“欢迎光临”的灯牌，昌东仔细看，才发现“欢迎光临”那几个字是透明胶管拗成的，并不通电，有暖红色的光正慢慢流满胶管。

难怪李金鳌说流光死笨，两点一线，想想也怪有意思：装点一树红花、当路标、做灯牌，每天单调呆板，都在接客引客。

前台里坐了个中年女人，眉眼平淡到像一张白纸，她把一块硬纸板拍过来：“十一点之后没电，没电之后不要在公共区域走动，否则出了任何事，死伤自理，概不负责。用水、洗澡、上厕所都在一楼……这张单子上是我们感兴趣要的东西，你们看看。”

昌东看了一下，思忖了一下车上物资的余量，拿笔勾了手电、医用药品、干电池、钳子、扳手等几项。

女人挺满意的：“那足够住了，具体怎么换，退房再结。”

昌东选了二楼的大房间，这旅馆有几分说不清道不明的阴气，住一起会安全些，床不够可以打地铺，反正这一趟没娇气的人。

放好行李之后，几个人下楼吃饭，点了几碗鸡蛋面，等面上桌的工夫，四下环看，发现居然有人挨桌做生意：有递本子给讲戏的、有现场量尺寸给做衣服的，还有卖公鸡的。

面上来了，叶流西把口罩底边往上推了推，只露一张嘴，挑一筷子面，吃得毫无障碍。

昌东正觉得好笑，忽然听到前台女人尖刻的声音：“又没什么客人，看什么皮影戏！”

回头一看，李金鳌拎着箱子，正讨好似的对那女人说着什么。

那女人不耐烦：“对你们这类人，已经特别优待了，让你白住不错了，现在什么世道，还反过来倒贴你东西请你开戏？总之我们不请，你挨桌问问看吧，客人愿意掏钱看戏是客人的事。”

昌东心里一动：“这类人”是哪类人，为什么可以特别优待，还能白住？

他看向叶流西。

已经成了习惯了，有什么事想找人商量，第一个想到的人一定是她。

叶流西也看他，口罩褶皱着堆在鼻子上下，怪滑稽的：“要么，咱们请他开场戏？”

肥唐正埋头吃得呼哈呼哈，觉得请了浪费：“犯得着请他吗，东哥也会耍皮影戏，咱们物资是多，那也要省着点用。”

丁柳居然不高兴了：“西姐想看，那就请嘛，你那小气劲儿，算我的，我请！”

她一转头，叫得娇嗔无比：“鳌叔，这里。”

李金鳌眼睛一亮，拎着戏箱就过来了，拴在裤带上的公鸡晃来晃去，像个没生命的装饰品。

他先递册子，让选个故事，册子一掀，第一条就是《招魂》。

昌东问他：“是汉武帝和李夫人的那出故事吗？”

李金鳌点头：“是啊，这故事是皮影滥觞，从来都是戏册第一出。”

昌东说：“那就这个吧。”

李金鳌收起册子，掀开戏箱做准备，昌东触目所及，愣了一下。

这戏箱里，除了一块三尺生绢、一个陶埙和一个黑布口袋，居然没别的东西。

这跟他的戏箱真是天差地别，他的戏箱里，各色牛皮、凿刀、成品或者半成品的皮影人物、起稿的图谱、上色的笔、融胶的骨碟……十个指头都数不过来。

李金鳌大言不惭：“看皮影，找我，那你们是找对人了，我现在是不行，但我祖上，那不是吹，当年都伺候过汉武帝看皮影……”

他把戏箱固定到半张，生绢布在箱角上绷得平平整整，箱边缘都带黑色拉皮，拉实了扣住，恰和绢布围成一个没有漏隙的小舞台。

这才拿起那个黑布口袋，扎口微松，凑到拉皮掀开的口处，托住口袋的底，抖了又抖，像是驱赶口袋里的东西进去。

昌东看到一簇簇针尖大小的幽绿色，晃悠悠进了小后台，幕布后一团莹莹的光亮，像飘摇的鬼火。

小咬？

昌东心跳得厉害，一直盯着幕布看，李金鳌拿过陶埙起了个调，埙音很低，浑厚中带几许沧桑，幕布后明暗变换叠加，渐成一道迤逦不绝的长城剪影，有个身材窈窕的女子立于城头，两手掩面，摇摇欲坠。

叶流西凑到他耳边，低声说了句：“我让柳儿再加几个菜，上点酒，待会儿灌醉了他套话？”

昌东点了点头。

叶流西朝丁柳勾了勾手，等她凑过来之后，附到她耳边正要说话，目光忽然落在李金鳌腰间那只倒挂的公鸡身上。

那只鸡不知道什么时候睁了眼，正在……看她。

第53章

看什么看！

叶流西一眼瞪回去，那只鸡很镇定地把目光移开，又把眼睛闭上了。

李金鳌一曲吹毕，眼前所见尽皆涣散，虽然只是一方画幅，但因着演绎生动，配乐凄婉，倒也让人心里激起些许苍凉。

看书看画，听戏听曲，能激起点共鸣就算不白费。

昌东加了张凳子，请李金鳌一起吃饭，加的菜都是萝卜、土豆、花生米，难得有点肉丝杂陈其间——不是不想下血本，实在是捧着钱都没处买，李金鳌显然很理解，理解中又生出几分感激来，客气了几句就上桌了。

丁柳在边上劝酒，这是她的强项，一口一个“鳌叔”，一杯一句“你好厉害啊”“皮影耍得好好看哦”。

人一旦上了年纪，就特别喜欢收获小字辈的崇拜，李金鳌让她捧得飘飘然，几杯酒一过，舌头就有点大了。

昌东给他斟酒：“我从前也看过皮影戏，但耍得这么像的，还是头一次见。”

李金鳌说：“我懂我懂……那种像提线木偶一样的是吗？”

人一旦喝大了，做什么都肆意，李金鳌两臂张开，生硬地上摆下动：“只有关节能动，木不愣登的，耍这种的也有，市集上常见，不入流。”

昌东苦笑，觉得这打脸是自找的。

李金鳌撮两粒花生米放进嘴里嚼：“就拿《招魂》这故事来说，汉武帝见到幕布后李夫人的影子，怆然泪下，还给了术士无数赏赐，那场景得多逼真？牛皮刻的人，要线杆带着才能动，汉武帝能被蒙到？”

肥唐也积极发言：“可不是嘛……我以前也纳闷呢，心说皇帝怎么看个皮影戏还当真了，现在才知道，是我没见过高人出手。”

李金鳌说：“不不不……”

他虽然得意，倒还没忘形：“我还是差远了，惭愧惭愧。”

说着咣啷一声，朝桌面上扔了块腰牌。

那块腰牌铜质，生满铜绿，形状像片瓦当，上头曲曲歪歪的篆字早已被磨得半隐，肥唐还想拿起来细看，李金鳌已经先说话了：

“方士牌，我老李家，不是我吹，当初伺候汉武帝看皮影的人叫什么？李少翁！我姓什么？李！”

肥唐觉得这名字特耳熟：“这李少翁，是不是被汉武帝杀了的那个？”

史载，李少翁招魂之后，汉武帝封他做了文成将军，过了段时间，觉得这人故弄玄虚，就把他给杀了。

李金鳌眼睛一瞪：“胡说八道！怎么会杀了，那叫进关！我老李家不进关，哪来的皮影队啊。”

他端起酒杯，蓦地悲从中来：“可惜啊，我祖上这支姓李的，不争气，皮影术的绝学，只学了皮毛……要是得了真传，我现在，也有铁皮车坐……”

他打了个酒嗝，杯里的酒洒了满手，大概是觉得可惜，低头去舔。

昌东不动声色：“你说的皮影队，就是来往关内外的九人商队吧？”

李金鳌嘿嘿笑，顿了顿冲昌东挑大拇指：“开铁皮车的，果然不简单，知道这事的，都是人上人。”

他轻蔑地朝别桌的人扫了几眼，压低声音，神秘兮兮：“那些小老百姓，哪会知道皮影队这事啊，‘出关一步血流干’，没错，人是出不去，自古以来，出来进去的都是皮影队……”

明白了，皮影棺里装的，确实是如假包换的皮影人，九人一组，踩开一条连通关内关外的步道。

叶流西笑了笑：“我有点想不明白啊……”

口罩堵着她的鼻子，说话的声音有点嗡嗡的：“汉武帝费那么大劲，把人送进来，大门一锁得了呗，何苦还留条通道，允许皮影人进进出出的。”

李金鳌冷笑一声：“这就是汉武帝的聪明之处了。

“当时的玉门关内，那叫绝境，方士、羽林卫、妖鬼、罪犯，都送进来，前两类人有本事，后两类人有反心。我问你，对圣上效忠能管用几年？这些人要是联手反了怎么办？皇帝不是搬起石头砸自己的脚吗？

“最高明的法子，是让你心甘情愿守在这儿。

“开了这条道，等于是允许你称王，环境虽然恶劣点，但是奴仆、封地、钱都有了，不耽误享受关外的新兴玩乐，还没人管，也不受法令约束，搁着你，你会不乐意？

“至于为什么能进出的是皮影人，一来皇帝念李夫人的情，二来玉门关是人不能出、妖不能出，皮影人非人非妖，能行人事，却不会兴妖孽，最合适不过了。”

叶流西当然没见识过李少翁的皮影术，但能让汉武帝感动到泪下，而且瞒过了有生意往来的历代商户，应该是真的跟人相差无几。

她拍拍桌子：“看我。”

李金鳌莫名其妙。

叶流西说：“不觉得我像个皮影人吗？”

李金鳌笑呛了酒：“皮影人和人，是不好分辨，但不是不能分辨：它们不吃不喝都没关系，破了皮不流血，被火烧也不嫌疼，烧着的味儿像是烧毛发，你是皮影人？我说的这几项，你都试试看好了。”

叶流西松了口气。

她还真不想自己是皮影人，到时候和那么多人挤一个皮影棺，怪不体面的。

丁柳估摸着酒已经劝得差不多了，生怕他说着说着一头栽倒，赶紧把关键的先提出来问：“哎，鳌叔，老说皮影队皮影队，它们从哪儿出关的啊？”

她关心门到底在哪儿。

李金鳌嘟囔：“这种大秘密，哪是我能知道的……”

不知道啊，丁柳泄了气，再问时就有点恹恹的了：“那你这是，准备往哪儿去啊？”

李金鳌舌头已经捋不利索了，啪啪两下子拍在腰间倒吊的那只公鸡身上：“去……小扬州，听说有人在那儿……作乱，身为方士……之后，要抓住机会，出人……头地，我这只鸡，不是普通……鸡，神勇无比……”

酒劲上头，终于一头栽倒，趴在杯盘之上，兀自舒服地舔了舔嘴唇：“神勇……不可多得……”

叶流西盯住那只鸡看。

也是巧了，那只鸡又在掀眼皮，眼珠子正慢慢往她这边转……

叶流西一拍桌子：“再看，我把你眼珠子抠出来！”

那只鸡倏地闭上了眼睛。

前台女人带了人来，把烂醉如泥的李金鳌搬回房。

看看时间，距离熄灯不到一个小时，难得到了一个可以洗澡的地方，没人愿意错过，昌东安排了一下，大家分批去洗，原则是最好不要有人落单，房间里同一时间至少留两个人，洗得最晚的那两个，也尽量结伴回。

他和肥唐留守，高深、丁柳和叶流西先去洗。

高深洗完回来，换走了肥唐，肥唐回来的时候，从前台借了副自制的扑克牌，喜滋滋说等西姐和小柳儿回来，好斗地主。

昌东冷笑，对女人洗澡的速度居然抱有期待，肥唐还是嫩了点。

他拎着装了干净衣服和洗漱品的兜袋，一路去了公共浴室。

地方挺破，亮了个灯泡，进门靠墙的地方有个水缸，墙边挂条拉绳，墙上有个正对着缸的进水口——洗澡要自己来缸里拎水，水不够了，就拽拉绳，进水口会再流点水进来。

里头是用木板间隔开的隔间，不多，五六个，木板上遍布裂缝，宽的有手掌那么大，也不知道隔个什么劲，靠墙的地方有流水的凹槽，把脏水引到更低处。

难得有淋浴，虽然是最简陋的那种：高处挂了桶，桶底钻了眼，自己舀水进去，水就会淋下来。

整个男浴室，就他一个人，昌东觉得怪不自在的，决定速战速决。

他湿了头发，飞快地洗发打泡沫。

忽然听到稀拉的水声，愣了一下，才反应过来是女浴室那里传来的，抬头一看，男女浴室中间的隔墙没封，顶上空了一大块。

昌东咳嗽了两声。

那头很快响起丁柳的声音："是东哥吗？"

昌东说了句："你们够慢的。"

丁柳说："谁像你们男人，我们洗个头发就要好久呢……我快好啦，东哥，你待会儿等下我西姐啊，两个人一块上去。"

昌东"嗯"了一声，过了会儿，听到丁柳啪嗒啪嗒离开的声音。

两边都安静，偶尔响起的水声分外清晰，夹杂着低低的轻咳，有时连她的呼吸声都能听到，昌东头一次发现，声音也能让人心猿意马。

他抹了把脸，说了句："我去外面等你。"

出了浴室，长长舒一口气，抬头看四面的客房，很多房里亮着灯，入住率倒还不算差，就是说不清楚，其间是不是真的掺着李金鳌口中的"别的东西"……

正这么想着，眼前突然一黑，所有的灯刹那间全灭。

昌东还没反应过来，已经有人先他一步抗议了，还不止一个：

“搞什么？没到十一点呢！”

“一天比一天熄得早！”

那个前台女人的声音也不知道是从哪个角落里飘出来的：“差不多了。”

一两秒的静默之后，传来一片急急的关门关窗声，地下没有光，看东西好艰难，昌东忍不住叫她：“流西？”

叶流西说：“好了，出来了。”

女浴的门帘一掀，有个人影出来。

昌东正想伸手牵住她，忽然看到，门帘又掀了一下。

又有个人影出来。

第54章

两个人影，身形都是一模一样。

刚刚浴室里那么安静，昌东觉得自己的听力不会有差，除非另一个人完全没呼吸，不然一定只剩了叶流西一个人。

他迎向第一个出来的：“好了？”

以叶流西的缜密，一定也知道浴室里没别人，而以她的性格，忽然看到前面又多出一个人的话，早提着刀冲上去了，如果她洗澡也带刀的话。

叶流西“嗯”了一声，把提兜递给他：“帮拿一下。”

她歪了脑袋，拿毛巾拭干头发：“这店也太黑了，我算着时间呢，也好意思说‘差不多了’，至少差着一刻钟，明天退房结账，我不会给她好脸色看的……哎昌东，我给你讲个恐怖故事啊……

“有个男人，在浴室外面，等一个女人，忽然停电了，那个女人就出来了……其实，出来的那个，根本不是那个女人……”

挺好，是她的风格。

抬眼看她身后，那个站在门帘边的影子，又慢慢退了进去。

正想说什么，忽然有了隐约的光，抬头看，是肥唐开了窗，拿大手电往这儿照：“哎东哥，停电了，我给你们照着点啊。”

昌东这才长长舒了口气，微攥的手心里已经生了薄汗，低头看叶流西，她正伸手理着头发，有几丝发缕带出水珠，混着新浴的味道扬上他的侧脸。

叶流西察觉到了，马上停手："是不是甩到你了？"

昌东笑笑："刚在浴室里，都没听到你说话。"

叶流西回了句："我洗澡，还要敲锣打鼓吗？再说了……你也没说啊。"

光听到很不连续的轻微水声了，还有他浊重的呼吸，有几次，她都怀疑那头到底是不是有人，于是侧着头听，手里攥着毛巾，毛巾角的水滴下去，滴答一下。

她都能通过水声知道他在干什么，舀水声、淋浴声和偶尔的毛巾擦洗，带出的声响是不一样的，还有冲洗，能想象得到，水流是怎样自肩颈往下，漫过结实的腰背……

于是她晃了神，直到凉意侵上身。

……

可别感冒才好，万一真感冒了，一定要赖死了是水不热，真实原因，抵死都不能往外说。

叶流西瞥了一眼昌东："走呗。"

昌东说："手给我。"

"为什么？"

"胆儿小，怕走着走着，身边的人，不知道换成谁了。"

叶流西鼻子里"哼"了一声，过了会儿才把手伸过来。

昌东牵着她往回走，肥唐漫不经心的，手电光始终铆住他们前头的方寸地，像驾驴嘴边吊着的那串胡萝卜，一直在抓不住的地方晃。

进楼道的时候，昌东回头看了一眼。

浴室那头黑洞洞的，安静得很。

回到屋里，昌东绷着的神经才算真正松下来。

他把刚才发生的事说了。

说完了，屋里静了好一会儿，门窗都被风撼得嗡嗡响——没人关心这地下居然也能起风。

肥唐听傻了，额头上有只用口红画了一半的乌龟，一看就知道是斗地主被反噬，他心虚地把应急灯的光往暗里调，生怕屋里太亮，引来外头某些东西的注意。

丁柳一颗心怦怦跳：“西姐，你背后有人，你就一点儿都不知道吗？”

叶流西说：“不知道啊，根本就没听到动静……”

蓦地想到，自己洗澡是不是被那东西看去了？妈的，真该抠掉它眼珠子。

肥唐对昌东真心佩服：“东哥，你怎么忍得住的啊？”

换了是他，不吓尿也号得整个旅馆都听到了。

昌东说：“黑咕隆咚的，看不清，什么来路不知道，是人是鬼不知道，惹不惹得起也不知道，又也许只是个过路的。我也就是洗个澡回个房，不想生出什么事，装没看见不是更好？”

初来乍到，一切都复杂，他不想树敌、不想交友，只想置身于事外，能避就避。

这不是避过去了吗？

他招呼肥唐帮自己铺地垫，屋里只有一张床，给了叶流西和丁柳，男人身子骨硬，都打地铺。

灯灭的一刹那，外头的风更大了。

昌东低声说了句：“不管外头有什么动静，哪怕是有人敲门，咱们都别管，有想上厕所的，就憋一下吧。”

睡到半夜，外头突然响起一声嘹亮的鸡叫。

怪不得说“雄鸡一唱天下白”，鸡叫的威力确实非同小可，胜过闹钟齐鸣，昌东几乎是瞬间就醒了。

更糟糕的是，这只鸡叫过后，群鸡响应——旅馆里不止一只鸡，一时间嘈杂无比，而这嘈杂声里，还混着一个男人的大叫：“什么东西？！”

这声音……

丁柳第一个反应过来：“是李金鳌吧？他怎么出去了？”

肥唐困得睁不开眼：“胆儿大呗，他不是有方士牌吗？”

一直闷声不响的高深冷不丁冒出一句：“别是被你们灌多了吧？”

昌东心里咯噔一声，翻身坐起。

这话没错，晚上的酒，几乎都进了李金鳌的肚子，算算时间，难道是半夜酒醒，憋得难受，迷迷瞪瞪间出去上厕所？

外头传来李金鳌惶迫的大叫声，声音颠扑不定，绊桌倒凳的声音此起彼伏，事态似乎比想的还要糟糕，昌东摸了枪在手上，吼了句：“帮我打灯！”

高深离得近，一把拿下应急灯，搂起了跟上昌东，门一打开，两人几乎同时抢出去——雪亮的光柱打向楼下，罩住大堂的餐厅一隅。

那里没别的东西，只有李金鳌和那只鸡。

那只鸡死命扑腾着翅膀，振翅欲飞，但因爪子被绑在李金鳌腰带上，怎么也挣不脱，惊慌失措间，带着李金鳌撞桌撞椅，那架势，确实也是……勇猛非常。

昌东把李金鳌半拖半拽进屋子坐下，高深一手抱灯一手拎鸡，灯摆上桌面，鸡往李金鳌身边一搁。

李金鳌惊魂未定，越想越是恼火，忽然一转身，一巴掌打在鸡头上：“废物！”

那只大公鸡耷拉着脑袋，母鸡抱窝样一动不动，也许是自知理亏，一脸的“打就打，我无所谓”。

叶流西觉得好笑，过来在地垫上坐下：“也别怪人家鸡了，你每天把鸡那么倒吊着，也难怪它脑子不正常。”

李金鳌说：“我那是锻炼它……”

“很有效果啊，它确实擅长倒吊。”

李金鳌又气又窘，传说里越是有能耐的方士，就越是衣衫褴褛、貌不惊人、行事离经叛道——他追求表面工程，悉数做到，腰间倒吊一只鸡，全玉门关都找不出第二个。

差就差在本事上。

鸡也不争气，遇到点事跑得比他还快。

昌东忍住笑：“刚刚怎么回事啊，鸡不会无缘无故带你跑吧？”

李金鳌终于回神，这时候，才想起要为人和鸡都挽回点面子：“镇山河平时不这样，它主要吧，怕蝎子。”

昌东愣了半天，才反应过来：这鸡的名字叫镇山河。

“不是普通的蝎子吧？”

李金鳌回头看了看紧闭的门，尽量压低声音：“几位也要小心点，这旅馆里，有蝎眼的人。”

李金鳌确实是喝多了憋醒的，他住一楼，离厕所近，一时间也没多想，深一脚浅一脚地出去放夜尿。

回房的路上，总觉得周围怪怪的，偷眼那么一瞥，惊出一身冷汗。

他看到有个黑影，跟自己一般高，一般胖瘦，腰上也吊了只公鸡，简言之，就是跟他一模一样。

镇山河就是在那个时候打鸣的。

昌东问他："那黑影是什么东西？"

李金鳌老脸一红："我当时也有点蒙了，没反应过来，现在回想，也是妖，叫'双生子'。这妖吧，怎么说呢……"

说穿了，这妖就是一团影子，只在黑暗里出现，不能见光，一见光就散，古时候，拎个灯笼，双生子就不敢靠近了。

它没什么杀伤力，但特别喜欢模仿人，学得也很快，黑暗中盯着你，学你姿态、学你走路，片刻工夫，影子轮廓就能跟你一模一样了。

双生子最大的乐趣就是把人吓得屁滚尿流，然后在原地咯咯笑，最讨厌的事就是别人不怕它，无视它，这样它就会特别难受，觉得是自己技术不精，模仿得还不够像。

岁数超过一甲子的双生子可以学人说话，但是，必须听你说话的字数达到一定的量。

比如，你说"1234"，它就能说"1234""4321""1324"等各种组合，但它说不出"5"。

李金鳌压低声音："发现它的用处没有？只要佐以一定的法术，它就可以被控制利用。想一想，黑天，看不见，它假充是你身边的人，跟你夜谈、假传消息、挑拨离间……"

乍见双生子，李金鳌没能立刻反应过来，这倒不怪他，有些妖，跟珍奇动物似的，很多年没出现过了，都以为是老死、灭绝了。

所以他大喝了一句："什么东西？！"

就在这个时候，那团双生子的影子，像被吸走一样，瞬间变形，急速流向某个方向，李金鳌抬头一看，不远处站了个人，双生子的影子，就是流向那人手里的皮袋的。

李金鳌说："双生子的影子，要用厚的动物毛皮缝制成的袋子来装，这双生子，显然是有人养、有人遛的，当时镇山河还不害怕，我也准备把它的爪子松开让它一展身手，谁知道这个时候，那人往边上一让，露出身后一只蝎子，没错，我一看那轮廓，就知道是蝎子，至少得有小脸盆大……”

然后，镇山河就发疯了。

叶流西问他：“那个人，就是你说的蝎眼的人？”

李金鳌点头，警惕地看了看门窗，食指竖在唇边：“小声点。”

叶流西让他这一系列动作搞得怪不自在的：“蝎眼的人，就这么可怕？”

李金鳌说：“当然，乱党啊。一般的蝎子才多大？巴掌大了不起了吧，只有蝎眼的人能养巨蝎，听说他们的头目，都会在眼角画一只蝎子……

“做事可毒了，一年多以前，他们在戈壁沙漠的胡杨林里，吊死了上百个羽林卫！”

第55章

肥唐听到“吊死”这样的字眼，喉头一阵发紧，怪不得一进关就总听到人说“世道不好”，这世道，的确让人心头毛毛的。

庆幸自己不是关内人的同时，他也毫不吝啬自己的同情：“这世道，什么时候才能太平啊？”

李金鳌摆手：“难咯，自从二十多年前天现异象，我就知道这一乱，没个百十年过不去。”

丁柳马上问：“什么异象啊？”

一干人中，就她还不满二十岁，没见过理所当然，问起来理直气壮。

李金鳌鼻子里“哼”一声：“你才多大点，别说你了，你们这些人，那时候要么还没出生，要么刚会走吧。再加上严禁提起，哼，官禁民传，禁得住吗？”

肥唐越发心痒痒的：“什么异象啊？”

他直觉不会是日全食超级月亮那种。

李金鳌慢吞吞说了四个字：“日现南斗。”

肥唐说：“啊？”

问他秦砖汉瓦服饰器具他还能略知一二，扯到天文，压根儿听不懂。

李金鳌只好换了个通俗点的说法：“就是大白天，天上出现了南斗七星，日现南斗！”

即便解释得通俗，也没出现李金鳌料想中一片惊愕的场面。

南斗就南斗呗，肥唐觉得还没“倒斗”听着耳熟。

高深犹豫了一下：“我听说……”

大家都看向他。

高深脸颊发烫，他性子有些木讷，能做就绝不说，能打就绝不谈，久而久之，说好听点叫惜字如金，说不好听点就是有点社交恐惧症，尤其是人多的场合，更是沉默得像隐形人一样。

五人同行，每次看到其他人聊得默契，心里就很羡慕，偶尔插上一两句，从来也说不到点，瞬间被人忽略过去。

现在忽然成了焦点，浑身不自在。

“我爷爷是个……”

他不知道怎么介绍自己爷爷，是乡下那种八面玲珑的人物，家里道士袍桃木剑、和尚衣裳木鱼杵、朱砂黄纸罗盘应有尽有，被乡里乡邻请去驱过邪、做过红白法事，还给猪催过生——他在爷爷身边长到九岁，没少打下手。

于是索性略过去：“我爷爷教过我，说是‘北斗主死，南斗主生’，北斗七星常被视为凶星，但南斗七星，能算得上是吉星的。”

李金鳌嘿嘿笑：“是凶是吉，要依照实际情况来判断，难道你没听说过……”

他声音压得更低：“‘日现南斗，西出玉门’吗？”

丁柳蹙眉：“没呢……鳌叔，都没人跟我讲过。”

李金鳌语气中有浓浓的骄傲：“你们不知道也正常，看你们不像方士之后……所谓瘦死的骆驼比马大，我们做方士的，知道的确实多些，汉武帝绝妖鬼于玉门这事，就不用我多说了吧？”

昌东点头：“是，都知道。”

这得感谢在荒村的时候，老签的普及。

“皇帝做事，总喜欢问问老天的意思，据说汉武帝也卜了卦，想问问封印玉门关这事会不会出纰漏。

“他的卜法叫‘龟壳字卦’，用的是千年寿数乌龟的壳做成的卦具，里头放蓍草，地上铺一张写满字的帛书，摇晃龟壳之后，蓍草会落下，但有几根蓍草，会立起来，立在不同的字上，立起的先后顺序，就是卜卦的结果。

“听说卜出来五个字，就是‘南斗破玉门’。”

肥唐听入了神：“这不完了吗？还封印个什么劲儿啊，都能被破了。”

李金鳌白了他一眼：“人皇帝不比你懂？据说又继续卜了两卦。”

第二卦卜出了玉门关的大劫数，叫作“西出玉门”。

好在最后一卦给出了破解之法，定了汉武帝的心。

至于破解之法是什么，李金鳌又不知道了，还是那句老话：“我要是知道，早坐上铁皮车了。”

昌东问他：“那‘日现南斗’这种异象，以前出现过吗？”

李金鳌讳莫如深地一笑：“当然有，如果没有，我怎么会说这一乱至少百十年呢，这是有参照的，上一次是在……”他皱了皱眉头，“多少年来着？一千……不止，一千二三百年前吧……”

肥唐迅速拿公元纪年减了一下，然后用口型示意其他人。

唐朝。

离天亮还有段时间，想睡觉的继续睡觉，李金鳌有点㞞，磨蹭着不敢回去，昌东也无所谓，反正房间大，多收留一人一鸡不成问题。

只是再次躺下之后，他怎么也睡不着，忍不住会去想叶流西：眼角画蝎子她中了，被挂在上吊绳上她也中了，那她是羽林卫，还是蝎眼的人呢？

叶流西也睡不踏实，仔细听屋里的动静，挨到丁柳他们睡熟，终于忍不住，轻手轻脚下床，绕到昌东身边，拍了拍他肩膀。

昌东坐起来。

知道她一定忍不住想找他聊，但实在没合适的地方：去房间外头太危险，留在屋里的话，这么多人，说不准哪双耳朵就是竖起来的。

这难不倒叶流西，她走到房间角落处，打开衣柜门，然后朝他招手。

也真是亏了她能想得出来，正大光明的事，做出了偷情的感觉。

昌东犹豫了一下才过去，手表的表盘是夜光的，借着这么点幽幽透着的光，他低头钻进去。

叶流西小心地关上柜门。

衣柜不高，昌东都不知道该把自己身子怎么摆，他叹气：“等到明天早上再聊不行吗？”

“不行，憋得慌，你不也一样吗？”

那就起来聊呗，干吗要等到第二天早上？

她也在尝试着站得舒服，这柜子没打通，两个人挤在一个立格里，摸黑各行其是，挤挨蹭靠，简直混乱，昌东忍不住：“你先别动。”

他背倚住柜壁，慢慢坐下去，然后拉着她也坐下来。

坐定的那一刻，长长舒了口气，觉得世界终于清净。

柜子有点窄，叶流西侧着肩跟他说话，声音压得很低，就在他耳边：“李金鳌说的那些……你觉得，我会是哪种身份？”

昌东斟酌了一下：“不好说，你做事带匪气，乍一看更像蝎眼的人，但如果羽林卫的风格也是张扬跋扈那种的话，说你是羽林卫，也不算离谱。”

“但是又有蝎眼被吊死，我会是卧底吗？”

总觉得，身为羽林卫，被派去蝎眼卧底，混到小头目之后露了馅儿惨被吊死，才是一个有头有尾、面面俱到的流畅故事。

又或者原本是蝎眼小头目，被羽林卫策反，蝎眼一怒之下，吊死她以儆效尤……

昌东说：“你这种性格，当卧底？”

“我这种性格怎么了，反其道而行之啊，大家都觉得我这样的不像卧底，但我偏偏就是……再说了，我不是失忆了吗，也许失忆前，我的性格冷漠阴森，是卧底标配呢。”

昌东说：“不管你什么性格，为什么没能把你吊死，你反而出现在那旗镇外的戈壁滩？既然‘出关一步血流干’，能进出的都是皮影人，你这种存在，又该怎么解释？”

叶流西：“……所以我睡不着啊。”

“卖瓜烤串，那么多日子都过来了，现在睡不着了？”

叶流西没好气，懒得理他。

昌东说：“看我的表盘。”

叶流西挨近他。

他的手表挺精美，一定价值不菲，有三圈夜光的圆环，大表盘内又嵌两个小表盘，她也不知道干什么用的。

昌东说：“我们的目标和方向，到目前为止，还是一致的，帮你也就是在帮我自己。”

他指着最大的那圈圆环：“这是关内的老百姓，类似阿禾、老签，他们给了我们大致的概念，让我们知道这是什么地方，为什么会有这样的地方。”再指中间的那一圈，“李金鳌之流，因为是方士之后，自己又有点技艺，算是特殊的阶层，所以知道的东西多些，什么日现南斗、皮影商队。”

叶流西看向最里头的那一圈：“这是核心层？”

昌东点头：“我相信，玉门关的秘密，比如大门到底在哪儿，山茶的人为什么会进了关，汉武帝当初卜出的化解之法究竟是什么，是否存在天赋异禀的人可以出关——一定有人知道，他们不但知道，还确保着某些事情的运行，只是暂时，我们没有接触到他们而已。”

叶流西沉吟：“你说的‘他们’，是指方士和羽林卫？”

昌东默认。

暂时，他还不知道关内的社会是什么模样，但基本可以确认一点。

并不兴旺发达。

可能还处在类似封建社会，因为封建社会最持久、呆滞、死而不僵，中国近代如果没有受到外来文化天翻地覆似的冲击，很难说王朝会不会继续苟延残喘——很显然，关内是一潭死水，皮影队带进的所有都只是涓涓细流，很难掀起巨浪。

掌权的依然是方士和羽林卫，因为他们是力量的绝对拥有者，自始至终手握一切物资，只要统治不是太苛刻，地位就可以固若金汤。

叶流西说：“小扬州是个市集，到了小扬州之后，应该就能打听到那些核心人物是谁了，一步之遥，但又总觉得事情不会那么容易。”

昌东回答：“越接近真相，就越艰难。尤其这真相，明显是被人操控或者刻意隐瞒的。”

他记得叶流西说过，一切都是个局，她只不过是被人一步步往前引，到了现在，不敢说图穷匕见，但这图至少是在寸寸揭开。

叶流西说：“咱们到了小扬州，得更小心。”

昌东摇头：“现在就得小心了，没听李金鳌说吗，这里有蝎眼的人。”

双生子先盯住叶流西，后盯住李金鳌，不是没有道理的。

李金鳌有方士牌，扬言要带着镇山河去小扬州立功，明显是要对付蝎眼的。

而他们开铁皮车，不为蝎眼做事，又跟李金鳌同桌喝酒，在对方眼里，已经是敌人了。

话题压抑，柜子里也有些闷，昌东轻轻把柜门推开一道缝：“总之……”

他忽然停住，食指竖到唇边，示意叶流西不要出声。

叶流西愣了一下，摁住他的膝盖，尽量动作轻地探身出来看：

柜门是双扇的，昌东推开了一扇，而另一扇处，有一只鸡，鬼鬼祟祟，正把头紧紧贴在门上，鸡屁股朝着两人。

叶流西气笑了，这是在……窃听？

她坐回来，胳膊支住昌东的膝盖，手托着腮，说：“有点想吃鸡。”

昌东说：“确实，鸡汤不错，汤色黄澄澄的，又有营养。”

叶流西说：“那得老母鸡吧？公鸡还是爆炒的好，拿开水活活烫死，拔光毛，翅膀和腿砍了做烧烤，身子就拿刀剁……”

镇山河终于察觉到不对劲了，尾巴动了一下，小心翼翼地回过头来。

第56章

李金鳌睡着之后，酒的后劲又涌上来侵入神经，一觉睡到大天亮，耳边人声嘈杂，这才打着哈欠睁开眼睛。

地下的“天亮”，其实是“开天窗”，店里的伙计上到地面，抬移开几块地皮，阳光会从厚玻璃窗内直透进来，在正底下的餐厅大堂里洒下几块明亮的光斑。

李金鳌翻身坐起，房门已经大开，房间里，各人忙各人的，叶流西梳头，丁柳搽面霜，肥唐做俯卧撑，肚子会着地的那种，高深卷收地垫，昌东在册子上写着什么。

一片忙碌里，唯独不见了镇山河。

李金鳌“咦”了一声，走到门外，扶着二楼的栏杆张望了一回。

大堂里，有几只鸡悠闲地踱来踱去，间或停在光斑里沐浴过滤了的阳光，但都没有镇山河。

“那个……”李金鳌看向门内，有点摸不着头脑，“你们谁看见我那只鸡了吗？”

叶流西头也不抬，手指轻巧地绕住梳子上带下的几根发丝：“没注意，出去溜达了吧。”

“这破鸡！”李金鳌怒气冲冲，冲着楼下吼，“死在外头别回来算了！”

昌东正记手账，闻言笔头一滞。

多少绑架伤害案，人质都被放回来了，家属还不知道受害者曾被绑架过——大概都长了一颗跟李金鳌一样大的心。

下楼前，昌东又递了个口罩给叶流西，她没好气地接过来，把松紧绳挂上耳朵。

丁柳在边上看到，很是同情。

从昨儿进店起叶流西就开始戴口罩了，理由是地下的味道让她不舒服，闻多了头晕——丁柳觉得，这问题确实不好解决，味道这玩意儿，四面八方，见缝就钻，戴口罩也就图个心理安慰，可怜她西姐黑眼圈都出来了，昨晚肯定没睡好。

早饭是稀粥、烤馒头片、咸水花生米，为了让叶流西吃得舒服点，丁柳特意选了张正被阳光罩住的桌子，人一坐进去，满身暖融，满眼明亮。

这一夜还算好，有惊无险，眼下粥热饼脆，花生米咸糯得刚好，肥唐吃得有滋有味，聊兴也起来了：“哎，东哥，昨晚上李金鳌说的那个唐朝，你不觉得怪有意思的吗？”

昌东正看前台，闻言收回目光：“怎么个有意思法？”

肥唐说：“你就没发现，唐朝的诗人，特别喜欢写玉门关吗？比如啊，那个‘春风不度玉门关’，是王诗人写的，‘孤城遥望玉门关’，也是个王诗人写的，还有‘长风几万里，吹度玉门关’，嗯，忘记谁写的了。”

昌东说：“李白在你旁边哭呢。”

肥唐还真往身边看了一眼：“他都诗仙了，不在乎这个……东哥，你有没有琢磨出点什么？”

显然没有，昌东说：“要么，您给点拨一下？”

肥唐得意扬扬：“东哥，你这叫聪明一世，糊涂一时，你听我说啊。

“上一次异象是在唐朝——异象是日现南斗，而南斗破玉门——关内乱了一阵子，老鳌说至少百十年——与此同时，关外是怎么个情况？嗯？”

关外……

昌东沉吟。

关外正值唐朝。

他记得，小时候看唐太宗的电视剧，李世民对西突厥用过兵，后来为了跟吐蕃争夺西域和青海，反复征战，战场大多在河西一带，唐时边塞诗大流行也正是因为边患仍频。

肥唐神气活现：“你说，有没有可能，上一次那一乱，从关内延续到了关外？”

他越说越是觉得自己推测的有道理：“哎，真的，东哥，你发现没有，唐朝是尊崇道教的，道士满街走，还有，志怪小说！唐朝的志怪笔记小说是不是达到了一个顶峰？为什么？文化永远反射社会情态，透过现象看本质，是不是因为……”

他压低声音，“那时候玉门关的关门破了，有妖出关了？”

昌东还没来得及回答，前台处忽然一阵混乱，前台女人的声音气冲牛斗：“这是什么玩意儿？！”

昌东和叶流西交换了一个会意的眼神。

时间要回到昨天半夜。

镇山河小心翼翼地回过头来。

六目相对之下，镇山河展现出了超越常鸡的镇定。

它……若无其事地走了。

叶流西差点扑出去，被昌东给拦住了，他低声说了句：“不着急。”

当然不能就这么算了，一只大半夜听墙根的鸡，谁知道是什么玩意儿？但也不用当场翻脸，动静大，搞得一地鸡毛，谁都不好看。

挨到快天亮的时候，昌东和叶流西互相配合，实施了绑架：镇山河睡得正熟，昌东捏住它的鸡喙和爪子，叶流西拿胶带把它嘴封住，又用布条把它连翅膀带身体裹绑了三圈。

整个行动干脆利落，鸡毛都没落一根。

外头隐约有了人声之后，叶流西倒提着镇山河出去，前台处有张桌子，桌布挺长，几乎罩到桌腿根，但只有个桌面，底下是中空的。

很好，她设法把镇山河倒吊在下头，走的时候，拿剪刀把布条剪出个豁口，镇山河只要肯努力，稍事挣扎，一定能撑开。

镇山河全程一动不动，满眼呆滞。

李金鳌说，那个蝎眼的人，身边带了好大一只蝎子。

昌东说，从现在起就要万事小心了，因为那个蝎眼的人，已经把他们当敌人了。

这人是谁呢？旅馆里住了几十号人，不揪出来就不知道该提防谁，简直坐立不安，看谁都像。

这人如果退房，一定要过前台，而过的时候，应该会把蝎子装进拎包或者箱子里，她没法翻人的包看，但没关系，手头有最灵敏的鸡形探测器。

前台的那张桌子成了精一样又撞又晃，鸡翅膀扇起的风把桌布带得一抛一抛，前台女人凶悍地把桌布一把拽下："什么东西……这谁的鸡？没人领宰了啊！"

大堂里所有人都看向前台，昌东也看，看得理所当然，这时候，不看热闹的人，才说明心里有鬼。

那个双手拎着行李袋尴尬退开的男人，二十来岁年纪，个子瘦小，穿件不得体的黑风衣，貌不惊人，脸上有一种病态的白，腰又佝偻得厉害，像个晚期的绝症病人。

肥唐伸长脖子，看得乐颠颠的："这谁的鸡啊？"

在他眼里，公鸡都是一个模样，完全没往镇山河那里想。

正闹得不可开交，李金鳌一溜小跑着过去："哎……那是我……我的鸡！"

……

骚乱过后，病弱男拎着行李袋，不声不响地顺着往上的楼梯出去，留下李金鳌在原地，一个劲儿地跟前台女人赔不是。

昌东收回目光，压低声音："刚刚那个男人，可能是蝎眼的人，不遇到也就算了，再遇到，要小心点。"

肥唐张了张嘴，好一会儿才结结巴巴发问："刚……刚哪个男人？"

他光顾着看鸡作怪了。

高深提醒他："穿黑风衣的那个，瘦瘦小小，刚出去。"

正说着，李金鳌垂头丧气地拎着鸡过来，停在他们桌边发牢骚："都不知道是谁，把镇山河吊在桌子下头……"

叶流西吃完了，筷子往桌上一搁，说："我啊。"

她顺势站起，伸手揪住李金鳌的领口就往距离最近的空屋里拖，昌东站起身，示意丁柳他们："你们慢慢吃，不着急。"

他不慌不忙地跟进屋，反手掩上门。

叶流西把李金鳌推跌在椅子里，嫌口罩碍事，一把摘掉，反正昨天半夜也照过面了，用不着遮遮掩掩。

她说："昨天晚上，我和昌东聊了点私密的事情，也不是什么大事，就是回忆了一下前段日子，我们是怎么杀人放火的……

"不想让人听见，听见了就要杀人灭口，太麻烦。

"谁知道你这只鸡，不知道什么时候过来，全听去了……你给我说说，这可怎么办啊？"

李金鳌讪笑："这个……你这不是开玩笑吗，鸡哪会听人话啊，就算听去了，它也不能张嘴说，这跟没听到没两样啊。"

叶流西冷笑："我不觉得，我觉得是你指使它的，它听到了什么，你就听到了什么。"

李金鳌眼睛瞬间睁得滚圆："不是不是，绝对不是，这只鸡……"

他突然想到要撇清关系，赶紧撒手，镇山河跌扑在地上，慢吞吞站起来，周身洋溢着死猪不怕开水烫、爱咋咋的气质。

李金鳌直咽唾沫："这只鸡天生喜欢看热闹，什么吵架打架，它撞见了，拽都拽不走，你们聊天，要是正常聊的话，它肯定不感兴趣……"

叶流西说："这意思，我聊得不正常咯？"

她语气不对，李金鳌打了个激灵，没敢吭声。

叶流西说："这么着，为了让我放心，鸡和你，死一个，你选吧，别想着能蒙混过去，你也不看看，我是坐什么车的。"

李金鳌还想打哈哈，看叶流西的脸色不像说笑，愣了一会儿之后，果断做了个选择："它！"

丁柳他们巴巴看了好久，终于等到门打开，叶流西拎着鸡出来。

肥唐大为叹服："我西姐牛啊，住了趟荒村，把人家的物资全扫了，认识个李金鳌，又把人家的鸡给夺走了，真是……"

叶流西走近了，提着鸡往前送："谁会杀鸡？"

送到肥唐面前，他赶紧摆手："不不不西姐，杀鸡太残忍了，我……我干不来。"

送到丁柳面前，丁柳强笑："我不行，鸡身上有味儿，怪脏的……"

好像只剩下高深了，他从叶流西手里接过去，拎起翅膀看了看，又看了看鸡爪，犹豫了一下，说："西……小姐……"

他和叶流西年纪相差不大，做不到像肥唐和丁柳那样张口就是"西姐"，又没法像昌东那么叫，称呼得不伦不类。

"我爷教过我，用来驱邪的大公鸡，最好的是金距花冠，目含火光，翎毛如锦，就是鸡爪金灿灿跟锋利的铁钩一样，鸡冠像红花盛开的颜色……"

叶流西"嗯"了一声："这鸡都中了？"

"中了。"

先天条件这么好，长得这么歪，真是鸡中之耻。

高深清了清嗓子："……我觉得，这一路上说不清道不明的，留着早晚有用，就算要杀，也选最急用的时候杀，现在杀了，鸡血都没处用，太浪费。"

昌东用一盒感冒药、两包酒精棉片和两节干电池结了饭钱和房钱。

离开的时候，看李金鳌眼巴巴的，有点不忍心，但那只鸡确实有点神道道的，真还给他了，又不放心。

叶流西找了绳，把镇山河拴在车顶的行李架上，然后坐进副驾："走吧。"

车子重又驶上戈壁滩，一路向西，开了没多久，前方出现了一个踽踽独行的人影，一只手拎行李袋。

是那个疑似蝎眼的病弱男人。

昌东低声说："人不犯我，我不犯人吧，不想生什么事，绕过算了。"

叶流西"嗯"了一声，昌东踩住油门，正想从那人身边直掠过去，那人却突然一转身，高高扬起了手。

他要搭车。

第57章

昌东放慢车速，总觉得这男人和刚才有什么不一样，一时间又想不起来。

车后座处，高深提醒肥唐和丁柳："就是这个男人，蝎眼的人。"

丁柳兴奋："小样儿，还拦我们车，他都不知道自己已经被我们识破了吧，哎东哥，看他能出什么幺蛾子。"

叶流西低声说了句："小心点啊。"

昌东"嗯"了一声，缓缓停车。

那男人面带讨好的笑，手里攥一张牛皮子，点头哈腰地凑近车窗，昌东将车窗揿下半扇，示意了一下车内："坐满了，没法带人。"

叶流西懒得戴口罩，两手捧捂住脸，权当是坐车无聊，眼睛从张开的指缝里瞥那男人。

那男人摇头："不是，想问个路，几位开铁皮车，肯定比我路熟，我想问问，到七日井，我走的这个方向，应该没偏吧？"

昌东心里一动，那张牛皮子上，有迤逦的线条勾画，显然是地图，不知道是局部地图还是关内的全图，如果能看到全图的话……

他把车窗又揿下了些，那男人很识趣地把牛皮子捧近，捧的姿势近乎笨拙，昌东才刚低下头，那人忽然手腕一撩。

叶流西大叫："小心刀！"

牛皮的掩盖之下，那人骤然撩向昌东咽喉的，分明是一截森冷的小刀锋！

昌东庆幸自己对这人一直存有防备，他来不及细想，腰背用力，身子瞬间滑矮，一手攥住那人拿刀的手反向拗折，另一手掰开内开把手，抬脚将车门狠狠踹开。

那人胳膊拗在车里，身子却被车门反向撞开，痛得闷哼一声，昌东正想下车，忽然听到肥唐尖叫，几乎是与此同时，后座的车窗轰然迸裂。

丁柳大叫："蝎子！"

电光石火间，昌东一下子想明白了：难怪总觉得这男人有哪儿跟刚刚不一样，离开旅馆的时候，他两手各提了一个行李袋，但刚刚拦车，他手里只拎了一个包，另一只手是空的。

原来少了那只蝎子！

倒是很懂前后夹击，下流突袭，但这手段也太狠了点，上来就切喉，连话都不让他说。

昌东恶向胆边生，借势下车，以车窗沿为支点，抓住那人的手腕猛然压下，就听咔嚓一声响，那人发出撕心裂肺般的惨叫。

你要我命，我断你骨头，也不算过分。

再回头看，后座已经乱作一团，蝎子是从肥唐那一侧攻击的，带毒刺的尾巴重重勾甩，瞬间击透还算厚实的车窗玻璃，然后两截藕段粗的螯钳撑进车窗，正凶悍地往里钻。

肥唐显然吓蒙了，僵坐在原处脸色惨白，叶流西已经冲下车，挥刀斩向蝎身，第一下斩在蝎身的硬皮上，虎口一麻，居然斩不进去。

肥唐边上坐的是丁柳，她原本是想摸枪，慌乱中摸到防狼喷雾，情势危急，也顾不得那么多了，举起来对着蝎头乱喷，自己都说不准喷到蝎子多些还是肥唐多些。

这一下歪打正着。

蝎子对强烈的气味天生有回避性，看起来像是要后退，高深从另一侧下车，怕丁柳有事，攥住她肩膀把她猛拖出去，旋即从车座底下抽出工兵铲，一个踏踩上了车顶，对着露在车窗外的蝎身大力劈砸。

丁柳被拖甩到车下，正痛得龇牙咧嘴，一抬头，看到那个折了一条胳膊的病弱男正挣扎着爬起来。

她真是气红了眼："东哥，你把肥唐弄出来，这个人交给我！"

昌东还没来得及说话，她已经直冲了过去，那男人真像个脆弱的衣架子，瞬间被她扭翻在地。

这头，肥唐终于回过神来了，正手脚并用着往外爬，高深的铲面却被蝎钳给钳住了，一时间拽不回来。

叶流西恨得牙痒痒，这蝎子皮太硬，不吃刀，蝎尾至少有半米来长，摆动起来虎虎生风，她又不敢轻易靠近，只能觑空下刀——砍到刀口都卷了，只砍下那蝎子几只附肢。

昌东从手套箱里掏出手枪，推弹上膛，大踏步过去，对准蝎头就是一枪。

戈壁空荡，阳光明亮，枪声回响。

回头看，丁柳正翻身坐起，一拳重重砸在那人下颌上。

昌东说了句："别打死了。"

肥唐终于跌跌撞撞摸下了车，他双目红肿，小眼眯成了一道缝，迎风泪流不止，一说话就带了哭腔："小柳儿，你喷的什么，我是不是眼瞎了啊？"

叶流西觉得实在好笑，抬头看，高深蹲在车顶，正拿手拨拉起镇山河的脑袋，手一放，那脑袋也随即耷拉下去。

叶流西问他："死了？"

怪不得蝎子靠近，它连哼都没哼一声，就这么死了，可惜了长得那么好，金距花冠呢……

高深拿手摸了摸鸡胸腹："不是，好像是……吓晕了。"

丁柳打累了，终于起身，还重重踢了那人一脚。

她一转脸，叶流西扑哧一声笑出来，脱口问了句："柳儿，打个架，头上怎么长角了？"

丁柳说："啊？"

她往这边走了几步："什么角？"

叶流西的脸色一下子变了。

她看清楚了，丁柳头上，多出的那一截，那不是角，而是……刀柄。

有一把刀子，插进她头里去了。

丁柳还不自知，奇怪地往头上去摸："什么角啊？"

昌东吼了句："别动！"

丁柳哆嗦了一下，手停在了耳边。

抬头看，忽然害怕了，除了肥唐跟个瞎子似的一脸茫然，其他人都在看她，尤其是高深，嘴唇翕动着，都没了血色。

丁柳一开口，声音都止不住发颤："西姐，你们……这么看我干吗啊……"

昌东第一个反应过来。

他笑了笑，说："跟你闹着玩呢，真不经吓。"

说着，不动声色地攥了一下叶流西的手。

叶流西也笑："小丫头，不经吓。"

丁柳半信半疑："真的？"

有点松了口气，但心又放不下来，说话间，目光无意中掠向车窗。

车窗上，清晰地映出她的人像，头上真的多出了一截，像个角，那是……

她脑袋轰的一下炸开了，尖叫着去摸自己的脑袋，昌东几乎是冲过来的，一把钳住她胳膊，沉声叫她："丁柳，丁柳，看我！"

丁柳嘴唇哆嗦着，身子一直颤，看到叶流西和高深都围过来，肥唐焦急的声音像是来自天外，那么失真地飘在耳边："怎么了啊，发生什么事了？小柳儿怎么了？"

昌东说："丁柳，你听我说，我以前，参加过急救特训，被普及过各种各样的意外伤害，你这种情况，发生过，而且不止一次，人都还活着……”

丁柳身子已经站不住了：“我的头……”

她再傻也知道：头不是胳膊，胳膊上扎个洞，也就出点血，但那是头，人身上最复杂的器官，复杂到只是被撞了，人就会痴会傻，哪根神经受了挤压，功能就可能瘫痪……

昌东说：“你自己根本毫无感觉，行动自如，意识清晰，说明没有伤及大脑功能区，懂吗？丁柳，我们马上去找医生，你别害怕，不要慌，听我的话。”又看叶流西和高深，“你们两个，陪她坐后座，动作轻点。”

说完拖过肥唐，拽到副驾驶边推塞进去，一把关上门，绕过车头时，忽然看到地上的那个病弱男。

真他妈……恨不得把他杀了。

叶流西探头出来：“昌东，我们要赶时间。”

昌东攥住那人衣领，一拳砸在他后颈，打晕了之后拖进后车厢，连带着行李袋一起扔进去，又捡起地上的那块牛皮子，很快跳上车。

他一边系安全带，一边踩下油门，车子驶得很快，车屁股后头沙尘一路拖带。

昌东从后视镜里看丁柳，她浑身哆嗦着，眼泪已经流了满脸。

昌东说：“小柳儿，你听我说，这事一点都不严重，你去网上搜，能找到好多类似的。都是打架的时候，不留心，自己都不知道中了刀，你知道吗，我看过一个新闻，有个人头上插了把刀，可镇定了，自己坐车去医院挂号……”

丁柳流着泪笑出来。

“还有一个，外国人，也是打架，喝多了酒，刀子穿过头骨，他比你伤得重多了，好几个小时之后才发现，做完手术过了几天就回家了，没事的……”

丁柳绝望地呢喃：“那不一样，人家有医院……”

可以拍脑CT，有专家，有无菌手术室，但关内呢，电都供应不足。

昌东说：“你要相信神医的技术，什么华佗啊、扁鹊啊，哪怕没有先进的医疗器械，也是可以医好人的……”

丁柳昏昏沉沉的，偎依在高深怀里，再没了声音，昌东抿了抿唇，一脚下去，油门踩到最大。

一路向西，希望不要错过小扬州才好。

约莫两个小时之后，有城市遥遥在望。

相对荒村来说，大得多了，夯土的城墙，南北向横成一道几公里长的赭黄色围挡，但像是新近被火烧过，有好几处大的坍塌焦黑一片。

城门洞开，车驶近的时候，昌东注意到有半扇门已经拦腰断裂，砸靠着门洞边一辆翻倒的汽车，这车应该起过火，半个车身都烧得焦黑。

希望这里不是个废城。

车子疾驰而进，也不知道是不是掠过时的响动太大，有一块挨靠住车身的门板晃了晃，翻跌开来。

露出车门上被烧黑了一半的、一朵带枝的窈窕山茶。

第58章

一进城，满目苍黄里，带块块银白。

有点像宁夏镇北堡，土城墙斑驳脱落，房屋都是最经久实用的风格，放在从前不显新潮，搁到现在也不会过时。

银白色的是高处斜架的太阳能发电支架，偶尔也能看到风力发电的大桨叶，视野高处，有时会拖过凌乱的黑色电线。

街面上有人，三三两两，昌东有意识放慢车速，高深从破了的车窗口探出头去大吼："医院在哪儿？医生住哪儿？这里有大夫吗？"

他也不知道在这儿该怎么称呼医生，但看路人的衣着风格，除了款式略旧之外，跟现代也没什么两样，心头蓦地升起希望。

虽然吼得粗鲁，但看这情势，路人也大多理解，有人抬手指了个方向，昌东车不停，循向而去，高深依然一路见人就问，直到车子在一处二层土楼前停下。

高深直冲进去，很快揪拽着一个穿白大褂的中年男人出来。

那男人探身进来看了看丁柳，自己也被吓了一跳，他把握不好："先……先抬进来吧。"

昌东和高深合力把丁柳抱抬进去，叶流西扶住丁柳的头，以免有大的晃动，忙乱中交代了肥唐一声："你看着车！"

肥唐睁着看不见的眼，大声应了一句，然后摸索着去挨个儿关车门。

一进屋，叶流西就失望了。

这儿连那旗镇上的卫生所都不如，墙角立了两个柜子，一个放不多的西药，说“不多”都是抬举了，简直寥落，另一个是中药柜，带格格小抽屉，屉面上写着什么炮姜、桃仁、王不留。

桌子上，医用白瓷盘里，放了些手术剪、持针钳、缝针、合成纤维线等医用器械，丁柳被抬到里屋，那里有张床，大概就算是手术台了。

叶流西脑子嗡嗡的，听到那个医生在跟昌东说话：

“要不然你们就去黑石城，那里条件最好，但是很远啊，就算有铁皮车，也要三四天的路。

“手术我可以做，比这更严重的我们都见过，但是照不了脑，会出现什么后果不敢保证……”

叶流西有点喘不过气，胸口憋闷得很，她掀开门口的布帘子出来。

街道上没什么人，这地方为什么要叫小扬州呢？扬州山清水秀，还有瘦西湖绕腰，这里跟扬州一点也不像。

身后有脚步声，转头看，是昌东大步出来。

叶流西问：“怎么说？”

“去不了黑石城，小柳儿没法再耽误时间，我们车上汽油也没法支撑到那儿，医生保证说，可以把刀取出来。”

“最严重会怎么样？”

昌东实话实说：“没法查CT，不知道有没有颅内出血，只能按不开颅的法子治，后果的话，从轻到重，短时间意识障碍、昏迷、偏瘫、失语、死亡。”

叶流西“哦”了一声。

昌东现在顾不上安慰她了：“我去拿急救箱，我们车上的东西，能顶不少用。”

他忍住了没说，这所谓的“医院”，卫生口罩和胶皮手套都欠缺，要靠他提供。

掀开后车厢，才发现那个病弱男还晕在里面，昌东拿胶带封了他嘴，缠绑住脚踝，又把没断的那只手封绕在车内杠上，这才拎着急救箱折回屋里。

叶流西站了会儿，从车上拿了盆下来，进屋问了人，在后院找到一口压水井，压了半盆水之后又端出来，牵着肥唐下车洗脸。

肥唐洗得小心翼翼的，一下下掬着水轻拍眼睛，他虽然看不见，但在车上听对答，也知道丁柳情况不好，所以尽管眼睛又辣又疼，还是一声不吭。

一边洗一边问："西姐，小柳儿会没事的吧？"

叶流西"嗯"了一声，她正盯着斜对面的一面墙看，墙上嵌着宣传栏的橱窗，橱窗里贴着海报。

海报都已经褪色卷边了，每一张上都是不同的明星，她认出第一个是张学友，第三个是刘德华。

总不可能是关内也有演唱会吧，叶流西好奇地走过去看，才发现是做衣服的，想想也是，关内模仿关外，衣着、发型这些最好跟风。

肥唐洗完了，叶流西本来想把水倒掉，端起来时改了主意，一扬手，全朝车顶的镇山河泼过去了。

镇山河打了个哆嗦，终于醒了，满眼茫然之后，发现自己居然没死，又是满眼释然。

日头偏西的时候，昌东出来，说是晚上住这儿，要把车开去后院，从前门走进去只有几步地，叶流西懒得上车，问他："手术做完了？"

"做完了，刀取出来了，人没醒，高深在边上陪着，"昌东想了想又补充，"那把刀不长。"

刀不长，勉强算好消息吧。

叶流西进了屋，先去里间看了丁柳，她受伤的地方剃掉了一圈头发，贴了厚厚的白色纱布胶带。

高深在边上坐着，眼圈发红。

叶流西不吭声，她觉得自己不会安慰人，转身走的时候，无意间瞥到角落里的垃圾篓，看到里头扔了一把刀。

是不长，刀身略细，柳叶形的小手刀，刀身上有些许血迹，也不知出于什么心理，她弯腰把刀捡起来了。

后院挺大，有不少房，是当病房用的，伤患不算少，包头吊臂，目测至少十来个，昌东选了角落里的一间三床房，隔壁两间都空着，车子再往门前一斜挡，正好分隔。

镇山河也被放下来了，拴在门边，守门。

晚上是大锅饭，面疙瘩汤和羊肉包子，但一个包子里平均发现不了一小块羊肉，肥唐一声不吭地吃完，早早躺上床——他觉得这个时候，自己半瞎使不上力，就该安静地当个尸体，既有存在感，又不给人添麻烦。

昌东又去和医生聊了一下，问清陪护要注意些什么，记满了一页，然后过来找高深。

高深还僵坐着，手边的晚饭没动过，还是原样。

昌东想起几天前的自己，知道现在的高深并不想听废话。

他把那张注意事项撕下了递给高深："很多事要你做，吃饱了，更容易出得上力。"

说完拍拍高深的肩，转身离开。

回到房间，没看到叶流西，问起时，肥唐回答："西姐说闷，出去走走。"

昌东直觉叶流西不是那种一闷就散心散出城的人，出来找了一会儿，果然在厨房外堆放柴火的角落里找到她。

天都黑了，不仔细看真是找不着，她倚着不动，乍看还以为是一截苗条的木头。

昌东走过去。

叶流西听到动静，抬眼看他。

昌东问她："还在烦？"

叶流西"嗯"了一声："小柳儿还那么小。"

昌东笑："这开场白是什么意思？说得好像她必死无疑一样，十七八岁，是小，但也正是身体复原能力最强，也最有活力的时候，即便受到伤害，活下去的概率也很大。"

叶流西说："这里条件那么差，手术室都不是无菌的，连拍个脑电图都拍不了。"

昌东回答："话是没错，但是古代，冷兵器交战，那么野蛮的砍杀，很多伤者也活下来了，那时候的大夫，也没有什么先进的设备。"

"我说什么，你就对着说是吗？"

"不然呢，你说一句，我附和一句，然后两个人在这儿抱头痛哭？"

叶流西笑起来，她站直身子，抬头看昌东。

关内的天气是在转冷了，正是变季的时候，这样的天气、这样陌生的环境以及寥落的心境，还有人能说得上话，真是挺好的。

昌东也低头看她，叶流西往前走了一步，近到能清晰听到他的呼吸。

她向他怀里靠过去。

她不管，反正她现在心情不好。

昌东如果后退，她就说："心情不好抱一下不行吗，小柳儿不好抱，肥唐比我矮，抱着也不舒服，跟高深又不太熟，就你能抱了。"

昌东如果推开她，让她下不来台，那就打一架好了，反正她也想打人……

她没有再设定新的情况。

腰间轻轻一紧，是昌东搂住她了。

他说了句："流西，别想太多。"

叶流西倚住他宽阔的胸膛，有些累，又有些贪恋这气息和温暖，不想再动："我刚刚在想，和人相处久了真不好，刚认识小柳儿的时候，她是死是活，我眼睛都不会眨一下。但是现在，说不清这种感觉……"

她从前一定没有这么担心过谁，所以这种情绪袭来的时候，整个人烦躁得如同困兽。

昌东说："小柳儿一口一个'西姐'叫的时候，屁颠儿跟在你身后像个小狗腿子的时候，你心里不开心吗？想不担心，就要做到不在意，但一般情况下，不在意是相互的，你永远不在意别人，也意味着你从来不被人在意，流西，那样并不好。"

叶流西没说话，沉默很久才说："昌东，我为了小柳儿都这么烦……你那个时候，很难受吧？"

失去了一切，全世界都没人站在他这一边，她最初在网吧查到这些的时候，啜吸着碳酸饮料，心想：这人真他妈背啊。

昌东笑了一下，顿了顿说："流西，你是出事以来，第一个安慰我的人……真的。"

哪怕是丁州，都说过他："于情，我不会不管你这个外甥，但是于理吧，摸着良心说一句，你这事做得，真害人啊。"

说这话的时候，电视上正播关于山茶的新闻报道，老年人心最软，屏幕上家属一流泪，丁州就坐不住了："人家知道我外甥来了，问起你，我都不好意思提你的名字……"

昌东很久不提这事了，哪怕突然遭遇，比如齐刘海和肥唐争看视频那次，再比如敦煌那次，也是被嘲、被骂，早已经习惯。

第一次有人问他，很难受吧。

昌东抬起头，看到月亮正自云雾里钻出。

也不知道过了多久，寒意渐渐浸透衣服，昌东低头问她：“回去吗？”

没听见她应声，低头一看，她眼睛合着，气息浅浅的，居然睡着了。

昌东觉得好笑，犹豫了一下，伸出手轻抚上她发顶。

醒的时候像个得了多动症的豹子，睡着了反而是只安静的猫。

昌东又等了会儿，轻轻弯下腰，伸手托住她腿弯，把她打横抱起来。

他借着院子里的灯光，送她回房躺下，摸黑拉过毯子给她罩上。

以后可以嘲笑她，这样都能睡着。

他在床边坐了会儿，起身出屋。

黑暗中，叶流西睁开眼睛。

有一句老话说，“三个指头捏田螺——稳拿”。

昌东是只田螺，她好像……可以稳拿了。

后车厢门慢慢开启。

那个病弱男已经醒了，听到动静，身体骤然发紧，喉咙里发出嗬嗬的闷音，眼睛亮得有些吓人。

昌东笑了笑，说：“我们该聊聊了。”

第59章

叶流西知道昌东在向那人问话，她没起身，一来她已经“睡着”了，二来反正昌东做事她放心。

她在隐约飘进的，或断或续的声音里睡着了。

又做了那个小木屋里眼睛吃人的梦，现在她知道这个怪东西叫眼冢了——她见惯不惊，已经敢在这个重复了又重复的梦里走来走去，想到丁柳，想到昌东，最后想到自己的失忆。

真奇怪，在那些影视剧里，失忆的主人公不是经常能在一些熟悉的场合里回忆出点什么的吗？她的记忆为什么就这么冥顽不灵，永远一潭死水呢？

梦里，她走到那堆柴火边，低头看那口豁了牙的缸，头一次距离这么近地看，这才发现有一只手指长的小蝎子，正慢慢爬上缸壁。

不禁想到蝎眼的蝎子，怎么会长那么大呢?

一觉醒来，已经是阳光满屋，这整个城市都是土黄色，阳光一照，特别刺眼。

叶流西翻身下床，一抬眼，看到肥唐还躺着，这人睡觉躺得板板正正，两手叠放在肚子上，像遗体告别，又像吸血鬼入定。

叶流西踢床脚：“睁眼，今天看得见吗？”

醒过来的肥唐努力睁着眼睛：眼前的叶流西，只是一个影子。

他尽量言简意赅：“比昨天好点了，七成瞎。”

“那起来，我去洗漱，顺带把你捎上。我可没那闲心思专门伺候你。”

肥唐赶紧爬起来。

叶流西把两人的洗漱用具都扔在盆里，一手端了盆，一手牵着肥唐往外走，刚出门口，就看到越野车的后车厢门大开，昌东坐在车沿上，正低头看昨天的那张牛皮地图，车里……

是空的。

叶流西愣了一下：“那个人呢？”

昌东示意对面的空房：“请医生帮他接过骨，扔进去锁起来了。”

“为什么给他接骨？”

昌东指了指自己胳膊处：“断的地方肿得像个盆，看不下去。”

叶流西恨恨道：“那还不是活该？柳儿呢？”

“刚刚去看过了，还没醒。”

叶流西心里一沉。

她记得昌东昨天说过，丁柳这种情况，要么很快醒，要么……睡很久。

她冷笑：“骨头接上了也行，反正我能再给他拗断了。”

说完，拖着肥唐就走。

昌东目送她到压水井边，这井不需要引水，压杆狠压几下就行，出来的水头清冽，真好，有水就有人，罗布泊之所以是无人区，就是因为大湖干涸。

过了会儿，叶流西又牵着肥唐回来，脸上湿漉漉的，昌东说：“别进屋了，有话说。”

他边说边让出一块地方，叶流西坐过去，指示肥唐蹲墙角："你，坐那儿去，晒晒太阳，对你眼睛好。"

晒晒太阳，就跟多喝热水一样，安抚病人的标配用语，起不了什么用，也出不了什么错。

肥唐老老实实坐过去，并不知道身边还有另一个晒太阳的——镇山河。

叶流西问："要说什么？"

昌东看着她的脸，忍不住问了句："你洗完了？"

"洗完了啊，"她拿手指蹭蹭脸，伸给他看蹭下的水，"喏，水。"

"不搽点东西？"

"穷，没有，底子好。"

"用我的吗？"他手边刚好搁着洗漱包，顺手拿起一小瓶喷雾——他平时也不大用，但因为戈壁沙漠干燥，每次进来，保湿喷雾和霜还是会备的。

叶流西低头看，瓶身上写着"男士爽肤喷雾"。

"男士的，女士能用吗？"

"能，就是会长胡子。"

叶流西白了他一眼，闭上眼睛，下巴一抬，从侧面看，从鼻梁到湿润唇珠到下颌再到颈线，流畅似一笔勾就，提笔时哪一处气短，都不会这么精致。

是底子好。

昌东抬手，帮她揿喷了几下，细细的雾化液滴笼住她全脸，有一些挂在睫梢，瞬间隐了。

肥唐窝在墙角，认命地晒雨露均沾的太阳，觉得自己也没有喷雾和霜这件事，昌东大概是永远不会发现了。

叶流西拿手拍脸，又拧开面霜盖，中指抹出一块，在脸上点了又点，轻轻拍搽，顺带听昌东讲图：

"小扬州又叫黄土城，挺形象的，因为这里的房子多是黄土夯的。最大的市集叫黑石城，又叫西安……"

肥唐"咦"了一声，真巧，他也打西安来。

昌东点头："没错，市集用的名字，都是一些古代就挺有名的城市，然后各有别名，是按照当地房屋常用的建筑材料来分的，因为市集相距很远，各地地理环境都有差别，建材也就不一样。比如还有红砖城、胡杨城，规模都不大，换算的话，也就相当于我们的一个小镇吧。

“据说是西安地理位置和自然条件都最好，是入关时首选聚居地，背靠的山叫黑石山，我猜应该是黑色玄武岩，说是石头灰黑，那边的房屋习惯采石砌就，屋坚墙固，那里盘踞着羽林卫和方士大族，历来都是最安全的地方。

“后来的那些小市集，都是多年来慢慢拓展开的，但各个市集，都会保证既有羽林卫，也有方士，简单来说，羽林卫负责治安，方士负责护城，老百姓就负责养活这些人。”

说到这儿，他看向叶流西：“这张图，是有边界的。如果拿来跟现实地理对照，很有意思……”

他把那张牛皮地图展在摊开的册子上，示意叶流西来看。

“我们一般认为，长城最西端是在嘉峪关，那是明长城。汉代长城修得更远，还要往西，延伸进罗布泊，只不过后来荒废了。

“这张地图的东部边界，就是长城。”

肥唐大叫：“我懂！凛冬将至，就跟绝境长城一样一样的，哎，《权力的游戏》已经出到第几季来着？”

昌东没理他，什么叫“一样一样的”，我们的长城早多了。

叶流西说：“这我明白，汉朝时修进罗布泊的长城，大部分也都风化了，但是如果像玉门关那样……”

也有一道长城的鬼魂，斩断东归路，对关内人来说，那就是逾越不了的边界。

昌东说下去：“这张图的东北边境，延伸很广，最靠近东北的市集叫胡杨城，那里的胡杨都是死胡杨，森白色的枯树无边无际，这里有个说法，每棵死胡杨树都是死去将士的冤魂化成。”

肥唐听愣了：“那一大块自古就是边陲，征战无数，我记得有边关诗，什么‘可怜无定河边骨，犹是深闺梦里人’，还有什么‘古来白骨无人收’，那得多少死去将士的冤魂啊？”

昌东“嗯”了一声：“所以那片死胡杨林从入关以来，一直往外生长，广到无边，连同大沙漠，形成了东北的边界。

“胡杨城曾经是蝎眼的盘踞地，一年多以前，蝎眼吊死大批羽林卫的地方，就是在那里。再然后，羽林卫报复，一把火烧掉了胡杨城。我比对了很久，觉得死胡杨林那一大块地理位置，跟现实中那旗镇附近位置……差不多。”

听到“那旗镇”三个字，叶流西心跳得厉害。

倒是肥唐急着发问：“那南边呢？”

昌东没有说话。

叶流西的目光落在那张牛皮地图上。

南面那么大的区域，图字只标出了两个地方，像极了无人区，无法叙述，无法图述，所以大片留白。

一处就是尸堆雅丹。

再往下，有四个字呈弧状分散开，一般地图上这么标字，代表地域极广的大山大河，比如“昆仑山”“雅鲁藏布江”。

那四个字是：“博古妖架。”

而如果按照现实地理来说，那里覆盖了库姆塔格沙漠，也就同时覆盖了……鹅头沙坡子。

昌东没有回答肥唐，他把册子合起：“地图就放在这儿，图上细节挺多，其他的怎么样，等你眼睛好了，有兴趣自己看吧。”

叶流西忽然想到了什么：“你套出这么多话，他有没有怀疑你？”

昌东点头。

确实怀疑了，但是，那个病弱男做了各种猜测，甚至问他“羽林卫是把你当死士养，所以从不让你知道外面的事吗”，但唯一没有问的问题是——你是不是关外人？

昌东有一种直觉：没人会怀疑他们是关外人，哪怕他跑到闹市上吼一嗓子“我是关外来的”，围观者也只会哈哈一笑。

他们根本没这个意识。

关内的人，就是出不去的，能进出的，就是皮影人，关外，怎么会来人呢？

昌东清了清嗓子：“还有件事……那个人说，他之所以对我们下手，就是想要车。”

那人这么说的时候，昌东差点怀疑自己是听错了。

那人满不在乎地笑：“我们在小扬州闹出动静，又不是一天两天，很多人都逃难去了，这城，都空了小半了。

“谁知道最后一次，两败俱伤，我们死了不少人，还损了辆车。聚在一起目标大，所以大家分头撤。

“这年头，车子多稀罕，用一辆少一辆，我在夜店，听说来了几个人开铁皮车，我就惦记上了。

“你们晚上喝酒聊天，我远远看着，觉得两个女人应该不顶事，那个瘦子也没什么本事，我，加上蝎子，耍点手段，足够了。真能开辆车回去，又把你们弄死了，那可是大功一件。

“没想到啊，你们还有枪……”那个病弱男笑得一直呛咳，“枪可是稀罕东西，我只在小电影里看过，连我们斩爷，都没有呢……”

老说“那个蝎眼”，昌东现在才知道，蝎眼是组织的名称，只有首领才能被称作蝎眼。

至于丁柳，只能说是命中有此一劫。

“我好不容易攥了刀，想站起来，她忽然冲过来，一把就把我掀翻了，可能刀子就是那个时候戳进去的，我也不知道，那娘儿们下手真重，我他妈都被她打蒙了……”

说到末了，他又咳嗽起来，咳到几乎喘不上气：“随便，想杀就杀，不过……我们斩爷一定会为我报仇的，你们……等着好了。”

他口中的“斩爷”就是蝎眼，叫江斩。

第60章

病弱男还敢耍横，肥唐恶向胆边生：“信不信我……”

本来想说“杀了他”的，说到一半气短，狠话没撂出来，即便这里是关内，他也不敢杀人——他总要回到关外的，关外有法律体系道德准则，他不想回去了做噩梦。

所以后半句转了风向：“那……东哥，这人怎么办啊？”

总不能像镇山河一样带着，那可是个人，放了不甘心，杀了又下不去手。

昌东伸手拍了拍车身：“我猜，也就这一两天，城里的羽林卫或者方士，就会来找我们了。谁让我们这么显眼呢。”

不杀、不放又不想那个病弱男好过，想来想去，把人转手是最好的法子了。

说完了，忽然想到什么，对叶流西说：“待会儿跟我去一趟市集吧。”

这里的人把城市叫“市集”，不是没道理的，上了规模的市集才有资格被称作城市。

早上他和医生聊过，虽然小扬州这些日子差不多半荒，市集也空了不少摊位，但是绝没有瘫痪，只要付得起价钱，能买到不少东西，而且，那里一贯是各种前沿小道消息最集中的地方。

昌东主要是想去买汽油，铁皮车再风光，没油也是白搭。

出门往东就是市集，要过两条街，叶流西一路走，一路摆弄口罩，觉得自己应该在口罩靠鼻子的地方剪个洞，这样呼吸就会顺畅多了。

路上没什么人，这是市集太过集中的弊处，昌东还是比较喜欢街边随时有店，毕竟方便，买什么走几步就是。

到了门口，觉得奇怪，一度怀疑自己来错了：这土楼倒是造得挺大，但只开一扇小门，老话说“屋大门小掐颈刑”，意思是做生意如同被掐住脖子，不好进财——这么不讲究风水，也是少见。

门上挂花布帘子，门口坐了个人，像看门售票的。

那人抬头看他俩，又低头看他们影子：“往前走点，再往右……好了，进去吧。”

掀开帘子，有一条很窄的走廊，上下左右，四壁包的都是铜镜，照人模模糊糊，脸色都偏黄，像小孩子得了黄疸。

叶流西直觉这些都是照妖镜，特意停下来看了看。

还好，镜里镜外都是一张脸，侧了身，屁股后头也没长出尾巴。

到了走廊尽头，门一推，眼前豁然开朗。

真的是室内大市集，至少有四个入口，每个入口进去都是一条长街，街两边密簇簇的摊位，大些的摊位就地搭起棚子做分隔，虽然谈不上人满为患，但对比外头，真是热闹了不少。

叶流西情绪明显高涨，原本走在昌东后头的，不知不觉已经越到了前面，还不住催他：“走啊。”

昌东笑，女人还真是喜欢逛街。

他边走边看。

有卖书的，摊位上张绳拉悬着地图；有卖杯碗碟盆的，烧制得很粗糙，但一定耐用；有卖衣服的，那样式，的确跟外头没什么两样。

昌东觉得，关内不是不产物资，只是物资贫瘠、技术落后，但这些不代表就会活得憋屈——人向来就是奇迹，习惯从无里创有，有里创佳，而且有些古代的工艺，今人反而复制不出，比如诸葛亮的木牛流马，还有强悍到削铁如泥的那些刀剑铸造……

叶流西忽然止步。

面前是个卖刀具的棚子。

昌东知道她看中什么了，这摊位上的刀，大多普通，但挂在棚里的那一把，真心不错，尺余长，刀柄到刀身，呈一个拉长的瘦S形，线条流畅到风骚。

也不知道用的什么技艺，刀柄跟刀身同样材质，像是刀身上天然长出的数根缠藤曲绕而成。

通体黑色，刀刃偏偏锋亮，质感好到挠人的心。

卖刀的是个五大三粗的汉子，热情地招呼叶流西："姑娘，尽管看，我这儿的刀，都不错。"

叶流西指那把刀："那个呢？"

"哎哟，这个不卖，贵得很，但真是好刀，"那汉子取下那把刀，又抽出一截试刀的木头，不费什么力气劈下去，"看。"

看到了，刀身陷过木头，居然一点声音都没有，刀过木块落，轻巧得像是削了块豆腐。

这卖刀的可真刁，嘴上说不卖，一举一动都在钓她胃口。

叶流西果然就不走了，一直跟那个人打听价钱，昌东在旁边听着好笑。

她说："如果我给你十袋米呢？一辆铁皮车呢？一箱感冒药呢？一台放小电影的机子呢？"

信口就来，其实她根本就没有。

那人只是摇头，一脸倨傲，又或许看人下菜，断定她买不起，昌东有些反感，伸手拉她："流西，走吧。"

叶流西频频回头，依依不舍。

那人忽然说："哎。"

目光死死盯住昌东的手腕。

昌东低头看，才发现是自己的表露出来了。

这表是探索者军表，当初在国外买的，买时两万多，这两年应该折价了，但不磨不损，卖相又极佳，任何时候看起来，都会是硬货。

这人眼睛倒毒。

那人嘿嘿笑："你这个……表，可以商量。"

昌东说："你戴？"

有些时候，东西出手，跟为宠物择主一样，看价钱，也看买主，不是什么人来接盘他都肯的。

"不不不，我戴干吗啊，当然转手卖。"

叶流西赶紧拉昌东走："走吧走吧，我就是问问……我又不是没有刀，我们去看别的，找汽油吧。"

她走得飞快，努力心无旁骛，一直东张西望："汽油……在哪儿卖啊……昌东，我觉得汽油那么金贵，用的人又不多，可能不会随便摆出来的，咱们还是得找一些关系……"

昌东打断她："真不要？"

"我就是随便看看，再说了，我有刀了，已经用顺手了。"

"你的刀，都卷过几次口了。"

"磨呗……越磨越有感情，再说了，砍了上千个瓜了，有感情了，嗯，有感情了……"

一件东西，实在找不出它的优点，就容易拿"有感情"来粉饰装点。

"真不要？"

叶流西抬起脸："真的。"

顺手拉了口罩，以便让他看到自己表情诚恳。

昌东说："你这个表情，眼看就要上吊了。"

他转身向那个摊位走去。

叶流西有点蒙，看着昌东过去，在摊位前单膝蹲下，解下表带。

那人伸手来拿，拿了个空。

也不知道昌东说了什么，那人一直点头，过了会儿，接过手表，把刀套进皮套给他，反手又递给昌东一厚沓纸。

昌东走近了，先递给她一张纸："看这里的钱，是不是很有意思？忘记跟你说了，关内用金箔钱，因为黑石城附近有金矿。"

叶流西接过来看，这钱跟常用的百元钞一般大，不同的是，中间部分嵌了片方方正正的金箔，摸上去又薄又软。

她忍不住问："他还倒给你钱？"

"是啊，我讨价还价了，我跟他说，同样好的刀，在别处的市集，我也能买到，但是我的表，整个关内，都找不到第二块，他如果转手，至少赚双倍……所以他考虑了一下，给我加钱了。"

他把刀递给叶流西。

叶流西没接，犹豫了一下，说："我不要。"

虽然很想要，但这刀一定很贵，用钱买的，她又没出钱。

昌东说："你是不是想多了？我有说是给你的吗？"

那是什么意思？叶流西抬头看他："那递给我干什么？让我摸的？"

"我们五个人里，你和高深是战斗力最强的，称手的家伙是如虎添翼，你用的刀好，我们的安全会更有保障，所以，买来借给你用。"

叶流西说："原来是让我做事啊……"

她终于接过来，皮鞘缓缓抽开，忍不住笑，真是挺适合她，不重，大小也适合，改天她做个刀带，就可以把刀挎在腰上……

她腰细，身材也好，挎把刀，会特别带劲，不行了，真要被自己迷死了……

昌东提醒她："要经常擦，我会检查的，你只有使用权，所有权在我这里，懂吗？"

叶流西说："我知道了……"

以后，她有钱了，就从他手里买过来，或者请他再多借点时间，他不同意，她就抱着刀死不撒手，大不了在地上滚两圈，反正能屈能伸惯了……

昌东低头看她。

她轻咬下唇，唇角微微弯起，别人他不知道，但在她脸上出现，典型的小得意，小窃喜。

最近见得有点多。

逛完四条长街，也没看到卖汽油的，看来叶流西说得对，汽油是稀罕货，没点关系搞不到。

不过有意外收获。

在茶摊喝茶的时候，听到邻座交头接耳，确切地说，先还有所顾忌窃窃私语，后来就是敞开了谈。

茶客甲："蝎眼的人这趟在小扬州吃了败仗，回去之后会不会被弄死啊？听说江斩脾气很坏啊……"

茶客乙冷笑："你这就不懂了，这怎么能叫败仗？小扬州是什么重要地方了？我跟你说，这叫声东击西，派出一小股人，一会儿乱黄土城，一会儿乱红砖城，都是幌子，让你们摸不清他用意，我听说啊……"

他语出惊人："江斩已经进黑石城了。"

座中一片惊呼。

茶客丙："这不是找死吗？黑石城是什么地方？那里大批的羽林卫和方士啊。"

茶客乙："难道他还怕这个？怕这个的话，他就不会反了，各位好自为之吧，保不准时隔千年，又要来一次兽首之乱咯。"

茶客甲终于找到了反驳的机会："这就是你孤陋寡闻了，两个月前，签家人在黑石城刚测过无字天签，兽首玛瑙根本还没出现呢。"

第61章

叶流西听得脸上红一阵白一阵的。

倒是昌东，装着感兴趣，向就近的茶客套话，那人话也多，叽里呱啦，知无不言。

说是千年之前，关内有一次大乱，细究起来，跟眼下的情形很像，连名字都异曲同工，那一次乱党叫"兽首"，这一次叫"蝎眼"。

那一乱差不多有上百年，连黑石城都被侵占了五十年之多，好在后来，羽林卫和方士东山再起，把乱党一网打尽。

那以后，民间就一直有个说法：羽林卫和方士一直重权在握，普通的老百姓想生事，根本就是以卵击石。兽首一伙人之所以崛起得快且迅猛，是因为他们有个宝物，叫兽首玛瑙，但被铲除之后，这件宝物神秘消失了。

签家人并不姓签，而是以占卜、测字、算命为业的一群方士团体，好比行业工会，绝活就是无字天签，曾经有签书测出"玛瑙重现日，兽首睁眼时"，所以兽首玛瑙再现，一直是件被忌讳的事，公开场合都是不能提的。

茶摊里正一片议论纷纷，突然有音乐响起，乐声激烈，还是周杰伦的歌——

《双截棍》。

“快使用双截棍，哼哼哈嘿，快使用双截棍，哼哼哈嘿……”

茶摊诸人瞬间噤声，喝茶的喝茶，摸牌的摸牌，尽管刚摸起的一手牌，正反都倒了。

昌东循声看去，茶摊老板面前正搁着一个手提式老录音机，里头放的是磁带，透过塑料盖壳，能看到磁头正悠悠地转着。

不觉恍惚了一下，小时候，他喜欢拿铅笔转磁头，还喜欢把黑色的带子往外拖，拖得老长。

再往外看，有三个男人正一同经过，脚蹬皮靴，上下都黑衣，衣料笔挺，腰里一圈皮带挂刀，手里拿短棍，左肩上有彩绘绣样，绣的是密簇鸟羽。

羽林卫，还真是“为国羽翼，如林之盛”。

边上的茶客小声提醒他：“别看，巡逻呢，这一阵子人少了，往常不低于五个人。”

……

回去的路上，昌东问叶流西：“你的兽首玛瑙藏好了吗？”

叶流西没反应过来：她没有藏的概念，就是装在包里，而包扔在车上，没记错的话，挤在矿泉水和挂面之间。

昌东说：“刚刚那个人的话，可以参考，因为就算是捕风捉影的传言，风和影也是真的，但别全信，还是那句话，真相在小部分人手里，外头人嘴里传的，早就变形了。”

回到住处，一切如故，除了肥唐：晒了几个小时的太阳之后，他宣称眼前虽然还有点模糊，但已经差不多可以看到了。

昌东鼓励他：“再加把劲，眼睛好了之后，就可以去逛市集了，或者走街串巷，去住户家里收旧东西，普通的锅盖汤碗，拿到关外，都说不定能卖大价钱。”

肥唐双目放光。

这一晚过得平静，天一黑每家每户都关门，昌东照例去看了一回丁柳，她倒是躺得无知无觉，反而是高深，满目血丝，下巴上都起了胡茬，昌东要换他半夜，他只是不肯。

这一对也真怪。

回房之后，昌东翻了戏箱出来起画稿，这里三张床，昌东睡中间那张，画到中途停下。

往左看，肥唐在做眼保健操，表情又是陶醉又是虔诚，就差在脑门儿上写一句“我要逛市集”了。

往右看，叶流西在擦刀，乍逢新欢，爱不释手，这反应倒也正常。

擦了一会儿，她过来找他：“昌东，帮我起个那种能挂刀的腰带的稿吧，我明天去买块皮子，回来照着自己做。”

昌东说：“你要什么样的？”

“好看的。”

这话，简直跟问想吃什么时答“随便”一样让人伤脑筋，昌东差点气笑了：“我是问你，刀想要怎么个挂法。”

叶流西比画给他看，这里要挂刀，方便抽取，搭扣最好在前面，解戴都方便。

昌东差不多听明白了，他开始在册子上起草图，叶流西在床边坐下，低头看他画。

他没画上半身，只几笔示意出腰、臀、大腿那一截，皮带绕腰一圈，侧面加了个皮挂：“这样？”

叶流西皱眉：“有点丑啊，能不能再宽点？”

昌东拿橡皮慢慢把要改的地方擦去，细碎滚长的皮屑条从倾斜的纸面上一再滑落。

“这样？”

“能不能再往下点？”

昌东耐心得很，又去改。

其实外行指导，主意一会儿一变，是件烦人的事，但倒也奇怪，心里平静柔软，并不心浮气躁。

可能是喜欢她坐在身边低声说话的感觉，她偶尔欠身低头过来看，垂下的发梢轻轻擦过他手背。

又可能是喜欢这里的晚上，没有噪声，没有搅扰——回民街不管多晚，哪怕游人散去，也让人觉得燥气犹在，碎声绕梁。

改到她满意，肥唐都已经睡得四仰八叉了。

昌东在戏箱里翻了翻，没有找到皮尺，想起可能是放车上了，反正最后一步，不如一气呵成，于是示意她一起出去。

叶流西跟着他，莫名其妙，看到皮尺时都没反应过来：“干什么？”

“你做腰带，不要量尺寸吗？”

“有必要吗？长了就截呗。”

“短了呢？现接？手拿开。”

昌东半蹲下身子，一只手虚靠在她腰侧，另一只手环住她腰身过去，牵了皮尺的尺身贴住她腰，寸寸放着往一处拢，尺身和她皮肤只隔一层衬衫，开始虚松，到最后紧成一圈。

借着屋里透出的灯光，他看到尺度，她得有170cm高吧，腰围60cm还不到，真是挺瘦的。

正想笑她是不是老吃不饱，忽然听到她低声说话：

“昌东，你喜欢我这事，准备什么时候跟我说啊？”

昌东脑子里炸了一下，不激烈，很轻，像是有火花绽开，他站起身，那根皮尺被攥在手心的部分，烫到发软。

一低头，就看到叶流西的眼睛，他头一次避开她目光，意外地发现，她身后不远，站的居然是镇山河。

梗着脖子，双目炯炯。

这小畜生，什么时候来的？

不过随便了，它不是重点，此时此刻，哪怕它掉光了毛在那儿站着，也不能喧宾夺主。

叶流西说：“我猜，你这种性格，想让你开口说，大概得等好久，又或许你觉得孔央的事才了结，不是合适的时机……”

昌东微笑：她真是挺了解他的。

“但是我这个人呢，有话喜欢直说，今天喜欢你了，今天不能上手，心里就不自在，暗恋这种事，不适合我，你要是拖个半年再开口，或者含蓄一辈子，我会憋死的。

“所以我想了一个办法，大家各退一步，互相尊重。我呢，不去勉强你的节奏，你呢，也让我心里踏实一下。

“你承认喜欢我吧，然后你走你的节奏，嗯？”

这算表白吗？很有她的风格：不说“我喜欢你”，要说，“你承认喜欢我吧”。

昌东说："流西……"

这一迟疑，她已经不高兴了："就这么难？只是说一下，又不违心。"

是不违心，但有区别。

昌东说："说出来了，得往前走，不说出来，还有往回退的余地。"

叶流西不明白："你为什么要往后退？"

昌东沉默了一会儿，才说："你想什么，就做什么，不大考虑其他的事，流西，我们就不说关内关外，也不说时机是否合适，我就问你，我能喜欢你吗？"

叶流西气了："我又不吃人！"

昌东笑："你是真的没这个意识吗？

"你还没找回来的记忆里，很可能有爱人，而且他可能还活着，有一天，你想起了一切，你的团圆故事，我不后退，我往哪儿走？"

叶流西不说话了。

过了很久，她"哦"了一声，转身就走，才迈步就打了个踉跄，低头一看，皮尺还套挂在自己腰上，忽然怒从心头起，拽了狠狠往地上一扔。

正抽甩在镇山河身上，而镇山河果然是有能镇住山河的镇定，原地站了一会儿，若无其事地往外走。

就在这个时候，前屋处忽然响起了高深激动到沙哑的声音："小柳儿醒了！"

叶流西愣了一下，抬头一看，高深已经冲到院子里了，紧张到有些语无伦次："小柳儿……醒了。"

扑通一声，是肥唐从床上掉下来了，他正睡得迷迷糊糊，忽然听到这消息，拔腿就往外跑，硬生生就栽在床底下了，顾不上叫疼，大叫："什么？是小柳儿没事了吗？"

他三步并作两步出来，恰看到叶流西进前屋，赶紧飞奔着跟过去。

昌东站了会儿才过去，路过高深身边时，说了句："走啊。"

高深说："……你们去吧。"

昌东看他，高深低下头，有意避开他目光，说："你们去吧……我去叫医生。"

也好，昌东记挂着丁柳，很快进了屋。

第一眼就看到丁柳，样子颇有点滑稽：一动不动，只动眼珠子和嘴唇，谨慎万分，像个上了年纪处处小心的老太太。

叶流西拖了张椅子坐在床边，肥唐兴奋地搓着手，原地走来走去，偶尔跟丁柳目光相触，赶紧冲她招手："嗨！"

昌东倚住门框，看了会儿丁柳，目光忍不住还是落在叶流西的身上。

丁柳说话慢吞吞的，又小声："别高兴得太早，也许是回光返照呢。"

叶流西说："胡说八道。"

"哎呀，西姐，你不要对我凶，我这头，现在经不起刺激。"

叶流西说："知道，你的头，现在比金子贵。"

丁柳眼珠子慢慢地往她那边斜，说："哎呀，我西姐脸色不大好，谁欺负你啦？"

叶流西说："还不是你吗，让我担心……"

她忽然不说话。

丁柳说："西姐，你不要太让我感动了，我这头，现在也经不起感动的……"

正说着，医生匆匆掀帘进来，问了丁柳几句话，比如头疼吗、现在身体什么感觉之类的，又伸出手指让她认了几个数，最后赶人："让她休息，最难过的坎已经过了，但接下来几天也重要，赶紧的，都别吵着她。"

叶流西朝丁柳笑了笑，起身出来，一路往回走，快到门口时，听到昌东叫她。

不知道他为什么叫她，也不想听。

叶流西回过头，说："那就算了。"

西出玉门

【黑石城】

HE SHI CHENG

第62章

昌东说："不是，你听我说……"

叶流西说："说什么啊，我又不是听不懂，字面意思，弦外之音，良苦用心，为难之处，都理解透彻了，你还想说什么？"

昌东被她呛得说不出话来。

"没事了吧？没事我睡觉了，怪困的。"

叶流西上了床躺下，盖毯一拉，翻身向着墙，给全世界看后背。

平心而论，昌东的话是有道理的，但窗户纸破了就是破了，糊得再好也不是一整张。

想退？行，起跑线踢回给你，我配合。

叶流西咬牙切齿，脑子里画面无数：

要找个一切都碾压昌东的男人，搂搂抱抱从他面前走过，让他后悔地捏着小手绢哭。

记忆恢复，发现所谓前爱人只是子虚乌有，昌东捧着玫瑰花来找她，她一瓣一瓣，把玫瑰都给揪秃了，然后问他："昌东，你觉得我像是会吃回头草的人吗？"

……

总之，她不爽。

叶流西第二天就跟高深互换了房间，理由合情合理：丁柳已经醒了，要陪护的话，同性更方便些。

高深没有任何异议，整理好自己的东西，住进了三人间。

他的到来受到了肥唐的热烈欢迎。

肥唐还兴冲冲地说："挺有意思的，这间屋子都住男的，像回到了住学生宿舍的时代，哎，连看门的鸡都是公的……"

下半句话咽了下去，因为高深看了他一眼，那眼神很像是在说：你缺心眼儿吧？

然后，肥唐的新鲜感和兴奋劲就过去了：昌东本来就不是个多话的人，高深就更沉默了，连带着镇山河都像得了鸡瘟，蔫蔫的，懒得走动。

肥唐觉得，按照性格分，自己应该是女的。

他想住女生宿舍。

丁柳则对叶流西的到来受宠若惊："西姐，你真是来陪护我的啊？"

叶流西忙着整理床铺，眼睛都没朝她看一眼："嗯。"

丁柳有点担心自己的安危，觉得以她这种闲散的态度，自己休克了，她都未必会发现。

不过还是很兴奋："西姐，你在这儿就好了，总比一睁眼就看到那个人强。"

这话说的，叶流西登时想起高深来了：丁柳出事的时候，他急得跟热锅上的蚂蚁似的，现在反而成了缩头乌龟，都不敢往丁柳床前凑。

现在的男人都怎么回事，时兴玩"爱你在心口难开"这一套吗？默默付出，准备感动谁？感动自己呢？

叶流西恨得牙痒痒："你跟高深怎么回事呢？"

丁柳说："哎哟，我的头……西姐，不想提那些闹心的人，我头会疼……"

这儿还有一个恃头行凶的！叶流西暗骂。

叶流西说："讨厌的话，就直接说出来，省得大家都耽误时间。有些人死心眼儿，光甩眼色给他看，看不懂的。要么索性另外找个男人，绝了他的念头。"

丁柳说："我也想呢，东哥瞧不上我啊。"

这小丫头，一开始打的还真是昌东的主意，叶流西话里有话："那你再接再厉啊。"

丁柳哼一声："谁还没点自尊啊，天涯何处无芳草……再说了，西姐，你埋汰我呢，你把人给占了，还让我再接再厉。"

叶流西气笑了："我什么时候把人给占了？"

丁柳说："还不明显啊？"

她捏着嗓子学昌东说话："流西……流西……

"在荒村的时候，东哥睡你边上，多自然啊，他怎么不去跟肥唐睡呢？还有啊，不吃不喝那两天，我们送饭，眼皮都不抬一下，你去一牵，他就出来了，多听话……

"人是有点闷骚，但是西姐，那些明骚的，到处聊骚，你也受不了啊……别嫌我说话奔放啊，我歌厅长大的。"

叶流西想笑："闷骚的是什么样的？"

"就我东哥那样的啊，不轻易动感情，动了也藏，凡事都要稳妥了才出手，但是吧，真认定了你，你就等着爽吧，这种人，打他他都不出轨。"

叶流西说："那高深不也一样吗？"

丁柳瞪大眼睛："他？西姐，你看人不能这么随意吧，他跟我东哥那根本不是一个档次的好吗？不行，我得跟你说说……"

她语气有点激动了，叶流西不让她如愿："别，小心头，以后再说也行……"

"就现在说，就事论事，我跟你说啊……我先缓缓气。"

丁柳闭上眼睛，在心里默念了好几遍"心平气和"，然后睁眼。

"我干爹呢，对高深他爸有恩，他爸重病，我干爹包了住院费、医药费，他心里感激，过来做我干爹的保镖。"

挺好啊，小伙子知恩图报，有情有义——不过这话叶流西不敢说，怕她激动：现在一切以头为大。

"我呢，乍见到他长得有模有样的，少女怀春，也跟前跟后叫过几嘴'深哥'，但他没拿我当回事，大概是因为那时候我还小，胸还没发育全吧。"

以前怎么没发现她嘴皮子这么溜呢，叶流西真想上去拧她的嘴。

"结果有一天，我无意中听到我干爹跟他说，等我长大点了，想让他娶我，懂吗西姐，什么年代了，我干爹还想包办婚姻呢。

"然后，高深就忽然……处处对我好了，凡事替我着想，骂不还口，默默地做一切事，西姐……"

她语气有点激动，叶流西提醒她："心平气和，小心头，深呼吸三次再说话。"

深呼吸还是有用的，丁柳再开口，没那么激动了，语气怪没劲的。

"这样有意思吗？他是娶我干爹，还是娶我啊？老实说，他如果当时怼我干爹，说自己爱什么女人自己做主，我还敬他是条汉子，现在这样算什么？"

这一天过得平静又漫长，丁柳醒过几次，又睡过去几次，她身边离不了人，叶流西几乎没出屋子，不过从外头传进的只言片语里，也知道昌东和肥唐去了市集。

高深留守，中午过来送饭，进屋时看到丁柳睡着，长长松了一口气。

叶流西忽然明白过来：要是丁柳醒着，他大概会搁下饭马上就走的。

这人其实知道丁柳不想看到他。

到了晚上，明显热闹，肥唐连晚饭都端进来和她们一起吃，叽里呱啦，就没个闭嘴的时候：

“买个汽油，比黑市买枪还难，我东哥给了那么一厚沓的金箔钱，才买到两桶，还质量不好，渣滓多，这种油伤车呢……

“还有放小电影的，巨老的爱情片——《甜蜜蜜》。我问有没有妖魔鬼怪的片子，居然没有，人家还凶我，说日子都过得他妈这么艰难了，你还想看妖魔鬼怪……”

被骂也活该，观众都爱在电影里找梦幻、找刺激，谁耐烦看身边的一五一十啊，还妖魔鬼怪，关内最不缺的就是妖魔鬼怪了吧。

叶流西斜乜他一眼：“就没找到点你感兴趣的硬货？”

肥唐眼前一亮：“哎，真有。我看到一个金扣，应该是蹀躞带上的，朝代绝对在唐往前，还有一对唐三彩的仕女，就是缺胳膊少腿，但是没关系，包装一下，东方维纳斯，出手不难……西姐，我们能不能把镇山河给卖了啊？”

怎么说着说着扯到卖鸡了？

肥唐说：“缺本钱啊，能凑一点是一点呗……东哥的钱是留着买物资的，我手上值钱的就手机，在这里又卖不出价，但我在茶棚听说啊，前一阵子，这里闹鸡瘟，鸡差不多死完了……”

他琢磨着，物以稀为贵，现在可能是镇山河最值钱的时候，过了这个村就没这个店了。

正说着，昌东进来。

叶流西眼眉一低，权当没看见，耳朵里却听得清清楚楚。

他问起丁柳的情况。

丁柳说：“现在没什么，但是东哥，我可担心我以后了。”

毕竟是脑袋，一刀插进去，怎么会什么事儿都没有呢，总觉得那些可怕的病，什么血块压迫神经啊，提前跨入老年痴呆啊，都在未来的路上等着她呢。

昌东也挺担心的，但不能顺着她说，他岔开话题：“现在你最大，有什么要求尽管提，过两天就能下床了，我们就不对你额外照顾了啊……”

说到这儿，忽然想起这话叶流西也对他说过，忍不住看她。

叶流西低着头，头发垂下来，都看不清脸。

睡到半夜，叶流西被镇山河的叫声惊醒。

不只是叫，翅膀扑腾着乱飞，像是被人捕捉，细细听，好像还有挪床的撞声，叶流西心里慌慌的，攥紧枕边的刀起身。

丁柳也半醒，声音迷迷糊糊的：“西姐，怎么了啊？”

叶流西坐起来，摸黑用脚去找鞋：“你别管，我去看看……”

不对啊，怎么感觉……踩到了满地荒草呢？

叶流西还没反应过来，左右脚踝忽然同时一紧，猝不及防，整个人居然被拖下床去。

丁柳忽然听到扑通的闷响，惊得整个人都清醒了：“西姐？”

叶流西大叫：“别下床！开灯！”

地上全是野草，草身坚韧，边缘锋利，简直像活的一样，见人就缠，拼命拖裹，而且动作迅捷无比——她的腿、腰、手腕，乃至脖子，都已经被草给缠住了。

丁柳吓得坐起来，也顾不上头了，手脚并用，爬到床尾去拽灯绳，拽了一下没亮，两下还是没亮。

“西姐，没电了！”

没有回音。

丁柳脑子里嗡嗡的，想下床，脚才刚搭下床沿，就碰到冰凉且不断往上涌动的草尖，她以为是蛇，吓得触电般收回来，再加上看不见，一时间全身汗毛倒竖，大叫：“有没有人哪？”

远远的，听到高深的吼声：“小柳儿，爬窗上房顶！”

丁柳爬起来，一脚踹开窗户，正要大叫救命，窗口忽然倒吊下一个人来，吓得她血都涌上脑子了。

亏得那人先开口：“是我，流西呢？”

“西姐下床，栽到地上去了。”

“这里我来，你先上房。”

昌东侧身滑进来，依稀辨清叶流西那张床的位置，大步跨跳过去，迅速趴倒在床上，一手紧握住床框，另一只手摸向床下。

只要拂到草身，立马拽起了扔开，动作务必要快，稍慢一点就是自己被缠上，后果不堪设想——

他很快摸到叶流西的身体，几乎被草缠得像半个木乃伊了。

昌东大致确定她头的位置，抓住蒙缠住她口鼻处的草先拽，拽了两下，终于听到她呛咳的声音。

野草还在汹涌扑上来，昌东管不了那么多了，双手并用，先抓开她肩部的野草，把她胳膊解放出来："抱住我，快。"

叶流西"嗯"了一声，一只手搂住昌东脖子，另一只手也学他，飞快地去拔拽缠身的野草，直到昌东一只胳膊用力箍住她腰，吼了句："起来。"

他用尽力气往后翻躺，叶流西另一只手顺势搂上他肩，就听崩断之声不绝，居然硬生生被他从野草的杂缚中拽抱出来。

昌东躺在床上，喘息粗重，问她："没事吧？"

叶流西"嗯"了一声，趴在他身上，累到不想动：她全身火辣辣地疼，嘴里都是草涩味，刚刚有一瞬间，嘴里塞满了草，昌东再来得晚一刻，怕是就要被活活闷死了。

昌东说："我们那里也是，镇山河一叫我就醒了，但刚下床就被拖倒……我从房顶过来的，院子里全是这东西。"

黑色的草尖，成片拂动如黑色的浪，还在往上长……

床身忽然一倾，昌东反应过来："快，上房。"

第63章

野草长势汹涌，床板起伏不定，已经听到有草尖钻裂床板的声音了，昌东扶着叶流西起来，她忽然想起了什么，脱口说了句："我的刀！"

刚被拖下去的时候，刀没拿住，落在床沿边了。

说完就后悔了："算了，不要了。"

昌东问她："落在哪儿了？"

这不是要不要的问题，变起突然，还不知道出去了会遭遇什么——凶险的时候，武器是用来保命的，不是可有可无的物件。

叶流西指了个位置："就那儿。"

昌东两手攥住她腰，几乎是把她推抛到丁柳那张床上："你先走。"

叶流西犹豫了一下，但她惯不喜欢在危急关头磨叽，就势攀上窗边，急回头看了一眼，昌东迅速抽起床单，在手臂上甩裹了一道，俯身探向床下。

丁柳在房顶接应她，叶流西没要她拉。

她有点心疼丁柳：人也真是被境遇逼的，才动完手术，第三天，屋里有点风都怕吹着了，现在却要爬窗上房。

叶流西手扒住房檐，翻身跃上。

站直身子，第一眼看见城内。

月华如水，长草汹汹，蠕动抽长，卷袭全城，不止这几间房，简直是灭顶之灾。

房檐处又有声响，回头看，是昌东紧跟着上来了，翻上来的一刹那，手一抬，顺势抛刀给她。

叶流西抄手捞住，视线落回院内：不远处的那一间，高深已经上房了，正往上拉肥唐，而稍低一点的地方，不住扑腾的那是……

叶流西突然反应过来，一个忍不住，扑哧笑了。

那是镇山河，难怪那声响听起来总像被人捕捉：镇山河是被拴在门边的，草往上长，它就拼命往上飞，唯恐被草缠裹下去，而绳子长度有限，上不上、下不下，以至于它只能不停扇动翅膀，以求保持在某个高度。

对于一只鸡来说，真的挺艰难的。

好在高深那头很快也发现了，他抓住肥唐脚踝，小心地把肥唐一点点往下放，去接应镇山河。

就在这个时候，房子似乎动了一下，丁柳尖叫一声，手脚并用着往屋顶中心躲。

叶流西头皮发麻，这草简直如同无数触须，想把夯土的房子钻透拽塌，应该也用不了多久。

昌东沉声说："我得去开车，让这草一直长下去，整个城都会被埋掉，到时候我们就别想出去了。"

他目测了一下几间房顶和车子的距离，深吸一口气，叶流西退开两步，目送他骤然发力，疾冲出去，到房檐时去势不减，半空身子卷翻，滚落在几米外另一间房的房顶，余势尽处，单手攀住房檐，身子急速甩落，分毫不差，正蹿进车子那扇被巨蝎冲破的车窗里。

俄顷，引擎声响，车灯大开，叶流西以手遮眼，依稀看到车旁荒草瞬间缠住车胎。

好在越野车的马力惊人，车身一动，真是摧枯拉朽一样畅快，昌东沉住气，车子猛打一个甩转，肥唐眼见车身如同巨铲，把那一片荒草扫平，心里痛快极了："东哥，再来！搞死它们……"

话到一半，被碾平的荒草重又立起，真是至软至狠，至柔至韧。

看来只能抓紧时间撤了，昌东又打一个甩尾，车身抵近高深那边，肥唐还没反应过来，高深已经跳上了车顶，回头吼他："跳啊！"

这个……好像有点远，肥唐的腿止不住地抖，正想说什么，耳边扑腾声起，镇山河正以飞蛾扑火般的决绝，向着车顶直扑而去。

这小畜生，人家是让我跳，又没让你跳！

果然有竞争才有压力，做人绝不能输给一只鸡，肥唐心一横，下饺子一样跳扑下去……

还没站定车子就开了，肥唐差点跌滚下去，好在眼疾手快拽住了行李架，到了叶流西那边，房顶已经半塌，反而方便——她拽着丁柳，滑滑梯一样下来，恰好落在车顶。

车子马不停蹄，向着外间直冲而去。

叶流西第一个翻身进车，和高深合力把丁柳先接进去，肥唐没那待遇，被高深塞麻袋一样塞进车窗，不过他还是很满足——毕竟镇山河连进车的资格都没有，还在车顶吹冷风呢，一切全凭鸡爪，抓不住行李架，也就一别天涯了。

车进街道，触目惊心，荒草几乎长到了人的胸口处，要不是昌东的车改装过，车身整体提高，现在估计视物都有困难。

昌东说："还是老规矩，我只负责开车，路上任何状况，你们料理。"

话音刚落，肥唐忽然大叫："看！"

车灯映照处，街边有一扇门半开，门口有个人，姿态扭曲，摇摇却不坠，和地面呈30度角左右，像斜插进地里的一根木棍——全身裹满荒草，像个稻草人。

叶流西说："这人应该是被惊醒或者没睡着的，逃到一半，还是没逃出来。"

大部分人，可能睡在床上，无知无觉，就已经被缠裹进重重荒草之中了。

丁柳有些后怕："多亏了镇山河，它要是不叫，咱们是不是也……"

不觉打了个寒噤。

肥唐咬牙切齿：“怪不得赶路要带只鸡，鸡对这些邪气是真敏感……”

他忽然脊背生凉：“这城里前一阵子闹鸡瘟，鸡都死完了，不会是阴谋吧？”

昌东回答：“有可能。如果鸡都还活着，出了状况就会大范围鸡叫，能叫醒不少人。”

不管幕后黑手是谁，这种手法，无异于屠城。

肥唐恨恨看向窗外：“东哥，你介不介意我浪费点汽油，烧他丫的？”

昌东没什么异议：“省着点用。”

肥唐跪趴在后座上，拖过油桶拧开盖，拿擦车的抹布塞进去浸了浸，然后拎出车外，打火机焰头刚打着，就飞快地扔出去：“死去吧你！”

回头看，扔抹布的地方轰然火起，肥唐神气活现：“毛爷爷说过，星星之火，可以燎原……东哥！”

他蓦地瞠目结舌。

一道火舌，如同长了脚，自燃火处直追而来，舔舐之处，拉出一条笔直的火道。

这可不是什么自然现象，昌东在后视镜里看到，心头一凛，下意识踩油门。

叶流西回头去看，那道火舌紧追不舍，在车后十余米处，自行往两边开叉，如同两条不断伸长的手臂张开怀抱，随时可能合拢——越野车就在这怀抱的范围内不断前冲。

眼见那两条火臂几乎撵到了前车轮，火浪一重重扑上车身，昌东大吼：“坐稳了！”

还有两个拐弯就到城门口了，昌东高车速进弯，向外围快打方向，瞬间又转向弯心，一个逆甩，车尾瞬间失去抓地力，这一下直接把火臂甩开半个车身，车子如泄闸的浪，直冲到第二个拐弯，又是一个切线漂移奔出去。

城门在望，几乎能听到沉重的吱呀声，肥唐语无伦次地大叫：“在关城门！城门在关！”

昌东看见了，两扇城门正同时闭合，是被城门口长出的荒草不住聚推，有一扇，因为从中断裂，又压着一辆车，闭合的速度较慢，两扇门之间的间隙，也许刚好能容他冲过去……

昌东掌心出汗：又或许，落得个一头撞上车毁人亡的下场……

没时间再犹豫了。

车后火光大盛。

车子如同出笼巨兽，咆哮而去。

车身巨震，那辆倒翻的车被撞飞出去，就在这一瞬间，昌东忽然看到，那辆车的车门处，车标是一朵……带枝的山茶。

午后的阳光照进咖啡厅，道道光柱里无数细小尘埃。

山茶的负责人把策划书推过来给他看："你看，这趟无人区穿越，我们做了精心的准备，连logo都是专门找人设计，我们预备把logo刷在车身上，未来还可以出一些纪念品周边什么的……"

昌东翻开第一页，看到一朵娇艳的带枝山茶。

场景突变，深夜的沙浪排山倒海，他拽住孔央，想往一辆车身下躲，那辆车突然被沙暴掀起，车门上，是带枝的山茶车标。

……

"昌东，昌东？"

昌东打了个寒噤，这才发现自己趴在方向盘上，眼前模糊一片，头痛欲裂，再往副驾驶位上看，忽然怔住："流西呢？"

叶流西往外架他："我在这儿。"

刚刚那一撞，冲力巨大，她自己都晕了一会儿，好在那一撞出了城，而城外无遮无挡——车子随着油门的惯性疾冲往前，最后才缓缓停下。

叶流西先醒，回头看，远处一座城死气沉沉，也不知道是什么状况，但荒草也好，火舌也好，显然没有往外蔓延。

再看车内的人，几乎都没知觉了。

她最担心丁柳，赶紧先把她弄下车躺平。

然后过来架昌东。

昌东甩开她："流西坐在副驾驶位，人呢？"

叶流西常跑车，见过各色车祸，知道有人忽然撞车之后，会短时间内眩晕，喝醉酒一样，出现短暂的意识丧失、吐字不清什么的。

她用尽力气把他拖下车："我都说了是我，别找了……"

男人的身体可真沉，更何况他还不配合，才走了两步，忽然脚下打绊，啪的一下被他压到车身上。

昌东威胁似的看她，一字一顿："流西腰很细。"

叶流西说：“我那么多好处，你就记得我腰很细了是吗……”

昌东低头看她，觉得看不清，眼前越来越黑，头越来越重。

叶流西抓住他的手，慢慢放到自己腰侧，柔声说：“我就是流西啊，不信你摸，我的腰也很细。”

她仰起脸，嘴唇几乎碰到他的，轻软的呼吸挑逗似的拂他的脸。

昌东吻下去。

对，就这样，叶流西闭上眼睛。

腰上的摩挲渐渐变成捏攥，有点疼，吻却温柔，细细地咬吮……

再然后，猝不及防，昌东倒下去了。

叶流西半天没动。

腰上有点发颤，好像他的手掌还在那里游走。

伸手触上嘴唇，有点发烫，发胀，还有丝丝的酥麻。

她低头看昌东。

这种事情，你做到一半，晕过去了？

至少得做完啊！

叶流西气得攥拳，疼得嘘了一声之后又松开，低头去看手心。

想起来了，荒草的边缘都锋利，她拿手拔过几下，当时紧张，不觉得疼，现在才知道，掌心早割出口子了。

她忽然想到什么，蹲下身子，去摸昌东的手。

他的手很暖，手背宽厚，但摸到掌心，一片血肉模糊。

第64章

昌东在一片杂乱却轻微的声响中醒过来。

鼻端嗅到米香，他脑子里勾勒出米粥翻沸的画面，这香气，锅里应该都已经熬出米油了。

肥唐在说话，声音压得尽量低：“我见我东哥做过，灶就是这么搭的，你别叨叨了行吗？”

肥唐教训的一定是高深：他不敢跟叶流西这么说话，因为胆儿小；也不敢跟丁柳这么说话，因为得罪不起一颗脆弱的脑袋。

旭日初升，霞光万道，一时有点刺眼，昌东下意识拿手去挡，这才发现手被包得像个熊掌。

这是谁家的纱布不要钱，裹得里三层外三层？

然后看到叶流西。

不远处，越野车车顶上，她放了张帆布椅，人就窝躺在椅子上，像在晒太阳，也像放哨，跷着二郎腿，脖子上挂着望远镜，腿上还横一把刀。

昌东笑，略转了头。

先吓了一跳，然后哭笑不得。

边上是镇山河，身子窝着，但脑袋高高支棱——它没法塌脖子，因为脖子上夹了两块小木板，像骨折的病人上夹板，又像颈椎受伤的病人戴了牵引器。

肥唐发觉他醒了，小跑着过来："哎，东哥。"

昌东心里叹气。

肥唐脑袋上缠裹着纱布，但没伤员的感觉，像阿拉伯人的缠头。

昌东直觉，这些夸张而豪迈的手笔，一概出自叶流西。

果然，肥唐像个解说员，絮叨个不停：

"东哥，你昨晚撞着了，西姐说让你休息，我们就没吵你……

"大家都没大事，我头撞破了……就是担心小柳儿，她的头你知道的，所以现在原地休息。

"西姐往回走了两里地，才把镇山河给找着，估计是撞车的时候它飞出去了，哎哟我去，脖子抬不起来，可能骨折了，西姐就给它上板了……"

昌东打断他："那些野草，还有火舌，没追出来吧？"

肥唐抬手指了个方向。

昌东循向看去，心头一凛，慢慢站起身。

即便隔得远，也能感受到那里的一团阴气和死气，原本黄土的底色，尽数覆上荒草的褐灰，密密匝匝，把城池裹缠得犹如巨大荒冢。

叶流西欠身看他，问："要看吗？"

她把望远镜扔过去。

昌东接住了，抬起来贴近眼睛，手指慢慢转动中心调焦轮和单目调焦轮——大多数人左右眼视力都不一样，单目调焦是为了让两只眼睛看到的景象能够同步清晰。

看到了。

荒草已经长上城头，随风轻动，城门紧闭，覆住城门的长草穿插编织，密密匝匝，这样的缠裹，再不是单靠手拔就能奏效了。

换了几个方位角度，都是一样。

回想昨晚，肥唐兴起之下点汽油烧草，固然给大家带来了额外凶险，但如果没有那一烧，他也不会情急飙车，也就没法赶在城门恰恰关闭的那一刻冲出重围。

昌东爬上车顶，把望远镜搁到叶流西身边，又指了指小扬州城："这应该是有预谋的，一朝一夕，达不到这效果。"

先是一城的鸡因为鸡瘟死了个干净，然后这荒草选在夜深人静时破土而出，说是巧合，也太牵强了。

叶流西"嗯"了一声。

昌东总觉得她声音提不起劲，忍不住低头看她："你怎么了？"

叶流西抬头瞥了他一眼。

昌东被她逗笑了："你这眼神，就像我做了什么对不起你的事似的。"

叶流西还是不说话，直到远处忽然传来肥唐嚷嚷的声音："西姐，小柳儿醒了哎。"

她站起来，翻了他一记白眼，说："让开。"

昌东只好让一步。

但真要命，他居然觉得，她翻白眼都好看，那副睥睨一切的小表情，还有嘴唇轻抿时的样子。

叶流西顺着挂梯往下爬，下到一半时，忽然说了句："我最讨厌做事做一半的人。"

昌东说："……是啊。"

做事做一半是不好，但没头没尾来这么一句，还是冲着他的，什么意思？

他从来不做事做一半啊。

叶流西"哼"了一声，继续往下爬，人都已经下去了，又忽然冒个头上来："昌东。"

"啊？"

"我腰细吗？"

她怎么回事，一时冰一时火的，是昨晚撞车撞出隐患来了吗？还有，怎么忽然问……这么怪的问题？

昌东说："细……吧，我也没……太留意。"

叶流西盯着他看，忽然笑起来，那种想绷绷不住的笑，下颌微抬，下唇咬着，唇角微微扬起，说："哼。"

然后走了。

丁柳醒是醒了，但如丧考妣，高深捧着粥碗，都不敢往她身边送，肥唐正用外套给她打扇："小柳儿，大难不死，必有后福，你要想开点。"

丁柳有气无力地摆手："我要死了，你别费力气给我扇风了，我才十八……"

忽然悲从中来，眼圈一红，差点掉眼泪。

叶流西大步过来，脚在地上踏扫了两下，权当是掸灰，然后坐下去："怎么了啊？"

丁柳没说话，肥唐给她代言："西姐，小柳儿说她活不长了，本来头就不稳定，昨晚又被撞了一下……真是随时都能嗝屁。"

叶流西瞪了他一眼。

肥唐头皮发麻："不是……是她原话，我就是……复述。"

丁柳忍不住，一开口就哭了："西姐，别人头上插把刀，不知道要多小心养着，我上蹿下跳的，还撞车了……"

叶流西说："这不是没办法吗？昨晚那种情况，能不跑吗？不跑，你昨晚已经嗝屁了。"

她给丁柳擦眼泪："柳儿，你就当阎罗王在你后头撵着你跑呢，今天是不是跑赢了一天，嗯？"

丁柳抽抽搭搭点头。

叶流西忽然想起了什么："来，有东西送给你。"

她起身去到车边翻腾了会儿，回来递了样东西给她，丁柳好奇地接过来。

是把小手刀，不大，柳叶形，适合藏在袖子里，刀身上有凹下的花纹，还挺好看的。

"这是什么啊？"

"插你头上的那把刀。"

丁柳吓得咣啷一声刀子脱手："这么恶心？"

叶流西蹲下身子，把刀子捡起来，轻松地在指缝间耍旋："恶心？柳儿，你要想啊，一把刀，插进你脑袋都没能弄死你，那这一辈子，只能认你当主子，做你奴隶了。

“再换个角度来想，一把刀，插进你脑袋都弄不死你，这得多向着你啊，注定就是你的，以后都会保护你，是你的吉祥物……”

她捏住刀尖，把刀送到丁柳面前：“要不要？”

丁柳犹豫了一下：“好像……挺有道理的。”

她接过来。

高处忽然传来一记响亮的嘬哨。

叶流西回头。

昌东拿着望远镜，窝在那张帆布椅里，却不是看小扬州的，而是朝向来路：“有老朋友来了。”

李金鳌越往前走越是心虚。

总觉得那辆车，还有车旁或倚或坐的那些人，说不出的熟悉。

相距约莫五十米时，他陡然站住。

冤家路窄啊，这些人不是有铁皮车吗，都过去三四天了，还以为他们早就远在千里之外了，怎么会又狭路相逢呢？

跑是来不及了，绕道也不现实，李金鳌犹豫了一下，硬着头皮往前走。

丁柳跟他打招呼：“鳌叔，又见面了啊。”

这小妖精，包藏祸心，李金鳌心里恨恨的，又不敢给她脸色看，只得干笑：“是啊，真巧。”

“鳌叔，你又从哪儿搞到一只大公鸡啊？”

刚刚在望远镜里他已经研究过了，那只倒吊的鸡，显然是新接受训练，远不如镇山河淡定：身子一直在一耸一耸，嘴是拿线捆住的，防乱啄，身子是拿布裹起来的，像束胸，防乱飞。

肥唐叹为观止：李金鳌就是这么训练倒吊鸡的啊，还以为有什么秘术，原来无它，唯习惯尔。

李金鳌语无伦次：“这个……路上不太平，没有鸡，不太踏实……”

他急于摆脱这几个人：“我还要赶路……就不聊了，那个……小扬州，不远了吧？”

昌东抬起手，朝那一片指了指。

李金鳌老眼昏花，再加上一时情急，也没看出什么端倪：“那我……先走了啊，幸会，幸会。”

正说着，后背一紧，已经被人揪到一边，耳边响起叶流西的声音：“别急着走啊。”

李金鳌心里一沉：完了，他的镇四海保不住了，这女人简直是黄鼠狼托生的，专来克他的鸡……

居然想错了。

叶流西把望远镜堵到他眼前：“自己看，省得你走冤枉路。”

李金鳌先还躲闪，后来大约是瞧见什么了，“咦”了一声，自己拿住了看，看着看着，呼吸越来越重，拿住望远镜的手臂不住颤抖。

昌东不动声色：“瞧出什么来了吗？”

李金鳌结结巴巴：“这……这是萋娘草啊。”

昌东问：“萋娘草是什么意思？”

“你们是不知道，我们方士必学的一本书，就是《博古妖架》，里头有提到。

“不是有个词叫‘荒草萋萋’吗？萋萋就是指草木茂盛，又指乌云密布，所以我们把这种妖草叫萋娘草，它要长就疯长，而且遮天蔽日，像乌云压城一样，专缠活人活物，还有动的东西。

“‘萋娘过，野草密，鸟不低飞人不喘气，簪花上头，身后焦骨百千具’，说的就是萋娘草。”

听到“焦骨”两个字，昌东心里一动：“什么叫簪花上头？”

“就是这草，跟普通野草不一样，普通的野草怕火，但你放火烧萋娘草，等于是给它戴花，会更危险——火跟活了一样，会反扑，直到把你烧成一具焦骨。”

李金鳌喃喃：“蝎眼的人是疯了啊，上次看到那个双生子，我就知道他们通妖了，但是萋娘草这种，应该是封在博古妖架里的啊……”

“博古妖架”这个名字，昌东是第三次碰到了。

第一次是在荒村，老签演说关内形势，无限唏嘘：“现在是什么世道……简直是打翻了博古妖架，多少市集都荒了……”

第二次是那张牛皮地图，方位在尸堆雅丹之下，“博古妖架”四个字呈弧状散开，代表一处广袤的地名。

第三次是眼前，李金鳌亲口说，方士必学的一本书，叫《博古妖架》。

昌东忍不住问："这个'博古妖架'，到底是个陈列架子呢，还是一个地方，抑或是一本书？"

李金鳌的回答是：

"都是。"

第65章

大概是小扬州的场景太过震慑，李金鳌一时也忘记了夺鸡之恨，加上昌东问的确实是自己擅长的，不免有点扬扬得意。

"你们知道那个……多宝槅子吗？"

体现自己价值的时候到了，肥唐赶紧抢答："懂，这个我懂，就是家里摆的那种陈列架子，跟书架似的，前后都敞开，分大小不同的木格，可以让你摆各种好看的摆件，又叫博古架、集锦槅子什么的。"

昌东"嗯"了一声："博古妖架……架子上摆的，都是妖咯？"

李金鳌一拍大腿："就是这个理儿。

"最初进关的时候，关内没有妖鬼，因为既然能被送进来，那肯定都是被制住的，装箱、装瓶、装笼，放在罩得严严实实的车上，从四面八方押进玉门关。

"但是进来了，就得找地方放。据说修起一个巨大的博古架，那些装着害人妖鬼的器皿，就陈列在上面，接着前后都用厚重的墙封死——立博古架的位置，就在尸堆雅丹以南。"

昌东接口："既然最初进关，关内没有妖鬼，那尸堆雅丹，也就只是普通的雅丹吧？眼冢是从博古妖架里跑出来的吗？"

李金鳌说："是啊，早说了封不住嘛，年久失修啊，再来个自然灾害啊，总会出点纰漏，再说了，要是能封住，也就犯不着送进关了。不过你放心，出不了大事，毕竟是集当时顶尖的方士之力封印的。

"立起博古妖架之后，大队人马就一路北撤，离得尽量远，你们看过地图吧，尸堆雅丹附近就已经是禁地了，平时都没人去，更不可能绕过尸堆再往南走。"

昌东沉吟："然后方士就编撰了一本叫《博古妖架》的书？"

李金鳌看了他一眼："你挺懂的嘛……

“《博古妖架》呢，分上、中、下三册，上册记录那些没什么危害，傻了吧唧，可以为人所用的妖物，比如流光，荒地里用来照明、带路；再比如皮影小咬，就是我戏箱里装的那些。

“中册是那些并不主动伤人，但万一为人所用，会有些麻烦的妖物，你们也见过，典型的就是双生子。

“下册就不用我多说了吧，那都是妖中悍匪。但是下册里的妖，很难见到，这么多年，真的横行于世的，也只听说过眼冢。萋娘草，我也是头一次见……”

李金鳌低声喃喃：“这是要出乱子啊……咦，你们怎么会在这儿？”

他终于想起正事，但聊了这么久，他也不紧张了：无非就是再丢一只鸡罢了。

昌东说：“我们昨晚就在城里，运气好，逃出来了。”

李金鳌结结巴巴：“昨……昨晚刚发生的事？”

“嗯，半夜。”

李金鳌的脸色一下子变了：“那你们还有心思在这儿……煮饭吃？蝎眼的人指不定什么时候就来收城了！”

叶流西奇怪：“他们敢进城？里头的人不是都死了吗？”

“当然没死，蝎眼的人又不傻，他们把一城的人都弄死，要个空城干什么？留着当苦力也好啊，那些被草缠的人，看着是死了，实际复杂多了……

“都同谋了，萋娘草当然不会去动蝎眼的人，不对，蝎眼的人肯定有些已经混进城里了……”

昌东忽然想起了之前袭击他们的那个病弱男。

他把那个男人锁在病房里了，昨晚事出突然，没时间管他死活，原以为多半也葬身城内了，但依着李金鳌的说法，似乎……有点不妙。

从收拾营地到上车，总共也不过五分钟，粥也没时间吃了，连锅带碗抱上车，路上谁饿了自取。

丁柳扶住脑袋喃喃道：“我这头……”

又要跟阎王爷赛跑了。

肥唐把镇山河抱上车顶，昨晚它也算是阴差阳错立了功，所以待遇有所改善：怕它再摔了，拿绳子绑了一道，又在它身下垫了件破衣服，这样可以窝得稍微舒适点。

车子发动的时候，李金鳌已经跑成了远处的一个黑点，昌东看了地图，直觉他应该是向着黑石城去的，大家算是同路。

他下意识看了眼车内。

叶流西看出他的心思："想带？"

昌东说："……算了吧，车里也没地方了。"

物资装得多，前排不好坐，后排再挤人的话，丁柳会坐得不舒服。

肥唐没解对风情："东哥，你这车哪会没地方，你是没见过人家印度人怎么开车带人的，车门、车顶、车窗哪儿都能坐人，你这车，至少还能带二十个！"

丁柳说："……能不能给我的头留点空间？"

昌东开车绕过小扬州。

很快就赶上了李金鳌，他一把年纪，跑得气喘吁吁，昌东终于还是忍不住停车，问他："要不要带你一程？"

李金鳌喜出望外，他还没坐过铁皮车呢。

他探头看了看车内，觉得自己进去太挤了，主动提议坐车顶，昌东犹豫了一下：这属于违章带人，无视交通安全吧。

这迟疑的工夫，李金鳌已经爬上去了，昌东没办法，只好拿了捆安全绳上去，帮他从腰处拴一道系到行李架上，正打结时，叶流西忽然叫他："昌东！"

语气有点不对，昌东回头看她。

叶流西抬手指了个方向。

循向看去，小扬州的城墙上，依稀有几道影子在荒草间晃动，叶流西把望远镜递过去，昌东端起来看：几乎是第一眼就看到了那个病弱男，佝偻着腰，死死盯着这里。

挺好，跟人结上仇了。

……

昌东很快再次发动车子。

肥唐频频回望，紧张得后背冒汗："东哥，这样没关系吗？他们会不会朝我们放个炮什么的？"

昌东说："即便是江斩都没有枪，炮这种更别指望了。"

丁柳插嘴："那不一定啊，我看古装剧，古代有那种红衣大炮呢。"

昌东说："红衣大炮至少一两吨重，你觉得他们可能潜进城还藏个炮吗？就那么几个人，能把大炮推上城楼吗？放宽心，他们没车，也没法追，就算有车，还得看谁开得更快。”

丁柳一口气还没舒完，昌东又来了句：“但是人已经得罪了，这一路不会太平，家伙都准备好，手里别放空，规矩也先定好，省得到时候乱。”

高深从座位底下摸出工兵铲：“我就用这个吧，能砍能削，也顺手。小柳儿交给我好了，七爷让我跟着，本身就是为了保护小柳儿的。”

丁柳“嗯”了一声，轻重缓急她是懂的：跟高深再不对路，出事的时候，她还是会往他身后躲的，保镖嘛。

叶流西说：“肥唐……就跟我吧。”

说着就把那把老西瓜刀扔给他：“这刀给你，出事的时候，往我这里凑，但别等死，我不是你的保姆，该你动手你也要动手，我撂翻的，你别让他再站起来。”

肥唐咽了口唾沫，连连点头，其实也就是把普通的西瓜刀，但握在手里，真的不同，感觉刹那间就有了依靠。

昌东从手套箱里摸出枪往后递：“小柳儿，你的枪里应该还剩几颗子弹，两把合一把，装一把满弹的枪给我，另一把留着。”

丁柳“嗯”了一声，接过来拆卸：“东哥，空枪还有什么用啊？”

昌东笑笑：“在市集上，可以卖个不错的价钱，还可以当见面礼，帮我们叩开大人物的门。”

说着向外探出头：“李金鳌？”

过了好一会儿，李金鳌才战战兢兢趴着身子，把头从上头低下来：“啊？”

考虑到车顶有人有鸡，昌东已经尽量放慢车速了，但李金鳌还是被风吹得睁不开眼，头发一溜儿后倒，像半瓶头油抹出的大背头。

“你去过黑石城吗？”

风声呼呼的，声音特容易散，李金鳌扯着嗓子吼：“没有，大城市呢。”

昌东说：“我们也没有，乡下人进城，怕不懂规矩，有什么要注意的吗？”

李金鳌大声说：“你们说什么风凉话呢，你们是开铁皮车的人！

“到了城门口，盘问起来，你们把自己是来自哪个城的、哪个姓氏的一报，说不定都有人来接你们呢。就我这样的，方士牌一亮，再把老李家的名头往外一抬，守城的都得对我客客气气呢。”

昌东心里一沉。

果然，小地方好蒙混，到了“大城市”，第一关就过不了，羽林卫和方士，估计是以家族姓氏划分盘踞地的，不是他们随口诌两句就能过去的，尤其还开着这么显眼的铁皮车。

叶流西猜到他在想什么，轻声说了句：“多大点事啊……”

她欠身过来，仰起头问李金鳌：“你觉得，我们像是从哪儿来的？猜一下，猜对了，就把镇山河还给你。”

李金鳌说：“不不不，你们留着，你们留着。”

他搭着人家的车呢，多大的人情啊，鸡常有，铁皮车不常有——省他那么多路，哪还好意思要鸡啊，再说了，送人的鸡，就是泼出去的鸡汤，哪还有往回端的道理。

至于从哪儿来的……

李金鳌苦思冥想：“你们没去过黑石城，不是那儿的人，又不像是方士，那肯定是羽林卫那头的亲戚，亲戚都能开得上铁皮车，那肯定是数一数二的大族，是姓赵？”

又觉得不对：听过他们互相称呼，个中好像没有姓赵的。

叶流西嫣然一笑：“有点见识，我们就是姓赵的派来的，去黑石城，找老李家啊，还有签家人，问点事。”

第66章

昌东真是哭笑不得，李金鳌坐回去之后，他低声说她：“你这样，迟早露馅儿。”

“露了再包嘛。”

多大点事，不就是再裹一张面皮。

“包不住呢？”

“那打咯，”她很有自信，“我有刀……”又压低声音补一句，“还是新的。”

昌东觉得跟她说话，自己神经都累。

中午停车休息。

高深想办法把锅加热，大家都喝了点粥，昌东大致检查了一下车子，觉得情况挺悬的：毕竟车胎伤过，昨晚又吃了一撞，看来今晚要尽早投宿，把车子大修一次才好。

李金鳌在车顶坐舒服了，让他下车散散步他都不肯，连连摆手："没事，就坐上头，上头风景好。"

丁柳端着粥碗仰头看他："鳌叔，你那鸡，你就不给它松松绑，让它活动活动？"

李金鳌面露难色："不行，这只鸡性子太野了……"

话还没说完，镇四海一个猛烈的蹦跶，李金鳌暗暗担忧：被绑成这样还能鲤鱼打挺，真是远不如……

他偷瞄边上的镇山河。

人家若无其事，目不斜视，迎风趴着，脖子上还绑两块夹板，都不失淡定。

鸡与鸡之间的差距，实在是太大了。

肥唐则抓紧一切时间，向叶流西讨教招数："西姐，能不能教我两招啊，我不能瞎比画啊。"

叶流西教他握刀，用掌根凹陷处和虎口贴刀柄脊，最忌讳死命抓紧，那样肌肉会太过紧张："看见没，五根手指，后两指用力，前三指放松，轻松拿刀。

"不要腕上使力，要肩膀使力，以肩为轴。老话是一寸长一寸强，你想想看，以腕为轴，一来腕细易折，使着又累，二来刀的攻击半径只有刀身那么长，但以肩为轴，你整个肩膀都接到了刀身上，这样挥洒起来，回转的半径得有多长？"

肥唐两眼放光："西姐，你这么一说，我觉得整个刀术的精髓我都掌握了。"

昌东在边上听得真想抚额叹息。

叶流西又教了肥唐几个刀法的基本动作：劈、砍、推、挡、撩、扫。

肥唐不满足："西姐，有没有绝招啊？像降龙十八掌那样的？"

叶流西瞥了他一眼："天下武功，唯什么不破？"

肥唐显然武侠片没少看，答得铿锵有力："唯快不破。"

"没错，绝招就是'快'。你看你东哥，跟人架子有什么区别？没有，唯一就是更快，所以他能活着。

"再说跑吧，快到极致的，就是世界冠军，快不起来的，只能绕着小区跑两步，体会出区别没有？"

肥唐若有所思："西姐，你说得挺有哲理的啊。"

叶流西说："那是，招数你都会了，要练的就是一个'快'字，快到一定程度，你就是快刀肥唐，到时候，想创什么招就创什么招，创得多了，你就能自立门派了，懂了吗？"

肥唐激动极了："懂了。"

"懂了就行，出师了，去吧。"

昌东习惯性抬腕看表，才想起来表已经卖了。

但没关系，他可以估算：整个教学过程，也就十分钟不到吧，十分钟，肥唐已经出师了，不但领悟了刀术的精髓，还有了行走江湖的名号，连自立门派都提上了日程。

真没比她更坑的师父了。

接下来都还顺利，太阳刚落山，几个人就已经进了店。

还是红花树，但比夜店热闹很多，规模也更大，像个小型的地下城，划分了住宿区、市集区、美食区、娱乐区，李金鳌乐颠颠的，前脚问清楚娱乐区的位置，后脚就拎着戏箱过去了。

店里住了很多人，不少都是小扬州出来避乱的，又不想投奔别的地方，索性在这儿长住等消息——消息乱纷纷，有说蝎眼落荒而逃的，也有说小扬州已经被围得断粮的，都说得有鼻子有眼，煞有介事。

昌东先把车开去停车场，停车场有近二十个车位，已经停了三四辆车，不是面包车就是吉普，车型都挺旧——但有车就表示条件不坏，说不定在这儿更容易买到汽油。

和红花树的规矩都差不多，晚十一点断电，用水、洗澡公共，昌东要了个套间，晚饭之后，各人都有活动：丁柳想去逛市集，高深自然作陪，肥唐练刀，叶流西洗澡，昌东去修车。

停车场里灯光昏暗，离活动区远，自然也就安静。

昌东把镇山河解下来，手边放了碗小米，镇山河脖子受制，低头啄米很不方便，但它很快摸到了规律：昌东修车时，它就在边上散步，昌东休息时，它就靠过来，昌东会撮米喂它。

这趟修车是个大工程，没四五个小时下不来，有镇山河在边上瞎溜达，解闷不少。

防撞梁有点弯了，这个他也没能力拗正，一天开下来，仪表盘、灯光什么的都还正常，昌东先检查了各类油液位和渗漏，又检查胎压胎位，清理杂石异物，然后铺开地垫，钻进车底，嘴里咬住袖珍的照明手电，一个个紧螺丝。

紧到一半时，忽然听到有脚步声。

停车场近乎空旷，有脚步声就显得特别清晰，而且是高跟鞋的噔噔声。

昌东偏了下头，从车底下看到一双穿着黑坡跟皮鞋的脚，腿上没穿袜子，皮肤白得有些病态，青筋一根根爬在小腿上。

那人走到车边，蹲下身子，穿的是摆裙，裙边拖着地，然后探进头来。

昌东说：“你有事？”

是个浓妆的女人，看不出年纪，二三十岁吧，上衣的领口开得很低，露出腴白的沟线。

那女人笑：“老板，晚上不松松骨头吗？我有好几个姐妹，要不要看看去？”

“不用，在我这儿你做不到生意，去别的地方看看吧，省得耽误时间。”

那女人不走：“磨刀不误砍柴工，提提神，做事更有劲呢。”

昌东没理会她，那女人一直说话，开始还带着笑，后来见确实赚不到他的钱，话也就说开了：“老板，不能让我白跑一趟吧，你是开铁皮车的人，这么小气，说出去也不好听啊。”

看来不给钱是打发不了了，昌东伸手进兜，摸了张金箔钱出来，那女人满意地接了，说：“谢谢老板。”

然后转身离开，一边走一边把金箔钱搓成卷，塞进胸衣压着的边里，偏又露出一小截：这是规矩，塞得越多，就表示越受欢迎。

走到门边，迎面撞上戴口罩的叶流西，那女人朝她挺了挺胸，扬扬得意，擦肩而过，留下一片香粉气。

叶流西不高兴了，口罩一摘，大步走到车边：“昌东！”

昌东从车底下滑出来：“嗯？”

“你干吗了，为什么给她钱？”

“没干什么，就是买个清净。”

叶流西不信：没干什么给钱？她卖瓜烤串的时候，什么都不干，可没人过来扔钱给她。

“那给我钱，我也让你清净。”

“给你钱你就走吗？”

“嗯，不给不走。”

昌东点头：“行，那你慢慢要，看我会不会给。”

他发动车子，仔细听发动机怠速的声音，又闻了闻排放气的味道，下车的时候，看到叶流西倚着车子站着，闷气还没生完，偶尔拿手捂住小腹，一副不自在的模样。

昌东笑："你肚子疼吗？"

叶流西白了他一眼："你又不懂。"

昌东说："你是不是……"后半句话咽下去了，觉得问出来不大好，顿了顿过去推她，"去，车上坐着去。"

他记得出发前买过保暖贴，果然在包里找到了。

昌东拿出来撕了一片给她，看到她只穿单件的衬衫，只好帮她贴在了衬衫外头，然后拿自己的外套给她围住腰腹保温："你要是不舒服，就别到处乱走了……再等我一会儿，弄好了一起上去。"

他又钻回车底。

叶流西在车上坐了会儿，慢慢蜷缩着躺倒，保暖贴开始生热了，暖融融护着她的小腹，车底偶尔传来检修的杂音，特别安静的时候，还能听到昌东使力时的闷哼。

忽然很想生个病，让昌东照顾她。

但她是个不生病的体质，挨吹挨冻都不见感冒，受伤的话……

不行，上次被盐壳割破了脚踝，可痛死她了，伤口到现在还没完全愈合呢。

要生那种又要人照顾，又不疼的病，她至多只能接受精神病了。

这么一想，烦躁得要命，推开车门又下来了，拖了张垫子坐着，歪着脑袋看他忙进忙出，开始还会看扳手、钳子、养护剂，后来只看人了。

要找个一切都碾压他的男人也好难啊，首先不一定比他跑酷跑得快，其次不一定比他有耐心，最后也不一定比他长得合她口味啊，昌东偏瘦，但肌肉线条紧实不妖，搂她的时候，胳膊蹭着她的腰，不要太有力量好吗……

她就喜欢这样的，对，还要闷骚，这是她新定的标准。

叶流西低头抱住脑袋，绝望到呻吟出声。

昌东看了她一眼，知道生理期的女人难惹，但又不想她烦躁，想宽慰她两句，才刚走过去，叶流西一头抵在他腿上，然后伸手抱住。

昌东哭笑不得："流西，你这像什么话。"

叶流西抬头："昌东，我们已经算了。你放心，我不是出尔反尔的人，但是，有始有终，你给我个什么做纪念吧。"

昌东直觉她要作妖：“你要什么？”

叶流西环视一圈周围，最后目光落到自己抱的腿上：“就这条腿吧……”

她伸出手，比到他大腿，于心不忍，又往下移了移：“我也不要多，就截到这儿吧。”

这是得不到人，就要把人搞残的节奏吗？

昌东拿开她手，慢慢蹲下身子：“凭什么？你扛一条腿走了，我落个终身残疾，我招谁惹谁了？”

叶流西受了很大委屈的模样：“不给算了。”

她把头埋在膝盖里，长吁短叹。

昌东说：“我也真是怕了你了……”

他喜欢求稳，即便感觉来了，什么时候开口，什么时候牵手，都有个一步一步的节奏，他也不喜欢快进，觉得时间才能出火候，就像小火熬粥，没人米刚下锅就往嘴里咽的——反正是吃到自己肚里的，炖得更久、更糯、更香些，不好吗？

叶流西完全没节奏，还把他的节奏搅得一团乱，她是跑马圈地，看中一块地，也不管适不适合盖房子，先圈到手再说，越圈不到，越想要。

叶流西抬头看他：“怕我了，是要给腿了吗？”

昌东说：“我能不能要人啊？”

叶流西盯着他看。

停车场里安静极了，连彼此呼吸的声音都能听到。

镇山河的眼睛瞪得滴溜溜的：刚刚这个女人抱住这个男人的腿，很刺激的样子呢。

它唯恐错过更刺激的。

第67章

叶流西说：“你的意思，是要我啊？”

昌东“嗯”了一声：“不然谁？”

叶流西没吭声，过了会儿，她自己从垫子上站起来。

有点……突如其来，措手不及，出乎意料，不知道该怎么得体地应对。

像咬牙切齿要攻城，东风吹，战鼓擂，粮草充足，援军到位，气势汹汹发表了作战动员，刀一抽，正要大吼一声“冲啊”，人家自己开门了，还彬彬有礼说：“您请进。”

她居然有点怅然若失。

还有好多招数没使呢，昌东这个人，也不是很难追嘛，不过当然了，这也得看是谁出手……

叶流西斜乜他一眼，下唇又咬起来了，眼角眉梢上那些小得意，大概都滑得站不住脚了。

关系乍破，她有点不适应，很客气地问他：“那我能不能做两件事儿啊？”

昌东说：“只要不砍腿，你随意。”

叶流西伸出手，贴近他的脸。

她用指背蹭他下巴，从下巴慢慢挪蹭到侧脸。

他新近刮过，但远不是那么溜光，胡茬将冒而未冒，蹭磨她的手背。

原来摸起来是这种感觉。

意犹未尽，有点上瘾，但暂时还是要矜持一点，别把小田螺吓跑了。

她缩回手。

昌东低头看她：“不是两件事吗？还有呢？”

话音未落，叶流西抬手就把他的帽檐给转歪了。

憋了很久了：他总是戴个帽子，且戴得板板正正，她每次看到，都要抑制住一把摘下或是抬手打歪的冲动。

昌东头皮发麻。

他闭上眼睛，挨了有五秒钟，终于还是忍不住，说：“流西，歪戴帽真的很难受的……”

叶流西差点笑倒。

算了，不欺负他了，她伸出手，帮他把帽子回正。

昌东伸手把她带进怀里。

也是奇怪，只一两天前，他还觉得，两人并不合适，关内关外，失忆种种，在一起怕是会起无数纷扰，但现在，只觉得尘埃落定。

叶流西伏在他胸膛，勾起手指，慢慢挠拽他衣服上的扣子：“不是说，不是最好的时机，不能喜欢我吗？”

昌东笑。

如果人是有设定的话，那么他设定好的人生里，理想对象一定不是她。

从小到大，他都喜欢像孔央那样文静温柔的姑娘，连中学时房间里贴的女星海报，都是这一款的。

他只交往初见就有好感的姑娘，第一眼不对的，千好万好，敬谢不敏。

他喜欢女方矜持，由男人去引领节奏。

……

但是，这世上总有一个人，能让你抛弃规则。

她一路横冲直撞进来，挑战他的喜好，把他的世界搅得一团乱，他居然还会坐在满地狼藉中，甜甜蜜蜜地想着：乱得真有品位啊。

和她在一起，现在都还看不到明天，但他也明白，明天未必更好，没有所谓最好的时机——时机这东西，要先抓，才知道到手的牌面好坏，不抓，永远没有。

不想错过，所以伸手抓住了，前路是有隐患，但总不能因为那个永不迈步。

昌东说："自己喜欢的姑娘，不忍心看她一次两次不高兴。"

叶流西说："你就是马后炮吧。"

她说什么都好，昌东也不去反驳，顿了顿说："你想做的两件事都做了，是不是该轮到我了？"

叶流西抬头看他："你想做什么？"又低头看自己衬衫上贴的保暖贴，"我这两天不是很方便。"

昌东差点被她气笑了："你这步子，能不能别跨那么大？"

他伸手撩开她衬衫下摆，抚上她的腰。

腰不错，腰身细圆，腰肉紧实得很，为了修车方便，他把右手的纱布拆得只剩两层，隔着纱布攥握，满手的软韧里带丝丝痛感，比想象的还要好。

叶流西抬头问他："我腰细吗？"

昌东笑，低声说："挺细的。"

眼前忽然黑下来，叶流西怔了一下，旋即反应过来：已经熄灯了。

没了亮，其他的感官尤其敏锐，他呼吸的热气拂过她的脸。

叶流西闭上眼睛：这样还不吻她，应该不是男人，分手算了。

昌东吻住她的唇。

……

镇山河意兴阑珊，鸡天生夜盲，它看不见。

人真是太无聊了，抱都能抱这么久，抱腿跟抱腰，在它看来，跟抱鸡腿和鸡身子一样，实在没什么区别——它们鸡就从来不磨叽，不是它说，它们哪只鸡要是不干正事，在那儿卿卿我我地说话，老早就被杀了下锅了。

丁柳一觉醒来，窗外已经有了亮光，再一翻身，看到叶流西躺在身边，明明醒了，也不起床，一只手臂枕在脑后，只是睁着眼睛看天花板，循向看去，天花板脏脏旧旧，也没什么好看的，但她偏偏看得沉醉，偶尔还唇角微弯。

丁柳说："西姐，你昨晚回来得好晚啊……"

那时候，她都睡下了，迷迷糊糊中，还听到外间肥唐在拍昌东马屁："东哥，也不用太拼了，熄灯了就别修车了，留着明天再修呗……"

丁柳转头看叶流西。

她头发散乱，神态慵懒，两颊泛红，嘴唇饱满湿润，眼角眉梢处的风情媚态，把丁柳都给看得心荡神迷。

丁柳心头一跳，脱口说了句："西姐，你谈恋爱了！"

叶流西"嗯"了一声。

要不是外间有人声，丁柳真忍不住想尖叫，她裹在被窝里往叶流西身边蹭，小声说："是我东哥吗？"

叶流西点头。

丁柳心痒得简直难耐，脸埋在被子里，说了句："我东哥不错。"

那无比满足的表情，就跟谈恋爱的是她似的。

叶流西纳闷："你这么高兴干吗？"

丁柳很陶醉："我看中的男人，跟我看中的女人，虽然我不能得到我东哥，也不能跟你织蕾丝边，我心里还是高兴的……西姐，你会很快失身的。"

"为什么？"

"会咬人的狼不叫唤，我东哥平时是不是挺绅士的？脱了衣服肯定禽兽，动作会很快的……"

叶流西说："你这颗脑袋，整天在琢磨什么玩意儿……"

伸手想扇她脑袋，忽然想到她头现在摸不得动不得，一时进退两难，只好又收回来。

丁柳斜乜她："西姐，我帮我干爹看了三年歌厅的场子，你是不是以为，歌厅就是唱歌的？

“我们在歌厅，就研究三种关系：男男，女女，男女，其中男女占大头。西姐，你别看我小，一男一女刚进店，哪怕互相不认识，之间能不能发生点故事，我扫一眼就八九不离十了。”

叶流西笑：“很厉害啊，那你跟高深，会是个什么走向，能不能给我说说？”

丁柳气得说话都结巴了：“我……他，能有什么关系？哎哟能不能不提他？我还小呢，我这头……”

门外忽然传来肥唐的声音：“西姐，你们是不是醒了？能出来下吗？出了点状况。”

叶流西披上衣服，和丁柳一起出来。

里外是套间，外间更大些，卧房之间有个客厅，昌东和高深都在沙发边坐着，茶几上放了一个打开的行李袋。

听到脚步声，昌东抬起头，说了句：“都来了。”

叶流西不自在地伸手抚了抚脖子，昨晚被他吻了那么久，她脖子都仰酸了，现在看到他在人前内敛持重，心里就觉得好笑，又想起小柳儿说的话：

“会咬人的狼不叫唤。”

狼好，她就喜欢自己的男人是头狼。

丁柳凑上前看：“这谁的行李袋啊？”

这一句话提醒了叶流西，这包挺老旧的，应该不属于他们任何一个人。

昌东说：“记不记得袭击我们的那个蝎眼病弱男？当时我把他扔上车，行李也一并扔上来了，但后来把他锁进病房的时候，忘了行李，就一直搁在车上。昨晚高深帮大家拎行李进房，没太注意，一并拎进来了。”

叶流西伸手把拉链口撑开了些：“怎么，里面有什么东西吗？”

她伸手拿出一个毛皮口袋，缝制的形状像装水的水袋，但分量很轻，塞口的塞子是被绳系着的，耷拉在一边。

叶流西说：“这个是装什么的，怎么空了……”

她忽然想起来了。

李金鳌说过，双生子，要用厚的动物毛皮缝制成的袋子来装。

昌东指了指那个挂塞：“我回想了一下，包在车里，确实没人动过，进房之后，也没外人进来，唯一有可能的是出小扬州时的那一撞，把塞子撞脱落了。”

丁柳瞪大眼睛：“它跑了？”

昌东摇头：“我刚问过肥唐和高深了，撞车之后，车灯一直是亮着的，双生子不能见光，即便塞子脱落，也不会跑，紧接着天亮，它更没处去。”

丁柳反应过来：“那就是……昨晚熄灯之后？”

昌东点头：“很有可能是在昨晚，它找到机会，跑了。”

双生子没重量，没形状，只是一团影子，门挡不住，人拦不住，在黑夜里，去哪儿都太方便了。

丁柳有点心慌：“跑了……就跑了呗，怎么，后果很严重吗？”

昌东回答：“在这个旅馆里，住了太多人，很难说有没有蝎眼的人混在其中，这个双生子，也许暂时还没法模仿我们说话，但它跟那个病弱男在一起太久了，几乎等于是他的分身，懂吗？”

丁柳回过味来。

如果旅馆里真住了蝎眼的人，双生子跟他们碰了头，也就等同于代表病弱男跟他们取得了联系。

她刹那间遍体生寒，结结巴巴问了句：“那我们怎……怎么办？”

昌东说：“收拾东西，我们马上离开，从现在开始，到出这个旅馆的每一秒，都别把气给松了，随时可能有事。”

肥唐忽然想起什么：“那咱们还带上李金鳌吗？”

昌东摇头。

不带了，不相干的人，就尽量别搅进来了。

也真是疑心生暗鬼，出了房间门，见到的每一个人，都觉得像蝎眼的党羽。

退房时，前台的人头也没抬，接过房钱，拽了拽身边垂下的响铃绳：“外头的人会给开门的，直接把车开出去就行。”

出了大堂，再穿过小市集，过一条长的走廊，尽头处推开门，就能进停车场了。

虽然是一大早，市集里已经开始热闹，昌东听耳边人声渐沸，心里忽然一动，他给叶流西使了个眼色，等她靠过来，才低声吩咐她：“待会儿，你选个不引人注意的机会，跟我们分开走，直接从楼梯上地面。”

“为什么？”

“我怕被人一锅端了，分开的话保险一点。”

分两拨的话不太引人注意，一个人方便行事，他走不开，高深功夫不错，但机变差了点——不管是从身手还是脑子上，她都是最合适的。

叶流西慢条斯理：“我不，我舍不得离开你。”

昌东真是被她气笑了：“别闹。”

“那亲亲我。”

“这么多人，怎么亲？”

“那我不干。”

说话间，正经过一个卖衣服的棚子，昌东正想着怎么说服她，手边的支架忽然散压下来，上头挂着的衣服纷纷掉落，昌东下意识抬手撑住，待到摊主忙不迭过来补救，叶流西已经不见了。

昌东心里奇怪，四下看了一回，目光转回棚里的时候，看到一件挂着的长裙被轻轻拨开，叶流西露出半边脸，冲他眨了下眼睛，又藏回去了。

就说好好的支架怎么会倒，她真是搞鬼搞得神不知鬼不觉的。

昌东心里踏实些了，大步赶上高深他们，丁柳一偏头，发觉不见了叶流西，下意识“咦”了一声，刚想开口问，昌东食指竖到唇边，做了个噤声的手势。

穿过长长的走廊，停车场里照旧空无一人，镇山河窝在车顶，显然已经很不耐烦，通往地面的盖门正缓缓打开，阳光呈条块状，渐渐侵进来。

昌东松了口气，觉得自己可能是想多了。

他吩咐高深：“把东西放后车厢就行……”

话未落音，忽然听到一声震响，盖门轰然落下，与此同时，刚进来的门扇处响起哗啦铁链穿绕的声音，高深反应过来，几步冲过去，拉起门把猛拽，只拽开了指大的缝，透过缝隙，依稀看到那头的铁链和挂锁。

肥唐头皮都奓起来了，他死死握住手里的西瓜刀。

昌东盯着门缝看。

过了会儿，有缕缕褐红色的烟气，从门缝里飘进来。

第68章

毒气也好，迷烟也好，反正不会是什么好东西，昌东迅速掩住口鼻，吼了句：“上车。”

上了车，迅速关门关窗，每个人都戴上口罩，肥唐拿盖毯把破窗堵得严严实实，堵完了才想起镇山河：“糟了，鸡还在上头呢。”

顾不上了，烟气弥散得太快，车窗外已经罩上淡淡的褐红色，丁柳紧张得一颗心怦怦跳：“东哥，车子防得住吗？”

昌东说：“只能撑一阵子。”

“那会死人吗？”

“看吧，看对方是要我们死，还是要我们晕了——如果流西运气够好，反应够快，应该不会出什么事。”

……

过了一会儿，外头忽然传来拉拽铁链的声音，昌东还以为是叶流西，但声响过后，那扇门并没有被推开，反倒是停车场里又亮起来，是日光的那种明亮，丁柳回头看，盖门又掀起来了，出口处明晃晃，亮得刺人的眼。

烟气似乎停止了，褐红色在慢慢消淡。

肥唐有点蒙：“这是……什么情况？”

昌东说：“再等等看。”

又等了一会儿，没等来新的状况，反倒等来了叶流西，她从盖门处探进身子，大声向他们喊话：“你们怎么还不出来啊？”

管他三七二十一，先出去再说。

昌东果断踩下油门。

出了盖门，戈壁无边，日头正高起，黄土都被晒得发亮，空气中已经有了寒意，由深秋进初冬，也就只在这几天了。

车子刚停，肥唐他们就忙不迭下车，刚刚又是塞又是捂的，车里空气已经挺滞闷了，又说不好身上是不是已经沾带上了那种烟气——难得天大地大，赶紧下来散味儿。

肥唐踩住车胎，拔高身子看车顶：镇山河已经肚皮翻起，两脚朝天了。

他赶紧呼唤高深："哎，高深，快过来看，这是死了还是晕了啊？"

昌东顾不上鸡，先问叶流西："刚刚怎么回事？"

叶流西说："没什么事儿啊，你不是说分头走吗？我就自己从楼梯溜上去了，到了地面，看到盖门迟迟不开，下去把前台吼了一顿，然后就好了——你们磨蹭着不出来，我等得不耐烦，所以催了。"

她也奇怪："你们又是怎么回事？"

昌东简略把事情讲了。

两边一合，简直匪夷所思，肥唐倒提着镇山河递给高深："不是吧，可别跟我说，搞这么大阵仗，只是为了放翻我们一只鸡啊。"

高深把镇山河拎起来看，又摸了摸鸡胸腹："应该没死，可能是迷晕了，挂风口吹吹吧。"

昌东皱眉。

封死停车场，又往里放烟气，颜色鲜艳的烟，在他看来，跟颜色鲜艳的蘑菇一样，绝对不是什么善茬——摆明了来者不善，中途突然叫停，一定是出了状况。

这状况只能在叶流西身上。

昌东问她："你怎么溜上楼梯的？有被人看到吗？"

"偷溜的啊，应该没人看到。"

她小心得很，从衣服棚子离开的时候，还顺了件外套穿上当伪装。

"然后呢，去吼前台，把口罩摘下了吗？"

"没有啊。"

昌东皱眉："那你是怎么吼的？"

"就是，有点凶的那种，你知道的，发脾气嘛，要先发制人，我就一把揪住他领口，问他，地面上的车库门怎么还没打开？"

听上去，似乎没什么不对，但蹊跷一定出在细节里。

昌东沉吟了一下："重演一遍给我看。"

"啊？"

"就当我是那个前台，你当时怎么做的，重复一遍，不要出错。"

肥唐和高深正合力挂鸡，闻言纳闷地回头看他们，丁柳就更蒙了，看看昌东，又看看叶流西，觉得这两人一定有些事瞒着大家。

做就做，叶流西退开两步。

“当时我跟他，距离差不多这么远……

“我说：‘门到现在都还没开，你们搞什么鬼？！’”

她伸长左臂，作势去揪昌东的领口，几乎是与此同时，昌东迅速抬手，一把攥住她手腕，目光盯着一处不动。

她伸胳膊的时候，袖口自然后缩，露出腕上的文身。

那个文身像蛇，身上有鹰爪，扁圆的脑袋上飘出撮头发，怪里怪气，乍一看或者远看，还以为是手串。

叶流西也看到了，她怔了一下，一颗心忽然跳得厉害。

昌东问她：“当时，那个前台低头看了吗？”

叶流西回想了一下，慢慢摇头。

一般人被人迎面揪住领口，第一反应确实也不是去低头观察手臂，而是精神紧张，为了防范又一重伤害，会下意识盯住对方的脸。

昌东想了想：“那边上有人吗？”

“有啊。”

这家旅馆住的人多，大堂等于是活动区，她一动手，好几个人凑过来劝和。

“好好回想一下，那个前台有盯着凑过来看的某个人吗？”

“好像……是往边上看过几眼。”

叶流西也说不清楚，整个过程，其实也只有三五秒，前台有没有向人使眼色，有没有接收别人的眼色，她一点都回忆不起来了。

昌东脑子飞快地转着。

整件事，应该有一条线贯穿，如果想顺畅地往下捋，他不妨做个假设。

旅馆里有蝎眼的人——双生子昨晚逃脱，顺利跟蝎眼接上了头——蝎眼决定对付他们，计划是在停车场一锅端——叶流西冲到前台——她的文身意外被人看到……

于是盖门打开，铁链撤去。

对方得手在即，却偃旗息鼓，思来想去，关键只可能在文身。

昌东字斟句酌：“我猜测，动手的人是蝎眼，前台是听命的，不动手，就是因为文身。”

叶流西独自一个人，又下了旅馆。

那个前台看见她回来，明显紧张，如果她没看错的话，那紧张中还带点……畏缩。

叶流西走过去，双手撑住桌面，目光往大堂里一扫，选定角落里的一张桌子。

她指给前台看："我就坐那儿，把人叫出来，我要聊两句。"

前台没反应过来："什么？"

叶流西没理他，径直走过去坐下，跷着腿，一副不好惹也不耐烦的模样。

没过多久，有个四五十岁的男人匆匆过来，长相很不起眼，矮矮胖胖，留两撮小胡子，像个本分的生意人。

他一脸尴尬，没敢坐，脸上赔着笑，额头微微出汗。

叶流西说："知道我是谁吗？"

那人嗫嚅："是……是青芝小姐吗？"

叶流西没说是，昌东吩咐她了：不管说你是谁，别回应，这样万一露馅儿，还有的弥补。

她冷笑一声，声音从口罩里闷出去，听起来分外怪异："你们刚刚，这唱的是哪出啊？"

那人真是有苦说不出："我们得了消息，还以为是对头，想着抢个先机尽早下手，谁知道碍了您的事。青芝小姐，斩爷面前，还请您卖个面子……"

叶流西答非所问："我这一路，做事小心注意，就怕节外生枝，谁知道还是出了状况，真耽误事儿。"

那人讪笑，这一回，鼻尖都挂汗了。

叶流西话锋一转："不过呢，你们也确实有两下子，我自我感觉藏得挺好的，怎么露的馅？说来听听，后一段路，我也好提防。"

那人稍稍松了口气："是真没想到，一直以为您在黑石城陪着斩爷呢，要不是看到这文身……

"听说只有青芝小姐跟斩爷文了一样的文身，我一看到，心里就咯噔了一声……

"再一想，这身高、身形，甚至脾性，都跟青芝小姐差不多，坐的还是铁皮车，那还能有谁啊，我生怕碍了您的事，赶紧叫停了……"

叶流西低头看自己手腕："不说我都没留意呢，看来，是该遮一下了。"

那人赶紧点头："是，按说这事吧，外人不会知道，但保不住人多嘴杂，万一叫羽林卫看到了，可就麻烦了。"

昌东等了好一会儿，才看到叶流西上来。

她手里居然还提了一桶汽油。

他迎上去，问她："怎么样？"

叶流西说："也没什么，我也不敢问太多，怕出错。你猜的都没错，这旅馆，差不多算是蝎眼的一个据点了。"

"油怎么回事？"

"他们当我自己人，不拿白不拿咯。"

"那……文身呢？"

叶流西说："这个……一时半会儿说不清楚。"

她回头看旅馆的入口："赶紧走吧，等他们回过味儿来，我怕又出状况。"

到黑石城预计还有两天的路程，这一天几乎都在路上，好在除了丁柳，每个人都能开车，轮流着开，倒也不是很累。

叶流西兴致不高，一路都沉默，这情绪好像会传染，一天下来，车里几乎没热闹过几次，镇山河深度昏厥，倒挂在车窗外摇来晃去，高深显然也发现"挂风口吹吹"是个挺蠢的主意，趁着某次停车休息，把它解下来放进后车厢去了。

不过好消息是，戈壁渐渐换成了盆地，很远的天幕上，可以看到雪岭的轮廓线，地平线的尽头处，大片的明光闪耀。

手头的地图太简单，没有标注地形，昌东直觉明光处应该是湖区：几天下来，车子已经碾过了不少路，戈壁再大，也有走完的时候。

果然，太阳快落山的时候，车子渐渐驶近一片大湖。

湖面百十平方公里，在暮色下呈暗蓝色，岸边围着大片发黄的芦苇，有广阔水域的地方，温度就会比别处低，车子沿湖绕行，昌东甚至看到了一块一块的初冰。

按照这势头，最多还有半个月，大湖就会封冻了。

一路上都没有见到红花树，但似乎有意外惊喜，远处灯火憧憧，好像是一片村落。

肥唐说了句："胆儿挺肥啊，东哥，我们这一路，真是难得能住地上呢。"

也是，荒村也好，红花树也好，都是在地下的，小扬州例外，那是因为人家是市集，配置不同，但最后还是被妻娘草一锅端了——这么一想，就觉得住在地上，还真是挺不踏实的。

车子在村口停下。

一下车，冷风迎面，肥唐打了个哆嗦，忽然意识到什么，一股凉气从脚心直冲而上。

这村子，家家户户亮灯，可怎么……一点声音都没有呢？

第69章

几个人朝村里走了几步。

是没人，但门都开着，灯都亮着，地上扫得干干净净，桌上抹得油光水滑，好多都已经上菜了，出奇丰盛：炖肘子、老鸡汤、狮子头、葱爆羊肉。

热气袅袅，香是香得要命，肥唐忍不住咽口水：进关以来，简直跟茹素的和尚没两样，肉都是论丝见的，眼前这架势，简直天上地下啊。

昌东很快发现这村子还有奇怪的地方。

有些屋子半截已经沉在地下，有些地面只露个屋顶，又有一截木楼梯，突兀地升往半空，鸡圈里没鸡，猪圈里没猪，狗食盆尚在，却四下找不着狗。

有点像海上的幽灵船，一切都在运行，唯独不见活的东西。

昌东止步，过了会儿往后退："走吧，别动这儿的东西，碰都别碰。"

重新上车，掉转车头，肥唐有点唏嘘："那个菜，可真香啊。"

昌东回了句："想吃就去吃，我们在这儿等你。"

肥唐脖子一缩，不说话了：打量他傻呢，他才不吃呢。

高深说："我小时候，我爷给我讲过不少这样的故事，行人赶路，遇到没人但有酒、有菜、有财的屋子，千万别贪里头任何东西，但凡吃一口拿一点，你都脱不了身。"

丁柳鼻子里嗤一声："这我也知道，但这村子，一看就怪里怪气的，如果说是个陷阱，智商正常的人谁会上当啊，想骗人，也得把戏法做周全了啊。"

昌东说："这可未必。"

"什么意思？"

昌东抬手指了指湖尽头处沉得只剩边沿一线红的夕阳："天还没全黑呢，上妆上戏都得有个准备时间，你怎么知道天黑了之后，那村子是个什么模样？"

也许只是到达的时间问题，到得再早一点，是荒草孤村，到得再迟一点，是灯火辉煌。

而他们到的时候，正是画皮未满半面妆。

丁柳让他说得心头发寒，拿起望远镜，时不时回望，肥唐也有点忐忑，跪趴在后座上，胳膊伸得老长，往后车厢里探，终于把镇山河给拎了出来。

他把镇山河递给高深："你有经验，你看看，怎么让它快点醒，能不能掐个人中……还是鸡中什么的……"

上次它被吓晕了，这次它被熏晕了，一个驱邪的大公鸡，这么身娇体弱合适吗？

高深真是哭笑不得，他哪来的"经验"，也就是有个神神道道的爷爷罢了。

但难得被同行的伙伴要求着做点事，他挺珍惜这机会，默默接过来，捜捏了一会儿之后见镇山河没反应，于是欠起身子，到后车厢里找工具。

过了一会儿，丁柳忽然大叫："那个屋顶高了，屋顶在往上动了，哎东哥。"

昌东说："我得开车，你描述一下。"

丁柳描述不来，索性把望远镜塞给叶流西，叶流西抓住防撞杆，身子从车窗里探出去，昌东尽量避开地上的坑洼颠簸，以防她撞到。

叶流西说："刚刚我们看，还都是一片平房，现在高高低低的，最高的有三层，都是从土里蹿长起来的，那个楼梯……那个楼梯是连通两幢房子的，从一幢的二楼通到另一幢的三楼，楼梯上……"

她愣了一下，坐回座位之后，才把话说全："楼梯上，刚走过一个人。"

肥唐身上汗毛都竖起来了：哪来的人啊，刚刚那村子里，可是半点声息都没有啊……

正想说什么，车里忽然"咣"的一声。

声响之大，连昌东都吓了一跳，下意识踩了刹车。

所有人都回头看高深。

高深举着不锈钢的汤勺，有点不知所措，一张脸涨得通红，连耳根都红透了。

膝盖上横了块垫板，上面倒扣一口粥锅。

他刚刚，是在拿汤勺猛敲锅底。

肥唐说："你干吗？"

他好奇地抓住锅耳，掀开一道口子。

底下扣着的，是镇山河。

丁柳一个忍不住，扑哧一声笑出来。

昌东设身处地去想，要是自己被这么密实地扣在锅里，外头还有钢勺拼命敲打，那响声，那冲击波，真是……

肥唐真心叹服："老高，你可以的，这么丧心病狂的法子你都想得出来，你真是不鸣则已，一鸣惊人！敲！"

说完，一把抢过高深手里的锅勺，向着锅底一通乱敲。

那声音，真如破锤敲破鼓，昌东觉得，镇山河遇到他们这群人，也是鸡生中注定有此一劫。

丁柳捂着耳朵叫："我头，哎，我头！"

这头得罪不起，肥唐赶紧住手。

几人都不吭声，冥冥中觉得应该会发生点什么。

果然，过了会儿，锅里响起一声翅膀的扑棱声。

后座一片鼓噪欢腾。

昌东继续开车，只是忍不住看了一眼叶流西。

她还是一副闷闷的样子。

她所谓的"一时半会儿说不清楚"的话，究竟是什么呢？

又开了会儿，天完全黑下来，昌东已经不期待什么红花树夜店了，今晚只要不露营，有瓦遮头就可以。

前方不远处，出现了一排木棚子。

像工棚，一排至少十几间，黑漆漆的，车灯照过去，门上还挂了锁。

昌东缓缓停车。

肥唐有经验了："等等，别下，让镇山河开路。"

他打开门，把镇山河先撺弄下去。

镇山河有点茫然，站了会儿之后，摇摇晃晃往棚子那儿走。

破了的车窗口，挤肥唐和丁柳两个头，两人盯着镇山河看，还互相交流：

"这什么情况，镇山河这趟走的S形哎……"

"我觉得更像T台步，怪不得模特走路好看，你看它两条小腿，都迈在一条线上……"

昌东听不下去了："那还不是被你们敲锅震的，还晕着呢。"

镇山河走到棚子门口，往门边一窝，脖子靠在门上，刚刚好。

还挺会给自己找享受的。

危险解除，肥唐下结论：“我看这儿能住。”

十几间木棚子看过去，一一试了挂锁，都挺牢靠，但有一间合页的螺丝松了，猛拽几下之后，直接脱落，门一推就开了。

昌东打着手电往里照了照，这木棚造得挺有意思，居然还是个小复式，二层的空间比较大，有楼梯通上去，楼上摆六张床垫子，一楼比较低，大概是起居吃饭用，有矮腿桌子，靠墙用宽木板搭了个台子，像榻榻米。

昌东拿手抹了下桌面，有灰，但木板什么的都没朽，就算荒废，时间也不会很长。这儿像个集体宿舍，按一间住六个人算，曾经少说也住过百十号人。

屋里没落下什么实用的东西，住在里头的人显然是收拾了之后搬走的，昌东觉得没什么问题：“就这儿吧。”

从地图上看，下一站叫“迎宾门”，图标是拱门形状，目测迎宾门到黑石城之间，至少一天的路程——这黑石城排场还挺大，隔着那么大老远地迎宾。

入夜风大，肥唐和高深捡了些石块回来，在屋里砌了个简单的火台，叶流西负责劈柴——她的刀着实好用，轻松就把半张桌子劈成了碎木料。

昌东在火台里生起火堆，拿汤料包煮了锅汤，片了点风干牛肉进去，面饼太硬，揪碎了扔进汤里，味道居然还不坏，肥唐表示和羊肉泡馍一个味儿，纯属胡说八道。

吃完饭，风越来越大，远处的湖水翻浪，声响铺天盖地，人、车，乃至工棚，在这样的环境下都显得分外渺小飘摇，再加上前头刚经过那个诡异的村子，心里多少有点惴惴不安，几个人几乎是不约而同表露出了早睡早超生的念头，当下洗漱的洗漱，理床的理床。

昌东住了楼下，一来就当守夜，二来他想找叶流西聊聊，楼上人多，不大方便。

肥唐一听说要守夜，又把镇山河祭出来了：“东哥，你意思意思就行了，守夜让它来呗，上次遇着萋娘草，它表现多勇猛啊。”

说完，拿绳子把镇山河往门外一拴，门一关，自我感觉很完美。

外头风呼呼的，门上刺啦刺啦响，估计是镇山河拿鸡爪子在挠门。

昌东瞪了肥唐一眼：“我要是镇山河，你们这么对我，我老早投奔黑暗势力了——能不能对小动物好一点？”

他开门把镇山河放进来，拿勺子喂了它喝水，又撮了点小米喂它，肥唐觉得鸡不能算是小动物，心里正悻悻的，楼上忽然传来丁柳的声音：“哎，东哥，这里有图哎。”

说着，人已经从楼梯上下来了，手里捏了几张纸：“刚刚我挪垫子，一抬就看到下面压了几张图，东哥，这是盖房子的图纸吧。”

昌东接过来，凑近火堆去看，第一眼，他还以为是皮影的起稿。

没有建筑图是这么画的，这反而像皮影图，皮影图起稿画人的时候，会把头、躯干、四肢分开画，刻好了之后再拿线缀拼——这图纸也一样，屋子和屋子都分开画，一楼和二楼分开画，连楼梯都是单独画的……

楼梯？

昌东想起刚刚在那个村子里看到的那截孤零零戳往半空的楼梯。

他很快掀开另几张图看，倒数第二张，看到全图，赫然是一片井然有序、高低错落的建筑群，底下有几个字，依稀辨出有“修缮”“工程”的字样。

最后一张，却像是采购清单，什么活猪×口，活羊×只，活牛×头。

丁柳看不明白：“这是什么意思啊？”

昌东沉吟了一下：“如果我没猜错的话，这里确实是工棚，而且不是废弃的，有大队工人，会定期来……”

从桌面上的积灰和木头的保存情况来看，这“定期”，可能几年不等。

“定期来，修缮……维护那个村子。我们日落前看到的，像是那个村子的二维图，但实际上，天黑之后，那些屋子、楼梯、院子什么的，会各自搭配，有的屋顶升高，有的楼梯相接，成为一个完整的建筑群。”

丁柳说：“那然后呢？我西姐说，看到有人在楼梯上走过，那个人，是真的假的？”

昌东说：“想知道啊，要么你回去看看？”

丁柳吃了他一呛，忽然来气，抬起头朝楼上嚷嚷：“西姐，你看我东哥，怎么这么坏呢？哎呀我头……我头都气着了。”

第70章

叶流西大致猜到，昌东住楼下是想让她过去找他。

但她不想去，烦江斩，也烦什么青芝小姐——她跟昌东的关系刚有突破好吗，像打地鼠游戏，小地鼠刚露头，就要来个锤子砸下去，对得起她付出的努力吗？

她已经忘记自己曾经觉得昌东不难追了，不，很艰苦才追到的，倾尽全力，殚精竭虑，含辛茹苦才捏住的小田螺。

所以她装着没察觉、没领会，避开他目光，早早就躺下了。

楼下的火还没熄，火光从裂了的木缝里透上来，像木头里长出的一线线红，她试图拿手捏拢，徒劳无功，湖浪声无所不在，一直往屋里渗。

边上，丁柳翻了个身，低声跟她说话：

“西姐，你是不是跟我们不一样啊？”

叶流西不动声色：“为什么？”

“我回想起，在白龙堆的时候，开车进关之前，东哥说只能你开车，我们都是货……当时觉得怪怪的，但没多想。现在进来这么多天了，听了那么多进关出关的说法，见了这么多事，忽然想明白了。你跟我们，应该不大一样。”

果然，朝夕相处，最难瞒的是伙伴。

叶流西“嗯”了一声：“说下去，你觉得是怎么个不一样？”

“西姐，你是关内人吗？东哥总提醒你戴口罩，是怕人认出来吧？他一早知道，只是瞒着我们。”

叶流西说：“你这小脑袋瓜子，让刀一搅和，还聪明起来了。”

丁柳说：“我本来就挺聪明，笨头笨脑的人，能帮我干爹看场子吗？”

看场子这事，于她而言，简直如同得了勋章，没事就拿出来说，出镜频率快赶上她的头了。

只是，揣测得到了确认，丁柳反而更迷惑了。

不是说“出关一步血流干”吗，又说只有皮影人才能进出关，那叶流西，又是个什么情况呢？

叶流西好像知道她在想什么，她合上眼睛：“再多的，就别问了，我自己也不是很清楚。”

丁柳不吭声了。

也不知道过了多久，熟睡的鼻息声深深浅浅，叶流西静静地听每一个人的呼吸：浑厚绵长的，是高深的；轻柔缓慢的，是丁柳的；肥唐的忽长忽短，像在吹小号，有几次还咂巴嘴，大概是太久没吃过好东西了……

昌东的……

昌东的她听不见。

叶流西轻轻掀开盖毯起来，一步步走下楼梯。

一路以来，她太习惯跟昌东商量事情了，习惯到近乎依赖，忽然要自己藏事情，像把一团乱麻揣在心口，好不舒服。

火堆差不多灭了，灰堆里露着点点未烬的红，昌东已经睡下，帽子搁在充气枕边，叶流西坐到旁边，把帽子拿起来往头上歪戴，然后拉下帽檐，遮住眼睛，看眼前一片漆黑。

忽然听到昌东说话：“流西？”

叶流西摘下帽子。

昌东是自己醒的，大概是有人在身边，身体的自然反应。

起初看到面前有人，还以为是双生子，着实惊了一下，等到认出是她，真是又好气又好笑：“你大半夜不睡觉，坐在这儿多吓人……怎么穿这么少？你冷不冷？”

他很快坐起来，把她搂进怀里，又拉了盖毯裹住：“你现在怎么能挨冻，肚子疼吗？”

其实不疼，但她还是点头：“有点。”

昌东把枕头支起来倚在背后，手臂箍住她腰，让她趴到自己身上，小腹紧贴住她的，又把毯子的角都掖好：“心里不舒服的话，也得裹暖了不舒服，别跟自己过不去。”

叶流西伏在他胸口，一声不吭，昌东低下头，下巴蹭住她头发：“话憋着，自己会难受，说出来，大家一起难受难受。”

叶流西忍不住笑，笑到后来眼眶发烫，终于还是断断续续，把事情给说了。

昌东一直听着，到后来，托着她手腕，一直轻轻摩挲那个文身，火堆里的火星一点点暗下去，室内昏黑，热气慢慢被地寒抵消——难怪工棚里的工人们都住上层，底层真是太冷了。

听完了，他说：“就这点事？”

叶流西说：“这点？”

昌东说：“我知道你在想什么，但文身不能说明什么，同一帮派、同一家族，甚至同样犯罪的人，都可能文一样的文身，未必就是情侣文身。

“至于什么青芝小姐，恕我直言，你的身高、身形不是独一无二，脾性之说就更扯淡了，你揪了下别人的衣领，最多说明你有点暴躁，天下暴躁的人多了去了，这就能暴露脾性了？”

叶流西心里居然一甜：她觉得昌东有点动气了。

“那个人觉得你是青芝，相信你是青芝，而且态度客气，就说明这个青芝可以在外走动、能办事、地位不低，而不仅仅是陪着江斩的一个女人——这样的人如果失踪，瞒不住的，底下一定会议论纷纷，但是你离开关内至少一年多了，所以青芝跟你，是两个人。”

叶流西抬头看他：“昌东，你一点也不希望我跟别的男人有关系吧？”

“你这不是废话吗，难道我会喜欢别人到我怀里来抢人？”

叶流西埋头在他胸口，顿了好久才说话：“昌东，我们都知道，有一些可能是存在的。如果事情真的往不好的方向发展，能不能答应我一件事？”

“你说。”

“哪怕真的有那个人，你也不要一声不吭就离开好吗？不要想当然地觉得自己是在牺牲、为我好、不让我为难、成全我，咱们当面锣对面鼓，一起做决定，分合都不后悔，行不行？”

昌东笑：“你觉得我是特别容易放手的人是吗？”

叶流西点头，她始终对他第一次时的回避耿耿于怀。

昌东说：“那你还是不了解我。”

他凑近她耳边：“我说‘我要人’的时候，我不是要一段邂逅，也不是要一段回忆，身心都要，你以后的年月日，我也要。你放心吧，我要么不抓，抓住了，没那么容易放手，该争该抢，我不会含糊的。”

叶流西伸手环住他身体，想说什么，又说不出。

自己想的，他都知道，言语反而多余。

她仰起头吻他嘴唇，昌东低头，牙齿轻咬住她上唇唇珠，舌尖在上头细细一扫，正想就势深吻，角落里忽然响起一阵翅膀扑棱声。

一直窝睡着的镇山河像是被什么惊到，蓦地站了起来。

昌东一愣，随即察觉到什么，低声说了句：“你听。”

听什么？

叶流西缓了会儿才反应过来。

是有声音，很杂，人声鼎沸中夹着敲锣打鼓、歌舞嬉戏、碗碟相碰，这声浪裹绕在一起，隐隐约约，正往这个方向飘。

而且越来越清晰，到了后来，几乎像是就在左近了。

昌东松开叶流西，起身穿上衣服，拧亮手电，楼上也很快有了动静，过了会儿，肥唐往下探身："东哥，有动静你听见没？咦，西姐，你怎么在……"

叶流西把盖毯往身上拉高了些，漫不经心往上瞥了一眼，只这一眼，肥唐忽然心慌气短，觉得自己是坏人好事，赶紧住口。

第二个探身的是高深，他比肥唐上道多了，往下扫了一眼，心知肚明，只说："外头好像有点不对。"

昌东说："我去看看。"

他走到门边拔下插销，把门轻轻打开一条缝。

触目所及，先是一怔，旋即头皮发麻。

居然是那个村子！

就在沿湖岸不远的地方，如果说之前还是半面妆，现在可算是妆成了，高低错落，灯火辉煌，窗户上人影憧憧，这热闹，称它是夜场绝不为过。

昌东很快关上门，把情况大略说了一遍。

肥唐倒吸一口凉气："我们不是……把那个村子甩下老远了吗？"

是没错，昌东回想了一下现在那个村子的位置："真有点像幽灵船，它现在所在的位置，原来应该是一片水。"

叶流西接了句："声响是越传越近的，确实也像是一路飘过来的。"

他们日落前后这一路，车子都是沿湖开的，这么一想，这村子真像可以动的一大片地块，或者一个岛，在湖里游弋漂流，而今泊在工棚附近。

肥唐结巴："那……那可怎么办？这简直是追着我们在飘啊，我们可没动他们一针一线。"

昌东沉吟了一下："除非他们来敲门，不然咱们别理。"

肥唐打了个哆嗦："东哥，不理能行吗？他们……都到眼面前了啊。"

昌东反问他："所以呢，你想过去打个招呼？"

肥唐不吭声了，倒是丁柳，吭哧吭哧，把叶流西的衣物和刀都抱下来了，昌东这才反应过来，一时有点尴尬，转念一想，又觉得这样也挺好，就当公开了。

……

后半夜，再没人睡得着，都竖着耳朵听外头的动静，说来也怪，村子都追到眼前了，就是没人过来敲门，快天亮时，那声音渐渐消下去，昌东开门看，正看到高处的屋顶慢慢落下。

所有的一切，屋子、院子、楼梯、连廊，就在他眼面前，没入地下。

再然后，湖水漫起来，浸过那片地块，外头又恢复了原样，水是水，岸是岸，一切都跟昨晚入住时一模一样。

昌东有躲过一劫的庆幸。

天色亮起之后，几个人连早饭都顾不上吃，行李一收，几乎是蹿上车的，都觉得越早离开这个鬼地方越好——昌东都已经开出十几米了，忽然从后视镜里看到镇山河跟在车屁股后头拼命跑，这才想起把它给忘了，赶紧又停车把它捎上。

但接下来的行程，相当不妙。

开着开着，就遇到绝路，三面是水，只能后退，另选了一个方向走，开了一程，又是同样的情况，几次三番，昌东起了疑心。

这湖水好像是活的，一直在给他们设限，不管往哪儿走，最后总能把他们围住，唯一能走的一条路，是昨天来时的那条。

这就没劲了，目标是黑石城，只有往前进，哪有往回退的？

折腾了一个上午，试了无数条路，正精疲力竭时，丁柳忽然伸手指前方："东哥，那不是我们昨晚住的工棚吗？"

第71章

昌东心疼这一上午兜兜转转耗掉的汽油。

他把车子开回工棚。

没人下车，也没人说话，白天的湖反而平静，镜面上波光粼粼，昌东把地图拿出来看，还以为今天很快就能到迎宾门，真是临门一脚遭人打瘸。

肥唐提议："要么，我们去别的工棚间看看？住过那么多人，总会留下点蛛丝马迹吧？"

也只能这样了，昌东把工具箱搬下车，高深拿了工具挨门卸锁，剩下的人就到打开的工棚里翻找，每一间的格局都大致相同，但总有差异：有些放了柜子，有些添了衣架，有些还贴了影视海报。

凑过去看，是《楚门的世界》，挺老的片子了，海报也上了年头，胶已经干结，四边都翻卷着。

肥唐像发现了新大陆："哎，东哥，关内还看外国电影哎。"

昌东回答："不看才不正常吧，出去买碟的人，一买就是一大摞，总不能只拣国内的。"

每间工棚都找到不少零碎，最多的是蜡烛头，又有铅笔头、三角尺，图纸也有三两张，但这回不完整，都是缺角撕边的，也没什么新内容，画的照旧是分开的房子、屋顶、楼梯……

底下的字多些，除了"修缮""工程"之外，还有别的字，只是大多都被撕没了，昌东艰难辨认那些幸存的：第一个字留了上一半，按照那个笔画去摹写，像是个"迎"字，第二个字只剩了个宝盖头，以这个为部首的字，那可多了去了……

看着看着，昌东忽然灵光一闪："把那张地图拿来给我看。"

肥唐赶紧把牛皮地图拿过来，昌东心跳得厉害，先指"迎宾门"那个地标，又指那两个残字："这会不会是'迎宾'两个字？"

肥唐说："有可能啊，'宾'也是宝盖头嘛。"

昌东盯着他看。

肥唐奇怪："干吗，我说错了吗？是宝盖头啊，我……"

他惊得舌头都打结了："这里就是？"

昌东点头："上次在小扬州，我也看到过卖地图的，关内的地图都这样，标的不是很详细，路上也没有公路界碑，我只能根据经验和车的公里数，猜测大致到了哪里。

"迎宾门这个地方，按我原先估计，也就是昨晚或者今早那样到……你想象里，迎宾门应该是个什么样子？"

肥唐说："不是巴黎凯旋门那个级别的，也至少给我来个巨大的门洞啊。合着是一片大湖，啥都没有？"

看来他还是没想明白，昌东纠正他："不是一片大湖。"

"那是什么？"

"带'门'字不一定是门，大前门是香烟牌子，快门是照相机用的，迎宾门也许是个……村子啊。"

肥唐想说什么，但细细一想，还真是这感觉。

这村子，可以自行排列组合，像是有机关齿轮带动，需要工程队定期修缮维护，晚上出现，是“开门”，白天消失，是“关门”，往黑石城去，不经过那个村子，就到处都是水打墙，走投无“门”，确实是扼守去往黑石城通道的唯一“门户”……

叶流西忽然想到什么：“昨晚上我们绕过它，住进工棚，它自己漂过来了，确实是挺‘迎宾’的。”

原来“迎宾”两个字不是修饰词，是动词。

一扇自己迎宾的门。

丁柳扑哧一声笑出来：“然后我东哥说，咱别理它，让它自己敲门——东哥，你可伤了人家门的感情了。”

肥唐接下去：“门说，这些人这个矫情劲，我都送上门了，连个招呼都不出来打，走，老子不干了，老子要投河。”

昌东苦笑，这确实是他的主意。

他沉吟了一下：“但是……那些人和声响是怎么回事？还有烧好的饭菜，还在冒热气，不可能也是修缮工程的一部分吧？”

肥唐觉得他也操心太多了：“东哥，地图上都标了，说明人家是官方的，咱等它开门不就结了嘛。”

开门估计要到晚上。

难得忽然多出半天的闲暇，天气也不错，时近初冬，典型的早晚冷，但白天如果出太阳，会尤其舒服和暖和，适合一切室外活动。

中午搭灶起锅，像模像样吃了一顿。

吃完饭，丁柳拉人打牌斗地主，只有昌东没参加，他不大喜欢玩太闹的游戏，叶流西也为他开脱：“放老艺术家走吧，让他刻皮影去。”

昌东在一片哄笑中走回车边，把皮影戏箱搬下来，打开盖子——皮影容易发霉，要时不时见个光。

那些个色彩斑斓的皮影人，一个个插出来，在阳光下熠熠生辉，吸引得镇山河一阵流连——但两分钟不到，它就跑去看丁柳他们打牌了。

昌东拿出画册，翻到最近一页，才发现给叶流西画过的挎刀腰带还没有做，他看了一眼不远处的叶流西，把这一页折角，提醒自己不要忘记，然后新起一页起稿。

那头牌况激烈，三轮一过，叶流西居然被赶出局了。

丁柳嚷嚷：“我最讨厌打牌不专心的人了，西姐，心呢？眼呢？你一边看我东哥一边出牌，你这样尊重牌吗？走走走。”

叶流西把牌一甩，拍拍屁股起来：“走就走。”

正中下怀呢。

她走到昌东身边坐下，歪头看他画稿，她现在不找碴儿，昌东反而不习惯，心念一动，手下微带，把人脸画成了个包子。

果然，她马上说话了：“这个不对。”

昌东说：“不对吗？”

“你什么审美，上下要协调啊，哪有脸这么大的。”

她拈了橡皮在手上，唰唰几下子把走线给擦了：“再来。”

昌东老老实实继续，过了会儿，胳膊又一长一短了。

叶流西又说他：“最基本的对称都不会了吗，你这个人真是，专业技术退步这么快，还金刀奖，再不奋起直追，铁刀都没你份了。”

她又越俎代庖去擦，擦到一半时，忽然反应过来，仰起头看昌东，一侧的头发被阳光镀得金黄：“昌东，故意的吧？”

昌东点头：“是啊。”

“为什么？”

昌东说：“因为你最好看的时候，是有点得意，想笑又忍着，嘴角微翘，还咬住下唇……”

但人生哪有那么多小得意，不过是他配合她。

她的几次三番小得意，都是他眼里的别致风景。

日光明亮，他的眸光却渐渐深到厚重黏稠，叶流西气息有点乱，忽然觉得，连空气的温度都上来了，烫着她的耳根、面颊。

她把橡皮扔回给他，拿手扇着风站起来。

还是高处的空气好一点。

太阳还没落山，肥唐和丁柳就已经轮番守着望远镜了，高深一声不吭地收拾东西，一样样装车，他不大会讲话，所以尽量多做事。

叶流西无意间瞥到他，心念一动，叫他：“高深，过来，我有话跟你说。”

高深一愣，叶流西已经往一边走了，他犹豫了一下，抬脚跟了上去，丁柳听见动静，想不理会，但最终没忍住，回了下头。

西姐跟高深，风马牛不相及的两个人，有什么话好讲嘛，真是的。

叶流西走得尽量远，然后停步，高深有点拘束，站得离她至少两米，措辞也客气："西……小姐，你有什么事？"

他不自在地往回看："我怕昌东看到了，会不大好。"

叶流西说："怕昌东看到，还是怕小柳儿看到啊？"

高深没吭声，除了丁柳，他还真不大跟年轻的女人讲话，手都不知道往哪儿摆，先垂着，又插兜，最后鬼使神差，背到身后去了。

叶流西扑哧笑出来："哎，我问你啊，是不是真喜欢小柳儿？"

高深没想到是这个话题，一时间窘得不行，说："你要没别的事，我就回去了。"

叶流西说："行，你走，然后你跟小柳儿，就继续这么不尴不尬的……我可是在帮你。"

高深不动了。

叶流西斜乜他："我问你话，你可得老实回答。你是不是在柳七跟你说想让小柳儿嫁给你之前，就喜欢她了？"

如果是的话，丁柳就可以解开心结了。

谁知高深沉默了一下，说："不是，七爷跟我说了之后，我才去喜欢她的。"

这什么逻辑？

叶流西有点糊涂："……你是为了钱吗？"

高深涨红了脸："不是，就算七爷不给小柳儿一分钱，也没关系。"

叶流西说："你等会儿……让我理一下。"

她渐渐回过味儿来，高深这人有点轴啊，属于那种老古董式的：家里给做主，说要娶这个媳妇，他相了一下，告诉自己要去喜欢，就此死心塌地，无怨无悔。

叶流西说："你这……不叫爱吧？"

高深说："我这人，没什么浪漫细胞，也不会讲话，我只知道，我就想小柳儿好，她出事，我比谁都急，她高兴，我比谁都高兴，她愿意嫁给我，我一定好好对她，别的女人，我看都不看一眼。"

叶流西有点头痛。

小柳儿那么活络，这高深，怎么是块这么四方的实心木头呢，放到水里都会沉底。

就在这个时候，远处忽然传来肥唐的大叫："西姐！哎，西姐，快看！"

叶流西抬起头。

不知不觉，已经暮色四合，湖的那一边，有灯火逐个亮起。

距离还挺远的，早上这迎宾门不还就在附近吗？还挺能跑的，腿脚可真利索。

几个人在车里耐心等到天黑。

车开过去要点时间，路上，丁柳觑了个空子，身子探到前头去，低声问叶流西：“西姐，你跟高深聊了什么啊？”

叶流西说：“想知道？”

丁柳点头。

“那耳朵附过来。”

丁柳赶紧附过去。

叶流西压低声音：“我跟他说，今年要多种小麦少种豆，因为小麦比豆好卖。”

丁柳如坠云里雾里，半天才反应过来，气得跳脚：“东哥，西姐捉弄人，你看她啊！”

昌东回答：“看了，挺好看的。”顿了顿忽然想起什么，“小柳儿少说了一句话吧？”

肥唐接得顺溜极了：“哎哟我头。”

……

车子在村子前头停下。

果然，昨天见到的只是半成品，今天齐全多了，村口处立起拱门，上头流光攀附着拗曲的铁条，勾勒出三个大字：

“迎宾门。”

更意外的是，还有别的赶路人，已经先到了，几个人正在最近村口的那间屋里围桌吃饭，肥唐好奇地凑过去看，今天待客的菜色可真简朴，只是米粥、馒头。

领头的是个壮汉，热情地过来跟他们打招呼：“你们也去黑石城啊？”

他看向肥唐身后不远处的车，脸上露出羡慕的神色：是开铁皮车的呢。

肥唐支吾：“是，是啊。”

“你们是哪号房？”

“什么哪号房？”

那壮汉随手把房门往外拉，指着上头的字：“我们这个，是01号房，你们票上没印吗？哦对，你们的票肯定高级。”

肥唐这才看到，门上有个类似酒店里房间号的铭牌，上头的数字是“01”。

他有点蒙，好在丁柳及时过来了，笑得别提多甜了：“大叔，票在我哥那儿收着呢，票还不一样吗？我都不知道呢，我头一遭出远门，能看看你们的长什么样儿吗？”

那壮汉很热情，从怀里摸出张A5纸尺寸的路条来。

昌东一看见，就觉得要糟糕。

那张路条上，盖了好几个戳。

丁柳故意皱眉：“哎，是跟我们的不一样，我有点看不懂，叔……”

她信手指了一处：“这什么意思啊？”

那壮汉巴不得有跟他们攀关系的机会：“最近不是闹蝎眼吗，查得严。办票要提前申请，我们是从小洛阳来的，你看这儿，印着‘洛阳至西安’，这是小洛阳羽林卫批准的盖戳，这是迎宾门同意接待的盖戳……

“还有这儿，是我们到了之后的房号，这是到的日子，得算准了，办票要交票钱，含一晚食宿，我们交的钱不多，也就是稀饭、馒头的标准，你们可能是大鱼大肉吧，毕竟……开铁皮车的呢。

“饭都是先上好的，先吃饭，再晚点就有人来安检了，安检通过，第二天一早，就能过迎宾门……你们是贵宾，程序可能不一样，最省事的是方士，听说他们都不要办票，有方士牌就行了……来人了，我先回去了啊。”

那壮汉忽然有点局促，拿过票赶紧回座，丁柳回头看，有两个人正朝这间房走过来。

都是年轻女人，穿的还真像酒店服务员的迎宾服，快到近前时，镇山河在车顶上扑棱了一下翅膀，没叫，也没逃，又趴下了。

那两个女人目不斜视的，径直进了“01”号房，随手关上了门。

丁柳回头看昌东：“东哥，这可怎么办啊？”

没办票，没盖戳，再加上是没身份的游民，别说过迎宾门了，会被逮起来的吧？

叶流西笑笑：“没事，大不了闯呗，要么就把服务员抓了当人质，逼她们让我们过去。”

昌东说了句：“恐怕没那么容易。”

叶流西看他：“为什么？”

昌东指了指地面。

那两个女人走过的地方，每一步，都积了一摊水渍，湿漉漉的，正慢慢往土里浸。

第72章

丁柳心里有点发毛，脱口说了句："是不是……水鬼啊？"

肥唐对官方有着迷之信任："怎么可能，人家官方的！"

管他是不是官方的，能通过才是关键，叶流西真是一动脑筋就走歪："要么，咱们去抢几张路条、方士牌什么的？"

昌东摇头。

事情没这么简单，鸡是辟邪的，萋娘草那一晚，镇山河没命地蹦跶，但昨天和今天，镇山河只是扑棱了两下翅膀，没叫，也没逃。

说明那两个女人不是十分危险，但确实有邪门之处，想挟持不容易，想蒙混也难。

昌东字斟句酌："这样，虽然办票是一般程序，但总有突发情况，飞机上了天都能返航，未必必须要票才能通过——有人来问，我们就说是有急事，没来得及走程序。"

叶流西说："如果问起我们的来历呢？"

昌东回答："李金鳌不是给我们透露过信息吗，黑石城里，数一数二的大族姓赵，我们就是赵家人派来的，来办机密的事，其他的，一概不能说。"

这空手套白狼的气概有点大，肥唐忍不住："这样能行吗？"

这就像大摇大摆跑到皇宫门口，说自己是皇帝亲戚派来的，找皇帝谈点机密事，卫兵能放人？

丁柳反而兴奋："这样好刺激，像《猫鼠游戏》，哎西姐，你看过吗？只要胆儿够大，装得够像，骗转全世界都没问题。"

叶流西没看过，但她觉得，应该跟《猫和老鼠》差不多，于是她"嗯"了一声表示认同。

高深迟疑了一下："这样……太离谱了吧？我觉得不可能，有点太疯了。"

丁柳一听他跟自己唱反调就来气："什么叫太疯了？玉门关、萋娘草，还有这什么迎宾门，不疯吗？”

这里的天日都疯狂，她在上头添一抹疯癫又有什么关系？

高深不说话了。

昌东说：“是不大周全，但已经到这儿了，走一步看一步，见机行事吧。我们又不能长年累月耗在关内等时机——都进来这么多天了，在外头看来，咱们这些人都算是失踪了吧？我们是孤家寡人没人找，但柳七会不找小柳儿吗？”

这话提醒了丁柳，这些天跌宕起伏状况频出，她由起初的惴惴不安到好奇到觉得刺激，差点忘记这一路的正事了。

他们要到黑石城，去找出关的法子。

说到底，她是关外人呢。

念及至此，她飞快地瞥了一眼叶流西。

西姐是关内人，真找到了法子，她是会出关还是会留下呢？东哥怎么办？找不到法子怎么办？难道要长留关内？

那么多问号，一股脑儿地冒出来，这一回，她是真正的头疼了。

肥唐忽然盯着远处的湖面看：“东哥，是我的错觉吗？我怎么觉得这块地在动呢？”

昌东循向看去。

没错，是在动，可能是去迎宾，去黑石城的人来自各个方向，而这片水域浩渺阔大，长长的湖岸线上，也许散落了别的赶路人。

但一时半会儿没找到迎宾门也没关系，门会向你走。

陆续又来了两拨人，一拨人开三轮摩托车，突突开进来的时候，肥唐还以为是拖拉机进村；另一拨人赶毛驴拉的木头车，驴背上窝着一只芦花大公鸡。

大概是赶路劳累，这两拨人都不太热情，也没有跟铁皮车乘客搭讪的心思，各自凭票找房，流水样从几人身边经过——肥唐觉得己方真像河中央突兀长出的几杆芦苇，一波波的水流过去，芦苇还在。

真是尴尬。

好在没过多久，01号房就完事了，那两个年轻女人走了出来。

看到几个人还杵在空地上，其中一个女人奇怪地问了句：“你们怎么还不入座啊？”

昌东回答："我们是有急事，临时来的，没有办票。"

"那有特别腰牌吗？方士牌，或者羽林卫的羽翼牌，都可以。"

"没有。"

"你们从哪儿来？"

昌东这才想起，他连姓赵的人住在哪个市集都不知道："……不方便说。"

"去黑石城找谁？"

"姓赵的。"

"赵是黑石城的大姓，姓赵的人多了去了，没有成百，也有上千，你找哪一个？"

昌东说："权位最高的那个。"

他自己都有点掰扯不下去了。

那女人回头，和自己的同伴对视了一眼，然后说："你们带上行李，先跟我们来吧。"

语气平淡，听不出什么吉凶，昌东回头朝几个人看了一眼，那意思是：走吧，留着点神，带上家伙。

两个女人在前，起步落步，都是水渍脚印，后头跟着摇摇晃晃的镇山河——这是肥唐的主意，他表示镇山河开路，自己才有安全感。

一路走，穿过走廊，步上楼梯，上到最高的楼，进门的时候，昌东留意看了一眼。

门上没有房号。

屋里没什么家具，只有几张围圈的转凳，虽然木制，但是仿酒吧吧台凳的风格，一根木柱连着凳座，坐上去了，可以升降，也可以四面转。

前头说话的那个女人请他们入座："几位可能也听说了，蝎眼的人已经混进了黑石城，为数还不少，所以上面有交代，来历不明的人，我们都要严加盘查。"

果然自以为是的忽悠是行不通的，昌东硬着头皮坐上凳子，凳子比人多，连镇山河都分到了一张：它可真是淡定，到了哪儿都像到了窝，天生就带四海为家的气质。

那个女人吩咐同伴："把姐妹们叫来。"

姐妹们？肥唐心里打了个突，感觉像是进了蜘蛛洞，待会儿就会有花枝招展的女妖往身上扑了。

过了会儿，门被推开，又进来七八个穿迎宾服的女人，领头的四十来岁，颧骨高起，面色严肃得像个男人。

她吩咐人关上门。

门一关，肥唐就觉得整间屋子都在移动，隐隐还能听到齿轮咬转的声音。

那个领头的女人开口，声音又沉又哑：“麻烦大家坐正，挺胸抬头，摘下帽子、口罩。”

话音刚落，旁人倒还了了，反而是镇山河，鸡胸一挺，脖子昂得不能再高了。

有它什么事？肥唐真是纳闷了。

领头的继续：“希望各位配合，否则被扔去喂水蛇就不大好了。”

房子还在移动。

那些女人走过来，基本上是二对一，两个人围住一个人，前后左右地看，叶流西被看得好不自在，正想说什么，忽然发现，这些人的眼睛不大对劲。

瞳孔像万花筒的色块，在灰、白、黑之间不断翻转。

她有点瘆得慌。

领头的问：“你们住哪个市集？”

昌东答得模棱两可：“上一站住小扬州。”

领头的转脸看他：“我问的是户籍，在哪个市集？”

昌东沉默。

领头的语气不善：“说话！”

话音刚落，就听哗啦一声，屋顶向两边翻开，露出只有疏落几颗星的夜空。

昌东还是头一次见到一语不合就拆房子的，而且还是拆自己的房子。

领头的语气严厉：“你们的户籍在哪个市集？”

昌东想了一下：“小洛阳。”

屋里静了一会儿，没了屋顶的房子，风声简直是在头上滚，领头的问出第二个问题：“小洛阳的方士长叫什么名字？”

昌东答不出。

领头的咄咄逼人：“说话！”

又是哗啦一声，这一次，有一整面墙翻垂了下去。

触目所及，丁柳失声叫了句：“东哥，我们是在……”

不用她说，昌东看到了，这房子被一根长长的收缩杆送伸出来，距离那片村落已经很远，脚底下，隔着一层地板，水声回荡。

他们这干人，显然是连人带屋，已经被送到水面上空，正颤巍巍地孤悬。

领头的吼他："你是哑巴了吗？方士长叫什么名字？"

叶流西大怒，唰地站起身，想往昌东那儿走："你吼什么吼？不知道！户籍没有！"

边上的女人过来拦她，她伸手狠狠一推。

这一推，手感太奇怪了，细一回思，脑子里嗡嗡响：触手一片绵软，那女人根本没骨头！

领头的慢慢转身，与此同时，剩余的几面墙板也翻垂了下去。

风大起来，吹得人东倒西歪，地板下头像是装了滚珠，左摇右摆个不定，丁柳头皮发麻，两手死死攥住凳边，肥唐上下牙关咯咯打架，高深不动声色，看半开的行李包，又看围住自己的两个女人。

他把工兵铲放在包里了，待会儿如果真打起来，他应该能够第一时间拿得到武器。

那个领头的盯住叶流西，嘿嘿笑起来。

几乎是与此同时，下头忽然水声大作，有一条巨大的水舌瞬间卷了上来。

原来"水蛇"不是蛇，而是舌头。

肥唐只见到叶流西脸色一变，还没来得及反应过来，身子已经被凉软的透明异物裹住，咔嚓一声，是凳柱断裂，整个人身不由己，向后跌去。

变起突然，几个人几乎是同时出手，丁柳冲过去抓肥唐，但水舌速度太快，她扑了个空，向着地板边缘直翻下去，昌东一矮身滑过来，单手抓住她脚踝，另一手抓住凳柱，高深俯身抢起工兵铲，锋利的铲尖狠狠擦过身边一个女人的小腹。

叶流西则直扑那个领头的，擒贼先擒王，只要制住了这个人，不愁其他人不老实。

那个领头的躲也不躲，被她硬生生扑在地上，叶流西正想说话，身侧忽然响起水声，她急转头——是高深割伤的那个女人，水正从她腹部直泻而出，而那个女人，像张软皮样瘫倒。

那个领头的忽然说了句："好了。"

叶流西低头去看，领头的瞳孔骤然顿住，一片灰白，一两秒后，慢慢恢复自然，语气平和："好了，可以了，你们已经通过了。"

什么意思？

叶流西有点发怔，近身不远，高深正和昌东合力把丁柳给拉上来。

领头的说："我的意思是，你们可以过迎宾门，进黑石城了。"

叶流西咬牙："那我朋友呢……"

话音未落，耳边传来丁柳又惊又喜的声音："肥唐！"

是那条水舌又升上来了，肥唐蜷缩着被裹在中央，屁股底下还坐着木柱断裂的吧台凳，整体像根花卷里裹着的香肠——水舌一松，他湿淋淋滚在地板上，大声呛咳。

四面墙，还有屋顶，迅速翻起合拢，屋子在往回平移。

叶流西松开那个领头的，忍不住看向脚边，先前被高深伤到的那个女人，只剩地上的一套迎宾服了。

一声轻震之后，屋子归位。

领头的脸上泛起笑意："几位可以去用餐了，我们会准备客房，你们早点休息，明天早上，就可以过迎宾门了。"

高深忍不住指着地上那套衣服："我伤……杀了你们一个人。"

领头的很客气地回答："没事，只是破了套衣服。"

第73章

一大桌子菜，热气腾腾，比前一晚看到的还要丰盛许多。

从那些女人嘴里套不出话，问，她们只是笑，逼，根本无所畏惧，客气地说一声"慢用"，也就退出去了，身后只留下两行水渍脚印。

这根本也不是人，昌东有些没食欲，一干人中，反而是肥唐袖子一捋，大快朵颐："吃，不吃白不吃！"

他被水舌裹下水时，以为自己死定了，忽然又被囫囵送回来，简直醍醐灌顶：原来死也就是眨眼之间，他之前居然花那么多时间去"怕死"，简直蠢到家了——那些时间，用来吃吃喝喝也好啊。

于是肥唐抓住鸡腿，啃得气势汹汹，浑然不顾一边的镇山河正表情复杂地看着他。

还时不时抬头劝其他人："吃啊，没毒，真想对付我们，刚刚在水上，我们就都报销了，反正也想不明白，不如吃个痛快，咱都多久没碰过大鱼大肉了？"

话糙理不糙，筷子终于一双接一双地拈起来了。

丁柳正吃着，忽然想到什么，扑哧笑出来了："东哥，你是不是不会说谎啊？刚刚那女人逼你说话，你答得真是蠢萌蠢萌的……"

昌东说："你聪明，你当时怎么不说话？"

"我编瞎话天一句地一句的，容易穿帮，再说了，你多稳啊，我西姐更不行，两句话没过就发飙了。"

她学叶流西说话："吼什么吼？不知道，户籍没有……

"哎哟，西姐，这么护着我东哥呢，人家吼他两句，你就心疼了。"

叶流西"哼"了一声。

她都没吼过昌东呢，那些女人倒来劲了，打量她是吃素的？

昌东笑，手从桌子底下伸过去，覆住她的手，拇指指腹在她手背上轻擦了两下，又收回来。

叶流西低头吃菜。

气氛一旦松动，也就不避讳去谈正题了，肥唐问高深："哎，老高，你专业，你说那些女人，是什么玩意儿啊？"

他怎么就专业了？高深嘴笨，又解释不清，真是硬生生被架上了这个位置下不来了："跟水有关吧。"

肥唐说："真怪，莫名其妙就给咱放行了，跟上次一样一样的……东哥，你还记得吧，上次咱们被困在车库里，我还以为要把咱们咔嚓呢，结果盖门一开，得，没事了。"

丁柳灵光一闪："哎，那次好像也是西姐发脾气，我记得是揪人家衣领什么的。"

肥唐一拍桌子："对，这次是西姐把人扑倒了，西姐的愤怒真是终极大杀器，比小柳儿的头还好使，西姐，你干脆后面一路发飙好了，咱们肯定会畅通无阻的。"

昌东看了一眼叶流西。

有些笑话，其实不怎么好笑，不过他直觉，事情还是跟叶流西有关。

给他们提供的客房是五间，虽然要么连挨要么对门，但在这种机关重重的地方，昌东还真不敢让大家分开住，万一大半夜时某一间房悄无声息移走了，上哪儿找人去？

他要求换间大的，对方一口答应，换来的大房间显然是用来招待贵客的，一面朝湖，还自带了个洗手间。

这种待遇让人心慌。

第二天天没亮，昌东就被地块和房屋的震动声惊醒，不用开窗他都知道，整个村落应该正在没入地下。

他心念一动：过迎宾门，就是要过那一大片会拦路的活水，地面上过不去，难不成是从……地下走的？

早餐相对丰盛，用完餐，居然还有礼收：两桶汽油、几斤酱牛肉、一条烤制好的羊腿、一篮子白馒头和面饼，吃上个几天绝不成问题。

肥唐代表大家接收礼物的时候，真怀疑自己是在做梦——昨晚今晨的待遇，天壤之别啊。

沉入地底的村落格局起了变化，像个昏暗的地宫，那个领头的女人亲自给他们领路，几次绕弯之后，到了一间不起眼的大屋前。

屋门缓缓打开，里头居然不是房间，而是一条漆黑的隧道。

领头的女人做了个“请”的手势。

昌东深吸一口气，打开车灯，沿坡阶缓缓驶入房中，房门在身后很快闭合，昌东停了会儿，四周安静得有点瘆人，偶尔能听到滴水的声音，异样的寒冷从车窗里渗进来，丁柳不觉打了个寒噤。

叶流西说：“都到这儿了，走吧。”

昌东踩下油门，为了谨慎起见，车速不快：他很不喜欢在隧道里行车，视野逼仄，空气也糟糕，潮湿里带着些许……鱼腥味。

肥唐喃喃道：“原来隧道藏在房间里啊，哎，东哥，你说我们要是进村的时候，就发现那个房间有问题，破门冲进去，是不是也就能通过了？”

丁柳嫌弃似的“噫”了一声：“你是不是傻啊，地面上一览无余的，有隧道吗？隧道明明是在湖底下。”

昌东说：“小柳儿说得没错，这个迎宾门像个水陆两栖的潜艇，没入地下之后，它不是静止的，而是在湖底移动，隧道入口其实在湖底某个隐秘的位置，而那个房间是个对接口，两相对接之后，把我们导入隧道。”

这迎宾送宾，的确安排得相当稳妥。

肥唐有点不服：“那要是有人潜入湖底，找到那个隧道口呢？”

昌东说：“首先，你别忘了，湖里有水舌；其次，就算找到了，没有对接开启的装置，也打不开隧道门。”

丁柳接下去："再次，就算强行打开了，水涌灌进去，人也死定了啊。"

昌东忽然想到了什么："对了，过了隧道，重新上到正路之后，我想停下来等一等。"

丁柳奇怪："等谁？"

"李金鳌。他跟我们走的是一条路，也要去黑石城，算起来，这一两天就能到了。迎宾门奇奇怪怪的，我怀疑那些女人也是《博古妖架》上列过的，想朝他打听一下。"

肥唐猛点头："是，莫名其妙放行也就算了，又是送汽油又是送吃的，像是……生怕我们到不了黑石城似的。"

约莫开了两个多小时，前方不远处封路，但封得晶莹扭曲波动，像是一片水幕墙，地上有个白漆框出的方框，内有"车辆入内"字样。

估计这一头也要对接了。

昌东把车子开进框内，顿了顿听到阵阵声响，往后看，隧道口已经封住，再过了会儿，车身一晃，骤然被一股大力推了出去，冲进水中。

昌东先是一蒙，旋即反应过来：车子确实沉在水里，明明没开引擎，行进的速度却不慢，视线里有水草、游鱼，但车子居然没有进水。

没过多久，车子哗啦一声出水，被推涌上岸，叶流西急回头看，湖水翻起大浪，瞬间偃息下去。

天有点阴，冷风飕飕吹着，四野阴云密布，岸边长稀疏的黄草，不远处立着指向牌，蓝底漆白标，跟城市里用的几乎一模一样——真稀罕，迎宾门之前，可从来没见过这东西。

车开近些，看到上头有"黑石城，400公里"的字样。

大概要一天的路程。

昌东循着指示方向又往前开了几十公里，在第一个见到的红花树旅馆处停下。

他决定就在这儿等李金鳌。

这旅馆虽然简陋，只有十来间平房，但难得修在地上。

店主对此骄傲得很："你们是从小扬州来的？我听说那些远地儿，红花树都得开在地底下呢，我们这儿却不一样，治安好。"

看来一道迎宾门，的确挡住了不少妖鬼。

几个人就在旅馆歇下来，下午的时候，昨晚见到的那辆三轮摩托突突开过；近傍晚时，驴车嗒嗒地也进了红花树，后头跟着那几个赶路的壮汉。

肥唐兴冲冲过去打听，惊讶地发现这两拨人压根儿不知道发生了什么事：只说是吃了早饭之后就晕了，再醒来时，已经在这头的岸边了，亏得驴在边上长一声短一声地叫唤，不然，指不定在岸边睡到天黑呢。

看来过迎宾门的过程，不是谁都能看到的。

等李金鳌足足用了两天，这两天，每次见到店主，店主必要唠叨一番“要下雪了”“今年第一场雪要来了”，搞得昌东突发奇想，觉得李金鳌要是伴雪而来，也挺有意境的。

结果并没有。

那是第三天的上午，肥唐出去放哨：为免错过李金鳌，几个人会轮班上房顶，拿着望远镜扫视来路。

肥唐在高深的助推下上了房，刚拿起望远镜，就迭声大叫：“厉害了，李金鳌在追镇四海，镇四海反击，不对，是镇四海追李金鳌……过来了过来了……”

真是堪比体育赛事现场直播，话音刚落，就听咯咯叫声不绝于耳，李金鳌一个箭步跨进院子，身后的镇四海紧追不舍，怒发冲鸡冠，颈毛都奓起来了，而几乎是与此同时，镇山河激动得浑身颤抖，眼珠子瞪得滴溜溜的，唯恐错过了什么好看的。

李金鳌大叫：“哎，老弟，帮帮忙，帮帮忙，抓住这鸡！”

慌乱之中，李金鳌只顾着躲了，压根儿没认出昌东这一行人来。

昌东也没抓过鸡，一时间有点束手无策；叶流西刀都拔出来了，听说是抓，也有点无从下手；丁柳嫌鸡有味儿，躲在门边不出来；只有肥唐手舞足蹈的，在屋顶上指挥高深：“那儿，就那儿，对，抓！”

高深不愧是练过的，一击即中。

五分钟后，门框边两只鸡，鲜明对比。

镇山河安静地窝着，连绳都没系，表情淡定。

镇四海两只鸡爪被缚，身子被裹得像个麻花，犹自不死心地蹦跶，显然内心深处藏着桀骜不驯的灵魂。

李金鳌满头大汗，一直在向高深道谢：“幸会幸会，真是巧了，又见到了……唉，这鸡白眼儿狼，养不熟，我心说让它活动活动，我天，没见过这么野的……

咦，你们怎么才到这儿？我以为你们早进黑石城了呢。”

昌东不动声色：“那天我们有点急事，来不及等你就走了，这两天事办完了，想着等等看，说不定能再搭你一程。”

李金鳌喜出望外：“哎呀，你们真是……客气，太客气了。”

昌东笑笑：“你也过了迎宾门？”

一提到迎宾门，李金鳌简直眉飞色舞：“过了，太先进了，没想到迎宾门是这个样子，我还以为是个大门洞呢。”

昌东说：“是挺有意思的，里头的迎宾员也挺有来头。”

说着冲丁柳使了个眼色。

丁柳心领神会，亲亲热热迎上来：“鳌叔，那些迎宾员，走一步一个水脚印，是不是水鬼啊，把我吓得一夜没睡好，心说要是鳌叔在就好了，这世上，就没他不知道的事儿……”

李金鳌被人一捧就荡漾：“哪来的水鬼啊，那是水眼。”

丁柳一颗心怦怦跳：“水眼是什么啊？”

李金鳌说：“你想啊，这世上，是不是只有水是连成一体的？两个大湖，看似分开，其实可能在地底有暗河相通；沙漠里没水，但空气中有水分啊，水这个东西，不管是结冰，还是流水，抑或是蒸汽，总能勾连到一起吧？”

昌东大致明白他的意思：全世界的水系是一个整体，通过气态、液态、固态的转变，自成一个不停息的动态系统。

丁柳听得半懂不懂的，但还是猛点头，想引他说下去：“是的。”

“所以啊，”李金鳌绘声绘色，“水要是有灵，这里的水看到的东西，那里的水是不是很快也能看到？水眼就是这种妖。

“分雌雄，成对，雌雄水眼哪怕相隔千里，眼前所见也会瞬间相通，所谓‘水眼千里，毫厘可辨’。

“人想使用水眼也容易，要把雌雄分开使用，水眼其实就是一对眼珠子，见过眼镜吗？那种透明有夹层的，把水眼放进夹层里，然后把眼镜往鼻梁上一架。

“迎宾门的水眼都是雌的，我琢磨着，雄的应该都在黑石城当眼镜了，这一下厉害了，等于是抓去做了人质，雌的只能守在这儿，老老实实听命。

“所以这个盘查真是费了心思，那些女人盯着你看，实际上，是黑石城的羽林卫在看着你。怪不得说黑石城最安全，你想想这措施，从几百里外就开始监视了啊……”

肥唐愣愣的：这水眼，不就是远程摄像头吗？

难怪工棚里贴的海报是《楚门的世界》。

难怪昨天那个女人说：“把姐妹们都叫来。”

难怪要他们摘下帽子、口罩，挺胸抬头……

一切，都只是方便那双眼睛背后的人看。

昌东问了句：“盘查迎宾门的，是普通的羽林卫吗？”

“这个要看吧，普通的小老百姓，当然普通羽林卫放行就可以了，但如果来头很大，来历很怪，肯定要惊动高层的……”

李金鳌话锋一转，继续沉浸在迎宾门的新奇里不能自拔：“还有，出隧道的时候，一个水泡包住你，然后水舌把那个水泡裹送上来，速度可快了，唰的一下……”

昌东看向叶流西。

上一次，是蝎眼的人给她放行，因为把她认成了什么青芝小姐，临别还赠了她一桶汽油。

这一次，是黑石城的羽林卫给她放行，原因未知，但同样馈赠多多。

所以，她到底是蝎眼的人，还是羽林卫呢？

但不管是哪一方，她自己说过，不过是“一步一步，往人设定好的圈套里走”，也许，再走一段，真相就该来了。

第二天早饭后出发，店主把他们送出门，再一次仰头看天：“要下雪咯，今天白天不下，晚上也会下……”

天这么冷，不好让李金鳌再坐车顶，昌东把后车厢收拾出一块地方，供李金鳌坐，带两只鸡。

李金鳌看镇山河的目光里，止不住爱慕，果然失去的才最珍贵，当初，怎么就那么轻易放弃了镇山河呢？还以为下一个会更好，哪知道迎来了镇四海。

去往黑石城，足开了整整一天，日落之后，上了一条宽敞的大道，路面用平整的黑石砌成，两边都有流光灯柱，车未至时光就亮些，车开过了光就暗下去。

天上开始往下飘雪粒子，丁柳伸出手掌去接，雪粒子太小，手才缩回来，已经化成了掌心的一丁点水渍。

又开了很久，雪越来越大，远处的黑石城映入眼帘，高大、雄浑、方正，棱角分明，像一块巨大的印玺，沉沉蹲伏在天穹之下。

肥唐忍不住探头去看，任雪片打在眼角眉梢：“东哥，你看啊，真像我们西安的古城墙。”

昌东缓缓停车。

前方，几十米开外，有十几辆车停着，款式不同，但都漆成亮黑色，每一辆的标杆灯上，都飘卷着飞禽旗。

看到昌东停车，那些车渐次打亮车灯，几乎连成弧状的一道光圈，有一辆甚至装了车顶射灯，瓦数奇大，刺得昌东睁不开眼。

也正是那辆车的车门打开，有个头发花白的老头走了下来。

叶流西的心突然跳得厉害，她也说不清为什么，下意识推开车门走了下去。

雪花横飘，掠过人的眼眉、面颊、口唇，快走到老头面前时，一阵劲风打得她睁不开眼，也同时送来了老头的一句话：

“叶流西，你回来了啊。”

图书在版编目（C I P）数据

西出玉门. 上 / 尾鱼著 . -- 兰州 ：敦煌文艺出版社，2018.8
ISBN 978-7-5468-1589-3

Ⅰ . ①西… Ⅱ . ①尾… Ⅲ . ①长篇小说—中国—当代 Ⅳ . ① I247.5

中国版本图书馆 CIP 数据核字 (2018) 第 173671 号

西出玉门 上
尾鱼 著

责任编辑：张明钰
封面绘图：张 渔
封面设计：蜀黍Design

敦煌文艺出版社出版、发行
地址：（730030）兰州市城关区读者大道 568 号
邮箱：dunhuangwenyi1958@163.com
0931-8773121（编辑部）
0931-8773112 8773235（发行部）

河北鹏润印刷有限公司印刷
开本 700 毫米 ×980 毫米 1/16 印张 24.5 插页 3 字数 450 千
2018 年 10 月第 1 版 2018 年 10 月第 1 次印刷
印数：1 ~ 20 000

ISBN 978-7-5468-1589-3
定价：42.00 元